Valerie
Wolken über Cotton Fields

Valerie
Band 1: Erbin von Cotton Fields
Band 2: Herrin auf Cotton Fields
Band 3: Wolken über Cotton Fields

Der Autor

Mit einer Gesamtauflage in Deutschland von fast 6 Millionen zählt Rainer M. Schröder, alias Ashley Carrington, zu den erfolgreichsten deutschsprachigen Schriftstellern von Jugendbüchern sowie historischen Gesellschaftsromanen für Erwachsene. Letztere erscheinen seit 1984 unter seinem zweiten, im Pass eingetragenen Namen Ashley Carrington.
Rainer M. Schröder lebt in Atlanta in den USA.
Mehr über den Autor erfahren Sie unter rainermschroeder.com.

3. Teil

Ashley Carrington

Valerie

Wolken über Cotton Fields

Roman

Weltbild

Die Originalausgabe des Romans *Valerie – Wolken über Cotton Fields*
von Ashley Carrington erschien 1989 in der Droemerschen Verlagsanstalt
Th. Knaur Nachf. GmbH & Co. KG, München

Besuchen Sie uns im Internet
www.weltbild.de

Genehmigte Lizenzausgabe für die Verlagsgruppe Weltbild GmbH
Copyright © 2013 by Rainer M. Schröder (www.rainermschroeder.com)
Dieses Werk wurde vermittelt durch AVA international GmbH,
München. www.ava-international.de
Umschlaggestaltung: *zeichenpool, München
Umschlagmotiv: shutterstock.com
(© restyler / © lithian / © BergeImLicht / © PRILL)
Druck und Bindung: CPI Moravia Books s.r.o., Pohorelice
Printed in the EU
ISBN 978-3-95569-304-6

2017   2016   2015   2014
Die letzte Jahreszahl gibt die aktuelle Ausgabe an.

*Für R. M. S.,
der meine Träume teilt
und viele davon Wirklichkeit
werden lässt.*

1.

Die letzte Nacht auf Cotton Fields! Bei Sonnenaufgang, wenn der Raureif noch auf den Rasenflächen und Magnolienbäumen frostig glänzte und der Morgennebel zwischen den Roteichen der Allee trieb, würden sie die Plantage verlassen müssen. Für immer.

Die letzte Nacht!

Gedankenverloren starrte Rhonda in das Kaminfeuer, das ihr Schlafgemach mit wohliger Wärme erfüllte. Das gut abgelagerte Holz knackte und ächzte unter der verzehrenden Glut der Flammen, und gelegentlich mischte sich ein kurzer scharfer Knall in das gefräßige Prasseln, wenn ein Harzknoten im Feuer aufplatzte.

Die letzte Nacht!

Rhonda schüttelte den Kopf, ohne sich dessen bewusst zu sein. Es war geradezu lächerlich. Sie war auf Cotton Fields zur Welt gekommen, war hier aufgewachsen und hatte immer in der unerschütterlichen Überzeugung gelebt, dass ihr niemand diese Welt nehmen konnte, was immer in ihrem Leben auch geschehen mochte. Gewiss, sie hatte von Kindesbeinen an gewusst, dass Cotton Fields an ihren älteren Bruder Stephen fallen würde, weil er der einzige Sohn und somit naturgemäß der Erbe der Plantage war. Aber das war für sie ohne große Bedeutung gewesen und hatte ihr Gefühl, dass Cotton Fields in einer gewissen, wenn auch nicht juristischen Weise ebenfalls ihr gehörte, nie trüben können. Und nun war das Undenkbare passiert. Man würde ihr Cotton Fields nehmen. Morgen schon. Ihr und ihrem Bruder und ihrer Mutter.

Und diese Valerie, ein Bastard, würde dann hier die neue Herrin sein!

Wie hatte ihr Vater ihnen das nur antun können?

»Verflucht sollst du sein, Vater!«, murmelte Rhonda Duvall hasserfüllt. »Verflucht bis zum Jüngsten Tag und in alle Ewigkeit!«

»Sagten Sie etwas, Miss?«, machte sich eine hohe Mädchenstimme in ihrem Rücken bemerkbar.

Rhonda fuhr erschrocken im seidenbezogenen Sessel herum und erblickte Clover, ihr Zimmermädchen. Sie war so in ihre trübsinnigen Gedanken versunken gewesen, dass sie ihr Eintreten gar nicht gehört hatte. Unwillkürlich fühlte sie sich ertappt.

»Was schleichst du dich so in mein Zimmer?«, herrschte sie Clover zornig an. »Weißt du nicht, dass du anzuklopfen hast? Ich hätte dich schon längst auf die Felder zurückschicken sollen. Da hätte man dir Gehorsam beigebracht. Was starrst du mich so an? Gib endlich eine Antwort!«

Das zierliche Mädchen, das noch keine vierzehn war, senkte unter den wütenden Vorwürfen ihrer Herrin scheinbar schuldbewusst den Blick, doch seine Stimme war fest und sicher: »Verzeihung, wenn ich Sie erschrocken habe ..., aber ich bin nicht ins Zimmer geschlichen. Und geklopft hab' ich auch.«

»Das hast du dir wohl nur eingebildet! Ich habe jedenfalls nichts davon gehört!«, fuhr Rhonda sie an. »Na, komm schon! Worauf wartest du? Willst du, dass meine Schokolade kalt wird?« Sie hatte Clover beauftragt, ihr eine Tasse heiße Schokolade zu bringen.

Beflissen, aber wortlos eilte Clover nun an ihre Seite und stellte das silberne Tablett, auf dem eine Porzellantasse und eine kleine bauchige Kanne standen, neben sie auf den runden Beistelltisch. Als sie ihr eingießen wollte, scheuchte Rhonda sie mit einer ungeduldigen Handbewegung weg.

»Ich mach' das schon selber«, sagte sie ungnädig. »Sieh du lieber zu, dass mein Bett gerichtet ist.«

Clover trat zwei Schritte zurück. Ihr aufmerksamer Blick ging schnell zu den schweren Samtgardinen mit Goldborte, die vor den beiden hohen Fenstern zugezogen waren, und dann zu Miss Rhondas Himmelbett. Es war aufgeschlagen, und ihr Nachtgewand aus feinstem Musselin lag neben ihrem Morgenrock, der aus dunkelblauem Samt gearbeitet war. Sie wusste auch, dass die Wasserkannen im angrenzenden Waschkabinett frisch gefüllt waren und neue Handtücher auf der Kommode bereitlagen. Sie hatte ihre Arbeit gewissenhaft wie immer getan und konnte deshalb beruhigt behaupten: »Es ist alles für die Nacht gerichtet, Miss Rhonda.«

»Und was ist mit den Wärmflaschen?«, fragte Rhonda misstrauisch, während sie die Porzellantasse mit dampfender Schokolade füllte. Sie mochte kalte Bettwäsche nicht und verlangte in kühlen Nächten, dass man Decke und Laken mit Wärmflaschen anwärmte, bevor sie sich schlafen legte.

»Dafür hab' ich schon gesorgt«, antwortete das Sklavenmädchen ruhig. »Ihr Bett wird so angenehm warm sein, wie Sie es mögen.«

»So«, sagte Rhonda grimmig und wünschte, ihr fiele noch etwas zu bemängeln ein. Doch sosehr sie sich auch anstrengte, sie fand nichts, was sie Clover hätte vorhalten können. Und das machte sie noch verdrossener.

»Soll ich Ihnen beim Auskleiden zur Hand gehen, oder möchten Sie, dass ich Netty zu Ihnen schicke?«, fragte Clover, denn es war schon spät. Längst hatte sich die Nacht über Cotton Fields gelegt und alles war still im Herrenhaus. Netty und sie warteten nun sehnsüchtig darauf, dass man sie entließ und sie ihren müden Knochen endlich Ruhe gönnen konnten. Als Zimmermädchen von Miss Rhonda hatte man kein leichtes Leben, auch wenn man sich noch sosehr anstrengte.

Rhonda nippte an ihrer heißen Schokolade und überlegte einen Augenblick. Clover taugte nichts als Zofe. Sie war zu still und in sich gekehrt. Man wusste nie, was in ihr vor sich ging und was sie dachte. Das missfiel ihr. Netty war das genaue Gegenteil von Clover, offenherzig und geschwätzig. Doch ihr war jetzt nicht danach zumute, deren unablässiges Geplapper über sich ergehen zu lassen.

»Nein, du kannst gehen, und Netty soll bleiben, wo sie ist. Ich komm' schon allein zurecht«, sagte sie deshalb und fügte gehässig hinzu: »Vermutlich sogar besser, als wenn eine von euch ungeschickt an mir herumfummelt.«

»Das war es dann, ja?«, fragte Clover und hatte Mühe, sich die Erleichterung, die sie fühlte, nicht anmerken zu lassen.

Etwas in der Stimme des Mädchens ließ Rhonda aufblicken. Ihr war so, als könnte sie für einen winzigen Augenblick einen hämischen Ausdruck in den dunklen Augen der Schwarzen entdecken. Doch dann war ihr Gesicht genauso ausdruckslos und ihre Haltung so untertänig wie immer.

Sie weiß es!, fuhr es Rhonda wütend durch den Kopf. Sie weiß es, dieses Niggerbalg! Sie alle wissen es! Und ich kann nichts dagegen tun!

Sie umklammerte die Armlehnen ihres Sessels und unterdrückte ihren auflodernden, ohnmächtigen Zorn. »Ja, du kannst gehen. Also mach, dass du hinauskommst!«, forderte sie das Zimmermädchen auf und warf ihr einen eisigen Blick zu.

Clover murmelte etwas, das alles Mögliche bedeuten konnte: eine gute Nacht oder eine höhnische Verwünschung. Und lautlos, wie sie gekommen war, verschwand sie.

Rhonda saß vor dem Kamin, bis das munter prasselnde Feuer in sich zusammengefallen und nur noch ein sanftes Glühen war. Der Rest Schokolade war in der Kanne schon lange kalt geworden, als sie sich endlich erhob und sich zu entkleiden begann. Sie ließ die einzelnen Kleidungsstücke achtlos zu Boden fallen und schleuderte sie mit wütenden Tritten aus dem Weg, während sie in ihrem geräumigen Zimmer auf und ab ging.

Eine innere Unruhe erfüllte sie. Die letzte Nacht auf Cotton Fields. Wie konnte sie da an Schlaf denken! Wie es wohl Stephen und ihrer Mutter ergehen mochte? Nun, ihr Bruder würde bestimmt schlafen können, nachdem er am Abend schon mit stummer Wut fast die ganze Karaffe Bourbon geleert und danach bestimmt in der Bibliothek allein weitergetrunken hatte.

Schließlich hatte sie die Korsage gelöst und das spitzenbesetzte Batisthöschen abgestreift. Sie griff nach dem zarten cremefarbenen Nachtgewand, das Clover ihr herausgelegt hatte, zog es über und band die drei fliederblauen Satinbänder vor der Brust zu Schleifen.

Plötzlich verharrte sie, und sie ließ ihre Hände auf ihren Brüsten liegen, die sie warm und fest unter dem dünnen Stoff fühlte. Sie schienen sich in ihre Handflächen zu drängen, und sie spürte, wie ihre Spitzen hart wurden.

Rhonda trat vor den vergoldeten Spiegel neben ihrem Himmelbett und musterte sich im warmen weichen

Schein des heruntergebrannten Kaminfeuers. Ihr junger, wohlproportionierter Körper zeichnete sich deutlich unter dem dünnen Gewand ab, besonders ihre vollen Brüste und das dunkle Dreieck zwischen ihren Schenkeln. Dunkelblondes Haar umrahmte ihr Gesicht und wogte wie eine goldene Flut bis auf ihre grazilen Schultern.

Ein spöttisches Lächeln verzog ihr Gesicht. Sie war hübsch, daran bestand kein Zweifel. Sie hätte mit ihren siebzehn Jahren schon längst unter der Haube sein und eine gute Partie machen können. Es gab genug Männer von benachbarten Plantagen und aus New Orleans, die ihr den Hof machten und voller Hoffnung darauf warteten, dass sie sie darin ermunterte. Edward Larmont war einer dieser Verehrer, der sie lieber heute als morgen zu seiner Frau machen würde und finanziell in der Lage war, ihr ein standesgemäßes Leben zu bieten. Als seine Frau würde sie hohes gesellschaftliches Ansehen genießen, denn er nannte nicht nur eine sehr ertragreiche Plantage sein eigen, sondern hatte sich auch als leidenschaftlicher Vertreter einer unabhängigen Konföderation der Südstaaten einen Namen gemacht, und man sagte ihm eine glänzende politische Karriere voraus.

Doch der Gedanke an die Ehe, noch dazu mit einem dreißigjährigen Mann, bei dem sie sich Leidenschaft einzig und allein in Verbindung mit Politik vorstellen konnte, hatte sie erschreckt, seit sie sich mit vierzehn zum ersten Mal ihrer Weiblichkeit bewusst geworden war – und ihrer wilden sinnlichen Gelüste.

Bernard, ein muskulöser Sklave von zwanzig Jahren und einem reichen Erfahrungsschatz in Liebesdingen, hatte sie in ihr geweckt und ihr unten am Fluss gezeigt, wie man sie stillte. Immer und immer wieder. Es war ein ungewöhnlich heißer, schwüler Sommer gewesen, der ihrer beider Leben verändert hatte.

Bernard war schlau genug gewesen, ihren jungen willfährigen Körper verschwiegen und an versteckten Orten die Sprache der Lust zu lehren und sich in der Sklavensiedlung vor seinesgleichen nicht damit zu brüsten, die junge Miss entjungfert zu haben und es immer wieder mit ihr zu treiben. Doch das hatte ihn nicht davor bewahrt, von heute auf morgen an einen Pflanzer aus Charleston verkauft zu werden, der gerade auf Cotton Fields zu Besuch weilte. Eine beiläufige Bemerkung zu ihrer Mutter, dass Bernard sie in letzter Zeit immer so seltsam anstarre, hatte am Tag seiner Abreise ausgereicht, um Bernard von Cotton Fields zu bekommen. Und so wie Bernard war es seitdem jedem ergangen, dem sie ihre geheime Gunst und ihren Körper geschenkt hatte. Es war nicht immer leicht gewesen, einen plausiblen Grund zu finden, warum dieser oder jener junge Mann von der Plantage verschwinden musste. Doch es war ihr noch immer geglückt. Nicht zuletzt, weil Douglas, der versoffene Aufseher, ihr gern einen Gefallen getan und auf einen dezenten Hinweis den Verkauf eines bestimmten Sklaven von sich aus betrieben hatte. Nun, nach dem Tod ihres Vaters, hatte sie dafür gesorgt, dass ihre Mutter sich ihrer Meinung angeschlossen hatte, dass es doch allmählich an der Zeit sei, den trunksüchtigen Schwätzer durch einen wirklich tüchtigen Aufseher zu ersetzen. So war es auch geschehen.

Rhonda lächelte, während sie vor dem französischen Spiegel stand und ihr Abbild wohlgefällig musterte. Macht war etwas Wunderbares, etwas Berauschendes. Sie verschaffte ihr fast so viel Lust wie die geheimen Treffen mit ihren schwarzen Liebhabern, die sie sich, schon Sklave der Plantage, zu Sklaven ihrer dunklen Leidenschaften machte und derer sie sich wie eines abgetragenen Kleidungsstückes entledigte, wenn sie ihrer überdrüssig war oder fürchtete, sie könnten ihr gefährlich werden.

Plötzlich fiel ihr Tom ein.

Was sollte sie mit ihm machen?

Eine merkwürdige Erregung erfasste sie, als sie an ihn dachte, den jungen sehnigen Sklaven, der mit seinen neunzehn Jahren bereits zu den besten Baumwollpflückern auf Cotton Fields zählte. Sie hatte schon seit Langem ein Auge auf ihn geworfen und ihn schließlich eines Nachts in den alten Lagerschuppen gelockt und ihn dort regelrecht verführt. Dieses jeweils erste Mal, wenn den Schwarzen der Widerstreit von Angst und Begierde im Gesicht geschrieben stand, genoss sie am meisten, das waren die Höhepunkte ihrer verbotenen Beziehungen. Sie war geradezu süchtig danach geworden zu sehen, wie sich bei den Schwarzen beim Anblick ihres nackten Körpers die Lust einen wilden Kampf mit ihrer tief verwurzelten Angst, weißes Fleisch auch nur zu berühren und dafür womöglich zu Tode gepeitscht oder gehängt zu werden, lieferte – und stets die Oberhand gewann. Tom hatte da keine Ausnahme gemacht. Doch er hatte seine Furcht schneller als jeder andere vor ihm unter Kontrolle bekommen und ihr bewiesen, dass er nicht nur auf dem Feld unter glühender Sonne ausdauernd kraftvolle Arbeit zu leisten verstand. Er war der beste Liebhaber, den sie je gehabt hatte. Doch er war auch gefährlicher als alle anderen.

Dies war ihre letzte Nacht auf Cotton Fields. Also was sollte sie mit Tom tun?

Sie trat ans Fenster, schob die schweren Gardinen ein Stück beiseite und schaute hinaus in die Dunkelheit. Eine Weile überlegte sie angestrengt. Dann wandte sie sich vom Fenster ab, ging zu ihrem Himmelbett und fuhr schnell in den samtenen Morgenmantel.

Sie hatte die Hand schon auf der Türklinke, als ihr ein Gedanke kam. Rasch begab sie sich zu ihrem kleinen Sekretär, der einen Glasaufsatz für Bücher trug, und öffnete eine der vielen Schubladen. Unter einem guten Dutzend kleiner bunter Stoffbeutelchen, die zum Teil nicht größer als eine Kastanie und mit duftenden Kräutern gefüllt waren, lag ein Lederetui, das nur etwas mehr als zwei Fingerbreit hoch und kaum so lang wie ihre Hand war. Sie zog es hervor und klappte es auf. Ein zweischüssiger Derringer mit einem perlmuttbesetzten Griffstück kam zum Vorschein. Eine Waffe, wie Spieler sie in ihren Westen versteckt trugen. Ein Spielzeug im Vergleich zu richtigen Revolvern. Doch ein Spielzeug, das von tödlicher Wirkung sein konnte, wenn der Schuss aus nächster Nähe abgegeben wurde.

Rhonda vergewisserte sich, dass diese winzige Waffe geladen war, wog sie einen Augenblick spielerisch in der Hand und ließ sie dann in der Tasche ihres Morgenmantels verschwinden. Sie spürte ihr Gewicht kaum.

Vorsichtig schlich sie nun aus ihrem Zimmer in der oberen Etage des Herrenhauses und verweilte einen Augenblick bewegungslos im Gang. Sie lauschte. Es war still im Haus. Sie hatte Erfahrung darin, sich des Nachts hinauszuschleichen. Lautlos huschte sie den mit prächtigen Teppichen ausgelegten Flur zur Rückfront des Hauses entlang und eilte über die schmale Dienstbotentreppe hinunter. Niemand sah sie, als sie die Hintertür öffnete und in die Dunkelheit hinausschlüpfte.

Es war eine kühle, klare Nacht, und sie schlug den Kragen ihres Morgenmantels hoch, als sie in den Weg zum Schuppen einbog, in dem die »rostige« Baumwolle gelagert wurde – Baumwolle von minderer Qualität, die sich in guten Erntejahren nicht zu verkaufen lohnte und deshalb zurückgehalten wurde, bis der Bedarf der ausländischen Aufkäufer größer war als das Angebot.

Dann konnte man auch diese Baumwolle noch mit einem anständigen Profit losschlagen.

Rhonda eilte ihrem Ziel nicht auf dem kürzesten Weg entgegen, sondern machte einen Bogen um das Küchenhaus, das durch einen überdachten Weg mit dem Herrenhaus verbunden war, und achtete darauf, dass sie auch den Stallungen nicht zu nahe kam. In den Wintermonaten, deren Nächte auch hier im tiefen Süden Louisianas von empfindlicher Kühle sein konnten, zogen es immer wieder einige der Knechte vor, in unmittelbarer Nähe der Tiere im warmen Stroh und Heu zu schlafen. Einmal war sie zu eilig und zu unvorsichtig gewesen und wäre fast einem jungen Burschen in die Arme gelaufen, der aus den Stallungen getreten war, um sich zu erleichtern. Zum Glück hatte er ihr den Rücken zugekehrt und sie hatte noch Schutz hinter einem großen Azaleenstrauch finden können.

Rhonda war froh, dass sie den dunkelblauen Samtmantel trug und so mit den schwarzen Schatten, die die Zypressen und Eichen warfen, förmlich verschmolz.

Es war nicht weit bis zu den Lagerschuppen und Hallen, in denen die Entkörnungsmaschinen und die Zuckerrohrpresse untergebracht waren. Sie gruppierten sich, eine gute halbe Meile vom Herrenhaus entfernt, um einen kleinen sandigen Platz, der aber groß genug war, dass schwer beladene Fuhrwerke vorfahren und auch drehen konnten.

Etwas abseits davon, von einem Zypressenhain geschützt, lag der Schuppen für die rostige Baumwolle, ein lang gestrecktes Gebäude, das keinen Dachboden besaß und schon einmal bessere Zeiten gesehen hatte.

Rhonda schlich auf das Doppeltor zu, das groß genug war, um auch ein hoch beladenes Fuhrwerk hindurchzulassen. Ein Flügel des Tors aus fingerdicken Eichenbrettern war nur angelehnt und ein spöttisches Lächeln huschte über ihr Gesicht. Sie drückte die Brettertür nur so weit auf, dass sie durch den Spalt ins Innere des alten Gebäudes schlüpfen konnte. Pechschwarze Finsternis umfing sie.

Einen kurzen Augenblick blieb sie reglos jenseits der Tür stehen.

Er war da.

Sie konnte ihn *riechen*.

Die Unruhe und Ungewissheit, die sie auf dem Weg zu ihrem geheimen Treffpunkt nicht losgelassen hatte, nämlich ob sie wohl noch immer Macht über ihn hatte, auch in dieser letzten Nacht, diese Unsicherheit fiel nun mit einem Schlag von ihr ab. Er hatte die ganze Zeit hier auf sie gewartet. Ihre Macht über ihn war ungebrochen und daran würde sich auch in Zukunft nichts ändern. Dafür würde sie schon Sorge tragen. Tom gehörte ihr und niemandem sonst!

Sie ging in die Schwärze hinein, langsam, doch mit der Sicherheit eines Blinden, der diesen Weg schon unzählige Male gegangen ist und jeden Zoll Boden unter seinen Füßen so gut kennt wie kein anderer.

Nach fünfzehn Schritten hielt sie inne und wandte sich nach rechts. Und in die Dunkelheit hinein sagte sie voller Genugtuung: »Ich wusste, dass du hier sein würdest.«

»Und ich wusste, dass du kommen würdest!«, ertönte die Antwort einer männlichen Stimme.

»Habe ich dich lange warten lassen, Tom?«, fragte sie spöttisch und ging in die Richtung, aus der die Stimme kam. Vor ihrem geistigen Auge sah sie die schweren zusammengeschnürten Baumwollballen, die sich zu beiden Seiten des Mittelgangs bis fast unter die Decke stapelten, an einer Stelle jedoch eine Ausbuchtung bildeten, die etwa drei, vier Schritte im Quadrat maß.

»Nicht länger als sonst, Missy!«, gab er leichthin zurück.

Sie machte noch einen Schritt, dann spürte sie, dass sie direkt vor ihm stand. Fast glaubte sie, seinen warmen Atem an ihrem Hals zu fühlen.

»Du sollst mich nicht Missy nennen!«

Anstelle einer Antwort streckten sich ihr zwei kräftige Hände aus der Dunkelheit entgegen, die sich kurz auf ihre Hüften legten, um dann schnell zu ihren Brüsten hochzuwandern und sie durch den Stoff hindurch zu kneten.

Seine Berührung entfachte die Glut ihrer Erregung zu wildem Aufflackern. Unwillkürlich krümmte sie vor Lust den Rücken und drückte sich gegen seine Hände. Einen Moment lang wünschte sie nichts sehnlicher, als dass er ihr Morgenmantel und Nachtgewand abstreifen und sie gleich hier und jetzt im Dunkeln nehmen würde. Doch schon im nächsten Moment hatte sie sich wieder unter Kontrolle und sie schob seine Hände zurück. Sie durfte sich nicht hinreißen lassen, ihm zu zeigen, wie stark ihr Verlangen war. Er war der Nigger, der Feldsklave, und sie die weiße Herrin. Sie musste die Initiative in der Hand behalten, wenn sie ihre Macht über ihn auch über diese letzte Nacht auf Cotton Fields hinaus bewahren wollte.

»Nimm deine Hände weg! Du wirst mich erst anfassen, wenn ich es dir erlaube!«

Verblüfftes Schweigen. Dann sagte er halb belustigt, halb verunsichert: »Wenn du es so haben willst, Rhonda ...«

»Ja, ich will es so. Und nun mach endlich die verdammte Lampe an!«, forderte sie ihn schroff auf. »Worauf wartest du noch?«

Er lachte leise und riss ein Zündholz an. Der ruhige Schein der Flamme, die Tom nun an den Docht der Sturmlaterne hielt, die sie hier in einer kleinen Holzkiste heimlich aufbewahrten, beleuchtete sein Gesicht. Es war das gut geschnittene Gesicht eines jungen kraftstrotzenden Schwarzen, dessen Haut so glatt und dunkel war wie blankpoliertes Ebenholz.

Er trug über einer einfachen ausgeblichenen Leinenhose eine Jacke aus Opossumfellen. Sie war sein ganzer Stolz, denn er hatte die Tiere selbst gefangen und enthäutet und die Felle zusammengenäht. Vier Jahre hatte es gedauert, bis er genug Felle für eine ärmellose Jacke beisammengehabt hatte. Er hatte darauf verzichtet, diese Nacht ein Hemd darunter zu tragen, wusste er doch, wie sehr seine nackte Haut und das Spiel seiner Muskeln sie erregten.

Rhonda lehnte sich gegen einen Baumwollballen und betrachtete den Schwarzen mit Besitzerstolz, während dieser den Docht entzündete und das Glas wieder herunterließ. Er blies das Zündholz in der geschützten hohlen Hand aus und nässte die verkohlte Spitze sicherheitshalber noch mit Daumen und Zeigefinger, die er mit Speichel befeuchtet hatte. Er steckte das Zündholz in seine Hosentasche und drehte sich zu ihr um. »Zufrieden?«, fragte er und schaute sie mit unverhohlener Begierde an. Die straffe Wölbung seiner Hose verriet, dass er es nicht erwarten konnte, sich mit ihr auf der Pferdedecke, die er schon auf dem Boden über einer dicken Lage Baumwolle ausgebreitet hatte, zu vereinigen.

Rhonda lächelte, während sie scheinbar gedankenlos mit ihrem Gürtel spielte und den Knoten öffnete. »Du kannst es sicher nicht erwarten, nicht wahr?«, fragte sie spöttisch, während sie den Morgenmantel von ihren Schultern gleiten und ihn dabei nicht aus den Augen ließ. Sie fing den Samtmantel auf, bevor er zu Boden fiel, und legte ihn so über den Ballen hinter ihr, dass der Derringer nicht aus der Tasche rutschen konnte.

Wie gebannt starrte er sie an, als sie nun nur noch mit

ihrem dünnen Batisthemd bekleidet war, und er leckte sich über die Lippen, ohne es zu merken. »Ich hab' mächtig lange darauf gewartet«, gab er mit rauer Stimme zu.

»Das meinte ich nicht.«

Er furchte die Stirn, während er einen Schritt auf sie zuging.

»Was denn?«, fragte er und verschlang sie mit seinen Blicken. Er wollte sie berühren, erinnerte sich jedoch noch rechtzeitig ihrer Zurechtweisung und ließ die schon erhobene Hand wieder sinken.

»Ich meinte damit morgen!« Sie sah ihn scharf an, und ihre Stimme war hart wie Stein, als sie hinzufügte: »Du weißt, was morgen geschieht. Jeder auf Cotton Fields weiß, was morgen für ein Tag ist! Wir werden die Plantage verlassen und ihr bekommt eine neue Herrin! Tu nicht so, als wüsstest du das nicht schon längst!«

Tom ließ sich nicht anmerken, dass er in der Tat sehr wohl wusste, wovon sie sprach. Seit gut einer Woche, seit diese beiden fremden Männer mit den Duvalls von New Orleans nach Cotton Fields zurückgekommen waren, wurde auf der Plantage kaum noch von etwas anderem gesprochen – wenn auch jeder bemüht war, dies vor der Herrschaft zu verbergen. Hugh Stringler und Jim Wilkens hießen die beiden schweigsamen Fremden, die ohne Zweifel aus dem Norden kamen, denn sie redeten so merkwürdig, dass sie nur Yankees sein konnten. Südstaatler waren sie auf jeden Fall nicht.

Miss Rhonda, Massa Stephen und die Missus hassten diese Männer, das war auch dem Dümmsten sofort aufgefallen, doch sie mussten sie offensichtlich gewähren lassen, und das war es, was ihnen allen Rätsel aufgegeben hatte.

Seit ihrer Ankunft waren sie vom Morgengrauen bis tief in die Nacht unermüdlich damit beschäftigt, alles in endlose Listen einzutragen. Manchmal kam es Tom so vor, als würden sie alles und jedes bis auf den letzten Halm und Strauch, die auf der Plantage wuchsen, erfassen wollen. Denn sie zählten nicht nur die Gerätschaften, das Vieh und die Sklaven von Cotton Fields, sondern führten in ihren Listen auch jeden Kerzenhalter und jede Tischdecke, jedes Möbelstück und jedes Bild, ja sogar jeden Schinken und jede Flasche Wein aus den Vorratskellern auf. Ja, nicht einmal die Töpfe und Pfannen, Schüsseln und Kessel im Küchenhaus erschienen ihnen unwichtig genug, um sie nicht in ihre Listen aufzunehmen. Alles wurde mit pedantischer Sorgfalt gezählt und eingetragen. Es gab nichts, was ihren scharfen kühlen Augen entging.

Kein Wunder, dass vom ersten Tag an tausend Gerüchte unter den Sklaven die Runde machten, von denen eines abenteuerlicher klang als das andere. Der Schmied wollte schon am ersten Tag mit jedem eine Wette um eine Wochenration Tabak eingehen, dass die beiden Yankees Sachverständige eines Auktionshauses waren und dass Cotton Fields samt Sklaven, Vieh und Mobiliar bald unter den Hammer eines Auktionators kommen würde. Es ging das Gerücht, dass Massa Stephen, dessen Leidenschaft für das Glücksspiel ein offenes Geheimnis war, die Plantage in einer einzigen Nacht am Spieltisch eines vornehmen Freudenhauses in New Orleans verloren habe – und zwar an einen vermögenden Spekulanten aus dem Norden. Dagegen behauptete Bess, die alte grauhaarige Hexe, die kaum noch ihr Brot als Flickschneiderin verdiente, erfahren zu haben, dass die Missus, Catherine Duvall höchstpersönlich, für all diese zutiefst beunruhigenden und befremdlichen Aktivitäten verantwortlich sei. Doch fragte man nach und forderte einen Grund von ihr, so wusste sie keinen zu nennen und zog sich hinter vage Andeutungen, dass alles ein schlimmes Ende nehmen würde, was sie ja schon immer gewusst habe, zurück. Wer sie kannte, dem war spätestens dann klar, dass sie in Wirklichkeit gar nichts wusste – genauso wenig wie jeder andere von ihnen.

Es war Phyllis gewesen, die das Geheimnis, das ihnen allen so viel Rätselraten bereitet hatte, schließlich gelüftet hatte. Phyllis war das »Teemädchen« von Massa Stephen. So wurden die hübschen jungen Haussklavinnen unter den Weißen genannt, die zu später Stunde in die Schlafgemächer des Pflanzers oder seiner Söhne gerufen wurden, um ihnen angeblich einen schlaffördernden Tee ans Bett zu bringen. Dabei wusste jeder auf der Plantage, die Mistress nicht ausgenommen, dass diese

Teemädchen auf ganz andere Art für einen gesunden Schlaf sorgten, nämlich mit ihrem Körper.

Phyllis hatte von Massa Stephen erfahren, dass er, seine Mutter und seine Schwester die Plantage verlassen mussten. Ein Gericht in New Orleans habe Cotton Fields aufgrund des Testaments seines verstorbenen Vaters Henry Duvall einer gewissen Valerie zugesprochen. Angeblich war diese Valerie das erste Kind von Henry Duvall gewesen, das alle für tot gehalten hatten. Es sollte einen Schuss Negerblut in seinen Adern haben, wie man sich erzählte. Es hieß, Valerie sei die Frucht einer leidenschaftlichen Beziehung von Henry Duvall zu einer ungewöhnlich hellhäutigen Sklavin, die er geliebt habe und die bei der Geburt ihres Kindes gestorben sei. Damit war es ein Bankert und eigentlich kein legitimes Kind, das einen Erbanspruch geltend machen konnte. Hellhäutige Kinder, von Teemädchen zur Welt gebracht, gab es fast auf jeder Plantage, auch auf Cotton Fields. Doch selbst wenn der Massa sie gezeugt hatte, änderte das nichts an ihrem Schicksal – dass sie nämlich einzig die Zahl der Sklaven vergrößerten, was willkommen war, und ohne irgendwelche Sonderrechte wie alle anderen auf den Feldern und Pflanzungen zu schuften hatten. Sie waren Nigger, nichts weiter.

Doch offenbar war diese Valerie alles andere als tot, und dass ein wenig schwarzes Blut in ihr floss, hatte das Gericht diesmal nicht davon abgehalten, sie zur einzig rechtmäßigen Erbin zu erklären, wie ungewöhnlich das auch erscheinen mochte.

Tom war nicht traurig darüber, dass die Duvalls Cotton Fields verlassen mussten. Henry Duvall war ein guter Massa gewesen, und sie hatten ihm alle ihren Respekt und in gewisser Weise auch ihre Zuneigung entgegengebracht, auch wenn er gelegentlich recht streng gewesen war. Doch seit seinem Tod war das Leben auf Cotton Fields anders geworden, das hatte sich schon bei der letzten Ernte gezeigt. Die Missus hatte einen neuen Verwalter eingestellt, den Massa Stephen wiederholt aufgefordert hatte, ruhig mehr Gebrauch von der Peitsche zu machen. Nein, Massa Stephen würde kein Schwarzer auch nur eine Träne nachweinen, und das traf wohl auch auf die Missus zu, die von den Haussklaven schon immer wegen ihres strengen, unerbittlichen Regiments gefürchtet wurde. Was nun Rhonda anging, die schamlose Missy, so hegte er da gemischte Gefühle. Es erfüllte ihn zwar einerseits jedes Mal mit Genugtuung, wenn sie nackt und schutzlos unter ihm lag, ihm ihren lilienweißen Leib darbot, sich wollüstig unter seinen Stößen wand, sich vor wilder Ekstase an ihn klammerte und er sich schließlich in ihr verströmte, ihr den Samen eines Niggers in den Schoß pflanzte. Doch andererseits war sie unberechenbar, ihre Launen waren anstrengend und verstörten ihn manchmal, sodass er sich vor ihr fürchtete. Etwas in ihm riet ihm schon seit einiger Zeit, sich besser von ihr zu lösen, denn in was er sich da eingelassen hatte, wäre schon unter den günstigsten Vorzeichen, nämlich wenn sie ihn wirklich geliebt hätte, was nicht der Fall war, ein Spiel mit dem Feuer gewesen; doch so war es purer Wahnwitz, sich immer wieder mit ihr zu treffen und sich in den Strudel ihrer Leidenschaft zu stürzen. Eine instinktive Ahnung sagte ihm, dass sie nicht nur gefährlich für ihn war, wie jede andere Weiße, sondern dazu auch noch einen Hang zur Grausamkeit besaß. Weshalb sollte er weiterhin sein Leben riskieren? Sie war nicht die Einzige, die ihm höchste Lust schenken konnte. Es gab auf Cotton Fields genügend hübsche Schwarze, die darauf warteten, dass er sie beachtete und mit denen er seinen Spaß haben konnte. Nein, auch ihr würde er nicht nachtrauern, wenn sie morgen die Plantage verließ.

Doch er hütete sich, sich auch nur im Geringsten anmerken zu lassen, was ihm da durch den Kopf ging. So zuckte er, als sei ihm das alles gleichgültig, die Achseln. »Ich bin nur ein Nigger, Missy. Ich versteh' von solchen Sachen nichts.«

Rhonda sah ihn einen Moment lang prüfend an, forschte in seinem Gesicht, weil sie das Gefühl hatte, dass er etwas vor ihr verbarg. Doch dann wischte sie dieses Gefühl wieder beiseite. Was hatte es auch zu bedeuten, er war nichts weiter als ein Nigger – und Ton in ihren Händen, das würde sie ihm schon zeigen.

»Zieh die Hose aus!«, befahl sie ihm scheinbar zusammenhanglos.

Er war froh, dass sie nicht weiter darüber reden wollte, welche Veränderungen es von morgen an auf der Plantage geben würde, und kam ihrer Aufforderung nur zu bereitwillig nach. Rasch fuhr er aus der zerschlissenen Hose, die in der Hüfte nur von einem Strick gehalten wurde. Ohne Scham stand er aufrecht vor ihr und zeigte ihr, was sie zu sehen wünschte. Er wusste, dass er sie nicht enttäuschte. Prall und steil ragte seine Männlichkeit von ihm ab.

Als er auch noch seine Felljacke ausziehen wollte, schüttelte sie den Kopf. »Nein, nicht! Lass sie an!«, bestimmte sie. Diese derbe Jacke aus primitiv zusammengeflickten Fellen gab ihm etwas erregend Animalisches und unterstrich noch seine kraftvolle Gestalt.

Er lächelte stolz. »Ich bin bereit, Rhonda.«

Das war er in der Tat! Beim Anblick seines eindrucksvollen Geschlechts bekam sie einen trockenen Mund und ein erregendes Kribbeln ging durch ihren Körper und konzentrierte sich in ihren Lenden. Sie umfasste es mit beiden Händen, was ihm ein lustvolles Stöhnen entlockte. Heiß und hart drängte es sich ihr entgegen, voller Ungeduld, sich in sie zu bohren.

»Das magst du, nicht wahr?«, fragte Rhonda heiser, während ihre Hände seine Erregung noch steigerten.

»Ja, sehr, aber ich weiß was, das ich noch lieber mag und dir auch mächtig viel Spaß macht«, erwiderte er und zog nun die drei Satinschleifen nacheinander auf. Sie ließ es geschehen und gab sein Glied frei, als er ihr das Nachthemd schließlich auszog.

Sie schloss die Augen und legte den Kopf in den Nacken, als er sich nun vorbeugte und die Spitze ihrer rechten Brust in den Mund nahm, während seine Hände besitzergreifend über ihren nackten, ihm willig dargebotenen Körper glitten, jede Rundung nachzeichneten und sich zwischen ihre Schenkel zwängten. Dann presste er seinen Unterleib gegen den ihren, dass sein aufgerichtetes Glied hart und heiß gegen ihre Bauchdecke pochte.

»Du wirst eine neue Mistress bekommen«, wiederholte sie, was sie vor wenigen Augenblicken schon einmal zu ihm gesagt hatte, während ein Schauer der Wollust durch ihren Körper ging und sie ihre Hände unter seine Jacke gleiten ließ, hinunter zu seinem straffen Gesäß.

Er wusste nicht, wie er auf ihre wiederholte Ankündigung reagieren sollte, und hielt es deshalb für klüger, gar nicht darauf einzugehen. Er gab ihre Brust frei und richtete sich auf. »Ich weiß«, sagte er nur leichthin und drängte: »Komm, legen wir uns auf die Decke. Ich halte es nicht länger aus ...«

Rhonda schlug ihm ihre flache Hand ins Gesicht und funkelte ihn zornig an. »Gar nichts weißt du!«, zischte sie. »Valerie hat kein Recht auf Cotton Fields! Sie hat sich unser Land, unsere Plantage durch hinterhältigen Betrug angeeignet. Sie kann niemals Mistress sein, verstehst du? Sie ist ein gottverdammter dreckiger Bastard!«

Er rieb sich die brennende Wange. Ihre Stimmungsschwankungen und Temperamentsausbrüche waren ihm vertraut, überraschten ihn jedoch immer wieder. Er wusste nicht, welchen Fehler er diesmal begangen hatte, doch er machte sich auch nicht die Mühe, darüber nachzugrübeln. Das Einzige, was sie von ihm wollte, war das, was er zwischen den Beinen hatte, und darauf verstand er sich. »Ein Bastard, wie wir ihn zeugen könnten, nicht wahr?«, erwiderte er spöttisch. »Na, der würde bestimmt auch kein Morgen Land erben, sondern wie alle anderen Mulatten auf den Feldern landen.«

»O nein, das wird niemals geschehen«, versicherte Rhonda und bedachte ihn mit einem verächtlichen Blick. »Hast du etwa geglaubt, ich würde es hier mit dir treiben, ohne mir sicher zu sein, dass das ohne Folge bleibt? Hast du wirklich angenommen, ich würde das Risiko eingehen, mich der Schande auszusetzen, von einem Feldnigger wie dir geschwängert zu werden?«

Er fühlte sich durch ihre herablassende Art nicht verletzt, weil er das bei ihr gewohnt war, und zuckte nur desinteressiert die Achseln. Er war nicht hier, um sich mit ihr zu streiten. Kein Sklave stritt sich mit einem Weißen, schon gar nicht mit einer weißen Frau. Und er war froh, dass morgen alles ein Ende hatte. Dies war ihre letzte Nacht, ihr letztes verbotenes Zusammensein. Noch einmal würde er es mit der weißen Missy treiben, und dann war es vorbei. Das war alles, was ihn interessierte.

»Du wirst schon wissen, was du tust.«

»Worauf du dich verlassen kannst!« Rhonda dachte an Bernard, ihren ersten schwarzen Liebhaber. Er hatte sich nicht nur auf die Kunst der Wollust verstanden, sondern auch gewusst, wie man eine Schwangerschaft verhindern konnte. Allein ihm hatte sie es zu verdanken, dass sie ihren verbotenen Gelüsten hemmungslos nachgehen konnte, ohne Gefahr zu laufen, dass die Frucht ihrer Verfehlungen sie zu einer Ausgestoßenen ihrer Gesellschaft machte.

Bernard hatte sein Wissen von seiner Großmutter Lettie, die jetzt schon seit Jahrzehnten Hebamme der Schwarzen auf Cotton Fields war. Rhonda hegte die feste Überzeugung, dass Lettie in die Geheimnisse des menschlichen Körpers und die Wirkung der verschiedensten Kräutermixturen und Arzneien mindestens genauso gut eingeweiht war wie Doktor Rawlings, der angesehene Arzt, den die Duvalls schon seit vielen Jahren zu konsultieren pflegten.

»Dann ist ja alles gut«, sagte Tom zufrieden.

»Gar nichts ist gut«, murmelte Rhonda.

»Aber ich werde es dir gut machen«, sagte er mit Verlangen in der Stimme. Er brannte darauf, sie endlich zu besitzen. Sie hatte genug geredet. »Komm auf die Decke.« Er wollte sie vom Ballen zu Boden ziehen.

»Nein, ich will es hier ... so«, widersetzte sie sich seinem Wunsch, legte sich rücklings auf den hüfthohen Baumwollballen und winkelte die Beine an, bot sich ihm dar.

Tom war mit einem Schritt zwischen ihren gespreizten Schenkeln, und ihr warmer, feuchter Schoß nahm ihn in sich auf. Er füllte sie so aus, dass ihr im ersten Augenblick der Atem wegblieb. Sie war immer wieder aufs Neue erstaunt, wie stark er war.

Rhonda überließ sich ihm ganz, gab sich völlig dem kraftvollen Rhythmus seiner Stöße hin, die sie von den Zehenspitzen bis in den Kopf mit sengender Lust erfüllten, erwiderte diesen wilden atemlosen Rhythmus mit ihren Hüften und ließ sich von den immer höher steigenden Wellen der Wollust davontragen.

Doch sie gestattete ihrer Begierde nicht, dass sie die Oberhand über sie gewann und sie alles andere vergessen ließ. O ja, sie genoss seine ungestüme Hingabe, die mehr von Kraft und Ausdauer als von Einfühlsamkeit gekennzeichnet war, und das war genau das, was sie sich wünschte, und sie genoss das Anwachsen der Lust, aber dennoch arbeitete ihr Verstand klar und präzise.

Sie beobachtete ihn, schaute in sein lustverzerrtes Gesicht und sah auf seine fast schwarzen Hände, die sich um ihre weißen Brüste krallten, als wollte er sie nie wieder freigeben.

Ganz langsam wanderte ihre rechte Hand zu ihrem Morgenmantel, der keine Armlänge entfernt von ihr lag. Ihre Finger glitten in die Tasche, stießen gegen kühles Metall und umfassten das perlmuttbesetzte Griffstück der winzigen Waffe, die von ihrer Hand fast verborgen wurde.

Tom hätte sie nicht bemerkt, auch wenn es ein normaler Revolver gewesen wäre. Er sah nur ihren herrlichen Körper, der ganz ihm gehörte, der Körper einer weißen Missy, der ihm, einem Feldsklaven, verfallen war.

»Küss meine Brüste!«, verlangte sie.

Er beugte sich vor, um ihrem Befehl Folge zu leisten. Doch noch bevor seine Lippen ihre Brust berühren konnten, hatte Rhonda die Hand gehoben und ihm den Doppellauf des Derringers auf die Stirn gesetzt, genau zwischen die Augen, ein Fingerbreit über der Nasenwurzel.

»Beweg dich nicht! Wenn ich den Finger krümme, hast du ein Loch in der Stirn! Ein hübsches kleines Loch, das aus dir einen toten Nigger macht, und das möchtest du doch nicht, oder?«

Er erstarrte, als er den kalten Stahl auf seiner Stirn spürte, und verdrehte die Augen, konnte die Waffe jedoch nicht scharf ins Bild bekommen. »Jesus!«, stieß er keuchend hervor, und ein flackernder Ausdruck, der an Angst grenzte, trat in seinen Blick. »Was soll das? ... Ist das eines von deinen verrückten Spielen?«

»Es ist kein Spiel, Nigger!«, erwiderte sie kalt. »Jedenfalls nicht für dich. Du sollst begreifen, *wer* du bist und *was* du bist, Nigger! Du bist ein Sklave, und du gehörst mir, hast du mich verstanden?«

»Ja, ja, natürlich, Missy«, versicherte Tom hastig und verstand in Wirklichkeit gar nichts. Er hatte vielmehr das entsetzliche Gefühl, einer seiner Albträume, die ihn nachts immer öfter heimsuchten und hinterher schweißnass von seiner Bettstatt auffahren ließen, wäre nun Wirklichkeit geworden.

»Nein, du bist zu dumm, um tatsächlich begriffen zu haben! Doch ich werde schon dafür sorgen, dass wir nicht aneinander vorbeireden, mein strammer Hengst«, sagte sie höhnisch und schlang nun ihre Beine um seine Hüften. Sie spürte, wie er in ihr erschlaffte und aus ihr zu gleiten drohte. »Was ist denn, ist dir etwa jede Lust vergangen?«

Er schluckte. »Rhonda, nimm das verdammte Ding von meiner Stirn! Bitte!«, flehte er sie an.

»Alles zu seiner Zeit. Ich möchte doch sichergehen, dass du nichts von dem vergisst, was ich dir sage«, erwiderte sie, ohne den Druck des Derringers zu mindern, geschweige denn, die Waffe sinken zu lassen.

»Was ... was willst du bloß von mir?«, keuchte er angsterfüllt, denn er fürchtete, sie könnte den Verstand verloren haben.

»Hör gut zu. Ich hab' vorhin gesagt, dass wir morgen Cotton Fields verlassen werden, weil dieser Bastard Valerie mit seinem hinterhältigen Komplott den Sieg davongetragen hat!«, stieß sie mit kaltem Hass hervor. »Aber wie mein Bruder so treffend bemerkte: ›Eine gewonnene Schlacht macht in einem Krieg noch längst nicht den Sieger!‹ Gut, sie hat uns eine böse Schlappe zugefügt, doch der Krieg hat erst angefangen, und sie wird ihn nicht gewinnen, weil sie ein Bastard ist und wir nicht zulassen werden, dass sie Cotton Fields behält! Nicht dieses Flittchen Valerie ist deshalb deine Mistress, sondern du gehörst auch weiterhin mir, hast du mich verstanden?«

»Ja, ja, Missy!«, versicherte er hastig und mit zitternder Stimme, wagte jedoch nicht, sich zu bewegen. Ihm war, als bohrten sich die kleinen Mündungen des Derringers durch seine Stirn. Wie ein Eisdorn saß der Stahl zwischen seinen Augen und lähmte ihn.

»Ich könnte dich jetzt töten, wenn mir danach wäre, und niemand würde mich dafür zur Rechenschaft ziehen. Ich werde immer diese Macht über dich haben, weil meine Haut weiß ist und das Wort eines Niggers gegen das einer weißen Lady so viel gilt wie eine Handvoll Kot!«

»Ja, Miss Rhonda! Ich weiß, ich bin nur ein Nigger! Aber warum tun Sie das mit mir?« Angstschweiß perlte auf seiner Stirn. Von seiner gewaltigen Erektion war nichts mehr geblieben. »Ich würde doch nie etwas tun, was Sie verletzen könnte!« Er merkte gar nicht, dass er die vertraute Anrede aufgegeben hatte und sie wieder Miss Rhonda nannte.

»Gut, dass du das begreifst. Und nun hör zu, was du zu tun hast! Du weißt sicherlich, wo früher der alte Köhler gehaust hat, nicht wahr?«, fragte sie.

»Ja, natürlich. Im Wald im Westen am Bajou, wo der Turner Creek Cotton Fields von Darby Plantation trennt«, antwortete er hastig.

»Richtig, und die Hütte des Köhlers steht noch immer da, wenn sie auch schon reichlich verfallen ist, aber das macht nichts. Du wirst dich von jetzt an jeden Sonntag dort einfinden und auf mich warten, und zwar stets eine Stunde vor Sonnenuntergang.«

»Aber wie soll ich wissen, ob ich auch kommen kann?«, wandte er verstört ein.

»Sonntag ist euer freier Tag. Daran wird sich auch unter dem verfluchten Valerie-Bastard nichts ändern. Du wirst es einzurichten verstehen, und wenn du dich beeilst, läufst du nicht länger als eine Stunde. Niemand wird dich vermissen. Du kommst, und keine Widerrede!«, bestimmte sie mit einem warnenden Unterton. »Und du wirst mir alles berichten, was sich auf Cotton Fields zuträgt, vor allem, was dieser Bastard tut und sagt!«

»Aber ich bin doch nur ein Feldsklave! Wann komm' ich denn schon mal ins Herrenhaus!«

»Sieh zu, dass du mit einem von den Mädchen anbändelst, die im Haus arbeiten! Das sollte dir doch nicht schwerfallen. Also, was ist, wirst du das tun?«, fragte sie scharf und verstärkte den Druck der Waffe.

»Ja, ich werde alles tun«, versprach er augenblicklich. »Ich werde kommen!«

»Jeden Sonntag eine Stunde vor Sonnenuntergang?«

»Ja, ja!«

Sie lächelte. »Ich wusste, dass wir uns verstehen würden«, sagte sie sarkastisch und nahm nun den Derringer von seiner Stirn. Die Doppelmündung hinterließ eine kleine blutunterlaufene Acht auf seiner Haut. »Ich hätte dich eigentlich auch zu ungern verloren, wo du doch so amüsant sein kannst, wenn du dir Mühe gibst. Nun, unsere Treffen in der Hütte des Köhlers werden nicht ohne Reiz sein, mein schwarzer Hengst.«

Er stöhnte auf. »O mein Gott ...« Zitternd stand er vor ihr.

Lachend schob sie die Waffe in ihren Morgenmantel zurück. »Du machst ja einen richtig mitgenommenen Eindruck. Hat dir die Missy den Appetit verdorben?«, zog sie ihn auf. »Nein, das kann ich nicht glauben. Du brauchst nur ein bisschen Ermunterung, um wieder in Stimmung zu kommen, nicht wahr? Ach, das haben wir gleich.« Sie beugte sich dabei vor und ließ ihre Hände über seinen breiten Brustkorb gleiten. Sie vollführte kreisende Bewegungen, strich über seine Hüften und wanderte dann schnell abwärts. Ein triumphierendes Lächeln trat auf ihr Gesicht, als sie sah, wie er in ihren Händen wuchs und sich zu gewohnter Stärke aufrichtete. O ja, er war in jeder Beziehung Ton in ihren Händen und würde tun, was sie von ihm verlangte.

»Ja, ja, du wirst mich nicht enttäuschen«, murmelte sie vor sich hin, und es war mehr für sie selbst als für ihn bestimmt. Tom nahm sie mit ungestümer Heftigkeit, mit einer fast gewalttätigen Raserei, in der sich zügellose Wollust mit ohnmächtigem Zorn vermischten.

Rhonda spürte den Hass und die Ohnmacht in ihm,

und dieses Wissen steigerte ihre Lust, statt sie zu dämpfen. »Du gehörst mir, nur mir allein!«, flüsterte sie in sein Stöhnen hinein, ohne dass er sie hören konnte. Dann vergaß sie vorübergehend den schäbigen Schuppen, das schwach brennende Licht, die fest gepresste Baumwolle unter ihrem erhitzten Leib – und dass dies ihre letzte Nacht auf Cotton Fields war.

2.

Als Fanny Marsh das Zimmer ihrer Herrin betrat und den Frühmorgentee brachte, eine Gewohnheit, die sie auch hier in der Neuen Welt beibehalten hatten, nahm sie an, Valerie wie immer erst sanft wecken zu müssen. An diesem Morgen fand sie ihre Herrin jedoch schon wach und aufrecht sitzend in ihrem Himmelbett vor, das mit feinstem perlgrauen Satin bezogen war. Perlgrau schimmerte auch der Baldachin, der sich über ihr spannte und von den vier handgeschnitzten Bettpfosten getragen wurde.

»Aber Sie sind ja schon wach, Miss Valerie! Und dabei ist es draußen noch nicht einmal richtig hell!«, rief die Zofe beinahe vorwurfsvoll, ging um das Bett herum und stellte die Teetasse auf das Nachtschränkchen an Valeries Seite. Fanny war eine mollige Person, klein und von untersetzter Figur. Doch sie bewegte sich flink und war stets von fröhlicher Betriebsamkeit. Der lockige rote Haarschopf passte wunderbar zu ihrem Wesen und ihrem noch mädchenhaften Gesicht. Dabei war sie alles andere als ein junges Mädchen, sondern eine Frau von sechsundzwanzig Jahren, nur sechs Jahre älter als ihre Herrin. Seit Valeries zwölftem Lebensjahr war sie ihr nicht nur eine vorbildliche Zofe, sondern immer auch eine gute Freundin gewesen, in Leid und Freud, und das Jahr 1860, das sich jetzt rasch seinem Ende näherte, hatte ihnen beiden viel Leid beschert.

»Ich bin schon eine ganze Weile wach, Fanny, und ich fühle mich wunderbar«, erwiderte Valerie mit einem herzlichen Lächeln. Sie war bereits lange vor dem ersten Morgengrauen aufgewacht. Wirre Träume hatten sie im Schlaf verfolgt, doch sowie sie die Augen aufgeschlagen hatte, waren die Bilder ihrer Träume verblasst. Sie fühlte sich frisch und ausgeruht, als hätte sie zwölf Stunden tief und fest geschlafen und nicht mit Fanny, ihrer getreuen Zofe, bis Mitternacht im Salon gesessen und über tausenderlei Dinge geredet. »Es ist ein Wunder, dass ich in der letzten Nacht überhaupt ein Auge zugetan habe. Hast du denn vergessen, was heute für ein Tag ist?«

»Wie könnte ich das! Ich weiß sehr wohl, was für ein besonderer Tag das ist, Miss Valerie«, sagte Fanny schmunzelnd und trat zum Kamin. Sie stocherte in der Asche herum und legte eine Handvoll Glut frei. Schnell hatte sie mit etwas Reisig aus der Brennholztruhe ein Feuer entflammt, in das sie dicke, trockene Hickoryscheite legte, denen ein angenehm würziger Geruch entströmte. Hell loderten die Flammen auf, und sofort breitete sich eine wohltuende Wärme im Zimmer aus, vertrieb die Kühle des frühen Morgens. »Sie haben ja lange genug auf diesen Tag gewartet und dafür gekämpft.« Und in Gedanken fügte sie hinzu: Und schrecklich gelitten haben Sie dafür auch!

Valerie griff nach der Tasse an ihrem Bett, umfasste sie mit beiden Händen und genoss jeden Schluck des milchigen Tees. »Weißt du, irgendwie kommt mir das wie ein Traum vor, dass ich es nun wirklich geschafft haben und von heute an Herrin auf Cotton Fields sein soll«, sagte sie versonnen.

»Ich kann Sie beruhigen, es ist bestimmt kein Traum, Miss Valerie. Ich jedenfalls träume ganz sicher nicht. Dafür war das Wasser, mit dem ich mich vorhin gewaschen habe, einfach zu kalt«, versicherte Fanny auf ihre muntere, direkte Art.

»Ach, wenn ich dich nicht hätte ...«

»Ja, dann wäre es sicherlich schlimm um Sie bestellt«, sagte Fanny trocken, doch ihre Augen lachten, als sie den amüsierten Blick ihrer Herrin auffing.

Valerie stellte die leere Tasse ab, schlug die Decke zurück und schwang sich aus dem Bett. Sie streckte sich, trat ans Fenster und zog die schweren Vorhänge auf. Das Fenster ging zum Garten hinaus. Es war noch still in den Straßen von New Orleans und in den schmalen Gassen behauptete sich noch die Nacht mit ihren Schatten. Auch der Garten war noch in Dunkelheit getaucht, doch im Osten kündigte sich schon der neue Tag an. Die Sterne waren verblasst. Ein grauer Lichtstreif, der schnell heller und breiter wurde, zeichnete sich am Himmel ab.

Ein neuer Tag. Der Tag, an dem sie nach Cotton Fields zurückkehren würde, dem Ort ihrer Geburt –

und dem Ort so vieler Grausamkeiten. Dort war nicht nur ihre Mutter Alisha eines gewaltsamen Todes gestorben, sondern auch ihr Vater kaltblütig ermordet worden, von seiner Frau Catherine Duvall. Ja, ermordet. Denn wie sollte man es anders nennen, wenn man tatenlos zusah, wie ein Mensch mit dem Tod rang, und ihm die womöglich lebensrettende Medizin verwehrte, nach der man nur die Hand auszustrecken brauchte?

Fanny hielt einen Augenblick in ihrer Arbeit inne und musterte ihre Herrin, der sie nun schon seit acht Jahren diente, voller Stolz, wie sie dort gedankenversunken in ihrem duftigen aprikosenfarbenen Musselingewand vor dem Fenster stand. Valerie war wirklich eine Frau von ungewöhnlicher Ausstrahlung und Schönheit, wenn sie selbst auch nicht davon überzeugt war und derlei Bemerkungen als gut gemeinte Schmeichelei wertete. Doch das stimmte nicht. Die Natur schien sich bei ihr tatsächlich ganz besondere Mühe gegeben zu haben, als sie ihre äußeren und inneren Gaben festgelegt hatte. Sie war schlank und doch nicht zu zierlich, um wie ein zerbrechliches Wesen zu wirken. Die Linien ihres Körpers hätten auch von einem begnadeten Bildhauer nicht besser gestaltet werden können. Sie war schmal in der Taille, sodass sie eng geschnürter Korsagen nicht bedurfte, und sehr fraulich, was ihre vollen, hohen Brüste betraf.

Valerie gehörte überhaupt in keiner Hinsicht zu denjenigen, die leicht übersehen wurden, wie Fanny insgeheim neidlos einräumte. Dafür sorgte schon ihr üppiges schwarzes Haar, das je nach Lichteinfall einen warmen Blauschimmer zeigte. Ihre Haarpracht fiel ihr wie eine schwarze Flut bis auf die makellosen Schultern.

Ihre Augen, die unter sanft geschwungenen Brauen und dichten Wimpern lagen, waren von einem ungewöhnlichen Grau, in dem winzige Goldflocken zu schwimmen schienen. Eine wohlgeformte Nase und ein hübscher Mund, der tiefe Sinnlichkeit verriet, vervollständigte ihr Gesicht, das kein Mann so schnell vergaß. Und wie wunderbar ihre Haut war, wie geschmeidig und glatt und nur ganz leicht getönt, wie Creme, der man einen winzigen Tropfen Schokolade beigerührt hatte.

Fanny unterdrückte ein Seufzen. Ja, ihre Herrin war wirklich eine Schönheit, das war sie immer gewesen, schon als junges Mädchen. Doch zu ihrer erregenden äußeren Erscheinung hatte sich in den letzten Monaten eine Reife gesellt, die ihr gut zu Gesicht stand – aber auch eine Härte, geboren aus dem Hass und der Qual, mit der man sie verfolgt hatte, seit sie den Brief ihres Vaters erhalten und England verlassen hatte, ahnungslos, was sie erwartete.

Aber diese schreckliche Zeit, die Zeit der Verschleppung auf Cuba und die Versklavung durch skrupellose Verbrecher, die Catherine Duvall gedungen hatte, um Valerie zu töten und ihren Kindern Cotton Fields zu sichern, diese dunkle Zeit der Angst und Qual lag endgültig hinter ihr, und sie wollte nicht länger daran denken. Schon gar nicht an diesem Tag.

Auch Valerie hing ihren Gedanken nach und fuhr auf, als Fanny etwas zu ihr sagte. »Was meinst du?«, fragte sie.

»Der alte Samuel ist überzeugt, dass es heute ein prächtiger Tag wird«, wiederholte ihre Zofe, während sie das Bett aufschlug und die Kissen schüttelte, obwohl das gar nicht ihre Aufgabe war. Dafür war Liza, das tüchtige Hausmädchen, da. Und während sie das Laken glatt strich und hier und da an den duftigen Draperien des Himmelbetts zupfte, plapperte sie munter weiter. »Er sagt, er spürt das Wetter in den Knochen, und wenn er sich einmal doch nicht ganz sicher ist, brauchte er nur einen Blick zu den Pferden in den Stall zu werfen, um sich letzte Gewissheit zu verschaffen. Also, ich weiß nicht. Diese Schwarzen sind manchmal wirklich merkwürdige Gesellen, aber Samuel würde ich es fast glauben. Ich mag ihn sehr.« »Ja, und er hat unsere Zuneigung auch mehr als verdient«, pflichtete Valerie ihr bei. Wenn Samuel ihrem Vater nicht so treu ergeben gewesen und die geheime Schatulle mit dem Testament ihr nicht übergeben hätte, wäre es niemals zu dem Gerichtsverfahren und dem sensationellen Urteil gekommen; sie hätte nie auch nur den Hauch einer Chance gehabt, Herrin von Cotton Fields zu werden, wie es der Wunsch ihres Vaters war, den sie nie kennengelernt hatte.

»Ich sag' jetzt Liza Bescheid, dass sie Ihnen heißes Wasser aus der Küche hochbringt. Liza ist schon ganz aufgeregt, und Emily nicht minder. Sie klappert in der Küche mit ihren Töpfen und Pfannen, als müsste sie ein Diner für ein Dutzend Gäste in einer halben Stunde zubereiten. Ich glaube, sie können es genauso wenig erwarten, Cotton Fields zu Gesicht zu bekommen, wie ich.«

»Liza und Emily werden vorerst hier im Haus in der Monroe Street bleiben, bis ich selber besser weiß, wie alles weitergeht.«

»Ja, das wissen sie auch, aber dennoch ist das für die beiden heute ein genauso besonderer Tag wie für Sie«, sagte Fanny und öffnete die Tür zum angrenzenden Waschkabinett, damit sich die Wärme auch dort ausbreiten konnte. »Und nun sagen Sie mir, welches Kleid ich für Sie herauslegen soll.«

»Ach, irgendeins«, sagte Valerie, mit den Gedanken ganz woanders. »Du wirst es schon richtig machen.«

»Aber Miss Valerie!«, protestierte Fanny. »Wie können Sie so darüber hinweggehen? Dies ist Ihr großer Tag und da müssen Sie doch entsprechend gekleidet sein! Jeder soll sehen, dass Cotton Fields die schönste und bestgekleidete Herrin hat, die es dort je gegeben hat! Ich möchte, dass Sie jede andere Dame in New Orleans und sonst wo, ja in ganz Louisiana ausstechen!«

Die Empörung ihrer Zofe, in der ihr Stolz auf sie und ihre freudige Erwartung ganz deutlich zum Ausdruck kamen, zwang ein warmes Lächeln auf Valeries Gesicht und verscheuchte ihre schwermütigen Gedanken. »Ich stimme dir zu, Fanny. Ich habe an diesem Tag eine ganz besondere Verpflichtung, und der werden wir gerecht werden, nicht wahr? Also gut, dann lass uns doch gemeinsam überlegen, welche Garderobe dem Ereignis dieses Tages angemessen ist«, sagte sie. Fanny strahlte vor Freude. »Nichts Pompöses, Miss Valerie. Es muss schlicht, aber umwerfend sein.«

»Das blaue Seidenkleid?«, fragte Valerie, obwohl sie wusste, dass ihre Zofe etwas ganz anderes für sie im Auge hatte. Aber sie wollte ihr den Spaß nicht nehmen, und so tat sie, als wäre sie auch jetzt noch so wie früher als junges Mädchen auf ihren Rat angewiesen. Doch sie musste einräumen, dass Fanny einen vortrefflichen Geschmack besaß, dem sie sich bedenkenlos hätte überlassen können.

»Zu unpraktisch für die lange Fahrt in der Kutsche«, verwarf Fanny diesen Vorschlag augenblicklich.

»Das hochgeschlossene Kostüm aus Gabardine ...«, setzte Valerie an.

Die Zofe schüttelte energisch den Kopf und ließ sie erst gar nicht ausreden. »Das ist wiederum zu praktisch, obwohl es Ihre Figur natürlich ausgezeichnet zur Geltung bringt. Aber es gibt ja kaum ein Kleid, dass dies nicht tut. Nein, Gabardine ist nicht das Passende. Ideal für die Reise, nicht jedoch für Miss Valerie Duvall, die Cotton Fields in Besitz nimmt.«

Valerie verkniff sich ein belustigtes Schmunzeln, fand Gefallen an diesem Spiel, das ihnen beiden so vertraut war, und machte Fanny das Vergnügen, noch drei weitere Vorschläge mit trefflichen Kommentaren, warum dieses und jenes nicht geeignet sei, abweisen zu können.

Schließlich einigten sie sich auf ein flaschengrünes Taftkleid mit gefältelten Falbeln aus zarter pastellweißer Brüsseler Spitze, dessen Schnitt die von Fanny erwähnte Schlichtheit aufwies. Das Dekolleté war recht hoch angesetzt und würde von Valeries reizvoller Brust nur einen dezenten Ansatz erkennen lassen, und die leicht bauschigen und an den Säumen mit Spitze versehenen Ärmel reichten bis zu den Ellbogen. In Anbetracht der derzeit recht freizügigen Mode, die mit nackten Schultern und kaum verhüllten Brüsten dem männlichen Betrachter viel Vergnügen und den von der Natur aus wenig gut bedachten Frauen allergrößte Probleme bescherte, war dieses Kleid mehr als schlicht zu nennen. Doch an Valerie wurde das Schlichte zu raffinierter Eleganz und erotischer Ausstrahlung. Denn gerade in seiner Zurückhaltung, die körperliche Vorzüge nur andeutete, statt sie zu entblößen und damit ihrer magischen Verzauberung zu berauben, lag die außerordentliche Wirkung.

»Ja, dies und kein anderes!«, erklärte Fanny und berührte den schimmernden Taftstoff mit einem verklärten Lächeln, während sie Valerie vor ihrem geistigen Auge schon darin gekleidet sah.

»Na, ganz ohne Falten wird es die Fahrt aber auch nicht überstehen«, neckte Valerie und spielte dabei auf die Seidenkleider an, die vor den Augen ihrer Zofe keine Gnade gefunden hatten.

»Ach was, Sie müssen sich nur gerade halten, und ein paar Falten sind nicht die Welt ... nicht bei diesem Kleid«, ging Fanny beschwingt darüber hinweg und eilte nun aus dem Zimmer, um Liza aufzutragen, der Mistress warmes Wasser zu bringen.

Liza, ein junges, etwas hageres Mädchen, das noch immer so scheu wie ein Reh reagierte, kam kurz darauf mit zwei Wasserkrügen, aus denen Dampf aufstieg. Sie füllte die tiefe Porzellanschüssel im Waschkabinett zur Hälfte mit dem fast kochend heißen Wasser und goss dann aus der Kanne, die sie am Abend zuvor mit frischem kalten Wasser auf die Kommode gestellt hatte, so viel nach, dass Valerie sich nicht Gesicht und Hände verbrennen würde. Anschließend legte sie angewärmte Handtücher daneben. All das tat sie eilfertig, geschickt und stumm, doch als Valerie ihr dankte, war es, als ginge die Sonne auf ihrem unscheinbaren schmalen Gesicht auf, so strahlte sie. Und mit diesem Lächeln auf dem Gesicht huschte sie aus dem Zimmer, nachdem Valerie ihr versichert hatte, dass alles vorhanden sei, was sie brauchte.

Während sie sich wusch, legte Fanny ihre Garderobe heraus und breitete sie sorgfältig auf dem Bett aus: Strümpfe, zarte Spitzenunterwäsche, ein hübsches Miederleibchen mit eingestickten Rosenblüten, drei Unterröcke aus Musselin, dazu die zum Kleid passenden Schuhe sowie ein leichtes Cape, falls Samuel sich in seiner Wettervorhersage geirrt haben und es doch noch ein kühler, feuchter Novembertag werden sollte, obwohl es wirklich nicht danach aussah. Ein Blick zum Fenster hinüber, durch das gerade die ersten Sonnenstrahlen fielen, genügte, um Samuels Zuversicht zu teilen.

Als Valerie ihre Morgenwäsche beendet hatte, kehrte sie zu Fanny zurück, die ihr das Nachtgewand abnahm und ihr das Spitzenhöschen reichte. Es war eines der gewagten, besonders knapp geschnittenen, die schon oberhalb ihrer Knie abschlossen und nicht bis zu den Knöcheln hinabreichten, wie es die Schicklichkeit eigentlich gebot. Doch Matthew hatte darüber gelacht und gesagt, dass ihre Beine viel zu hübsch seien, um unter so vielen Lagen Stoff verborgen zu werden. Er hatte ihr diese knappe Leibwäsche gekauft und versichert, dass sie nicht nur von Frauen zweifelhaften Charakters und fragwürdiger Tugend getragen wurde.

Matthew!

Valerie gab einen schweren Stoßseufzer von sich, in dem eine Sehnsucht lag, die sie in den letzten Wochen mit Gewalt zu verdrängen versucht hatte. Doch Matthew Melville war kein Mann, der sich beiseiteschieben ließ – noch nicht einmal in Gedanken.

»Was haben Sie, Miss Valerie?«, fragt Fanny besorgt, während sie ihrer Herrin das Miederleibchen im Rücken zuknöpfte. »Bedrückt Sie etwas? ... Ist etwas nicht richtig?«

Valerie nahm auf dem gepolsterten Stuhl Platz, damit Fanny sich ihrer Haarpracht annehmen konnte. Hundert Bürstenstriche brauchte langes Haar morgens und abends, wenn es gepflegt sein und seinen Glanz bewahren wollte, so hieß es. Doch ihre Fülle machte gut und gern die doppelte Anstrengung nötig.

»Ach, ich wünschte nur, Matthew wäre heute hier und könnte an meiner Stelle sein, wenn wir nach Cotton Fields fahren«, sagte sie bekümmert.

Der fröhliche Ausdruck verschwand von Fannys Gesicht und machte einer grimmigen Miene Platz. »Aber Miss Valerie! Wie oft habe ich Ihnen nicht schon gesagt, dass Sie besser daran täten, Mister Melville ein für alle Mal zu vergessen und aus Ihrer Erinnerung zu streichen«, sagte sie vorwurfsvoll. »Besonders aber an so einem Tag sollten Sie keinen Gedanken an ihn verschwenden.«

»Fanny, ich liebe Matthew!«, rief Valerie protestierend und wollte sich nach ihr umdrehen.

Doch die Zofe vereitelte die Bewegung schon im Ansatz, zog die Bürste weiterhin gleichmäßig durch ihr Haar und antwortete auf den Einwand ihrer Herrin gänzlich unbeeindruckt: Ja, ja, Sie werden schon darüber hinwegkommen.«

»Aber ich möchte gar nicht darüber hinwegkommen!«, entgegnete Valerie heftig. »Ich liebe ihn, wie ich noch nie einen Mann geliebt habe.«

»Soweit ich weiß, haben Sie vor Mister Melville noch nie einen Mann geliebt ... und ich müsste es doch wissen«, konnte sich Fanny nicht verkneifen zu sagen. Sie standen sich so nahe, dass sie sich gewisse Freiheiten im Gespräch mit ihr herausnehmen konnte, die sonst undenkbar gewesen wären. Doch Valerie hatte sie stets ermuntert, offen und ehrlich ihre Meinung zu sagen, und so hielt sie damit auch nicht hinter dem Berg zurück. Doch sie würde nie etwas sagen, was ihre Herrin verletzen könnte. Dafür war ihr ihre Freundschaft viel zu kostbar. Aber ein klares Wort und manchmal auch freimütige, aus Sorge erwachsene Kritik, das tat ihrer Freundschaft keinen Abbruch. Ganz im Gegenteil. Valerie wusste ihre Offenheit zu schätzen, wenn auch nicht immer das, was sie ihr an Ratschlägen ans Herz legte. »Somit hat das also nicht viel zu bedeuten.«

Valerie ging auf die scharfzüngige Bemerkung ihrer Zofe erst gar nicht ein. »Und ich weiß genau, dass auch er mich liebt!« Geschickt fächerte Fanny die Flut blau schimmernden Haars mit der linken Hand auf, während sie mit der rechten die Bürste kraftvoll führte. »O ja, gewiss liebt Mister Melville Sie«, stimmte sie ihr scheinbar zu, doch der sanfte Spott in der Stimme strafte ihre Worte Lügen, noch während sie ihr über die Lippen kamen. »Wie könnte ich da jemals meine Zweifel haben? Er liebt Sie bestimmt über alle Maßen. Deshalb hat er Sie wohl auch verlassen, als Sie beschlossen, bis zum Letzten um Cotton

Fields zu kämpfen und sogar den Prozess nicht zu scheuen.«

Valerie biss sich auf die Lippen. Das Gefühl, dass er sie im Stich gelassen hatte, als sie seine Liebe und Geborgenheit nötiger denn je gebraucht hätte, hatte auch sie in den vergangenen Wochen, die seit ihrer Trennung verstrichen waren, so manches Mal beschlichen. Aber sie hatte auch versucht, für seine Haltung Verständnis aufzubringen. Deshalb sagte sie nun: »Er hat mich nicht verlassen! Nicht wirklich!« Es klang regelrecht trotzig.

Fanny hob in gespieltem Erstaunen die Augenbrauen und unterstrich ihre vorgebliche Verwunderung noch, indem sie im Kämmen innehielt. »So? Das hat er nicht? Das müssen Sie mir aber erklären. Soweit ich weiß, hat er Sie doch allein hier in New Orleans gelassen und ist mit seinem prächtigen Raddampfer, der River Queen, auf und davon.«

Unmut zeigte sich nun auf Valeries Gesicht. »Ach komm, Fanny, du weißt genau, was ich meine, wenn ich sage, er hat mich nicht verlassen. Und du weißt genau, dass er zurückkommen wird. Vermutlich schon bald.«

»Das befürchte ich auch«, sagte die Zofe trocken und nahm das Bürsten wieder auf.

»Wir hatten einen Streit, nein, Meinungsverschiedenheiten«, korrigierte Valerie sich schnell. »Und ich kann ihn in gewissem Sinn sogar verstehen. Nach all den schrecklichen Dingen, die schon passiert waren, hatte er einfach Angst um mich, wie du weißt, und deshalb wollte er nicht, dass ich meinen Halbgeschwistern und ihrer Mutter weiterhin die Stirn biete und mich damit weiteren hinterhältigen Anschlägen von ihrer Seite aussetze.«

»Ja, mag sein«, räumte Fanny sichtlich widerstrebend ein. »Aber das entschuldigt nicht, dass er sich einfach davongemacht hat.«

»Du gehst zu hart mit ihm ins Gericht. Außerdem hat es mit unserer Liebe gar nichts zu tun!«, beharrte Valerie.

»Ja, ja, die Liebe der Männer treibt hin und wieder höchst seltsame Blüten«, murmelte Fanny spöttisch.

»Weißt du, manchmal nimmt dein Spott schon fast boshafte Züge an«, tadelte Valerie sie. »Warum begegnest du Matthew bloß mit solchem Misstrauen, nach allem, was er für mich getan und gewagt hat? Wenn zwei Menschen sich lieben, bedeutet das doch noch lange nicht, dass sie zwangsläufig in allem einer Meinung sein müssen.«

Fanny zuckte die Achseln. »Seinen Mut stelle ich nicht in Abrede, auch nicht seine Großzügigkeit«, sagte sie und meinte damit das Haus und die Dienerschaft in der Monroe Street, mit denen er Valerie überrascht hatte, als sie des turbulenten Treibens auf der River Queen überdrüssig geworden war und sich nach einem ruhigeren, gleichmäßigen Leben gesehnt hatte. »Und es liegt auch nicht in meiner Macht, die Ernsthaftigkeit von Mister Melvilles Gefühlen Ihnen gegenüber zu beurteilen. Ich halte mich nur an die Tatsachen, Miss Valerie. Und Tatsache ist nun mal, dass Mister Melville offensichtlich mehr an der Gesellschaft seiner Seeleute und seiner zahlenden Kundschaft gelegen ist als an Ihnen, denn sonst hätte er Ihnen doch in der Zeit des Prozesses beigestanden.«

»Aber verstehst du denn nicht? Gerade diesen Prozess wollte er mir doch ausreden! So wie du versuchst, mir Matthew auszureden. Doch damit wirst du genauso wenig Erfolg haben wie er!«

»Ja, was Sie sich einmal in den Kopf gesetzt haben, ist Ihnen wahrhaftig nicht so leicht wieder auszutreiben«, gestand Fanny mit einem Schmunzeln. »Dennoch bleibe ich dabei, dass Mister Melville nicht der rechte Mann für Sie ist, wie charmant und attraktiv er auch sein mag.«

»Immerhin gestehst du ihm das zu!«, rief Valerie erfreut. »Das ist ja schon ein Anfang.«

»Nein, das ist das Ende«, widersprach die Zofe energisch. »Denn wie betörend sein Charme und wie attraktiv seine Erscheinung auch sein mag, so ist er doch nicht der Mann, den eine Frau wie Sie verdient.«

»So? Und was für einen Mann verdiene ich deiner Meinung nach?«, wollte Valerie wissen.

»Einen charmanten, attraktiven *Gentleman*«, antwortete Fanny ohne langes Überlegen. »Einen Gentleman, der Sie zu seiner angetrauten Ehefrau macht, nachdem er sich Ihnen erklärt und Ihnen seine Liebe gestanden hat. Einen Gentleman, der es erst wagt, das Bett mit Ihnen zu teilen, wenn Sie seinen Ehering am Finger tragen.«

Leichte Röte stieg bei diesem Tadel in Valeries Gesicht und sie gab einen leisen Seufzer von sich. In manchem hatte ihre Zofe ja gar nicht so unrecht, aber die Liebe hatte sie beide mit so unwiderstehlicher Kraft fortgerissen, dass sie alle Konventionen von sich gestreift und sich bedingungslos dieser leidenschaftlichen Liebe hingegeben hatten. Sie bereute nicht, es getan zu haben. Stünde sie jetzt noch einmal vor dieser Entscheidung, mit ihrem jetzigen Wissen, sie würde dennoch nicht anders handeln.

Und doch, ein bitterer Tropfen mischte sich schon in die Süße des Glücks, das sie erfüllte, wenn Matthew in ihren Armen lag und sie sich liebten.

Valerie atmete tief durch. »Fanny, ich weiß, dass du dich um mich sorgst und das Beste für mich im Auge hast, doch die Liebe ist wohl etwas so Kompliziertes, dass noch nicht einmal die beiden Menschen, die diese Liebe verbindet, sie richtig zu ergründen und sich darüber klar zu werden vermögen, warum sie so und nicht anders handeln können. Deshalb lass uns bitte nicht weiter darüber streiten, ob Matthew nun der richtige Mann für mich ist oder nicht. Ich weiß nur eins: nämlich dass ich ihn liebe«, sagte sie und fügte dann leise hinzu: »Und dass ich mich nach ihm sehne.«

Fanny seufzte bekümmert, tat ihr aber den Gefallen, das Thema zu wechseln. »So, das dürfte genügen«, sagte sie und legte die Bürste weg. »Ich schlage vor, Sie tragen das Haar heute nicht offen, sondern nach hinten gekämmt und im Nacken als Zopf. Das gibt Ihnen mehr Strenge, denn immerhin kommen Sie ja als die neue Mistress nach Cotton Fields.«

»Gut, einverstanden.«

Mit geschickten, flinken Händen machte sich Fanny ans Werk, die Haarpracht ihrer Herrin zu bändigen und zu einem kunstvollen Zopf zu flechten, während sie den Klatsch weitergab, der unter der schwarzen Dienerschaft kursierte und den sie bei Emily in der Küche aufgeschnappt hatte.

Valerie hörte nur mit halbem Ohr hin. Ihr Blick ging in den Garten, und während sie beobachtete, wie die aufgehende Sonne langsam die Schatten aus den Baumkronen vertrieb, fragte sie sich, wo Matthew jetzt wohl sein mochte und wie es ihm erging. Ob er sich auch so sehr nach ihr sehnte wie sie nach ihm? Oder war er wirklich nur ein charmanter Abenteurer, wie Fanny behauptete, ein bunter Schmetterling, der von einer betörenden Blüte zur anderen flatterte und jede Blume nur für kurze Zeit beglückte?

3.

Die ersten bewussten Wahrnehmungen, die seine schläfrige Benommenheit durchdrangen, waren alles andere als angenehm. Doch es dauerte einen Augenblick, bis er begriff, dass dieses penetrante Pochen und Stechen nicht von außen kam, sondern seinen Ursprung im eigenen Kopf hatte.

Mit einem unterdrückten Stöhnen drehte er sich auf die andere Seite – und spürte plötzlich einen warmen, weichen Körper, der sich an ihn schmiegte. Unwillkürlich streckte er die Hand nach diesem anschmiegsamen Körper aus. In seinem halb wachen Zustand registrierte er eine Brust, die sich seiner tastenden Hand entgegendrängte, und im nächsten Moment berührte ihn eine zarte Hand an der Hüfte.

Matthew Melville schlug die Augen auf und ein Meer schwarzer Haare, denen ein wohlriechender Duft entströmte, füllte sein Blickfeld aus.

»Oh, Valerie«, murmelte er zärtlich.

Das schwarze Meer vor seinen Augen geriet in Bewegung, und er blickte auf einmal in ein anziehendes Gesicht, doch es war nicht Valeries Gesicht. Es war das Gesicht einer Frau, die ihm gänzlich fremd war.

»Nicht Valerie, mein Lieber, sondern Madeleine«, sagte die Frau, auf deren nackter Brust seine Hand ruhte, mit sanfter Zurechtweisung. »Doch wenn es dir hilft, kannst du mich auch ruhig Valerie nennen.«

Matthew riss erschrocken die Augen auf und starrte sie verstört an. Schnell zog er seine Hand zurück, als hätte er sich verbrannt. »Madeleine?«, stieß er heiser hervor, und seine Kopfschmerzen wurden augenblicklich schlimmer.

»Ja, und deine Hand lag schon ganz richtig«, sagte sie mit einem verführerischen Lächeln, während sie ihn unter der Decke zu liebkosen begann.

Matthew richtete sich jäh auf und rückte von ihr ab. Er sah an sich hinunter und stellte mit wachsender Verstörung fest, dass er so splitternackt war wie diese fremde hübsche Frau, die das Bett in seinem luxuriösen Schlafzimmer auf der River Queen mit ihm teilte. Soweit er es beurteilen konnte, war sie eine gut gebaute Frau von Mitte zwanzig mit einem üppigen Busen und einem hübschen Gesicht, das jetzt einen Ausdruck trug, der unverhohlen sinnliche Freuden verhieß. Doch wie war sie in seine Kabine, in sein Bett gekommen? Er erforschte fieberhaft sein Gedächtnis, was geschehen sein mochte, doch er mühte sich vergebens.

»Nanu, auf einmal so schreckhaft?«, fragte sie halb verwundert, halb belustigt, als er von ihr abrückte. Sie setzte sich auf, ohne die Decke hochzuziehen, sodass sie sich nun bis zur Hüfte entblößte und ihren jungen erregenden Körper seinen Blicken darbot.

»Entschuldigen Sie, ... Madeleine«, brachte er schließlich mühsam hervor und merkte, wie ihm das Blut ins Gesicht schoss. »So etwas ist mir noch nie passiert.«

»Ich will es dir gern glauben, mein Lieber, aber das ist doch noch lange kein Grund, wieder so förmlich zu werden, als hätte man uns gerade auf einem Debütantinnenball miteinander bekannt gemacht«, erwiderte sie vorwurfsvoll und schenkte ihm gleichzeitig ein Lächeln, in dem nicht die geringste Spur von Verlegenheit lag.

»Es ... es tut mir leid, aber ich kann mich beim besten Willen nicht erinnern«, murmelte er und vermied es, sie dabei anzuschauen. »An nichts mehr.«

»An gar nichts?«

»Rein gar nichts«, bestätigte er. Er wusste nur noch, dass die River Queen am Hafenkai von Pottersville, einer Stadt zwei Tagesreisen vor St. Louis, angelegt und einen außerordentlichen Besucherstrom zu verzeichnen gehabt hatte – und dass er sich gegen Mitternacht mit einer Flasche Bourbon in die hinterste Ecke der Bar verzogen hatte. Er erinnerte sich gerade noch an zwei, drei Witze, die ihm von dem leutseligen Barkeeper aufgedrängt wurden, weil er wohl den Eindruck gehabt hatte, sein Chef könnte eine Aufmunterung gut vertragen. Aber damit riss der Faden der Erinnerung auch schon. Alles andere, was danach gekommen war – und bei Gott, es musste noch so einiges passiert sein –, hatte keine Spuren in seinem Gedächtnis hinterlassen, und das erschreckte ihn zutiefst, war es doch das erste Mal, dass er eine Erinnerungslücke von mehreren Stunden hatte.

Madeleine seufzte bekümmert. »Tja, dazu kann ich nur sagen, dass ich auch schon mal nettere Komplimente als das gehört habe.«

»Es tut mir wirklich leid!«, beteuerte er und überlegte angestrengt, wie er einigermaßen würdevoll aus dem Bett und zu seinen Kleidern kommen konnte, die zwei Schritte entfernt über einem Stuhl hingen.

»Und mir erst«, erwiderte Madeleine.

Matthew räusperte sich verlegen. »Ich weiß, ich habe Ihnen schon eine Menge zugemutet ...«, begann er, doch sie fiel ihm spöttisch ins Wort.

»O ja? Hast du das?«, fragte sie mit hochgezogenen Augenbrauen. »Ich dachte, du könntest dich an rein gar nichts mehr erinnern?«

Er kam sich wie ein dummer Junge vor, dem das Blut bei der anzüglichen Bemerkung einer reifen Frau ins Gesicht schießt und der am liebsten Reißaus nehmen würde. »Ja, das stimmt auch. Deshalb wäre ich Ihnen dankbar, wenn Sie meiner Erinnerung ein wenig auf die Sprünge helfen würden«, bat er.

Madeleine machte einen Schmollmund und ihre Stimme wurde zu einem zärtlichen Flüstern: »Lass uns nachher reden. Mir ist jetzt nach etwas ganz anderem zumute. Ich werde dir zeigen, wie schön man einen neuen Tag beginnen kann«, lockte sie ihn und ließ ihre Fingerkuppe über sein Rückgrat abwärts gleiten. »Da wir das Bett schon in der Nacht geteilt haben, sollten wir auch den jungen Morgen auf bestmögliche Art begrüßen, was meinst du?«

Er konnte nicht dagegen an, dass ihn ein Schauer bei ihrer Berührung durchlief, und es war bei Weitem kein unangenehmes Gefühl, ihre Hand auf seinem Körper zu spüren. Wenn er nicht bald aus dem Bett kam, würde er womöglich erneut schwach werden und ihren Verlockungen erliegen.

Erneut?

»Das klingt wirklich sehr ... sehr verführerisch, Madeleine. Aber ich glaube nicht, dass das eine so gute Idee ist«, brummte er, schob sich ganz an die Bettkante und unterdrückte einen Fluch. Er sah ein, dass ihm gar nichts anderes übrig blieb, als so nackt, wie er war, zum Stuhl hinüberzugehen. Und er verwarf den Gedanken, sich dabei die Bettdecke um den Leib zu wickeln. Die Situation war schon so peinlich genug.

Mit einer heftigen Bewegung, die ihm selbst Mut machen sollte, schlug er die Decke zurück und sprang aus dem Bett. Er musste sich zwingen, nicht zum Stuhl zu stürzen. Er spürte, dass sie nicht wegblickte, sondern ihn im Gegenteil eingehend musterte.

Und so war es auch. Madeleine betrachtete seine große, schlanke Gestalt, an der es auch nicht ein Gramm überflüssiges Fett gab, mit einem Ausdruck des Bedauerns. Matthew Melville war ein äußerst attraktiver Mann, sowohl angezogen als auch im Adamskostüm, und das konnte man nicht von jedem Mann behaupten, der herausgeputzt eine gute Figur machte. Der elegante Anzug mit den Seidenrevers, den er am Abend getragen hatte, stand ihm genauso hinreißend zu Gesicht wie seine nackte Haut und die goldene Kette mit dem Nugget als Anhänger, die er um den Hals trug.

Ihr war zu Ohren gekommen, dass dieser Mann, der sich jetzt nicht damit aufhielt, erst seine Unterhose anzuziehen, sondern gleich in die currybraune Flanellhose fuhr, nicht nur der Eigner der prächtigen River Queen war, sondern auch eines rassigen Baltimoreclippers namens Alabama, eines schnellen Dreimasters, den er meist selbst über die Meere steuerte, wenn er nicht an Bord des Showbootes war. Sie konnte ihn sich sehr gut auf der Brücke eines stolzen Seglers vorstellen, mit seinem dunkelblonden, von der Sonne gebleichten Haar, dem markanten gebräunten Gesicht und den wachsamen braunen Augen, die unter kräftigen Brauen ruhten. O ja, er war ein überaus attraktiver Mann, und sie wünschte, er hätte es mit dem Ankleiden nicht so eilig.

»Was für eine Schande«, sagte sie betrübt.

Matthew schloss die Hose und fühlte sich gleich besser, gewann sein Selbstvertrauen zurück. Er wagte es jetzt, sich ihr wieder zuzuwenden. »Ich bedaure außerordentlich, dass ich Sie in diese peinliche Situation gebracht habe«, entschuldigte er sich.

»Oh, peinlich würde ich sie nun nicht gerade nennen«, erwiderte sie mit einem traurigen Lächeln, »eher unbefriedigend.«

Er schluckte schwer, und es kostete ihn große Überwindung, seine Haltung zu bewahren. »Tut mir leid, wenn ich Ihre ... Erwartungen nicht erfüllt habe«, murmelte er. »Ich dürfte einiges zu viel getrunken haben.«

Sie nickte bekräftigend. »Ja, das haben Sie in der Tat«, sagte sie und gab die vertrauliche Anrede auf, da sie nun sicher war, dass er nicht zu ihr ins Bett zurückkehren würde. »Sie haben sogar so viel getrunken, dass Sie nicht einmal mehr in der Lage waren, sich auszuziehen. Das habe ich dann für Sie besorgt ... nicht ohne Vergnügen. Sie verstehen, es hat einen gewissen Reiz, Neuland zu erforschen.«

Er sah sie nur an, und die Frage, die ihn mehr als alles andere beschäftigte, stand ihm in den Augen.

Ein spöttisches Lächeln trat auf ihr Gesicht. »Und jetzt möchten Sie von mir erfahren, was danach gewesen ist, nicht wahr?«, fragte sie herausfordernd.

»Ich bitte Sie darum«, sagte er steif, auf alles gefasst.

»Ach, gar nichts war hinterher, mein Lieber«, sagte sie mit einem wehmütigen Seufzer und ließ sich in die Kissen zurücksinken. »Sie haben nicht einmal versucht, mir auch nur Ihr Interesse zu schenken. Mit einem letzten gemurmelten *Valerie* auf Ihren Lippen sind Sie in meinem Arm eingeschlafen, was mir nichts ausmachte, da ich nicht weniger müde war ... und zudem der festen Überzeugung, dass der Morgen uns beiden gehören würde. Aber das war wohl ein Irrtum. Vielleicht hätte ich Sie doch gestern gleich auf die Probe stellen sollen, was ich aber leider nicht getan habe. Und somit lautet die Moral von der Geschichte: Man sollte sich seiner Sache eben niemals zu sicher sein und nichts auf morgen verschieben.«

Matthew gab sich keine Mühe, seine Erleichterung vor ihr zu verbergen. »Ich bin froh, dass wir uns beide nichts vorzuwerfen haben.«

Fast entrüstet sah sie ihn an. »Ich habe mir schon etwas vorzuwerfen!«

Nun konnte er sich eines Lächelns nicht erwehren. »Eine so hübsche Frau wie Sie ...«

»... die Sie verschmäht haben!«, fiel sie ihm vorwurfsvoll ins Wort.

»Sie können versichert sein, dass es mir nicht eben leichtgefallen ist, Ihren außerordentlichen Reizen zu widerstehen, Madeleine. Nehmen Sie es deshalb bitte nicht persönlich. Mit Ihnen hat das nichts zu tun«, sagte er und griff zu seinem Hemd.

»Ist es wegen dieser Valerie?«, fragte sie.

»Mag sein«, antwortete er kühl.

Sie schüttelte den Kopf und sagte seufzend: »Natürlich hat es mit dieser Valerie, wer immer sie sein mag, zu tun. Sie lieben Sie, nicht wahr? Na, Sie brauchen mir nicht zu antworten. Ich seh's Ihrem grimmigen Gesicht doch an, dass ich richtig getippt habe.« Sie seufzte noch einmal und sagte dann fast mitleidig: »Männer!«

»Sie entschuldigen mich jetzt bitte.«

»He, warten Sie! Setzen Sie mich jetzt einfach vor die Tür?«, rief sie und machte plötzlich einen verunsicherten Eindruck. »Es ist doch noch ziemlich früh, und ich gehöre nicht zu den Damen, die täglich in fremden Männerbetten erwachen, auch wenn ich mich so benommen haben mag, woran Sie aber nun nicht ganz unschuldig sind. Nehmen Sie das als Kompliment, ja? Ich brauche Zeit, um mich zurechtzumachen, und für einen starken Kaffee auf die Ernüchterung, die Sie mir bereitet haben, wäre ich schon sehr dankbar. Sie sehen, ich gebe mich jetzt schon mit Brosamen zufrieden.«

Er ignorierte die Kopfschmerzen in seinem Schädel und lächelte. »Keine Sorge, niemand drängt Sie zur Eile, Madeleine. Fühlen Sie sich ganz als mein Gast. Ich werde Ihnen ein Frühstück aufs Zimmer bringen lassen und Ihnen später ein Mädchen schicken, das Ihnen beim Frisieren und Ankleiden zur Hand geht.«

Sie erwiderte sein Lächeln erleichtert. »Danke, das ist nett«, sagte sie und fügte dann kokett hinzu: »Wenn es auch kein Trost für das ist, was wir versäumt haben, wie ich fürchte.«

»Manchmal haben auch Träume Ihren Reiz, Madeleine«, erwiderte Matthew und ging zur Tür. Er wollte ihr schon einen angenehmen Tag wünschen, doch in Anbetracht der ungewöhnlichen Situation schien ihm dieser Gruß einen irgendwie falschen Klang zu haben, und so verzichtete er darauf und beschränkte sich nur auf ein höfliches Nicken, während er den Türknauf drehte.

»Ich hoffe, wir bekommen irgendwann einmal eine zweite Chance!«, rief sie ihm noch zu.

Matthew beeilte sich, dass er aus seinem Schlafzimmer kam und die Tür hinter sich schließen konnte. Erleichterung überfiel ihn wie ein Schwächeanfall, als er seine geräumige Suite verlassen hatte und im Gang stand. Er lehnte sich gegen die Wand, schloss die Augen und atmete tief durch.

»Ist Ihnen nicht gut, Massa Melville?«, fragte eine vertraute Stimme im nächsten Augenblick, doch es sprach nicht Besorgnis aus ihr, sondern sie hatte eher einen Anflug von Schadenfreude.

Matthew öffnete wieder die Augen und wandte den Kopf nach rechts. »Du hast das einzigartige Talent, immer zu den ungünstigsten Momenten treffsicher das Falsche zu sagen, Timboy«, antwortete er.

Der baumlange Neger, der eine weiße Leinenhose und ein blau gestreiftes kragenloses Hemd trug, entblößte sein kalkweißes Gebiss zu einem breiten, strahlenden Grinsen. »Davon verstehe ich nichts, Massa. Ich bin nur ein Nigger und gebe mir immer Mühe, Massa Melville nie zu enttäuschen«, entgegnete er fröhlich.

Matthew kniff unwillig die Augen zusammen. »Lass die Scherze. Dein Ich-Nigger-nichts-wissen-Quatsch verfängt bei mir nicht. Ich weiß, dass du es faustdick hinter den Ohren hast und dass du außerdem ganz genau weißt, dass ich einen verdammten Kater habe.«

»Ich schätze, Sie haben wirklich was aus der Nacht gemacht, Massa«, sagte Timboy zweideutig und fügte dann, bevor sein Master ihn zurechtstauchen konnte, mit Unschuldsmiene hinzu: »So ausdauernd hab' ich Sie noch nie dem Bourbon zusprechen gesehen.«

Matthew warf ihm einen warnenden Blick zu, wusste er doch, dass die Anspielung in Wirklichkeit der Frau in seinem Zimmer gegolten hatte und nicht seinem Besäufnis an der Bar. Aber Timboy war geschickt in solchen Dingen. Er war sein Diener und Faktotum. Vor Jahren hatte er ihn aus der See gefischt, mehr tot als lebendig, und seitdem klebte er wie Pech an ihm. Meist war er froh, dass er Timboy hatte. Doch an manchen Tagen ging er ihm schwer auf die Nerven, und dies war einer davon.

»Reiß dich bloß zusammen, Timboy!«

»Yassuh.«

Matthew zögerte kurz, dann fragte er mit gedämpfter Stimme: »Ich nehme an, dir ist wie immer auch gestern nichts von dem entgangen, was dich eigentlich nichts angeht, nicht wahr?«

»Der HERR hat mich nun mal nicht mit Blindheit geschlagen, wenn es das ist, was Sie meinen, Massa«, antwortete Timboy mit einem vagen Achselzucken.

Matthew Melville seufzte geplagt. »Nein, er hat mich mit dir geschlagen, aber lassen wir das. Du weißt also von ... von der Frau, die ich mit in meine Suite genommen habe, ja?«

Timoby nickte. »Ja, aber es war eher umgekehrt, Massa. Die hübsche Lady hat *Sie* in Ihre Suite gebracht. Mir schien, sie hatte die Sache fest im Griff.«

»Ganz im Gegensatz zu mir, ja?«

Der Nigger wog den Kopf hin und her, was einer Bestätigung gleichkam. »Hab' Sie schon mal nüchterner gesehen«, räumte er dann ein. »Um ehrlich zu sein, hab ich Sie eigentlich noch nie so ... äh ... hinüber gesehen, Massa.«

»Reden wir nicht mehr darüber. Sag mal, weißt du vielleicht auch, wer da so freundlich gewesen ist, mich zu Bett zu bringen?«, fragte Matthew leise, denn die Vergangenheit hatte ihn gelehrt, dass es keiner mit Timboy aufnehmen konnte, wenn es darum ging, pikante Details in Erfahrung zu bringen. Die meisten Weißen, insbesondere die Südstaatler, beachteten einen Schwarzen überhaupt nicht und dachten auch nicht daran, in seiner Hörweite sich im Gespräch einer gewissen Zurückhaltung zu befleißigen. Ein Nigger war für sie wie Luft, sodass man sogar in schamlosester Weise über ihn reden konnte, auch wenn er direkt neben einem stand. Eine Arroganz, die Matthew bei seinen Landsleuten im Süden schon immer verabscheut hatte, die manchmal aber auch von Nutzen sein konnte.

Timboys Augen wurden groß und rund vor Erstaunen. »Das wissen Sie nicht? Sie wissen nicht, welche Lady mit Ihnen die Nacht ...«

Matthew fiel ihm schroff ins Wort. »Nun rück schon mit der Sprache raus!«

»Sie ist Madeleine Harcourt, Massa. Sie ist mit ihrer Gouvernante, die ihr Pulver nicht wert ist, auf dem Weg von St. Louis zurück nach New Orleans. Gestern kam sie von der Princess, die neben uns angelegt hat, zu uns an Bord. Soviel ich weiß, fährt die Princess heute Abend schon weiter.«

Der Name brachte in Matthew etwas zum Klingen, doch er wusste nicht genau, was es war. Er runzelte die Stirn. »Harcourt, Harcourt ...«, murmelte er.

»Die älteste Tochter von Charles Harcourt, dem Richter«, half Timboy ihm auf die Sprünge. »Sie wissen doch, der Bursche, der es nicht nötig hat, sich bestechen zu lassen, weil ihm die Hälfte aller Freudenhäuser und Spielclubs in New Orleans gehört – natürlich über Strohmänner.«

»Himmel! Der Kerl, den sie hinter der Hand auch den Mississippi-Moses nennen?«, fragte Matthew bestürzt.

»Ja, weil er die dicken Gesetzesbücher mit ihren Bandwürmern von Paragrafen und Verdrehungen für dummes Zeug hält und darauf schwört, mit den zehn Geboten, die Massa Moses vom Heiligen Berg gebracht hat, jeden Fall entscheiden zu können. Das ist ihr Vater.«

Matthew verzog gequält das Gesicht. »Und ich hab' mich ausgerechnet mit seiner Tochter eingelassen!«, stöhnte er. Mit Richter Harcourt war nicht zu scherzen. Er hatte seine ganz eigene Auffassung von Recht und Ordnung, die trotz seines christlichen Spitznamens in vieler Hinsicht bedrohliche alttestamentarische Züge aufwies.

»Ich hätt's auch lieber gesehen, Sie hätten es nicht getan«, sagte Timboy jetzt ernst.

»Sieh mich nicht so vorwurfsvoll an!«, knurrte Matthew. »Es ist nichts passiert. Und jetzt beweg dich. Sieh zu, dass Madeleine Harcourt das beste und opulenteste Frühstück serviert bekommt, das je unsere Küche verlassen hat – mit einem Strauß Blumen und einer Flasche Champagner. Und mir ist es völlig egal, wo du die frischen Blumen auftreibst und was sie kosten, nur besorg sie, verstanden? Und es soll sich ein Mädchen zu ihrer Verfügung halten.«

»Yassuh, Massa.«

»Und mir bringst du einen Kaffee hoch. Schwarz und so stark wie Schießpulver, okay?«

Timboy nickte.

»Was ist?«

Der Neger druckste verlegen herum. »Nun, ich ... ich wollte Ihnen nur sagen, dass die Tochter des Richters eine mächtig hübsche Frau ist ... aber an Miss Valerie kommt sie nicht heran. Die ist etwas ganz Besonderes!«

»Geh mir aus den Augen!« Wütend über Timboy, aber noch wütender über sich selbst, stiefelte Matthew die Treppe hoch, die vom dritten Passagierdeck ins Ruderhaus führte. Als ob der Tag nicht schon lausig genug begonnen hätte, musste ihm Timboy auch noch diesen verbalen Tiefschlag versetzen! Manchmal hatte er nicht übel Lust, ihn vom Schiff zu jagen. Aber er wusste, dass er es nicht tun würde. Irgendwie brauchte er Timboy, so wie dieser ihn brauchte.

Das Ruderhaus war leer, und einen Augenblick umfasste er die dicken Speichen, die vom stundenlangen Zugriff kräftiger Hände blank gescheuert waren, stand am Ruder und blickte über den kleinen, aber geschäftigen Hafen von Pottersville. Es war noch früh am Morgen, doch der Himmel war an diesem Novembertag selbst für verwöhnte Südstaatler, die an milde und sonnige Winter gewöhnt waren, von einem intensiven Blau, und die Sonne hatte sogar wärmende Kraft.

Ein Tag, der das Herz eines jeden erfreuen müsste, dachte Matthew, doch ihm war elend zumute, und es wäre ihm lieber gewesen, wenn der Himmel grau und das Wetter regnerisch gewesen wäre. Das hätte dann wenigstens seiner trüben Stimmung entsprochen.

»Morgen, Mister Melville«, meldete sich eine dunkle, raue Stimme aus dem kleinen Raum, der sich hinter dem Ruderhaus anschloss.

Obwohl Matthew sich allein hier oben gewähnt hatte, überraschte es ihn doch nicht, nun Scott McLains Stimme zu vernehmen. Seine Hände gaben das Ruder frei und er drehte sich um.

»Oh, Scott! So früh schon auf den Beinen?«

»Dafür werde ich von Ihnen bezahlt, Mister Melville.«

Matthew trat in den Raum, der im Gegensatz zum Ruderhaus noch nicht von der Sonne durchflutet war. Scott McLain hatte die Sonnenblenden vor den Fenstern nur so weit geöffnet, dass gerade genug Licht einfiel, um die Zeitung lesen zu können, die vor ihm auf dem kleinen Tisch lag.

Scott McLain war der offizielle Captain der River Queen, auch wenn Matthew an Bord war, und galt als einer der besten Mississippi-Lotsen. Dass er irischer Abstammung war, sah man ihm an. Er war von stämmiger, untersetzter Gestalt mit einem etwas grobflächigen Gesicht, hatte rotblondes Haar, das er eines Kammes nicht für nötig erachtete, und konnte Unmengen von Whisky in sich hineinschütten, ohne dass sich bei ihm auch nur die geringste Wirkung zeigte. Schon sein Vater war Lotse auf dem *Ol' Man River* gewesen, dem Strom aller Ströme, und Scott hatte ihn von Kindesbeinen an begleitet. Jetzt, Anfang vierzig, kannte er jede Flussbiegung, jeden Strudel und jede Untiefe zwischen New Orleans und St. Louis. Zwischen ihm und Matthew, dem Eigner des Raddampfers, herrschte eine Freundschaft, die von rauer Herzlichkeit und gegenseitigem Respekt gekennzeichnet war.

»Dafür, dass Sie im Morgengrauen schon auf der Brücke und Zeuge sind, wie mies es mir geht, bezahle ich Sie ganz sicher nicht«, brummte Matthew, zog sich einen Stuhl heran und setzte sich zu ihm.

»Wie hätten Sie Ihr Geld denn gern angelegt gehabt, Mister Melville?«, erkundigte sich Scott McLain mit freundlichem Spott in der Reibeisenstimme und richtete sich in seinem alten hölzernen Drehstuhl mit Armlehnen auf.

»Gestern Abend hätten Sie beweisen können, was Sie als Lotse taugen«, erwiderte Matthew halb scherzhaft, halb ernsthaft. »Doch stattdessen haben Sie mich in diesen gefährlichen Gewässern allein gelassen und nichts unternommen, als ich geradewegs auf die verdammte Untiefe zusteuerte.«

»Ich bin der Lotse der River Queen, Mister Melville. Was Ihre privaten Fahrwasser betrifft, so sind mir diese ein wenig zu stürmisch und von zu vielen Klippen durchsetzt, als dass ich es wagen könnte, Ihnen einen Ratschlag zu geben, auf welcher Route Sie Schiffbruch vermeiden können«, erwiderte Scott, zog eine dicke Zigarre aus seiner Hemdtasche und setzte sie in Brand.

Matthew Melville hegte nicht den geringsten Zweifel, dass Scott McLain schon längst wusste, mit wem er diese Nacht sein Bett geteilt hatte. »Verdammt noch mal, Scott, sie ist die Tochter von Richter Harcourt!«

»Ich bin mir nicht ganz sicher, welche Antwort Sie nun von mir erwarten«, sagte Scott McLain trocken. »Sind Glückwünsche zu dieser Eroberung angebracht oder eher ein Ausdruck besorgten Mitgefühls?«

»Hol Sie der Teufel, Scott!«, fluchte Matthew. »Sie wissen ganz genau, dass ich mich klaren Kopfes nicht auf dieses Abenteuer eingelassen hätte! Und was die Eroberung betrifft, so bin doch wohl ich derjenige, der die Flagge gestrichen hat.«

»Es ist manchmal nicht ohne Reiz, sich erobern zu lassen«, meinte der Lotse und paffte genüsslich seine Zigarre.

»Aber nicht von Richter Harcourts Tochter!«

»Soviel ich weiß, ist sie Witwe ... jung und hübsch, aber nichtsdestotrotz Witwe. Ihr Mann hat sich in ein Ehrenhändel zu viel eingelassen, wie man sich erzählt, und es heißt auch, dass sie nicht sehr um diesen Dummkopf getrauert hat, der sich einer hitzigen Bemerkung wegen auf ein Pistolenduell versteifte«, sagte Scott McLain spöttisch. »Sie sehen also, Sie haben ihr weder die Unschuld geraubt noch sie mit dem schlechten Gewissen belastet, einen außerehelichen Fehltritt begangen zu haben.«

»Der Richter würde das anders sehen, erführe er davon«, erwiderte Matthew, zornig über Scotts fröhliche Schadenfreude und seine eigene Dummheit. »Dieser Grobian würde mich mit der Schrotflinte vor den Altar zwingen! So würde er das sehen, Scott!«

»Ja, das wäre bei Ihrer Abneigung gegen die heilige Institution der Ehe natürlich eine größere Katastrophe, als wenn ich die River Queen bei einem Wettrennen mit einem anderen Schiff mit geborstenen Kesseln und brennenden Decks absaufen ließe«, bemerkte der Captain mit einem feinsinnigen Lächeln auf den Lippen.

Matthew sah ihn grimmig an. »Ich sollte Sie feuern, Scott. Sie werden besser bezahlt als jeder andere Lotse, den ich kenne, und sagen trotzdem immer, was Sie denken. Das kann einem manchmal gehörig gegen den Strich gehen.«

Scott zeigte sich nicht beunruhigt. Diese Art von Schlagabtausch gehörte zu ihrer Freundschaft. »Nachdem Sie es schon so viele Jahre ausgehalten haben, werden Sie doch jetzt nicht zimperlich werden, oder? In dem Fall heuer' ich schon ganz von selbst ab.«

»Den Teufel werd' ich!«

Timboy stieß die Tür zum Ruderhaus auf und brachte heißen Kaffee. Er grinste breit. »Alles erledigt, Massa.«

Matthew nickte abwesend. Als er wenig später den Kaffee probierte, verzog er das Gesicht. »Elende Brühe! Bitterer geht es wirklich nicht mehr! Aber ich bezweifle, dass dieses Zeug das Brummen aus meinem Schädel vertreibt.«

Scott McLain griff hinter sich und stellte eine noch halb volle Flasche Kentucky-Whisky sowie zwei kleine Gläser auf den Tisch. »Man muss den Teufel mit dem Beelzebub austreiben. Was Sie jetzt brauchen, ist ein ordentlicher Schluck«, sagte er und füllte beide Gläser.

Matthew zögerte.

Der stämmige Lotse schob ihm ein Glas zu. »Na los, runter mit dem Gift!«, forderte er ihn auf. »Eine bessere Medizin gegen Kater und Kummer gibt es nicht, sofern man es bei dem einen Glas belässt!«

Matthew setzte das Glas an die Lippen und kippte den Whisky hinunter. Dann fragte er knurrig: »Das mit dem Kater liegt ja wohl auf der Hand. Aber wer hat gesagt, dass ich Kummer habe? Ich jedenfalls weiß nichts davon.«

»Sie hätten die letzten Tage öfter mal in den Spiegel schauen sollen, dann hätten Sie es auch bemerkt.«

»Was Sie nicht sagen!«

»Vielleicht hätten Sie doch besser daran getan, in New Orleans zu bleiben, Mister Melville. Nicht, dass ich Ihnen in Ihre Angelegenheiten reinreden will, aber ich kann mir schon gut vorstellen, dass Miss Valerie Ihnen fehlt ... wo sie doch eine so außergewöhnliche junge Lady ist, wie man sie nur selten trifft.«

»Prächtig, Scott! Ganz prächtig!«, sagte Matthew ungehalten. »Nur weiter so! Sie können sich mit Timboy die Hand reichen! Er hielt es vorhin auch schon für angebracht, mein Privatleben unverblümt einer Wertung zu unterziehen, mit dem Ergebnis, dass Madeleine Harcourt trotz bester Voraussetzungen doch nicht ganz an Valerie heranreicht. Was erwarten Sie beide jetzt von mir? Soll ich vielleicht zu Kreuze kriechen? Der Teufel soll mich holen, wenn ich vor einem Weiberrock zu Kreuze krieche, und wenn er dreimal Valerie heißt!«

»Da gebe ich Ihnen recht. Ein Mann muss seine Ehre und seinen Stolz bewahren«, stimmte Scott McLain ihm zu.

Matthew sah ihn forschend an, denn er argwöhnte,

dass sein Captain und Lotse es ironisch gemeint haben könnte. Doch das Gesicht, von dicken Rauchwolken umhüllt, verriet nichts darüber.

»Mhm, ja, aber damit hat es weniger zu tun«, sagte Matthew vage und versank in trübseliges Schweigen, während Scott McLain die Zeitung studierte.

»Die Welt ist verdammt ungerecht«, murmelte er dann in Gedanken.

Scott McLain ließ die Zeitung sinken. »Ja, insbesondere die Frauen«, pflichtete er ihm bei.

Matthew schaute nicht auf, während er das leere Glas zwischen seinen Fingern drehte, sonst hätte er das spöttische Lächeln diesmal bemerkt.

»Habe ich Ihnen schon mal erzählt, wie ich Valerie kennengelernt habe?«

Der Lotse schüttelte den Kopf. »Nicht dass ich wüsste.«

Matthew lachte grimmig auf. »Es war im Hafen von Bristol, Scott. In der Nacht vor der Abreise. Sie hat mit der Peitsche nach mir geschlagen ... und mich auch getroffen!«

»Und?«

Matthew blickte irritiert auf. »Was und? Ist das alles, was Sie dazu zu sagen haben?«

»Na, sie wird doch wohl einen Grund gehabt haben, warum sie mit der Peitsche auf Sie losgegangen ist.«

»Valerie hat das Temperament einer Wildkatze, aber nicht deren Geduld. Ich versperrte die Gasse, durch die sie mit ihrer Kutsche kam, und machte nicht schnell genug den Weg frei. Und schon entriss sie ihrem Kutscher die verdammte Peitsche und ging auf mich los. Das ist Valerie!«

Scott McLain hegte berechtigte Zweifel, dass sich der Zwischenfall so simpel abgespielt hatte, hakte jedoch nicht weiter nach.

Matthew dachte an die Überfahrt und die wunderbaren Tage auf Madeira, wo sie sich das erste Mal geliebt und den Himmel auf Erden erlebt hatten, dem dann auf Cuba die Hölle gefolgt war. Ja, auch er war durch die Hölle gegangen, obwohl Valerie natürlich wirklich hatte leiden müssen, eben nicht nur psychisch, sondern auch physisch. Erst in der Kerkerzelle auf Cuba und dann die langen Monate als Feldsklavin auf der Malrose Plantation, deren Besitzer sie auf einer Sklavenauktion in Baton Rouge ersteigert hatte.

Als hätte Scott McLain seine Gedanken erraten, sagte er: »Miss Valerie hat im letzten halben Jahr eine Menge durchgemacht. Und deshalb dachte ich ...«

Matthew ließ ihn nicht ausreden. »Okay, niemand weiß besser als ich, was sie durchgemacht hat. Aber ich hab' auch verdammt viel durchgemacht. Vor allem aber hab' ich getan, was in meiner Macht stand, um ihr ein sorgenfreies Leben zu bieten. Habe ich das, oder habe ich das nicht?« Er war plötzlich sehr wütend, ohne den tiefen wahren Grund für diese heftige Gefühlsaufwallung benennen zu können.

Scott zuckte die Achseln. »Soweit ich das beurteilen kann, haben Sie das gewiss getan, Mister Melville.«

»Und ob ich das getan habe!«, stieß Matthew heftig hervor.

»Undank ist der Welten Lohn. Ist es das, was Ihnen auf der Zunge liegt, Mister Melville? Wollen Sie darauf hinaus?«

Matthew ging nicht auf die Fragen ein. »Ich hab' sie sogar freigekauft. Fünfhundert Dollar haben mir die Halsabschneider, die sie in ein Bordell verschleppt hatten, abgeknöpft, aber ich hätte auch die zehnfache Summe für sie gezahlt. Zum Teufel noch mal, ich hab' sie von Kopf bis Fuß eingekleidet, hab' die Alabama wegen ihr meinem Ersten überlassen und bin in New Orleans geblieben. Und ich habe ihr das Haus in der Monroe Street geschenkt, als ihr das Leben auf der River Queen zu turbulent wurde.«

Scott McLain zog die Augenbrauen hoch. »Geschenkt?«

»Okay, gemietet, aber ich hätte es sofort gekauft und mich vermutlich sogar breitschlagen lassen, die meiste Zeit des Jahres an Land zu bleiben, wenn sie ... wenn sie sich nicht so halsstarrig gezeigt hätte!«

»Halsstarrig? Valerie? Wie meinen Sie das?«

»Sie wissen ganz genau, was ich meine«, brummte Matthew. »Cotton Fields! Immer Cotton Fields! Nur das war ihr wichtig. Ihr Erbe! Mein Gott, was für ein lausiges Erbe, wenn man dafür seines Lebens nicht mehr sicher ist. Das ist es, was mich so kaputt gemacht hat und was ich einfach nicht länger ertragen konnte, Scott. Dieses Gefühl, dass der nächste heimtückische Anschlag dieser skrupellosen Duvall-Brut Erfolg haben könnte, dass ich einmal nicht wachsam genug, nicht schnell genug sein würde, um ihr Leben zu retten. Wie oft habe ich sie beschworen, diese gottverdammte Plantage ein für alle Mal zu vergessen und nicht zu versuchen, sich gegen die Duvalls und ihre Freunde zu stellen. Aber sie hat nicht auf mich hören wollen. Und nun frage ich Sie, Scott: Würde eine Frau, die mich wirklich liebt, so handeln?«

Scott McLain ließ sich mit seiner Antwort Zeit, drehte die Zigarre zwischen den Lippen einmal rechtsherum, einmal linksherum, blies eine dicke Rauchwolke zur Decke empor und sagte dann: »Ich weiß nicht, irgendwie könnte ich Sie mir als Stadt-Dandy auch nicht vorstellen.«

Matthew sah ihn verdutzt an. »Was hat das jetzt damit zu tun?«

»Eine ganze Menge. Die Alabama und die River Queen bedeuten Ihnen viel – wie Miss Valerie die Plantage. Ich schätze, keine Frau der Welt könnte Sie dazu bringen, Ihre Schiffe und die Seefahrt für immer an den Nagel zu hängen. Bei einer solchen Alternative würden Sie sich immer für Ihren Beruf entscheiden und die Frau, die so ein Opfer von Ihnen als angebliches Zeichen von Liebe verlangt, für verrückt, bestenfalls für extrem egoistisch erklären.«

»Aber das ist doch ganz etwas anderes!«, protestierte Matthew. »Man kann doch nicht den Besitz von zwei soliden Schiffen mit dem theoretischen Besitz einer Plantage vergleichen, mit einem wackeligen Testament, das vor Gericht keine Chance haben wird!«

»Für Miss Valerie dürfte der Unterschied aber nicht so groß sein, wie Sie ihn sehen.«

»Mein Gott, Scott! Sie wissen doch selbst, wie viel Unheil das Testament von Henry Duvall schon über Valerie gebracht hat. Es lohnt sich doch gar nicht, dafür zu kämpfen und sein Leben aufs Spiel zu setzen!«, erregte er sich, und das Gefühl, verletzt worden zu sein, als Valerie bei dem Ultimatum, das er ihr damals gestellt hatte, sich für Cotton Fields entschieden hatte, war wieder da und so schmerzlich wie am ersten Tag. »Als ob wegen dieser verdammten Plantage nicht schon genug Blut geflossen wäre und Verbrechen begangen worden sind. Und dabei hat sie es doch gar nicht nötig, sich der Gefahren auszusetzen, die zwangsläufig ihrer harren, wenn sie dem Duvall-Clan weiterhin die Stirn bietet. Sie hat das Vermögen ihrer Pflegeeltern geerbt, und es ist ein sehr beträchtliches Vermögen, mit dem sie sich jederzeit eine andere Plantage kaufen könnte, wenn sie so wild darauf ist, eine zu besitzen. Aber nein, es muss Cotton Fields sein!«

»Eine gekaufte Plantage ist eben etwas anderes als eine Plantage, die einem als Erbe zusteht«, gab Scott McLain zu bedenken.

»Mag sein. Aber ein Grab ist letztlich auch nur ein Grab, und es ist dann verdammt bedeutungslos, aus welchem Grund man unter der Erde liegt!«, begehrte Matthew auf. »Cotton Fields! Sie ist wie besessen davon, ihr Recht zu bekommen, und stellt alles andere dahinter zurück. Das ist es, was ich ihr ankreide, Scott. Sie macht sich und andere unglücklich bei dem wahnwitzigen Versuch, mit dem Kopf durch die Wand zu gehen. Und ich weiß mir keinen Rat mehr. Ich habe alles getan, um sie zur Vernunft zu bringen, aber ohne jeden Erfolg.«

»Nun, dafür hat sie erreicht, was Sie nie für möglich gehalten hätten«, warf Scott McLain wie beiläufig ein.

»Wie meinen Sie das?«, fragte Matthew überrascht.

»Ganz einfach: Sie hat den Prozess gewonnen.«

Einen Augenblick war Matthew sprachlos. Dann wiederholte er mit ungläubiger Stimme: »Sie hat den Prozess gewonnen?«

»Ja, steht hier in der *Memphis Gazette*. Eine kleine Meldung auf Seite sechs oder sieben, wenn ich mich nicht irre. So etwas taugt natürlich nicht für einen großen Aufmacher, aber ganz unter den Tisch fallen lassen konnten sie es doch wohl auch nicht. Dass es sich bei Miss Valerie um die Tochter einer Schwarzen und eines weißen Pflanzers handelt, wird natürlich verschwiegen. Es ist nur von einer Engländerin die Rede, aber auch so ist die Schmach für unsere ehrpusseligen Südstaatler noch groß genug«, sagte Scott McLain sarkastisch.

Matthew starrte seinen Captain wie benommen an. Er kam sich einen Moment lang wie bloßgestellt vor, als hätte jemand mit einer einzigen jähen Bewegung alles vom Tisch gewischt, was er zur Begründung seiner Haltung vorgebracht hatte, und mit einem einzigen Satz widerlegt.

Valerie hatte es geschafft und Cotton Fields zugesprochen bekommen! Er konnte es einfach nicht glauben, dass es wirklich geschehen war, und er wusste, es würde ihm noch schwerer fallen, sich daran zu gewöhnen. Es versetzte ihm einen Stich, dass ihre Beharrlichkeit damit im Nachhinein gerechtfertigt schien und sie den Erfolg ohne seinen Beistand erzielt hatte.

»Warum haben Sie das nicht gleich gesagt?«, fragte er und bemühte sich um Fassung.

Scott McLain sah ihn mit leicht gerunzelter Stirn an. »Hätte das etwas an Ihrem Unmut geändert, Mister Melville?«

Matthew schwieg.

Der erfahrene Mississippi-Lotse schob ihm die Zeitung hin. »Wir hatten eine sehr ertragreiche Fahrt, wenn ich mich nicht irre«, sagte er sanft. »Vielleicht können wir uns die letzte Etappe nach St. Louis schenken. Wir können problemlos in zwei, drei Tagen wieder in New Orleans sein.«

Matthew ergriff die Zeitung, stand abrupt auf und trat ans Fenster, das zum Anlegekai hinausging. Er schob die Blenden ein wenig weiter auf und starrte mit zusammengekniffenen Augen hinaus in den sonnigen Tag.

»Nein!«, sagte er schließlich mit harter Stimme, der anzuhören war, wie stark die beiden Seelen in seiner Brust miteinander rangen. Er liebte Valerie, wie er noch nie eine Frau geliebt hatte, und sehnte sich nach ihr. Doch sie würde sich in ihrer Haltung nur bestätigt fühlen, wenn er seinem Herzen nachgab und jetzt umdrehte, um zu ihr zurückzueilen. Und wenn das Gericht ihr Cotton Fields dreimal zugesprochen hatte, änderte das seiner Überzeugung nach nichts an der Tatsache, dass sie im Unrecht war und den falschen Weg gewählt hatte, und er war einfach nicht bereit, ihr auf diesem Weg der Unvernunft zu folgen.

Scott McLain gab einen leisen Seufzer von sich. »Es geht also weiter bis nach St. Louis, ja?«

»Ja, wir halten unsere Route wie geplant ein!«, bekräftigte Matthew und zerknüllte die Zeitung in seiner Hand. Der Teufel sollte ihn wahrhaftig holen, wenn er jetzt zu Kreuze kroch. Es war an ihr, den ersten Schritt zu einer Versöhnung zu machen, verdammt noch mal!

4.

Valerie und Fanny saßen im kleinen Esszimmer noch beim Frühstück, als sie den gedämpften Klang des Türklopfers vernahmen. Augenblicke später trat Samuel Spencer ins Zimmer, ein mittelgroßer Mann, dessen gütiges Gesicht, von tiefen Falten und Furchen durchzogen, die Farbe alten Ebenholzes besaß. Sein kurzes Haar war ergraut und schimmerte wie Silber. Der Schwarze, der fast die Hälfte seines über sechzigjährigen Lebens der getreue Diener von Valeries leiblichem Vater gewesen war und ihm seine Freiheit verdankte, hatte diese Treue auch auf Valerie übertragen. Und dass er mit ihr an diesem Tag nach Cotton Fields zurückkehren würde, war für ihn ein genauso großes Ereignis wie für sie.

»Es ist der Anwalt, Miss Valerie«, meldete Samuel mit seiner melodisch klangvollen Stimme. »Mister Kendrik. Ich habe ihn in den Salon gebeten.«

Valerie legte die Serviette aus der Hand und erhob sich. »Sag doch bitte Liza, sie möge schnell noch ein Gedeck auflegen. Vielleicht möchte Mister Kendrik uns beim Frühstück Gesellschaft leisten.«

»Sehr wohl.«

Valerie ging in den vorderen Salon hinüber, wo Travis Kendrik vor dem Kaminfeuer stand, mehrere Zeitungen unter dem Arm geklemmt, und in gezügelter Ungeduld leicht auf den Zehenspitzen auf und ab wippte. Als er das Rascheln des Taftes hörte, wandte er sich sofort um.

Travis Kendrik, noch keine dreißig Jahre alt, war ein ungewöhnlicher Mann – in jeder Beziehung. Als Anwalt stand er in dem Ruf, sich nur mit Fällen abzugeben, die seine älteren und etablierten Kollegen in New Orleans schon als hoffnungslos abgelehnt hatten. Geld interessierte ihn nicht. Er wollte nur gewinnen – und zwar Prozesse, die scheinbar nicht zu gewinnen waren. Seine Arroganz und Selbstsicherheit hielten seiner überragenden Intelligenz und seinem Scharfsinn die Waage. Er machte auch keinen Hehl daraus, dass er sich für einen außergewöhnlichen Menschen mit außergewöhnlichen Fähigkeiten hielt. Ein Verhalten, das Valerie bei ihrem ersten Zusammentreffen abgestoßen, später dann aber eine nicht geringe Faszination auf sie ausgeübt hatte, denn ein Aufschneider, der, um Eindruck zu schinden, prahlte, war er nicht. Ihn kümmerte es überhaupt nicht, was andere von ihm dachten, weil er sich seiner einfach viel zu sicher war. Nur er hatte es gewagt, den Fall eines »Nigger-Bastards« zu übernehmen und gegen die mächtige und alteingesessene Duvall-Familie vor Gericht zu ziehen – und damit der ganzen Gesellschaft der Pflanzer-Aristokratie des Südens eine schallende Ohrfeige zu versetzen.

Ja, was taktisches und strategisches Geschick, Brillanz, Scharfzüngigkeit und Überheblichkeit betraf, so überragte er alle seine Kollegen um mehrere Haupteslängen. Doch mit äußerlichen Vorzügen hatte ihn die Natur dagegen weit weniger generös bedacht. Es war, als hätte sie für seine geistige Vollkommenheit zu viel Zeit verbraucht und deshalb für seine äußere Hülle dann schnell etwas zusammenschustern müssen.

Travis Kendrik war fast um einen Kopf kleiner als Valerie, von gedrungener Gestalt und übergewichtig. Sein strähniges gewelltes Haar vermochte er nur mithilfe gehöriger Portionen Pomade zu zähmen. Schmal wie der Kopf einer Spitzmaus war sein Gesicht. Die Lippen waren um eine Spur zu dünn, die Nase um einiges zu ausgeprägt und breit, und die Augen standen zu nahe beieinander. Es war ein Gesicht, in dem die Proportionen nicht ganz stimmten.

Doch von diesem Mangel versuchte er durch seine Kleidung abzulenken, die eher einem erfolgreichen Berufsspieler oder einem reichen Dandy denn einem Anwalt zu Gesicht gestanden hätte. Bei der Auswahl seiner Garderobe hatte er eine ausgeprägte Liebe für bunte, glänzende Stoffe, die kaum jemand sonst in dieser Farbzusammenstellung getragen hätte. An diesem Novembermorgen trug er über einer burgunderroten Seidenweste mit goldenem Blumenmuster einen cremefarbenen Anzug, was allein schon in der Kombination extravagant war. Doch die schwarze Krawatte mit den vielen gelben Punkten und der Rubinnadel mittendrin gab seinem Aufzug das typisch Paradiesvogelhafte, das seine Garderobe kennzeichnete.

»Ah, Miss Duvall!« Er streckte beide Arme in einer theatralischen Geste aus und rief überschwänglich: »Ich bin entzückt! Welch eine vollendete Vereinigung von Schönheit und Geschmack! Ihr Anblick ist wie strahlender Sonnenaufgang und berauschendes Abendglühen in einem! Die Sonne müsste eigentlich vor Neid ihr Haupt verhüllen und sich verstecken.« Valerie war im ersten Moment überrascht, reagierte aber dann auf seine Schmeicheleien mit lächelnder Gelassenheit. »Diese ausgefallenen Komplimente zu so früher Stunde! Sie überraschen mich, Mister Kendrik.«

Lächelnd deutete er eine Verbeugung an und erwiderte auf seine schlagfertige Art: »Außergewöhnliche Menschen bedürfen außergewöhnlicher Hingabe – in Wort und Tat, meine Verehrteste. Und was die Überraschung angeht, so habe ich die feste Absicht, Sie ein Leben lang zu überraschen.«

Sie schmunzelte. »Bisher ist es Ihnen noch stets gelungen. Ich hätte Ihnen eine so blumige Rede nie zugetraut.«

Er lächelte selbstsicher. »Trauen Sie mir alles zu, und Sie kommen in der Einschätzung meiner Person der Wahrheit schon recht nahe.«

»Sie müssen entschuldigen, dass meine Zofe und ich noch nicht fertig sind«, sagte Valerie mit einem kurzen Blick auf die französische Uhr auf dem Kaminsims. Sie wusste, wie genau er es mit der Pünktlichkeit hielt. »Ich fürchte, wir haben heute Morgen ein wenig getrödelt und uns im Gespräch verloren.«

»Ein Fehler«, sagte er auf seine direkte, ungeschminkte Art, die sehr verletzend sein konnte, »den ich jeder anderen Frau sicherlich nur einmal zubilligen würde, Ihnen aber nicht nachtrage, da Ihre Tugenden Ihre wenigen Schwächen mehr als großzügig wettmachen.«

»Ich fühle mich geschmeichelt.«

»Das sollten Sie aber nicht, weil dazu nicht der mindeste Grund besteht«, wies er sie sanft zurecht, »eher bestätigt. Die Wahrheit ist kein Schmeichler. Doch beiden ist eines gemein, nämlich dass es eine Kunst ist, mit ihr im rechten Maß zu leben. Darauf versteht sich nicht jeder.«

»Gut, dann bedanke ich mich für Ihren untrüglichen Blick für das Wahre in jedem Menschen.«

»Es ist mir immer ein ganz persönliches Vergnügen, Ihnen die Augen öffnen zu dürfen, Miss Duvall«, erklärte er, und es klang überhaupt nicht so, als hätte er eine amüsante Bemerkung machen wollen. Valerie hegte den Verdacht, dass er es ernst gemeint hatte.

»Das glaube ich Ihnen. Es würde mich aber nicht weniger interessieren, aus Ihrem Mund zu erfahren, welche Schwächen Sie an mir entdeckt haben«, sagte sie im leichten Plauderton.

»Oh, Ihre größte Schwäche ist, dass Ihr Verstand Ihren oftmals wild galoppierenden Gefühlen keine Zügel anzulegen vermag«, antwortete er ohne Zögern. »Bei einer dummen Gans, die außer Schönheit und oberflächlichem Geschwätz nichts zu bieten hat, wäre das noch verzeihlich. Bei Ihnen, die Sie ein gutes Stück weiter zu blicken vermögen als nur bis zum Rahmen einer geisttötenden Stickerei und die Sie Ehrgeiz mit Urteilskraft und Zähigkeit zu verbinden wissen, ist es jedoch eine bedauerliche Unzulänglichkeit, die sich aber glücklicherweise nur auf wenige Gebiete beschränkt.« Das sagte er ihr in fließender Rede und ohne mit der Wimper zu zucken.

»Oh!«, machte Valerie, schluckte unwillkürlich und brauchte einen Augenblick, um über ihre Verblüffung hinwegzukommen. Es gelang ihm tatsächlich doch immer wieder, sie aus dem Gleichgewicht zu bringen – und es waren nicht nur schmeichelhafte Worte, mit denen ihm das glückte. Manchmal glaubte sie, ihn zu kennen und seine Art verstanden zu haben, und dann befielen sie wieder Zweifel, ob es ihr jemals gelingen würde, dieses Rätsel, das Travis Kendrik für sie darstellte, eines Tages zu lösen.

»Habe ich Sie mit meinen Worten getroffen?«, fragte er.

»Ja, das haben Sie in der Tat«, gab sie zu.

»Gut«, sagte er zufrieden. »Ich hasse es, wichtige Dinge zweimal sagen zu müssen.«

Seine Arroganz versetzte sie auch jetzt wieder in Erstaunen. »Mister Kendrik, manchmal fällt es mir schwer, mich mit Ihrem ... nun, sagen wir einmal überdurchschnittlichen Selbstbewusstsein und Ihrer unverblümten Art anzufreunden.«

»Nehmen Sie es sich nicht zu Herzen. Es ist nicht verwunderlich, dass Sie nach all den Verlogenheiten, die besonders Frauen wie Sie tagtäglich zu hören gewöhnt sind, eine gewisse Zeit brauchen, um meine Offenheit richtig schätzen zu können«, tröstete er sie. »Aber ich bin mir gewiss, dass Sie es schaffen werden, das Außergewöhnliche in mir zu erkennen.«

Valerie schüttelte nun belustigt den Kopf. »Bitte, Mister Kendrik, lassen wir es für heute darauf beruhen. So früh am Morgen steht mir der Sinn noch nicht danach, nach dem Außergewöhnlichen in Ihnen zu forschen. Mir ist eher nach einer weiteren Tasse Tee und einem Bisquit. Hätten Sie die Freundlichkeit, meiner Zofe und mir am Frühstückstisch Gesellschaft zu leisten? Emily hat frische Brötchen gebacken und macht die besten Reispuffer, die ich je gegessen habe.«

Er senkte wohlwollend den Kopf, war er doch gutem Essen nie abgeneigt, und er wusste, dass Emily eine vorzügliche Köchin war. »Mit Vergnügen, wenn ich statt Tee einen milchigen Kaffee bekommen könnte«, nahm er ihre Einladung an.

»Ich bin sicher, Emily hat in ihrer vorausschauenden Art schon Kaffee für den Fall aufgebrüht, dass Sie sich noch zu uns setzen.«

So war es auch. Als Valerie den Anwalt in das kleine

Esszimmer führte, das sie wegen der intimeren Atmosphäre dem großen Speiseraum vorzog, hatte Liza schon ein weiteres Gedeck aufgelegt und eine Silberkanne mit würzigem Kaffee sowie ein Kännchen mit warmer Milch bereitgestellt, denn Travis Kendriks Vorliebe für Milchkaffee war ihr und Emily längst bekannt.

»Einen guten Morgen, Miss Marsh«, grüßte der Anwalt Valeries Zofe zuvorkommend. »Sie strahlen ja so wie Miss Duvall. Ich nehme an, Sie freuen sich und können es gar nicht erwarten, nach Cotton Fields zu kommen, nicht wahr?«

»Ja«, gab Fanny lachend zu. »Aber das war ja nicht schwer zu erraten, Mister Kendrik.«

Der Anwalt ließ es sich nicht nehmen, Valerie den Stuhl zurechtzurücken, als sie wieder am Kopfende des ovalen Tisches Platz nahm. »Sie sollten sich nicht zu früh freuen. Cotton Fields ist zweifellos eine prächtige Plantage, doch es scheint mir nicht die Zeit zu sein, in der man dem Leben als Pflanzer im Süden eine Menge Freude abgewinnen könnte.«

Fanny sah ihn verwundert an und blickte dann zu Valerie hinüber, der schon die Frage auf der Zunge lag, was er denn mit diesen orakelhaften Worten meine. Doch im selben Augenblick trat Liza, eine gestärkte, schneeweiße und fleckenlose Schürze über dem dunkelblauen Kleid, ins Zimmer und servierte frische Reispuffer, die geradewegs aus der Pfanne kamen, und stellte ein Bastkörbchen mit köstlich duftenden Biskuits auf den Tisch.

Travis Kendrik brauchte man nicht zweimal zu bitten, kräftig zuzulangen, und er ließ es sich nicht nehmen, Liza ein besonderes Lob für die Künste der Köchin aufzutragen.

»Sie scheinen mir heute irgendwie in gedrückter Stimmung zu sein, Mr. Kendrik«, sagte Valerie schließlich, als Liza sich wieder zurückgezogen hatte, und versuchte, an seine seltsame Bemerkung von vorhin anzuknüpfen.

»So? Mache ich diesen Eindruck?«

»Ja, nicht wahr, Fanny?«

»Ja, dieses Eindrucks vermag ich mich auch nicht zu erwehren«, pflichtete die Zofe ihr zurückhaltend bei.

Kendrik klopfte mit dem Mittelfinger seiner Hand auf die Zeitungen, die er neben sich auf einem freien Stuhl abgelegt hatte. »Gehe ich recht in der Annahme, dass Sie angesichts der Bedeutung des heutigen Tages nicht dazu gekommen sind, die Zeitungen zu studieren?«

»Um ganz offen zu sein, habe ich schon seit mindestens ein, zwei Wochen keine Zeitung mehr gelesen. Vielleicht erinnern Sie sich, dass ich vollauf damit beschäftigt war, einen mir wichtigen Prozess zu gewinnen«, sagte sie mit freundschaftlichem Spott. »Meinen Anwalt scheint das nicht sehr angestrengt zu haben, wie er zumindest nach außen den Eindruck zu erwecken sucht, aber mich haben die vergangenen Wochen doch so sehr in Atem gehalten, dass mir nicht der Sinn danach stand, mich in die Lektüre von Tageszeitungen zu vertiefen.«

Er quittierte ihren Stich mit einem Lächeln. »Touché, Miss Duvall.«

»Was steht denn in den Zeitungen?«, wollte Fanny nun wissen, neugierig geworden, was den Anwalt beschäftigte.

»Lauter schlechte Nachrichten«, antwortete er. »Und diesmal sind sich alle Zeitungen im Süden einig, ob es nun die *Daily Tropic* ist, die *Louisiana Gazette*, der *Chronicle* oder die *Daily Delta*. Sie ergehen sich in den rosigsten Zukunftsaussichten, seit Abraham Lincoln am 6. November die Präsidentschaftswahl gewonnen hat.«

Fanny runzelte leicht die Stirn. »Ich denke, der Republikaner Lincoln ist hier im Süden so verhasst wie kein anderer?«

»Das ist er auch. Der Teufel könnte für die meisten meiner Landsleute kein hässlicheres Gesicht haben. Ich glaube, wenn er sich in den Straßen von Charleston in South Carolina oder hier bei uns zeigen würde, die Menge würde ihn auf der Stelle lynchen, und kein Polizeiaufgebot könnte ihn davor bewahren.«

»Aber wieso kann dann, und so ist es doch, Begeisterung in der Südstaaten-Presse herrschen?«, fragte Fanny. »Das verstehe ich nicht.«

Travis Kendrik schnaubte geringschätzig. »Oh, da befinden Sie sich in allerbester Gesellschaft, Miss Marsh. Mir fehlt nämlich auch jedes Verständnis, wie man so begeistert von der Idee sein kann, nun endlich den geeigneten Anlass gefunden zu haben, um demnächst aus der Union auszutreten und eine Konföderation der Südstaaten zu bilden.«

Valerie setzte ihre Tasse ab. »Sind Sie sicher, dass es dazu kommen wird?«

»Todsicher!«, erklärte er. »Es wird nicht lange dauern, keine zwei Monate, und die Union, wie wir sie kennen, wird es nicht mehr geben. Vermutlich wird South Carolina es sich nicht nehmen lassen, sich als Erster von der Union zu lösen und so die Sezession Wirklichkeit werden zu lassen. Wir hier in Louisiana werden dann schnell folgen, wie auch Alabama, Georgia, North Carolina und alle anderen Staaten südlich der Mason-Dixon-Linie.«

»Ich verstehe nichts von Politik«, räumte Fanny Marsh unumwunden ein, »aber wenn sich diese Staaten, von denen Sie gesprochen haben, von denen im Norden trennen möchten, werden sie doch gewiss einen guten Grund dafür haben.«

»Sicherlich haben sie den.«

»Die Sklaverei«, sagte Valerie grimmig.

Travis Kendrik nahm sich noch einen Reispuffer. »Um die Erhaltung der Sklaverei geht es den Südstaaten ohne Zweifel auch, aber Abraham Lincoln ist kein Mann, den man zu den glühenden Verfechtern der Anti-Sklaverei-Bewegung zählen könnte. Er ist in dieser Hinsicht kein Moralist. Die Sklavenhaltung würde er überhaupt nicht infrage stellen, wenn die Sezessionisten ihm nicht so zusetzen würden. Leider hat man das hier im Süden nicht erkannt.«

»Lincoln ein Freund der Sklaverei?«, fragte Valerie überrascht. »Das ist mir noch nie zu Ohren gekommen.«

»Weil es der hiesigen Presse nicht in ihr Konzept passt«, sagte Travis Kendrik. »Wiederholt hat er dem Süden versprochen, sich nicht um die Aufhebung der Sklaverei im Süden zu bemühen. Ja, er ist sogar bereit, die Sklavenfluchtgesetze, die bei ihm im Norden nun auf erhebliche Ablehnung stoßen, in den sklavenfreien Staaten zu garantieren. Er sträubt sich nur dagegen, dass in den neuen westlichen Territorien die Sklaverei zugelassen wird. Aber wir hier im Süden dürfen die Sklavenhaltung sogar mit seinem Segen betreiben. Die Rechte der Schwarzen interessieren ihn nicht im Geringsten, solange der Zusammenhalt der Union gewährleistet ist. Lincoln ist ein Nationalist, kein Abolitionist. ›Könnte ich die Union erhalten, ohne auch nur einen Sklaven zu befreien, würde ich es tun. Könnte ich sie erhalten, indem ich alle Sklaven befreite, würde ich es tun; und wenn ich sie erhalten könnte, indem ich einige befreite und einige nicht, ich würde es gleichfalls tun. Alles, was ich in Bezug auf die Sklaverei und die farbige Rasse unternehme, tue ich, weil ich glaube, es könnte helfen, die Union zu retten.‹ Das stammt von Mister Lincoln, und zwar wortwörtlich. So viel also zum Thema ›Lincoln, der Moralist und Freund der farbigen Rasse‹.«

»Erstaunlich«, sagte Valerie verblüfft.

»Aber wenn das so ist, worum geht es den Sezessionisten denn?«, fragte Fanny verwirrt.

»Worum es immer geht, wenn vordergründig von Interessen der Allgemeinheit und von Recht und Ehre die Rede ist – nämlich um Geld und Macht. Politiker verstehen sich darauf, ihre privaten Interessen und Vorurteile als die Interessen und Meinungen des Volkes auszugeben«, sagte der Anwalt zynisch. »Der Süden ist es einfach leid, im Schatten des mächtigen Nordens zu stehen. Zum Teil sind die Klagen auch gerechtfertigt, denn der Süden hat einige erhebliche wirtschaftliche Nachteile zu tragen. Doch im Grunde geht es darum, dass zwischen dem hoch industrialisierten Norden, der sich in einem wahren Fortschrittstaumel befindet, und dem konservativen Süden, der auf seiner Pflanzerhierarchie beharrt, eine zu große Kluft herrscht, eine Kluft, die sich mit der fortschreitenden Macht der Nordstaaten immer mehr vergrößert – und zwar zuungunsten des Südens, weil dieser sich eben beharrlich weigert, den Zeichen der neuen Zeit zu folgen. Deshalb will man den radikalen Schnitt vollziehen, ganz im Vertrauen darauf, dass *König Baumwolle* Souveränität und Wohlstand der zu gründenden Konföderation garantieren wird. Eine absurde Vorstellung!«

»Sie meinen also, diese Konföderation wäre wirtschaftlich nicht lebensfähig?«, fragte Valerie.

Ein spöttischer Zug trat auf das schmale Gesicht des

Anwalts. »Theoretisch wäre sie dazu sehr wohl in der Lage. Aber wenn man wohlbehalten über den Winter kommen möchte, muss das Haus ein gutes Dach und feste Wände haben, *bevor* die Zeit der Stürme beginnt. Die Südstaaten werden jedoch nicht einmal Zeit genug haben, um das Gerüst für ihr Haus zu errichten. Es wird Krieg geben, und diesen Krieg wird der Süden nicht gewinnen können.«

»Aber heißt es nicht, dass der Süden schon immer die überragendsten Offiziere hervorgebracht hat und die beste Kavallerie im Land besitzt?«, wandte Valerie ein.

»O ja, an ruhmreichen und hochbegabten Militärführern fehlt es dem Süden nicht, und ein guter Reiter zu sein, gehört bei uns zum guten Ton«, räumte er spöttisch ein. »Aber gegen das Industrie- und Massenpotenzial des Nordens wird der Süden auf Dauer wenig Chancen haben. Die Politiker in Charleston und Baton Rouge gehen zwar davon aus, dass England und Frankreich ihnen beistehen werden, weil sie auf unsere Baumwolle angewiesen sind, doch darauf würde ich noch nicht einmal einen halben Dollar verwetten. Warum sollten sie auch? Sie können doch nur gewinnen, wenn sie sich heraushalten und mit beiden Seiten lukrative Geschäfte machen. Auch ohne offiziellen Beistandspakt werden die Spinnereien im Königreich nicht stehen bleiben. Die englische Baumwollindustrie hat in der Vergangenheit schon mehrfach bewiesen, dass sie sehr wohl in der Lage ist, sich notfalls auf anderen Märkten mit Baumwolle einzudecken. Diese bittere Erfahrung haben in den Zwanziger- und Dreißigerjahren einige Spekulanten gemacht, die mit Unterstützung raffgieriger Banken ein wenig zu schnell zu viel Geld verdienen wollten und eine künstliche Verknappung der Baumwolle in Szene gesetzt hatten, um den Preis hochzujagen. Doch die englischen Aufkäufer haben sich von der Verknappung nicht beeindrucken lassen, sondern Baumwolle aus Ägypten importiert und abgewartet, bis diesen allzu cleveren Herren das Wasser bis zum Hals stand und der Markt zusammenbrach. Und so werden sie es diesmal wieder machen. Solange Baumwolle aus dem Süden zu haben ist, werden sie kaufen. Wenn dann nichts mehr kommt, wird man schon längst woanders für Ersatz gesorgt haben. Und ich bin sicher, dass die Engländer bereits Maßnahmen getroffen haben und ihre Lagerhäuser schon jetzt randvoll sind. Kurz und gut, wir können eigentlich nur hoffen, dass der Krieg schnell zu Ende sein wird und der Süden nicht zu viele Narben davonträgt. Denn sosehr ich auch die Blindheit und Dummheit meiner Landsleute verachte, sosehr liebe ich doch mein Land und die Lebensart, die für uns Südstaatler so charakteristisch ist.«

Fanny seufzte. »Das ist ja kein freundliches Bild, das Sie uns da zeichnen, Mister Kendrik.«

Er zuckte die Achseln. »Ich habe auch nie behauptet, ein Schönfärber zu sein oder einen Hang zum Politiker zu haben.« Er legte Messer und Gabel aus der Hand, tupfte sich den Mund mit der Serviette ab und wandte sich nun Valerie zu. »Und wissen Sie, was das Tragische an dieser ganzen Geschichte ist?«

»Nein.«

»Dass Abraham Lincoln, den der Süden so voller Hass ablehnt, vermutlich niemals zum Präsidenten gewählt worden wäre, wenn sich das Lager der Anti-Republikaner nicht selbst um den Sieg gebracht hätte«, sagte Travis Kendrik. »Sie wissen vielleicht, dass es sich bei den Republikanern um eine junge Partei handelt, die ihre Anhängerschaft fast ausschließlich in den Nordstaaten rekrutiert, während die Demokraten überall im Land vertreten sind. Und die Demokraten hätten auch gesiegt, wenn sie geeint und mit einem kompromissbereiten Kandidaten angetreten wären. Doch die radikalen Vertreter des Südens haben die Partei auf ihrem letzten Konvent gespalten, letztlich in *drei* gegeneinander konkurrierende demokratische Parteien. Die Norddemokraten einigten sich auf Stephen Douglas, der schon früher gegen den Süden Stellung bezogen hatte, die Süddemokraten nominierten John C. Breckinridge, den ich für recht gemäßigt, wenn auch untauglich halte, und die Nationale Verfassungsunion schickte John Bell, einen Mann der Versöhnung, ins Rennen um die Präsidentschaft. Hätten die drei Parteien einen Kandidaten der Mitte aufgestellt, wäre unser neuer Präsident kein Republikaner wie Lincoln, sondern ein Demokrat wie Bell – und wir müssten uns nicht auf einen Krieg gefasst machen. Lincoln hätte sich keine besseren Wahlkampfhelfer aussuchen können als die Demokraten. Ihnen verdankt er die Präsidentschaft.«

»Eine reine Vermutung«, meinte Fanny achselzuckend, die der Politik überdrüssig war und es nicht erwarten konnte, dass sie nun endlich nach Cotton Fields aufbrachen.

»Nein«, widersprach der Anwalt und griff nach einer Zeitung. »Eine Tatsache, von nüchternen Zahlen untermauert. Hier steht es. Lincoln hat etwa 1,8 Millionen Stimmen auf sich vereinigt, seine drei demokratischen Gegner zusammen dagegen eine Million mehr, nämlich 2,8 Millionen. Ich denke, klarer kann man es nicht ausdrücken, dass der Süden es in Wirklichkeit gewesen ist, der dem verhassten Gegner durch eigene Dummheit und Unfähigkeit zum Sieg verholfen hat.«

Valerie fand die Ausführungen des Anwalts höchst interessant. »Wenn diese Zahlen stimmen ...«

»Das tun sie!«, versicherte Travis Kendrik.

»... dann muss ich Ihnen beipflichten, dass der Süden sich zum Steigbügelhalter seines Konkurrenten gemacht hat«, sagte sie. »Ich hoffe jedoch, dass Sie unrecht haben, was Ihre Kriegsbefürchtungen angeht. Ich kann mir einfach nicht vorstellen, dass es zwischen dem Norden und dem Süden zu einem Bürgerkrieg kommen soll. Dafür gibt es bestimmt doch zu viele wirtschaftliche, vor allem aber menschliche Verflechtungen. Sie haben die Rechtswissenschaften doch im Norden studiert, nicht wahr,

Mister Travis? Und Sie haben aus dieser Zeit doch gewiss zahlreiche Freunde dort oben.«

Der Anwalt nickte, während er seine Porzellantasse halb mit Kaffee füllte, um diesen dann mit fast ebenso viel Milch aufzuhellen. »Gewiß habe ich viele Freunde unter den Yankees, und ich weiß auch, worauf Sie hinauswollen: Wir sind gut ein Jahrhundert eine Nation, und da wird der Freund nicht mit aufgepflanztem Bajonett auf den Freund losgehen. Das ist es doch, was Sie hoffen, nicht wahr?«

»Ja«, sagte Valerie.

»Dann werden Sie eine bittere Enttäuschung erleben, Miss Duvall«, erklärte er mit beiläufigem Tonfall und nahm sich ein Stück Orangenkuchen. »Je enger die Beziehungen, desto härter die Konflikte. Eine alte Erfahrung. Der Hass zwischen zwei ungleichen Brüdern ist meist unversöhnlicher als der zwischen zwei Fremden.«

»Man kann das Unglück auch herbeireden!«, bemerkte Fanny ungehalten.

Travis Kendrik schenkte ihr ein spöttisches Lächeln, während er den Kopf leicht neigte. »Sehr richtig, Miss Marsh. Das ist genau das, was zurzeit geschieht. Meine Landsleute können gar nicht genug darüber debattieren, wie schnell die Loslösung von der Union vonstatten gehen wird ... und mit welcher Bravour und Leichtigkeit sie die verfluchten Yankees auf dem Schlachtfeld schlagen werden. Denn dass es zu einem Krieg kommt, wird nämlich nicht nur in Kauf genommen, sondern gewünscht, ja geradezu herausgefordert. Ich brauche dabei bloß an das prahlerische Gerede meiner Kollegen im Club zu denken. Lieber heute als morgen würde die Mehrheit in den Sattel steigen, um gegen die Yankees in den Krieg zu ziehen, und dabei sollte man doch meinen, dass ein studierter Mann, der sich zudem noch mit den Rechtswissenschaften eingelassen hat, fähig sein müsste, derlei simple Zusammenhänge zu durchschauen. Leider ist das aber nicht der Fall, und so überlasse ich es ganz Ihrer Fantasie, sich auszumalen, wie groß die Begeisterung, zu den Waffen zu greifen, ist, die die Massen erfasst hat.«

Fanny hatte genug vom hässlichen Kriegsgerede, vermochte sich jedoch nicht die provozierende Frage zu verkneifen: »Und was werden Sie tun, wenn es denn nun zum Krieg kommt?«

Travis Kendrik gab sich erstaunt über die Frage. »Ganz sicherlich werde ich nicht zu den Fahnen eilen und auf irgendeinem elenden Stück freien Land zwischen New Orleans und New York irgendeinen Yankee, der mit mir vielleicht die Schulbank gedrückt hat, dazu zwingen, auf mich anzulegen und zu schießen. Wenn ich mit irgendjemandem etwas auszutragen habe, dann tue ich es Auge in Auge mit ihm. Doch ich lasse mir nicht von einer Handvoll verblendeten Politikern vorschreiben, wer von jetzt an mein Freund und wer mein Feind ist.«

»Dann werden Sie also gegen die Kriegsbegeisterung angehen?«, fragte Fanny.

»Halten Sie mich für einen so dummen Mann, der gegen Windmühlenflügel anzurennen versucht?«, gab Travis Kendrik mit hochgezogenen Brauen zurück. »Zudem bin ich bekannt als Niggeranwalt und nicht als Senator von Louisiana oder South Carolina. Aber auch wenn ich es wäre, ließe sich die Lawine nicht mehr aufhalten.«

Fanny sah ihn vorwurfsvoll an. »Was werden Sie dann tun? Gar nichts? Die Hände in den Schoß legen und zusehen, wie sich die Nation ins Unglück stürzt?«

»Natürlich nicht. Ich bin doch kein Narr. Ich werde tun, was jeder weitsichtige und besonnene Mensch tun wird – nämlich lukrative Geschäfte machen«, sagte er ohne das geringste Zögern und ohne ihrem Blick auszuweichen.

Sogar Valerie, die doch besser mit seiner egozentrischen Art vertraut war als ihre Zofe, zeigte sich von seiner Antwort unangenehm berührt. »Der Gedanke, dass an einem solchen Krieg viel Geld zu verdienen sei, wäre mir zuallerletzt gekommen«, sagte sie, und in ihrer Stimme schwang deutlich genug ein missbilligender Unterton mit.

Travis Kendrik lächelte nachsichtig, als wäre er derjenige, der nach einer unrühmlichen Bemerkung Tadel aussprechen oder Verzeihung gewähren könnte. »Das wäre auch zu viel erwartet. Doch Sie sind noch jung, Miss Duvall, und ich vertraue darauf, dass Weitsicht und Besonnenheit auch bei Ihnen die Oberhand gewinnen. Narren, die den Krieg für etwas Ehrenvolles halten, gibt es leider schon genug.«

»So«, sagte Fanny Marsh spitz, »Sie sind also fest entschlossen, daran zu verdienen, dass Ihre Landsleute in den Krieg ziehen!«

»Richtig, Miss Marsh«, bestätigte er gelassen und lehnte sich zurück. »Deshalb führt man doch Kriege.«

»Bei allem Respekt, aber Sie sind zynisch!«

»Das kommt Ihnen nur so vor, was ich sehr bedaure, Miss Marsh, denn in Wirklichkeit bin ich nichts weiter als realistisch. Wenn man mal all die vollmundigen Parolen und Festtagsreden beiseitelässt, mit denen das einfache Volk eingeseift und als Kanonenfutter auf die Schlachtfelder getrieben wird, dann findet man hinter jedem Krieg, von dem die Geschichtsschreibung weiß, in erster Linie wirtschaftliche und machtpolitische Motive, was letztlich ein und dasselbe ist. Das ist schon immer so gewesen. Zwar wäre es mir persönlich lieber, wenn es nicht zu einer gewaltsamen Auseinandersetzung zwischen Nord und Süd käme, aber da ich sie nicht verhindern kann, sehe ich nicht ein, warum ich abseits stehen und die Geschäfte anderen überlassen soll.«

Valerie sah ihrer Zofe deutlich an, dass es sie drängte, das unerquickliche Gespräch mit Travis Kendrik zu beenden und sich vom Tisch zu erheben. Auch ihr war etwas unbehaglich zumute. Ihr Lächeln fiel deshalb ein wenig steif aus, als sie ihrem Anwalt zu verstehen gab, dass sie dieses Thema jetzt besser nicht weiter erörtern sollten: »Ihre Ansichten sind reichlich ungewöhnlich, Mister Kendrik, und zwingen zum Nachdenken. Ich bin sicher, wir werden demnächst eine besser geeignete Stunde finden, um noch einmal darüber zu reden.«

»Es wird mir jederzeit ein Vergnügen sein, Sie an meinen Ansichten teilnehmen zu lassen und Sie von einigen Irrtümern zu befreien«, sagte er selbstbewusst und deutete eine Verbeugung an. Er hatte den Wink verstanden und faltete seine Serviette zusammen.

Valerie blickte von ihm zu Fanny und sagte dann halb fragend, halb feststellend: »Wir sollten uns nun langsam auf den Weg machen, nicht wahr?«

Fanny strahlte ihre Herrin an. »Ich gebe zu, ich kann es gar nicht erwarten, nach Cotton Fields zu kommen!«

Valerie schmunzelte. »Dem steht auch nichts mehr im Weg, nicht wahr, Mister Kendrik?«

Der Anwalt erhob sich mit einer geschmeidigen Bewegung und schob Valeries Stuhl nach hinten, als sie aufstand. »Gar nichts, Miss Duvall. Wir können umgehend aufbrechen, wenn Sie bereit sind. Mein Kutscher wartet draußen auf uns.«

»Dann wollen wir ihn nicht länger warten lassen«, sagte Valerie.

Fanny eilte hinaus und hielt das zum Kleid passende Cape bereit, als ihre Herrin wenig später mit Travis Kendrik ins Vestibül trat.

»Was ist mit unserem Gepäck?«, fragte Valerie.

»Alles schon auf Massa Kendriks Kutsche, Miss Valerie. Hab' es selbst festgezurrt«, sagte Samuel und drehte seinen ausgefransten Strohhut ungeduldig zwischen den Händen. Seinem Gesicht war abzulesen, wie sehr er sich freute, nach Cotton Fields zurückzukehren. Wie überglücklich war er gewesen, als Valerie ihm mitgeteilt hatte, dass er sie begleiten durfte.

Valerie nickte ihm zu und wandte sich dann kurz an Liza und Emily, die sich um ein Lächeln bemühten, ihre Besorgnis jedoch nicht verbergen konnten. Sie fürchteten insgeheim immer noch, hier im Haus in der Monroe Street zurückzubleiben und womöglich verkauft zu werden und an eine neue Herrschaft zu geraten, bei der sie es nicht so gut hatten wie bei Miss Duvall.

Valerie kannte die Ängste der beiden Schwarzen. »Nun macht nicht solche Gesichter! Ich hab' euch doch erklärt, dass ich euch heute noch nicht mitnehmen kann, weil ich selbst noch nicht weiß, was mich auf Cotton Fields erwartet. Doch ich werde euch so schnell wie möglich nachkommen lassen, wie ich es euch versprochen habe.«

Liza senkte nur traurig den Kopf und nickte stumm, während Emily immer wieder ihre Schürze glatt strich. »Das wäre wirklich fein, Missus, ja, mächtig fein wäre das. Liza und ich freuen uns schon darauf«, murmelte sie bedrückt, als hätte die Erfahrung sie gelehrt, dass den Versprechungen der Weißen so wenig zu trauen war wie den Liebesschwüren eines notorischen Herumtreibers.

»In ein paar Tagen seid auch ihr auf Cotton Fields!«, versicherte Valerie noch einmal. »Seht also zu, dass im Haus alle Vorbereitungen getroffen sind und ihr bereit seid, wenn ich Samuel schicke, um euch abzuholen.«

Der Nachdruck, mit dem Valerie das sagte, stärkte ihre Hoffnungen nun doch, und so etwas wie Zuversicht zeichnete sich auf ihren Gesichtern ab. »Sie werden keinen Grund zur Klage haben!«, versprach Emily eifrig. »Wir wünschen Ihnen eine gute Fahrt, und mögen Sie auf Cotton Fields alles in bester Ordnung antreffen.«

»Das wird sich zeigen«, sagte Valerie leise.

Strahlender Sonnenschein lag über New Orleans, als sie vor das Haus traten. Es war der perfekte Morgen für eine Ausfahrt, und die Kutsche, die in der Einfahrt vor der Remise stand, hätte nicht prachtvoller ausfallen können, wenn man Valerie gefragt hätte, mit welchem Gefährt sie als Erbin und Herrin von Cotton Fields am liebsten auf der Plantage erscheinen würde.

Die Kutsche funkelte in einer herrlichen kupferfarbenen Lackierung. Der Kutschbock und der Gepäckhalter waren aus bestem Ebenholz gearbeitet und wiesen kunstvolle Schnitzereien auf, die sich bei näherer Betrachtung als Pferde und Kutschen entpuppten. Ein besonderer Teppich mit langen Fransen bedeckte den Sitz des Kutschbocks, auf dem ein schwarzer Kutscher thronte, das Kreuz durchgedrückt und reglos wie eine Statue, als wüsste er, dass alle Augen sich zwangsläufig auf ihn richten würden. Er bot fürwahr einen ungewöhnlichen Anblick, trug er doch eine schneeweiße Livree mit goldenen Tressen und Knöpfen, weiße Handschuhe und einen weißen seidenbespannten Zylinder. Sein Blick war stolz und abweisend zugleich, und er würde ohne Zweifel jeden anderen Kutscher, der ihnen auf der Fahrt nach Cotton Fields begegnete, mit herablassender Missachtung strafen. Auffällig und ein atemberaubender Blickfang waren auch die beiden weißen Wallache, die der Kutsche vorgespannt waren. Ihr Fell war noch am Morgen geweißelt und ihre Hufe des besseren Kontrastes wegen geschwärzt worden. Auch sie standen ungewöhnlich beherrscht im Geschirr.

Die Kutsche und der Kutscher waren in ihrer Auffälligkeit und Geringschätzung für das Gerede der Gesellschaft, das er mit diesem geradezu herausfordernden Prunk vorsätzlich provozierte, ein Abbild des Anwalts, der sich den Teufel darum scherte, was andere von ihm dachten oder über ihn sagten.

Valerie entschlüpfte ein Ausruf der Verblüffung, als sie die Kutsche sah. Mit einer Mischung aus Belustigung und Bewunderung musterte sie die Equipage.

»Nun, gefällt sie Ihnen?«, fragte Travis Kendrik und wies mit seinem Spazierstock auf das Gefährt, das einer Königin zu Gesicht gestanden hätte.

»Ich weiß nicht, was ich sagen soll«, gab Valerie offen zu. »So etwas habe ich noch nie gesehen ...«

»Gut«, sagte er zufrieden. »Dann erfüllt sie ja ihren Zweck. Nichts ist mir mehr verhasst als das Gewöhnliche und Konventionelle. Hinter dem kleinsten gemeinsamen Nenner verbirgt sich nie der große Wurf und nie die Außergewöhnlichkeit einer einzelnen Persönlichkeit.«

»Sie ist prächtig!«, rief Fanny bewundernd. »Aber auch ganz schön auffällig. Ich fürchte, man wird Sie der Maßlosigkeit und vielleicht sogar der Geschmacklosigkeit zeihen, Mister Kendrik.« Ihr Ton jedoch verriet, dass sie persönlich in diesem Fall nichts gegen seinen Hang zur Übertreibung einzuwenden hatte. Mit dieser Kutsche nach Cotton Fields zu fahren und dabei jedermanns Aufmerksamkeit zu erregen und Staunen auszulösen, würde ein unvergessliches Erlebnis sein, das der besonderen Bedeutung dieses Tages angemessen war.

Travis Kendrik verzog sein schmales Gesicht zu einem Lächeln, das seiner Antwort ein wenig die Schärfe seiner Überheblichkeit nahm. »Es geht mir nicht darum, Gefallen und Zustimmung zu wecken, Miss Marsh. Zudem ist der Vorwurf der Maßlosigkeit und der Geschmacklosigkeit aus dem Mund der breiten Masse in Wirklichkeit meist nur das Eingeständnis, unbedarft und unfähig zu sein, sich vom vorgegebenen Mittelmaß durchschnittlicher Mitmenschen zu befreien und sich einen eigenen, ganz individuellen Lebensstil anzueignen.«

»Nun, eines ist sicher«, sagte Valerie mit einem herzlichen Lachen, »Sie bleiben Ihrem Stil wirklich treu, welch außergewöhnliche Blüten er manchmal auch treiben mag.«

»Nur eine seltene außergewöhnliche Blüte wird Ihnen gerecht«, erwiderte der Anwalt gewandt und öffnete ihr den Kutschenschlag. Und ohne sich um Fannys Gegenwart zu kümmern, fügte er hinzu: »Ein Strauß Feldblumen mag für ein Dienstmädchen passend sein, doch für Sie erscheinen mir sogar Orchideen noch als zu gewöhnlich.«

Mit einem koketten Augenaufschlag sah sie ihn an, während sie ihre Röcke raffte. »Schade, dann bleibt ja kaum noch ein hübsches Gewächs, das Sie mir schenken können.«

»O doch!«

»Was ist denn noch kostbarer und seltener als eine Orchidee?«, wollte sie wissen.

»Die Blumen meiner Fantasie.«

Verdutzt schaute sie ihn an, denn seine ernste Miene verriet, dass er seine Antwort nicht mit der Leichtfertigkeit des routinierten Schmeichlers gegeben hatte, dem am Inhalt seiner Worte nicht halb so viel lag wie an ihrem oberflächlichen Wohlklang. Doch sie war nicht bereit, seine Antwort so hinzunehmen, wie sie zweifellos gedacht war, nämlich als Ausdruck der Verehrung, die ein gutes Stück über das gewöhnliche Maß hinausging. Deshalb bedachte sie ihn dann auch mit einem fröhlichen Lachen, als hätte er nur etwas überaus amüsant Geistvolles gesagt, das nur einer ebenso oberflächlich amüsanten Erwiderung bedurfte. Insgeheim hoffte sie, ihm mit ihrer verschlüsselten Reaktion, die ein Mann seiner Beobachtungs- und Einfühlungsgabe sicher zu entschlüsseln wusste, zu verstehen zu geben, dass sie nicht daran dachte, auf diese Art von Komplimenten so zu reagieren, wie er es sich vielleicht erhoffte.

»Mein Gott, Mister Kendrik, Sie sind wahrhaftig nie um eine ungewöhnliche Antwort verlegen!«, sagte sie leichthin und wandte sich ihrer Zofe zu. »Fanny, uns steht zweifellos eine unterhaltsame Fahrt bevor.«

Dass der Anwalt mit einer anderen Reaktion gerechnet hatte, stand für Valerie außer Frage. Als sie die drei Stufen der einklappbaren Treppe hochstieg, warf sie ihm einen kurzen prüfenden Blick zu. Er lächelte zwar, aber dennoch wirkte sein Gesicht verschlossen. Und die Tatsache, dass er ihr diesmal das letzte Wort ließ, sagte ihr genug.

Valerie nahm auf der mit rotbraunem Samt bezogenen Sitzbank Platz, ordnete ihre Röcke und achtete darauf, dass auch Fanny noch neben ihr sitzen konnte, ohne sich allzu eingeengt zu fühlen.

Fanny schnupperte, als sie zu ihr ins Innere der Kutsche stieg und beim Hinsetzen peinlichst darauf achtgab, dem herrlichen Kleid ihrer Herrin keine unnötigen zusätzlichen Falten zu verschaffen. »Wie wunderbar das riecht! Als wäre sie erst gestern aus der Polsterei gekommen«, schwärmte sie und fuhr andächtig mit den Fingerspitzen über den Samtstoff der Sitzbank und die blassgoldene Seide, mit der die Seitenwände und die sanft gewölbte Decke der Kutsche bespannt waren. Vor den Fenstern in den Türen und in der Rückwand hingen luftige Spitzengardinen, eingefasst von zusammengerafften Vorhängen, die vorgezogen werden konnten, wollte man im Innern der hochherrschaftlichen Equipage vor den Blicken Neugieriger geschützt sein. »Ich hoffe, die Fahrt nach Cotton Fields geht nicht so schnell vorbei. Ich bin noch nie mit so einer wunderbaren Kutsche gefahren und möchte das so lang wie möglich auskosten.«

»Ja, da hat sich Mister Kendrik wirklich ein einzigartiges Prachtstück zugelegt«, sagte Valerie leise, während der Anwalt Samuel auftrug, doch nicht oben neben dem Kutscher Platz zu nehmen, sondern sich hinten beim Gepäck auf den abklappbaren Notsitz zu zwängen.

»Er hat ja manchmal recht seltsame Ansichten«, raunte Fanny ihr hinter ihrem Fächer zu, der bei diesen eher kühlen Temperaturen reinen Schmuckcharakter besaß. »Aber er versteht es in der Tat, einen immer wieder zu überraschen.«

»Ja, darin ist er wohl kaum zu schlagen«, pflichtete Valerie ihrer Zofe bei. »Man wird sich über ihn und mich heute Abend schon in ganz New Orleans den Mund zerreden.«

»Das sollte Sie nicht kümmern, da es doch bestimmt nur der Neid ist. Und es ist immer noch besser, wenn Sie mir diese Bemerkung gestatten, dass man über Sie und Mister Kendrik redet, als dass man über Sie und Mister Melville herzieht.«

»Ach nein!« Valerie war erstaunt. »Und dabei dachte ich vorhin bei Tisch, dass du für Mister Kendrik keine übermäßigen Sympathien hegst.«

»Sein Gerede über den Krieg gefällt mir nicht, weil ich davon nichts verstehe und es mir zudem Angst macht. Und ich weiß auch nicht, was ich von so manch anderen Dingen, die er sagt, halten soll. Aber darüber brauchen wir Frauen uns ja nicht den Kopf zu zerbrechen, das sind ja Männerangelegenheiten.«

»Na, da bin ich aber anderer Meinung, Fanny.«

»Irgendwie gefällt mir seine mutige Art und seine Schlagfertigkeit«, bekräftige Fanny, »wenn ich manchmal auch nicht viel von dem, was er sagt, begreife. Er ist auf jeden Fall ein echter Gentleman!«

Valerie warf ihr einen spöttischen Seitenblick zu. »Etwa so einer, wie du ihn für mich im Auge hast, meine Liebe?«, fragte sie maliziös.

Leichte Röte überzog Fannys Gesicht, und sie war froh, dass sie einer Antwort enthoben wurde, denn Travis Kendrik gesellte sich nun zu ihnen, nachdem er dem Kutscher noch letzte Anweisungen gegeben hatte.

Er zog die Tür hinter sich zu und setzte sich ihnen gegenüber, mit dem Rücken zur Fahrtrichtung. Er klopfte kurz mit dem Silberknauf seines Spazierstockes gegen die Rückwand, und im nächsten Augenblick ruckte die Kutsche an und rollte aus der Einfahrt auf die Monroe Street.

Valerie beugte sich vor, um noch einen Blick auf das Haus zu werfen, in dem sie so leidenschaftliche Stunden mit Matthew verbracht hatte und das ihr mit seinem geschützten Garten so sehr ans Herz gewachsen war. Ob sie sich eines Tages auch auf Cotton Fields so geborgen und heimisch fühlen würde, wie sie es hier in der Monroe Street getan hatte? Was sie auch auf der Plantage, die nun ihr Besitz war, erwartete, sie hoffte, immer wieder hierher zurückkehren zu können, wenn ihr der Sinn danach stand, einige Zeit in New Orleans zu verbringen. Sie wusste, dass das Haus zum Verkauf stand und Matthew es nur gemietet hatte, und sie nahm sich vor, in Erfahrung zu bringen, welche Summe der Kaufpreis betrug. Vielleicht konnte sie es sich erlauben, es zu erstehen. Immerhin stand ja noch das Vermögen aus, dass Charles und Ruth Fulham, ihre wahren, wenn auch nicht leiblichen Eltern, ihr hinterlassen hatten.

Valerie kam gar nicht zu Bewusstsein, dass die Fahrt vom Haus zum Hafen der Stadt in einträchtigem Schweigen verlief, so sehr war sie in Gedanken versunken. Hätte sie den Blick gehoben und Fanny sowie Travis Kendrik ihre Beachtung geschenkt, wäre ihr aufgefallen, dass beide nicht minder gedankenverloren waren. Auf dem Gesicht des Anwalts lag ein ernster, grübelnder Ausdruck, während die Zofe mit beinahe entrücktem Lächeln dasaß und sich offensichtlich ganz dem Genuss dieser Kutschfahrt hingab.

Auf den Straßen herrschte schon reges Treiben, Reiter, Karren und Gespanne aller Art machten sich gegenseitig die Fahrbahn streitig. Auf den Gehsteigen eilten Dienstboten mit gefüllten Einkaufskörben an elegant gekleideten Damen und jungen Mädchen in Begleitung ältlicher Gouvernanten vorbei, die den Auslagen der Geschäfte mitunter weniger Beachtung schenkten als den jungen Männern, die ihnen begegneten. Das Rattern der Kutschen und Fuhrwerke vermischte sich mit den barschen, ungeduldigen Rufen der Kutscher, dem scharfen Knall der Peitschen, dem Rumpeln leerer Fässer auf einem Fuhrwerk und dem Singsang der farbigen Zeitungsjungen, die die Morgenausgabe feilboten, mit dem Wiehern edler Pferde und dem Schnauben schwerfälliger Ochsengespanne. Diese vielfältigen Geräusche ergaben zusammen ein eigentümliches Rauschen, ein erregendes energiegeladenes Branden.

Es war ein so farbenprächtiges und lebensfrohes Bild, dass der Gedanke an die Grauen und Verwüstungen eines Kriegs absolut lächerlich erschien. Und doch lagen die drohenden Schatten eines Bürgerkriegs schon über dem Land.

Valerie verdrängte den bedrückenden Gedanken,

dass Travis Kendrik mit seinen düsteren Einschätzungen der Lage womöglich recht behalten mochte. Nein, dies war kein Tag für deprimierende Überlegungen und niederdrückende Stimmungen! Dies war der Tag ihres Sieges, ihres Triumphes, und nichts sollte ihre Freude trüben, dass Cotton Fields nun wirklich ihr gehörte. Für trübsinnige Gedanken und seelischen Schmerz blieb ihr später immer noch Zeit genug.

Als sie die Chartres Street kreuzten und in die Nähe des Hafens und des Marktes gelangten, nahm der Verkehr noch zu, und sie kamen nur noch im Schritttempo voran. Valerie lehnte sich nun, der neugierigen Blicke gaffender Passanten überdrüssig, in die weichen Rückenpolster zurück. Sie schaute auch nicht hinaus, als die Kutsche schließlich den Hafen erreichte und zum Kai rollte, von dem die Fähre abfuhr. Sie kannte das Bild, das sich ihrem Auge geboten hätte, nur zu gut: ein Wald hoher Masten und Schornsteine, Schiffe aus aller Herren Ländern, die sich Rumpf an Rumpf drängten. Schnittige Clipper, die in wenigen Monaten die Welt umrunden konnten, bauchige Dampfer, elegante Briggs sowie Schoner und Lastkähne. Doch was den Hafen von New Orleans von anderen großen Häfen unterschied, war das bunte Gewimmel der Raddampfer mit ihrem geringen Tiefgang und den schneeweißen Aufbauten.

Valerie sah nicht hinaus, obwohl es sie allergrößte Willenskraft kostete, sich den Anschein von Gelassenheit und Desinteresse zu geben. Dabei hätte sie nichts lieber getan, als Ausschau nach der River Queen und der Alabama zu halten. Doch zugleich wollte sie gar nicht wissen, ob eines von Matthews Schiffen im Hafen lag, denn dann hätte sie sich nur mit der Frage gequält, ob er vielleicht auch schon wieder nach New Orleans zurückgekehrt war und es nicht einmal für nötig erachtet hatte, sie aufzusuchen. Solange sie ihn mit der River Queen auf der Fahrt den Mississippi flussaufwärts nach St. Louis wähnte, konnte sie sich damit trösten, dass er ja nur seinem Beruf nachging und ihrer Auseinandersetzung vor seiner Abreise nicht zu viel Gewicht beigemessen werden durfte ... und dass er sicherlich sofort zu ihr kommen würde, wenn er nach New Orleans zurückkehrte.

Nein, sie wollte nicht wissen, ob die River Queen schon wieder an ihrem Pier lag, und sie hoffte inständig, dass Fanny nicht für sie den Beobachter spielte.

Ihre Hoffnung erfüllte sich. Die Zofe, die sonst gar nicht zu übertriebener Eitelkeit neigte, hatte an diesem Morgen Augen für ganz andere Dinge. Sie sonnte sich in der Aufmerksamkeit und Bewunderung, die man der Kutsche und ihren Insassen schenkte.

Valerie atmete innerlich auf, als der Kutscher die Equipage endlich auf die Fähre gelenkt hatte und die Leinen losgeworfen wurden. Weißer Dampf stieg aus der Sirenenpfeife des flachen Fährbootes, das sich nun gegen die starke Strömung des Mississippi stemmte und sich langsam, aber beständig durch die braunen Fluten dieses breiten, majestätischen Flusses dem anderen Ufer entgegenkämpfte, dort, wo einige Meilen weiter flussaufwärts die Plantage lag, von der ihr Vater gewollt hatte, dass niemand anderer als Valerie sie erbte. Und je weiter New Orleans hinter ihnen zurückblieb, desto ruhiger wurde sie. Die Überquerung des reißenden Stroms hatte an diesem Tag etwas Symbolisches für sie. Nun begann ein völlig neues Leben.

Das Leben als Herrin von Cotton Fields.

5.

Catherine Duvall saß steif und aufrecht im Chintzsessel und starrte mit verkniffener Miene in das prasselnde Feuer des Kamins, das im kleinen Salon neben der Bibliothek im Obergeschoss des Herrenhauses von Cotton Fields schon seit den frühen Morgenstunden brannte. Doch ihr Blick ging durch die tanzenden Flammen hindurch.

Catherine Duvall war noch keine vierzig und eine attraktive Erscheinung, wenn sie es darauf anlegte und ihre äußerlichen Vorzüge zur Geltung brachte. Sie besaß trotz zweier Geburten noch eine schlanke Taille, die sie gern durch eng geschnürte Korsagen und hochgeschlossene Kleider betonte, so auch an diesem Tag.

Gewöhnlich bevorzugte sie graue und schwarze Kleider, die ihr ein strenges, reserviertes Aussehen gaben und sie in Verbindung mit einem kühlen, abweisenden Gesichtsausdruck wie unnahbar erscheinen ließen, eine Rolle, die sie sich schon kurz nach ihrer Hochzeit mit Henry Duvall angewöhnt hatte, als sie nach Mitteln und Wegen gesucht hatte, seinen Berührungen auszuweichen und sich soweit wie eben möglich der körperlichen Liebe zu entziehen, die sie im Allgemeinen wie im Besonderen als ekelhaft und abstoßend empfand. Aus diesem Grund hatte sie sich auch nach der Geburt ihrer beiden Kinder Stephen und Rhonda ihrem Mann völlig entzogen; ein Recht, das ihr ihrer Überzeugung nach zustand, denn immerhin hatte sie ihm ja nicht nur den gewünschten Erben geschenkt, sondern zudem auch noch eine Tochter, die wie der Sohn die Schönheit seiner Mutter besaß. Was konnte ein Mann von einer anständigen Frau denn noch mehr verlangen, zumal sie die Rolle der liebenden Ehefrau nach außen hin genauso perfekt beherrschte wie die der charmanten Gastgeberin?

Doch ein graues oder gar schwarzes Kleid an diesem schändlichen Tag zu tragen, wäre ihr unmöglich gewesen, hätte es doch wie das sichtbare Eingeständnis der vernichtenden Niederlage ausgelegt werden können, und das verbot ihr ihr Stolz, der nicht weniger stark war als ihr grenzenloser Hass auf den Bastard, den Henry Duvall vor ihrer Ehe mit seiner Sklavin Alisha gezeugt hatte.

Nein, sie hatte eines ihrer teuersten und hübschesten Seidenkleider ausgewählt, dessen rubinroter Stoff irisierend schimmerte. Der hohe Spitzenkragen betonte ihr schmales, gut geformtes Gesicht, das von blonden Korkenzieherlocken eingerahmt wurde. Als junges Mädchen hatte ihr betörendes Aussehen so manchen gestandenen Mann, irrigerweise die Fähigkeit zu tiefer Leidenschaft und Sinnlichkeit bei ihr als natürlich gegeben annehmend, um den Schlaf und an den Rand der Selbstbeherrschung gebracht.

»Cotton Fields gehört uns, Stephen«, sagte Catherine zwischen zusammengepressten Lippen, ohne den Blick von den Flammen zu nehmen. »Uns Duvalls!«

»Ich wünschte, ich brauchte dir nicht zu widersprechen, doch der Name Duvall scheint mir nicht mehr den ehrenvollen Klang zu haben und das Gewicht, das er einmal hatte. Immerhin hat das Gericht ja entschieden, dass auch Valerie eine Duvall ist, Mutter«, erwiderte Stephen mit einem Anflug bitterer Ironie. »Und somit bleibt es ja im Besitz der Duvalls, wenn man der Rechtsprechung unserer Gerichtsbarkeit glauben darf.«

Catherines Kopf ruckte hoch und ihr funkelnder Blick traf ihren Sohn wie ein Messerstich. »Sag so etwas nie wieder!«, herrschte sie ihn an. »Das will ich nie wieder aus deinem Mund hören, hast du mich verstanden? Valerie ist das Balg einer Sklavin, ein Bastard, und das bleibt sie! Kein Gericht der Welt wird etwas daran ändern! Er kann sie zehnmal heimlich geheiratet haben! Diese Ehe mit einem Niggermädchen zählt nicht! Sie wird nie eine Duvall sein!«

Stephen, ein elegant gekleideter Mann von schlanker Gestalt mit dichtem schwarzem Haar und einem ebenmäßigen Gesicht, das auf eine beinahe feminine Art hübsch zu nennen war, setzte eine grimmige Miene auf und zuckte mit den Achseln. »Gewiss, die Leute werden sie nicht als Duvall akzeptieren«, räumte er ein, »aber das ändert verdammt wenig an der Tatsache, dass wir Cotton Fields verloren haben.«

»Und lass dir von mir gesagt sein, dass ich Cotton Fields niemals aufgeben werde!«

»Mutter, bitte! Ich habe nicht gesagt, dass ich Cotton Fields aufzugeben gedenke! Das wäre ja auch geradezu grotesk! Es ist mein Erbe, und ich werde mich niemals damit abfinden, dass diese Valerie sich meinen Besitz erschlichen hat. Aber im Augenblick haben wir nun mal die schlechteren Karten, verdammt noch mal, und davor können wir doch nicht die Augen verschließen! Wir müssen Cotton Fields verlassen! *Wir müssen!* Und zwar heute! Herrgott, eigentlich müssten wir schon längst aus dem Haus sein, wenn es nach den beiden verfluchten Yankees ginge, die uns dieser miese Niggeranwalt auf die Plantage geschickt hat!«

»Gewöhn dir das Fluchen in meiner Gegenwart ab!«, wies sie ihn zurecht.

Eine steile Furche des Unwillens trat auf seine Stirn. »Und gewöhn du dich endlich daran, dass ich nicht länger ein kleiner Junge bin, den man nach Belieben maßregeln kann! Ich bin jetzt bald zwanzig, und wenn unsere Bemühungen, Valerie aus dem Weg zu räumen, nicht so vom Unglück verfolgt gewesen wären, wäre ich jetzt der Herr der Plantage – und zwar mit allen Rechten, wenn ich dir das in Erinnerung rufen darf! Also zwing mich bitte nicht, mich mit dir zu streiten, Mutter!«, begehrte er hitzig auf, entnahm der Zedernholzschatulle auf dem Sims des Kamins eine Zigarre und setzte sie mit einem Kienspan, den er kurz in die Flammen hielt, in Brand. Mit einer wütenden, herrischen Bewegung schleuderte er den Span ins Feuer. Das Rauchen war eine demonstrative Geste, die seine Worte noch unterstrich, wusste er doch genau, dass seine Mutter es nicht liebte, wenn in ihrer Gegenwart geraucht wurde. Aber er hielt es für an der Zeit, sich ihrer Herrschsucht und Bevormundung mit allem Nachdruck zu widersetzen.

Catherine Duvall hatte schon eine scharfe Erwiderung auf der Zunge, wollte darauf verweisen, dass seine zügellose Spielleidenschaft und seine Versuche in den letzten kritischen Monaten, Valerie zur Befriedigung persönlicher Gelüste in seine Gewalt zu bekommen, eher ein Beweis für seine Unreife als für seine Mündigkeit waren. Doch sie hielt sich zurück und sagte sich, dass während eines Feldzugs, um den es nicht eben zum Besten gestellt war, nichts katastrophalere Folgen zeitigen konnte als Zwietracht in den eigenen Reihen.

So atmete sie tief durch und sagte ernst, doch versöhnlich: »Wir sind wohl alle über Gebühr gereizt, mein Sohn. Legen wir die Worte nicht so auf die Goldwaage. Ich weiß natürlich, dass auch du sehr unter dieser unseligen Geschichte leidest, gewiss mehr als Rhonda und ich, denn dich hat man ja um dein Erbe schändlichst betrogen. Aber wir werden es nicht tatenlos hinnehmen, nicht wahr?«

Stephen entspannte sich, und es tat ihm nun leid, so schroff zu seiner Mutter gewesen zu sein. »Nein, ganz bestimmt nicht! Wir werden diese Schande niemals akzeptieren!«, versicherte er, trat zu ihr und drückte ihre Hand.

Catherine Duvall gab einen tiefen Seufzer von sich. »Ich hätte mir niemals träumen lassen, dass ich mich eines Tages in einer so entwürdigenden Situation befinden würde, Stephen. Nicht in meinen schlimmsten Albträumen wäre mir jemals der Gedanke gekommen, irgendjemand könnte dir eines Tages die Plantage streitig machen. Es erscheint mir auch jetzt noch wie ein grässlicher Tagtraum. Mein Gott, was hat dein Vater dir nur angetan«, murmelte sie, und tiefe Niedergeschlagenheit verdrängte den Groll auf ihren Sohn, der gelegentlich wie ein helles Strohfeuer in ihr hochschoss, aber auch genauso schnell wieder in sich zusammenfiel. Wirkliche Zweifel am Charakter ihres Kindes und seiner naturgemäßen herausragenden Stellung als erstgeborener Sohn gestattete sie sich nicht, denn damit hätte sie ihr eigenes Leben infrage gestellt und ihren verbrecherischen Handlungen, die sie allein zum Wohle ihrer Kinder und mit gutem Recht begangen zu haben glaubte, jede Rechtfertigung genommen. Dass junge Gentlemen in Stephens Alter ihre Schwächen besaßen und den Verlockungen des süßen Lebens manchmal gar über Gebühr nachgaben, war eine Erfahrung, die wohl alle Eltern machten, und bis zu einem gewissen Grad wurde dieses wilde Treiben nicht nur stillschweigend toleriert, sondern sogar gutgeheißen. Ein junger Mann musste sich nun mal die Hörner abstoßen, bevor er in der Lage war, Verantwortung zu übernehmen. Stephen war da keine Ausnahme. War er erst einmal gefordert, würde er sich auch der Herausforderung der vielfältigen Pflichten nicht nur bereitwillig stellen, sondern sie auch mit Bravour bewältigen, davon war sie felsenfest überzeugt.

Ja, ihr Sohn war der einzig rechtmäßige Erbe von Cotton Fields. Von Kindesbeinen an war seine ganze Erziehung daraufhin ausgerichtet gewesen – auf den Tag, an dem er der Herr über eine der ertragreichsten und angesehensten Baumwollplantagen Louisianas sein würde, Herr über fast viertausend Morgen fruchtbaren Landes und mehrere Hundert Sklaven, ja indirekt auch Herr über seine Mutter und Schwester, denn die Macht des Erbfolgers war den geschriebenen und ungeschriebenen Gesetzen der Gesellschaft nach total und unangreifbar. Dieses Wissen um die zukünftige Stellung ihres Sohnes, den sie bewusst dem Einfluss ihres Mannes von Anfang an entzogen hatte, hatte sie die lieblosen Jahre mit Henry Duvall ertragen lassen, hatte ihr die Kraft gegeben, sich ihre Selbstachtung zu bewahren und über manch hämische Anspielung und das widerliche Getuschel hinwegzuhören, das immer wieder seine notorische Liebschaft mit Sklavenmädchen und ganz besonders die abscheuliche Affäre mit dieser Alisha zum Inhalt gehabt hatte. Sein Tod war geradezu eine Erlösung für sie gewesen, und sie hatte geglaubt, nun frei zu sein und die Herrschaft in die Hände ihres Sohnes legen zu können, der das männliche Abbild ihrer selbst war. Und dann war das Verhängnis, dieses Undenkbare über sie hereingebrochen und hatte ihnen genommen, woran sie geglaubt und was sie als ihr ewiges unantastbares Vorrecht gehalten hatten – der Verrat ihres Mannes!

Die Glocke der französischen Uhr auf dem marmornen Sims erklang und schickte neunmal ihren silberhellen, klaren Ton durch den Salon, der Catherines Lieblingsraum im Herrenhaus war.

Stephen ging unruhig vor dem Kamin auf und ab, schnippte Zigarrenasche in das Feuer und vernahm dann männliche Stimmen auf dem Flur vor der Tür.

»Mister Darby erwartet uns schon«, sagte er nach einem kurzen Zögern.

»Lass ihn warten!«

Stephen runzelte die Stirn. »Aber Mutter! Wir werden für die nächsten Wochen, ja vielleicht sogar Monate seine Gastfreundschaft in Anspruch nehmen müssen, bis wir uns Klarheit verschafft haben, wie es weitergehen soll«, sagte er, erstaunt über ihren scharfen Ton. »Das sollten wir Justin Darby doch hoch anrechnen.«

»Justin ist ein charmanter und anregender Gesellschafter, mein lieber Stephen, und seine Großzügigkeit schätze ich sehr an ihm«, erwiderte Catherine mit einem Hauch Sarkasmus in der Stimme, »doch völlige Uneigennützigkeit gehört sicherlich nicht zu seinen Charakterzügen. Er hat uns seine Gastfreundschaft förmlich aufgedrängt, wie du dich wohl erinnern wirst. In Wirklichkeit ist es doch eher so, dass wir ihm mit unserer Anwesenheit auf Darby Plantation einen größeren Gefallen tun als er uns.«

Ein belustigtes Lächeln kräuselte Stephens weiblichen Mund, doch er achtete darauf, dass sie es nicht bemerken konnte, dafür war ihm das Thema »Justin Darby« viel zu wichtig, um auch nur das geringste Risiko einzugehen. Seine Mutter durfte vorerst nicht einmal den Zipfel seiner geheimsten Gedanken erahnen, und sei es auch nur durch ein amüsiertes Lächeln, das verriet, wie aufmerksam er die Beziehung zwischen ihr und Justin verfolgte und wie gut er sie einzuschätzen vermochte.

»Nun, so gesehen hast du natürlich recht«, sagte er und bemühte sich um einen beiläufigen Tonfall, dem er einen Anflug von Wohlwollen beifügte. »Justin hat nun mal gern Gäste im Haus, und mir scheint, dass er von all seinen vielen Besuchern, mit denen er sich umgibt, dir seine ungeteilte Aufmerksamkeit am liebsten schenkt, und das finde ich ausgesprochen reizend von ihm. Er ist überhaupt ein Mann, dessen Unterstützung ich in jeder Hinsicht nur begrüßen kann, und Unterstützung werden wir nötig haben, wenn wir mit Valerie abrechnen wollen!«

Justin Darby, ein vitaler und gut aussehender Witwer von achtundfünfzig Jahren, hatte seiner attraktiven Mutter schon immer mehr als nur freundschaftliche

Verehrung entgegengebracht. Seit dem Tod seines Vaters war aus dieser höflich charmanten Verehrung ein nur noch mühsam kaschiertes Werben geworden, wie er und Rhonda zu ihrem stillen Vergnügen hatten feststellen können. Sie verfolgten diese Entwicklung mit größtem Interesse und Wohlwollen, ganz besonders seit dem für sie vernichtenden Urteilsspruch im Prozess um das Testament, das sein Vater zugunsten von Valerie abgefasst hatte und sie angefochten hatten. Denn Justin Darby war nicht nur die Frau gestorben, sondern vor vier Jahren auch der Sohn, sein einziges Kind. Das Gelbfieber, das jedes Jahr mit schrecklicher Regelmäßigkeit von den Bewohnern von New Orleans seinen Blutzoll forderte und gelegentlich auch auf die Plantagen gelangte, hatte ihn in der Blüte seiner Jugend innerhalb weniger Tage dahingerafft. So war der gute Justin nicht nur ohne den Schmuck und Beistand einer ihn liebenden und achtenden Ehefrau, sondern auch ohne Erben, dem er eines Tages die stattliche Plantage überlassen konnte.

Stephen hatte sich darüber intensivst Gedanken gemacht, in den letzten Wochen verständlicherweise mehr als zuvor, und war zusammen mit seiner Schwester zu dem gewiss nicht überraschenden Ergebnis gekommen, dass es sich lohnte, Justin Darby und seine Mutter darin zu ermuntern, die persönlichen Fäden zwischen ihnen fester zu knüpfen. Die Vorzüge einer solchen Verbindung lagen für jeden Beteiligten auf der Hand, und was ihn selbst betraf, so konnte er sich Justin Darby als Stiefvater sehr gut vorstellen, zumal Cotton Fields und Darby Plantation eine gemeinsame Grenze hatten, die jedoch nach seinem Tod ebenso verschwinden konnte wie der Name Darby ... Ein Gedankenspiel, das ihm in dieser finsteren Zeit Hoffnung machte und seinen Glauben an eine baldige, wie auch immer geartete Wendung des Schicksals zu ihrem Vorteil stärkte.

Justin Darby war also eine wichtige Figur in Stephens geheimen Denkspielen, wie auch seine Mutter, und so fügte er noch hinzu: »Wenn die Umstände andere wären, würde ich mich sogar regelrecht darauf freuen, einige Zeit in seinem Haus zu verbringen, denn einen so blendenden Unterhalter und wahren Gentleman wie ihn findet man sogar in unseren Kreisen höchst selten.«

»Nichts gegen Justin«, beeilte sich Catherine zu sagen. »Er ist gewiss ein reizender Mann, und seine Anteilnahme und Hilfsbereitschaft in dieser schrecklichen Zeit kommen von Herzen, was ich ihm auch hoch anrechne, aber dennoch wäre es mir lieber gewesen, wir hätten sein großzügiges Angebot ausgeschlagen und uns fürs Erste ein Haus in New Orleans gekauft, denn wenn wir Cotton Fields auch vorübergehend für diesen Bastard räumen müssen, so bedeutet das doch noch längst nicht, dass wir uns in einer wirtschaftlichen Notlage befinden. Ganz im Gegenteil. Finanziell ist es uns noch nie so gut gegangen wie gerade in diesem Jahr. Ein Glück, dass dein Vater nicht auch noch auf den Gedanken gekommen ist, sein Bankvermögen diesem Flittchen zu vermachen.«

»Ich wünschte, er hätte es getan«, brummte Stephen, »denn dann hätten wir eine reelle Chance gehabt, das Gericht von seiner Unzurechnungsfähigkeit zu überzeugen.«

»Dennoch, so ist es mir lieber. Und ich danke Gott, dass wir die diesjährige Baumwollernte noch rechtzeitig vor dem Prozess haben einbringen und vor allem verkaufen können. Sonst hätte *sie* den Profit eingestrichen.«

Er nickte. »Ja, so betrachtet haben wir noch Glück im Unglück gehabt. Es war die drittbeste Ernte, die wir jemals auf Cotton Fields zu verzeichnen gehabt hatten. Tausendsechshundertdreiundsechzig Ballen.«

»Ja, und für jeden Ballen haben wir an die siebzig Dollar erzielt«, fügte Catherine stolz hinzu, denn sie war es gewesen, die den englischen Baumwollaufkäufer dazu gebracht hatte, ihnen diesen Preis zu garantieren. Ihr Sohn hatte sich ja nicht für die Belange der Plantage interessiert, sondern es für wichtiger erachtet, die Spielclubs von New Orleans unsicher zu machen – und die Freudenhäuser, woran sie aber lieber nicht denken wollte. Auf jeden Fall hatte sie den Aufkäufer so lange fürstlich auf Cotton Fields bewirtet und sich auch nicht gescheut, die Waffen einer Frau zu benützen, bis Mister Harlow sich geschlagen gegeben und ihren Preis akzeptiert hatte. Stephen überschlug die

Summe schnell im Kopf. Die Ernte hatte ihnen also über hundertzehntausend Dollar eingebracht. Eine in der Tat beachtliche Summe! Er hätte nun brennend gern gewusst, wie hoch das Bankvermögen war, dass sein Vater bei seinem Tod hinterlassen hatte, aber er scheute sich, seine Mutter jetzt direkt danach zu fragen. Doch ihren Äußerungen konnte er unschwer entnehmen, dass sein Vater erheblich mehr als nur einen Notgroschen auf seinem Bankkonto gehabt hatte. Ein äußerst beruhigender Gedanke, denn letztlich würde alles ihm zufallen, bis auf eine großzügige Mitgift für Rhonda natürlich.

»Wenn es uns so gut geht, wie du sagst, Mutter, hindert uns doch nichts daran, ein passendes Haus in New Orleans zu suchen«, griff er ihren Einwand auf, jedoch mit ganz anderen Hintergedanken. Ein Stadthaus käme seinen persönlichen Neigungen natürlich sehr entgegen, sofern es ihm nur gelang, seine Mutter davon abzuhalten, dort auch einzuziehen, denn dann wäre es für ihn von keinem großen Nutzen. Doch er war zuversichtlich, diese Angelegenheit entsprechend seinen Wünschen arrangieren zu können – mit Justins Hilfe. »Ein eigenes Zuhause werden wir ohne Zweifel nötig haben, wenn ich es für eine Übergangszeit von ein paar Wochen auch für klüger halte, auf Darby Plantation zu bleiben. Von dort aus können wir Valerie leichter im Auge behalten als von New Orleans. Dennoch, ich werde mich schon mal umhören, ob irgendein ansprechendes

Haus zum Verkauf steht. Ich muss natürlich wissen, wie viel du anzulegen bereit bist, Mutter.«

Catherine warf ihm einen flüchtigen Blick zu, die Augenbrauen leicht zusammengezogen, als wollte sie sagen: Unterschätz bloß deine Mutter nicht, Sohn! Ich kenne dich besser als du dich selbst! Doch stattdessen fragte sie: »Geld ist das beste Argument, nicht wahr? Es ist alles stets nur eine Frage des Preises, ist es nicht so?«

Stephen sah sie verdutzt an. »Wie bitte? Ich verstehe nicht ganz, worauf du hinauswillst.«

Bevor Catherine ihm das erklären konnte, pochte es energisch gegen die Tür des Salons, und eine leicht näselnde Stimme machte sich bemerkbar. »Mister Duvall? ... Mister Duvall? ... Sir, ich muss Sie sprechen!«

Die fast heitere Stimmung, in der Stephen sich während der letzten Minuten befunden hatte, war schlagartig verflogen und ein ungehaltener Ausdruck trat auf sein ebenmäßiges Gesicht. »Dieser verdammte Yankee!«, knurrte er. »Es ist wahrlich an der Zeit, dass wir uns vom Norden loslösen und dieses ungehobelte Pack aus unserem Land verschwindet!«

»Mister Duvall!« Es klopfte erneut gegen die Tür, diesmal noch energischer. Er drehte am Türknauf, doch Stephen hatte auf Wunsch seiner Mutter hinter sich abgeschlossen, als er sich zu ihr in den Salon gesellt hatte. »Ich fordere Sie auf, mir zu öffnen. Andernfalls sehe ich mich gezwungen, mir mit Gewalt Einlass zu verschaffen!«

»Pah, diese dürre Stange von einem Yankee ist doch noch nicht einmal in der Lage, die wacklige Brettertür eines Sklavenquartiers aufzutreten!«, höhnte Stephen.

»Mag sein, aber darauf willst du es doch wohl nicht ankommen lassen, oder? Also öffne ihm schon und frag ihn, was er will!«, forderte Catherine ihren Sohn auf.

»Wenn es dein Wunsch ist ...«, sagte er mit einem Schulterzucken, ging zur Tür und entriegelte sie.

Ein zierlicher Mann von kleiner Statur mit schütterem Haar und blasser Gesichtsfarbe stand vor der Tür. Hugh Stringler war sein Name. Er wirkte älter als seine zweiunddreißig Jahre, woran sein schon stark gelichtetes Haupthaar, mehr jedoch noch seine sehr konservative dunkle Kleidung schuld waren. Er trug einen erdbraunen Stadtanzug aus rauem, wenig kleidsamen Wollstoff. Steif wirkte auch die Hemdbrust, und bei der Auswahl des beigen Krawattentuches hatte er keine allzu glückliche Hand bewiesen. Unter dem linken Arm trug er ein Schreibbrett mit Klemmleiste am oberen Rand. Stephen konnte sich nicht daran erinnern, Hugh Stringler oder Jim Wilkens auch nur einmal ohne ihre verfluchten Schreibbretter mit den endlosen Listen gesehen zu haben.

»Was wollen Sie?«, herrschte Stephen den kleinwüchsigen Buchhalter an und fixierte ihn mit einem Blick, als wollte er ihn im nächsten Augenblick am Kragen packen und ihn unsanft aus dem Haus befördern.

Hugh Stringler, obwohl fast zwei Köpfe kleiner als

sein Gegenüber, zeigte nicht den Anflug von Nervosität angesichts Stephen Duvalls drohender Haltung.

»Sie daran erinnern, dass Sie Cotton Fields zu verlassen haben, Mister Duvall!«, antwortete er mit fester selbstbewusster Stimme, die so gar nicht zu seinem eher unscheinbaren Äußeren passen wollte. »Sie und Ihre Mutter und Ihre Schwester.«

Stephen stemmte die Hände in die Hüfte. »Was Sie nicht sagen, Yankee! Es ist ja richtig herzerwärmend, wie rührend Sie sich darum bemühen, dass mir gewisse Daten nicht entfallen!«, höhnte er. »Doch bedauerlicherweise habe ich eine andere Erziehung genossen als ihr Burschen, die ihr wohl zwischen Fabrikschloten und Armenvierteln aufgewachsen seid. Daher weiß ich dem vorlauten, impertinenten Gerede von Dienstboten und wichtigtuerischen Gehabe von armseligen Buchhaltern wenig abzugewinnen. Es muss wohl daran liegen, dass uns wirklich Welten trennen, nicht nur geografische, ... wenn Sie überhaupt verstehen, was ich Ihnen klarzumachen versuche.«

Hugh Stringler zuckte bei dieser Beleidigung nicht einmal mit der Wimper, sondern bewahrte sein unverbindliches Lächeln. »Ich räume gern ein, dass es mir nicht wenig Schwierigkeiten bereitet, mich auf Ihr Niveau hinunterzubegeben, um Sie zumindest im Ansatz zu verstehen«, erwiderte er schlagfertig. »Doch so zutreffend es in mancher Hinsicht auch sein mag, dass uns Welten trennen, so nehme ich doch nicht an, dass Ihnen entgangen ist, welches Datum wir heute schreiben, auch wenn die Uhren bei Ihnen hier im Süden anders gehen sollen, wie Sie mich des Öftern haben wissen lassen«, sagte Stringler mit einem beißenden Sarkasmus, den man ihm ebenso wenig zugetraut hätte wie sein selbstsicheres Auftreten. »Doch für den Fall, dass Ihre Zeitrechnung in der Tat von der der übrigen Nation abweicht, bin ich gern gewillt, Ihnen die heutige Ausgabe des *Chronicle* vorzulegen, dessen Lektüre Sie doch allen anderen Zeitungen vorziehen, nicht wahr? Dort können Sie dann nachlesen, dass wir heute den 10. November des Jahres 1860 schreiben.«

»Sparen Sie sich derart unverschämte Belehrungen!«, brauste Stephen auf. »Ich lasse mich in meinem Haus nicht von einem Yankee anpöbeln!«

»Sie befinden sich im Irrtum, Mister Duvall«, gab Hugh Stringler kühl zurück. »Dies ist längst nicht mehr *Ihr* Haus, wie auch die Plantage nicht mehr Ihnen oder Ihrer Mutter gehört. Das Gericht hat Cotton Fields Miss Valerie Fulham-Duvall zugesprochen. Dass Sie sich jetzt noch hier befinden, verdanken Sie nur ihrer Großzügigkeit, denn sie hätte auch auf eine umgehende Räumung bestehen können, und das Gericht hätte sich dem kaum widersetzt!«

Stephen war so empört, dass er im ersten Moment nicht wusste, wie er diesem hergelaufenen Handlanger von Valeries Anwalt am besten in die Parade fahren sollte. Er war geradezu sprachlos, was sich dieser Yankee an Frechheiten herausnahm! »Wie können Sie es wagen, so mit mir zu reden, Mann!«, fauchte er ihn schließlich an. »Noch so eine Unverschämtheit, und ich zeige Ihnen, was Yankees Ihrer Sorte hier erwartet – nämlich Prügel, die Sie Ihr Leben lang nicht vergessen werden!«

Hugh Stringler gab durch ein geringschätziges Zucken seines rechten Mundwinkels zu verstehen, wie wenig ihn die Drohung berührte. »Nicht einmal Sie werden so dumm sein zu wagen, mich auch nur anzufassen«, sagte er, ohne zu verraten, worauf er seine Überzeugung gründete, um dann sofort im nächsten Atemzug wieder einen sachlichen Tonfall anzuschlagen: »Lassen wir unsere persönlichen Animositäten aus dem Spiel, Mister Duvall. Das Gericht in New Orleans hat das Urteil gefällt, nicht ich. Meine Aufgabe und die meines Kollegen besteht allein darin, dafür Sorge zu tragen, dass die Entscheidungen und Anordnungen des Gerichts auch eingehalten werden. Und zu den Anordnungen zählt nun mal, dass Sie und Ihre Familie Cotton Fields spätestens bis zum frühen Morgen des 10. November zu verlassen haben.«

»Keine Sorge, wir werden uns der Anordnung des Gerichts nicht widersetzen. Aber den genauen Zeitpunkt, wann wir das Haus verlassen, bestimmen wir immer noch selber!«, entgegnete Stephen eisig und mit größter Beherrschung.

Hugh Stringler sah ihn herausfordernd an und sagte, mit einer knappen Handbewegung zur Uhr auf dem

Kaminsims hin: »Es geht auf halb zehn zu, Mister Duvall. Auch bei großzügigster Auslegung des Begriffs kann jetzt von frühem Morgen nicht mehr die Rede sein! Ich fordere Sie daher zum letzten Mal auf, die Kutsche zu besteigen, die Mister Darby Ihnen geschickt hat. Sie wartet schon seit den frühen Morgenstunden, wie Sie sehr wohl wissen!«

Es war vereinbart worden, dass die Koffer und Kisten mit ihren persönlichen Dingen und Kleidern sowie die Möbel aus ihren Privaträumen, die Hugh Stringler und Jim Wilkens peinlichst genau aufgelistet und »freigegeben« hatten, erst nach ihrem Weggang von Cotton Fields nach Darby Plantation gebracht werden sollten. Catherine hätte die Schmach, beim Zusammenpacken und Abtransport zugegen zu sein, nicht ertragen. Sie wollte das Herrenhaus so verlassen und in Erinnerung behalten, wie es die letzten zwanzig Jahre ihr geliebtes Zuhause gewesen war. Da ihnen das Gericht jedoch noch nicht einmal eines der Pferde als persönlichen Besitz zugestanden hatte, geschweige denn eine der Kutschen, hatte Justin Darby ihnen seinen besten geschlossenen Wagen schon im Morgengrauen herübergeschickt.

»Dann wird sie eben noch etwas länger warten!«, sagte Stephen barsch.

Stringler schüttelte über so viel Sturheit den Kopf. »Mister Duvall, Sie wissen doch genau, dass Miss Valerie Fulham-Duvall uns davon unterrichtet hat, dass sie im

Laufe des heutigen Vormittags hier einzutreffen gedenkt! Es dürfte daher wohl auch in Ihrem ureigensten Interesse sein, vor ihrer Ankunft das Haus verlassen zu haben. Ich bitte Sie also noch einmal, vernünftig zu sein!«

»Diese Entscheidung werden Sie schon mir überlassen müssen!«

»Mister Duvall, ich verlange, dass Sie und Ihre Familie umgehend ...«, setzte Stringler, dem es jetzt reichte, mit warnendem Tonfall an.

»Stephen!«, rief Catherine da mit herrischer Stimme aus dem Salon. »Sag ihm, dass wir das Haus ganz sicherlich nicht umgehend verlassen werden!«

Stephen wandte sich zu ihr um. »Das versuche ich ihm ja schon die ganze Zeit klarzumachen.«

Hugh Stringler stieß nun mit einer energischen Bewegung die Tür weit nach innen auf und trat in den Salon. Er deutete eine steife Verbeugung an, als Catherine Duvall ihn abschätzig musterte. »Madame, ich bedaure, auch Ihnen gegenüber keine Nachsicht zeigen zu können!«, erklärte er. »Es wäre mir zwar unangenehm, die Räumung des Hauses mit Gewalt vornehmen zu müssen, und seien Sie versichert, dass für diesen unerfreulichen Fall Vorsorge getragen worden ist, doch notfalls werde ich nicht zögern, den entsprechenden Befehl an ...«

»Beruhigen Sie sich«, fiel Catherine Duvall ihm kühl in die Rede. »Es wird nicht nötig sein! Für wen halten

Sie uns, dass Sie glauben, wir würden uns aus *unserem eigenen* Haus zerren lassen? Ja, ich weiß sehr wohl, dass Sie der Meinung sind, das gehörte nicht länger uns. Aber nehmen Sie zur Kenntnis, dass dieses Haus und Cotton Fields immer unser Besitz sein werden, auch in den Augen aller anderen ehrenwerten Weißen in diesem Teil des Landes!«

»Ich glaube nicht, dass es darum geht, wer Ihrer Meinung nach der rechtmäßige Besitzer ist, Madame«, erwiderte Stringler mit ausgesuchter Höflichkeit. »Es ist also müßig, sich über Dinge zu streiten, über die Gerichte schon entschieden haben.«

»Nein, darum geht es wahrlich nicht«, pflichtete sie ihm bei. »Vielmehr geht es darum, dass ich nicht daran denke, dieses Haus zu verlassen, bevor ich nicht mit ... Valerie Fulham gesprochen habe.«

Stephen war von ihrer Ankündigung genauso überrascht wie Hugh Stringler. Er machte eine vage Geste, die seine Verwirrung ausdrückte. »Aber Mutter, ich verstehe nicht, was du damit bezweckst.«

»Ich darf mich den Worten Ihres Sohnes anschließen, Madame«, sagte der schmächtige Buchhalter.

»Gut, Sie dürfen«, sagte Catherine von oben herab, ohne eine Erklärung anzubieten.

Stringler war nun sichtlich aus dem Konzept gebracht. »Ich glaube nicht, dass ich das zulassen kann! Mein Auftrag lautet, Cotton Fields Miss Fulham-Duvall zu übergeben und sicherzustellen, dass Sie und Ihre Familie die Plantage fristgerecht räumen. Ich sehe mich daher außerstande, Ihrem ... ungewöhnlichen Ansinnen nachzukommen.«

»Ich bleibe dennoch!«, beharrte Catherine und funkelte ihn mit eisigem Blick an.

»Dann zwingen Sie mich zu Maßnahmen, auf die ich lieber verzichtet hätte!«, erklärte Stringler. »Ich kann Miss Fulham-Duvall unmöglich Ihre Anwesenheit zumuten!«

»Sie sind kaum die geeignete Person, um beurteilen zu können, für wen das Zusammentreffen eine Zumutung darstellt!«, wies Catherine ihn scharf zurecht und erhob sich mit einer jähen Bewegung aus dem Sessel. Sie wusste, dass sie eine attraktive Erscheinung bot und die Pose der geborenen Herrin, die Widerspruch nicht duldete, perfekt beherrschte. »Ihnen liegt viel daran, Ihren Auftrag wortwörtlich zu erfüllen, nicht wahr?«

»In der Tat!«, bestätigte er mit gefurchter Stirn.

»Nun gut, dann betrachten Sie Cotton Fields in diesem Moment als von uns geräumt. Wir sehen uns somit nicht mehr als die Besitzer, sondern als Gäste von Miss Fulham. Und Sie werden doch kaum über die Vollmacht verfügen, Gäste der vorgeblich rechtmäßigen Besitzerin des Hauses zu verweisen, oder steht irgendwo in Ihren klugen Anordnungen und Vollmachten, dass Miss Fulham uns nicht als Gäste Ihres Hauses zu sehen wünscht, die gekommen sind, um ihr ein lukratives Geschäft zu unterbreiten?«, fragte Catherine mit einem triumphierenden Aufblitzen in ihren Augen.

Stephen sah seine Mutter nur sprachlos und mit offenem Mund an. Was sie da von sich gegeben hatte, erschien ihm ebenso genial verdreht wie grotesk, dass er am liebsten laut gelacht hätte, auch wenn er sich keinen Reim zu machen wusste, was zum Teufel sie bloß damit bezweckte, Valerie hier in diesem Haus und an diesem Tag entgegenzutreten. Doch was sollte es. Interessant allein war schon zu sehen, wie dieser verhasste Yankee darauf reagieren würde. Und so wandte er seine Aufmerksamkeit Stringler zu, in gespannter Erwartung, wie dieser denn nun auf die verwirrende Wendung parieren würde.

Hugh Stringler war von Catherine Duvalls Worten völlig aus dem Konzept gebracht. »Gäste? *Sie* wollen Gäste von Miss Fulham-Duvall sein?«, stieß er hervor, und es war das erste Mal, dass Stephen und Catherine ihn sichtlich fassungslos sahen, seit er mit seinem Kollegen auf Cotton Fields eingetroffen war. »Das klingt mir eher nach einem reichlich geschmacklosen Witz als nach einem Einwand, dem ich auch nur eine flüchtige Überlegung schenken müsste!« Er zeigte sich regelrecht verärgert über diese Anmaßung.

»Sie wären gut beraten, meiner Einlassung mehr als nur eine flüchtige Überlegung zu schenken, Mister Stringler!«, erwiderte Catherine mit ungebrochenem Selbstbewusstsein. »Es mag zwar nicht von der Hand zu weisen sein, dass Miss Fulham uns eher als Besucher oder gar als Bittsteller sieht denn als Gäste, doch das ändert nichts am Sachverhalt, dass wir in einer Angelegenheit hier sind, die für sie von größter Wichtigkeit sein dürfte. In jedem Fall steht Ihnen nicht das Recht zu, eigenmächtig Besuchern von Miss Fulham die Tür zu weisen, was immer Sie persönlich auch von ihnen halten mögen. Sie werden dafür bezahlt, dass Sie ihre Interessen vertreten, und nicht dafür, dass Sie den Richter spielen und ihr womöglich Schaden zufügen.« Und sie schloss mit der giftigen Bemerkung: »Ich nehme doch an, Sie sind sich Ihrer untergeordneten Rolle in dieser Auseinandersetzung bewusst und werden nicht die Absicht hegen, ihrerseits jetzt hier den Herren spielen zu wollen, da Sie doch nur eingestellt worden sind, um ohne großes Aufsehen die Aufgaben eines gewissenhaften Buchhalters zu erledigen?«

Stephen Duvall wurde in seiner Hoffnung, den Nordstaatler auffahren oder gar vor Wut explodieren zu sehen, enttäuscht. Der Mann blieb die Ruhe in Person, und die einzige äußerliche Reaktion, die er von seinem blassen hageren Gesicht ablesen konnte, bestand in einem mehr verwunderten als wuterfüllten Heben seiner spärlichen Augenbrauen. Er fühlte sich geradezu betrogen.

Hugh Stringler hatte in den zwölf Jahren, die er nun schon seinem Beruf in der einen oder anderen Form ausübte, so manches zu hören bekommen und in dieser Zeit auch mit den merkwürdigsten Personen zu tun gehabt, doch dieser Catherine Duvall vermochte keiner von ihnen das Wasser zu reichen! Er hatte diese Frau vom ersten Moment an nicht gemocht und die Stunden, die er in ihrer unmittelbaren Nähe verbracht hatte, hatten ihn in seiner spontanen Einschätzung bestätigt und seine Abneigung nur noch verstärkt. Doch das hinderte ihn nicht daran, insgeheim einzuräumen, dass sie eine außergewöhnliche Frau war, die sich zu behaupten wusste und sich so leicht nicht geschlagen gab.

Ihre beleidigenden Worte hatten ihn nicht getroffen, denn es gehörte nun mal zu seiner Arbeit, dass er anderen Leuten, die sich in Schwierigkeiten gebracht hatten, durch seine Anwesenheit ihre eigene Unfähigkeit oder ihr Scheitern, aus welchen Gründen auch immer, vor Augen hielt; und nur die wenigsten verfügten über so viel Charakter – und Stärke, die Schuld bei sich zu suchen und ihren Zorn nicht an einem völlig Unbeteiligten auszulassen, der nur mit der Abwicklung der Buchhaltung und der Inventur betraut worden war. So hatte er sich längst eine dicke Haut zugelegt und brachte es sogar fertig, diesen Konfrontationen eine angenehme Seite abzugewinnen, indem er Menschen wie Stephen und Catherine Duvall als Herausforderungen betrachtete und stets aufs Neue gespannt war, welche merkwürdigen Verhaltensblüten Zorn, Ohnmacht und Hass seiner Klienten hervorbringen mochten.

Catherine Duvall hatte seine berufliche Neugier mit ganz besonderen Überraschungen befriedigt, sodass er plötzlich das zweifellos törichte Verlangen verspürte, sich dafür irgendwie erkenntlich zu zeigen und ihr wenigstens in einem Streitpunkt zumindest *das Gefühl* zu geben, über ihn obsiegt zu haben. Und so brach er denn schließlich das angespannte Schweigen, das nur für einige Sekunden ihren heftigen Wortwechsel unterbrochen hatte, ihnen allen aber bedeutend länger erschienen war, mit den abgewogenen Worten, denen er bewusst einen Anflug von Resignation gab: »Eine interessante Ausführung, Missis Duvall ...«

Catherine witterte Schwäche und glaubte, ihn eingeschüchtert zu haben, und sofort setzte sie nach, um die Gunst des Augenblicks, in dem Hugh Stringler schwankend schien, zu nutzen. »Ich sehe, Sie haben begriffen, wie die Dinge liegen. Miss Fulham wird es Ihnen danken. Und nun machen Sie sich bitte nützlich und weisen die Haussklaven und die Mädchen aus dem Küchenhaus an, sich unten in der Halle zu versammeln!«, trug sie ihm mit befehlsgewohnter Stimme auf, als sei er ihr Diener. »Wie Sie wissen, hat jeder von uns das Recht, einen Sklaven mitzunehmen. Das hat das Gericht entschieden.«

»Richtig«, bestätigte Stringler und fügte hinzu: »Sofern er bereit ist, mit Ihnen zu gehen.«

»Keine Sorge, Mister Stringler, unsere Erwartungen an die Treue von Niggern sind nicht sehr hochgeschraubt«, machte sich Stephen bissig bemerkbar, wusste er doch, dass der Buchhalter ein Anhänger der

Abolitionisten war, die für die radikale Abschaffung der Sklaverei eintraten.

Ein feines Lächeln huschte über das Gesicht des zierlichen Mannes. »Ich hätte es mir denken können, Mister Duvall.« Und zu Catherine sagte er: »Ich will Ihnen den Gefallen gern tun, bitte Sie aber, sich nicht allzu lange mit den Schwarzen in der Halle aufzuhalten ... Sie werden mir doch darin zustimmen, dass ein mit Niggern bevölkertes Vestibül kaum der rechte Ort für *Bittsteller* Ihrer gesellschaftlichen Position ist.« Mit diesen sarkastischen Worten wandte er sich zur Tür und wäre beinahe mit Rhonda zusammengestoßen, die in den Salon geeilt kam.

»Verdammtes Yankeegesindel!«, schickte Stephen ihm mit zusammengepressten Lippen hinterher.

»Was ist passiert?«, fragte Rhonda mit weinerlichem Tonfall. Sie war übermüdet und fühlte sich hundeelend. Am liebsten hätte sie sich in eine Ecke verkrochen und geweint. »Wollten wir nicht losfahren? ... O mein Gott, ich kann es immer noch nicht glauben, dass wir Cotton Fields verlassen müssen!« Tränen schimmerten in ihren Augen.

»Reiß dich zusammen, Rhonda! Du bist eine echte Duvall, und die zeigt keine Schwäche – schon gar nicht im Angesicht von Yankees und Schwarzen!«, ermahnte Catherine sie streng. »Und ich will, wenn du nachher mit dem Valerie-Bastard zusammentriffst, dass du dich vollkommen in der Gewalt hast und dir nicht die geringste Unsicherheit anmerken lässt!«

Rhonda biss sich auf die Lippen und schluckte schwer. »Ich werde schon keine Schande ...«, begann sie, begriff aber dann erst richtig, was ihre Mutter soeben zu ihr gesagt hatte, und Bestürzung trat auf ihr Gesicht. »Heißt das, wir bleiben bis zur Ankunft von *ihr* hier und übergeben ihr *unser* Haus?«

»Ich beabsichtige nicht, ihr das Haus zu übergeben, aber ihre Ankunft werden wir schon erwarten.«

»Also, da mache ich nicht mit, Mutter, bei allem Respekt, aber das kannst du uns nicht zumuten! Ich denke nicht daran, mich so zu ...«

Catherine schoss ihr einen Blick zu, der sie augenblicklich verstummen ließ. »Es steht dir schlecht zu Gesicht, so unkontrolliert in Wallung zu geraten, mein Kind!«, rief sie ihre Tochter zur Ordnung. »Zumal du doch überhaupt nicht weißt, was ich im Sinn habe!«

»So? Dann klär uns bitte darüber auf!«, verlangte Rhonda trotzig von ihrer Mutter und verschränkte die Arme vor der Brust, die vom Reispuder fast so weiß schimmerte wie der Spitzenbesatz aus zarten Magnolienblüten, der ihr großzügig ausgeschnittenes Dekolleté einfasste.

»Ja, der Bitte möchte ich mich anschließen, Mutter!«, sagte Stephen gereizt. »Ich dachte, du hättest das mit dem Zusammentreffen nur gesagt, um dem Kerl eins auszuwischen.«

»So viel Mühe wäre er mir gar nicht wert gewesen. Nein, ich habe wirklich vor, mit ihr zu sprechen ... auch wenn es mich noch so große Überwindung kostet«, erklärte Catherine ihren Kindern, und ein entschlossener Zug straffte ihre verkniffene Mundpartie. »Ich will nichts unversucht lassen, uns Cotton Fields zu erhalten. Und noch haben wir unsere Möglichkeiten und Mittel nicht ausgeschöpft. Wir haben Ansehen, enormen gesellschaftlichen Einfluss und die Macht des Geldes. All das werde ich in die Waagschale werfen.«

»Was willst du ihr denn noch anbieten?«, fragte Stephen skeptisch. »Bisher hat sie doch all unsere Angebote in den Wind geschlagen.«

»Weil wir ihr damals eben nur Brosamen vorgeworfen haben, statt ihr ein wirklich verlockendes Angebot zu machen«, sagte Catherine, ärgerlich auf sich selbst. »Das war ein schwerwiegender Fehler gewesen. Es wäre gar nicht zu dieser entwürdigenden Szene im Gerichtssaal gekommen, wenn wir damals weitsichtiger und großzügiger gehandelt hätten. Jetzt werden wir dafür bezahlen müssen. Aber Geld soll nicht das Problem sein. Ich will, dass Cotton Fields uns erhalten bleibt, und dafür wird mir kein Preis zu hoch sein!«

»Damals war es ein mehr als faires Angebot! Vierzigtausend Dollar! Mein Gott, das ist doch für einen Nigger ein unvorstellbares Vermögen! Wir haben einfach eine Menge Pech gehabt. Außerdem hat wirklich niemand wissen können, dass dieser Niggeranwalt Kendrik das Gericht so geschickt manipulieren würde.«

»Pech?«, wiederholte Rhonda gedehnt und warf ihrem Bruder einen hämischen Seitenblick zu. »Das habe ich aber anders in Erinnerung. Ich jedenfalls nenne es pure Unfähigkeit, wenn ein halbes Dutzend gedungener Schurken mit dir an der Spitze nicht mit einem solchen Subjekt fertig werden!« Sie erinnerte sich noch zu gut an die starken Sprüche ihres Bruders, die Situation mit Valerie voll unter Kontrolle und das »lästige Problem« im Handumdrehen beseitigt zu haben.

Stephen fuhr wütend zu seiner Schwester herum. »Du weißt ja überhaupt nicht, wovon du redest! Also unterlass gefälligst solche haltlosen Vorwürfe!«

»Und was das Manipulieren betrifft«, fuhr Rhonda ungerührt von seiner heftigen Antwort fort, »so war es doch wohl unser Vater, der uns das alles eingebrockt hat. Denn hätte er sein Niggerliebchen nicht heimlich geheiratet und dieses Testament nicht aufgesetzt, wäre es doch gar nicht zu diesem Skandal gekommen, oder? Ich frage mich manchmal, wie das bloß hatte geschehen können?« Sie blickte zu ihrer Mutter hinüber, als erwartete sie, von ihr des Rätsels Lösung zu hören. Catherine gab ihren Kindern mit einem knappen, unwilligen Kopfschütteln zu verstehen, dass sie diese Frage nicht zu erörtern gedachte. Es quälte sie nämlich schon seit Langem das nur mühsam unterdrückte Schuldgefühl, verantwortlich für diese bittere und demütigende Lage zu sein, in der sie sich nun alle befanden. Hätte sie die Kinder ihrem Vater nicht so sehr entfremdet, wäre er wohl kaum auf die Idee gekommen, Valerie auch nur einen

Morgen Land zu vererben, Geld vielleicht schon, niemals jedoch Cotton Fields. Aber das war jetzt kein Thema.

Stimmengewirr drang gedämpft aus der Halle zu ihnen in den Salon. Dann klopfte es und Hugh Stringler erschien in der Tür. »Madame, das Personal ist versammelt und bereit«, sagte er mit einer einladenden Geste, als bäte er sie zur Eröffnung eines Balles. »Ich wäre Ihnen dankbar, wenn Sie es kurz machten.«

»Ich habe nicht vor, einen Schwatz mit ihnen zu halten!«, antwortete Catherine von oben herab und rauschte an ihm vorbei, gefolgt von ihren beiden Kindern.

In der herrschaftlichen Halle, die mit kostbaren chinesischen Teppichen ausgelegt war, hatte sich das Personal, das im Herrenhaus und im separaten Küchentrakt beschäftigt war, vollzählig eingefunden. Fast zwei Dutzend Haussklavinnen von gerade zwölf Jahre jungen Mädchen bis hin zur grauhaarigen Köchin Theda und sieben Sklaven, darunter der Kutscher Norman und Albert Henson, der schon Butler auf Cotton Fields gewesen war, als Henry Duvalls Vater noch gelebt hatte.

Das erregte Stimmengewirr brach augenblicklich ab, als Catherine auf dem Treppenabsatz erschien und majestätisch herabgeschritten kam, die schlanken Schultern gestrafft und das Kinn erhoben, ganz die respektheischende, befehlsgewohnte Mistress von Cotton Fields. Auf halber Höhe blieb sie stehen. Nie wäre es ihr in den Sinn gekommen, sich in dieser Situation bis zu ihnen hinunterzubegeben. Dass sie auch jetzt noch weit über ihren Köpfen stand, hatte mehr als nur symbolischen Charakter.

Mit beherrschter Miene ließ sie ihren Blick über die versammelte Schar ihrer dienstbaren Geister wandern, deren Gehorsam und Eifer ihr bis zu diesem Tag als etwas vollkommen Selbstverständliches, Naturgegebenes erschienen waren. Und nun war es ihnen nur erlaubt, jeweils einen einzigen Sklaven zu behalten!

Sie versuchte in den Gesichtern der Männer und Frauen zu lesen, doch die meisten wichen ihrem Blick beim ersten Kontakt aus oder schauten von vornherein auf ihre Fußspitzen oder auf einen Punkt an der Wand.

Catherine legte ihre Hand auf das warme, polierte Holz des Treppengeländers. »Es ist möglich, aber noch nicht gewiss, dass ich und meine Kinder heute Cotton Fields verlassen müssen ... doch sollte das tatsächlich der Fall sein, wird es sich nur um eine vorübergehende Abwesenheit handeln.« Ihre Stimme drang klar und entschlossen durch das Vestibül und gab jedem zu verstehen, dass sie nicht daran dachte, jemanden vom Hauspersonal zu *bitten*, ihrer Herrschaft sozusagen ins »Exil« zu folgen. Sie klang vielmehr so, als wollte sie eine Warnung aussprechen. »Wir kehren hierher zurück, denn dies ist *unsere* Plantage und *unser* Zuhause!«

Hugh Stringler, der oben an der Galerie stehen geblieben war, räusperte sich vernehmlich. »Missis

Duvall, Cotton Fields ist rechtmäßiger Besitz von Miss Fulham-Duvall! Unterlassen Sie also weitere Wahrheitsverdrehungen und kommen Sie bitte zur Sache!«, ermahnte er sie.

»Genau das tue ich, Mister Stringler!«, erwiderte sie eisig und stellte den Farbigen nun die heikle Frage, wer von ihnen gewillt sei, »vorübergehend« mit ihnen auf Darby Plantation zu leben.

Hugh Stringler ließ sich das Vergnügen nicht nehmen, die Sklaven darauf hinzuweisen, dass keiner der drei Duvalls noch irgendwelche Befehlsgewalt über sie ausübe und sie völlig frei in ihrer Entscheidung seien, ob sie mit ihnen gehen oder lieber auf Cotton Fields bleiben wollten.

Stephen musste an sich halten, dem Yankee bei seinen hämischen Erläuterungen nicht in die Rede zu fahren und ihm mit einer schallenden Ohrfeige seine Verachtung handgreiflich vor Augen zu führen. Diese ohnmächtige Wut klang deutlich aus seinem barschen Tonfall, mit dem er sich nun an die Sklaven wandte: »Wer meint, es unter der Herrschaft eines Bankerts besser zu haben, soll nur hierbleiben! Der hat dann auch nichts Besseres verdient. Wer jedoch Verstand hat und mit uns kommen will, soll einen Schritt vortreten. Es wird nicht zu seinem Schaden sein.«

Niemand rührte sich von der Stelle. Keiner löste sich aus dem Halbkreis, in dem sich die Männer und Frauen aufgestellt hatten.

»Albert?«, fragte Catherine kühl, als das Schweigen zu peinlich zu werden drohte.

Der Butler wich ihrem Blick nicht aus. »Ich bin hier geboren und aufgewachsen, und ich diente schon dem Vater Ihres seligen Gemahls. Dies ist mein Zuhause und einen alten Baum wie mich verpflanzt man nicht mehr«, erklärte er ruhig und ohne Zeichen von Verlegenheit.

»Und wie ist es mit dir, Sarah?«, fragte Catherine ihre Zofe.

»Ich bleibe!«, lautete die knappe Antwort.

»Ich verstehe!«, sagte Catherine eisig, und sie strafte die Männer und Frauen mit einem verächtlichen Blick.

Plötzlich entstand Bewegung unter den Farbigen. Ein dralles junges Zimmermädchen mit ebenso ansprechenden Gesichtszügen wie weiblichen Körperformen drängte sich nach vorn, trat einen Schritt vor und verkündete mit unsicherer Stimme: »Ich ... ich ... komme mit, wenn es der Missus recht ist ... und dem Master.«

Stephen schoss das Blut ins Gesicht. Ausgerechnet Phyllis, sein Teemädchen, erklärte sich bereit, mit ihnen zu gehen! Sein Niggerliebchen, das er oft schäbig behandelt hatte, hielt ihnen die Treue, und jeder der dort unten Versammelten wusste, dass Phyllis das Bett mit ihm geteilt hatte, wenn ihn nach ihrem willfährigen Körper verlangt hatte. Dass gerade sie sich gemeldet hatte, empfand er als Schlag ins Gesicht.

Schon öffnete er den Mund, um ihr Anerbieten schroff zurückzuweisen, doch im selben Moment kam ihm seine Mutter zuvor, als ahnte sie, wie er reagieren würde. »Gut! Pack deine Sachen zusammen und halte dich bereit!«, sagte sie mit ausdrucksloser Miene und befahl den anderen, als führte sie noch immer das Kommando im Haus: »Und ihr geht wieder an die Arbeit!«

Rhonda schüttelte den Kopf, als sie in den oberen Salon zurückkehrte. »Undankbares, treuloses Pack! Nelly und Clover haben noch nicht einmal so viel Anstand besessen, so zu tun, als würden sie es sich überlegen, ob sie mitgehen sollen. Sie haben mich noch nicht einmal angeblickt. Stur haben sie weggeschaut, als hätten sie es nicht gut bei mir gehabt!«

»Was sie denken, zählt nicht«, brummte Stephen.

Rhonda lachte freudlos auf. »Und von all den Niggern hält ausgerechnet Phyllis uns die Treue. Oder soll ich lieber sagen, sie hält dir die Treue, Bruderherz?«, fragte sie mit bissigem Spott. »Sie scheint dir ja verfallen zu sein, dass sie als Einzige den Mut gefunden hat, sich zu melden. Tja, Liebe muss wirklich etwas Wunderschönes sein.«

»Halt bloß dein loses Mundwerk!«, zischte Stephen wütend.

»Meinetwegen kannst du an jedem Finger gleich zwei Teemädchen haben«, setzte Rhonda scharfzüngig hinzu, »solange sie Teemädchen bleiben und du nicht die Absicht hast, unserem Vater nachzueifern.«

Zornesröte verdunkelte sein Gesicht. Allein das Auftauchen ihrer Mutter bewahrte ihn davor zu explodieren. Doch die Demütigung war ihm anzusehen.

Rhonda trat ans Fenster, das nach hinten hinausging. Sie bereute ihre unbedachte Äußerung, denn es war nicht gut, Stephen zu reizen. Dafür wusste er zu viel über ihre dunklen Leidenschaften. Doch der Stachel der Missgunst saß zu tief. Insgeheim neidete sie ihm nämlich, dass zumindest Phyllis sich für ihn entschieden hatte; und was immer sie sich dadurch auch an Vorteilen erhoffen mochte, war es doch ein mutiger Entschluss gewesen. Von ihren Mädchen war keine gewillt gewesen, mit ihr zu gehen, und das verletzte sie.

Aber sie hatte ja noch immer Tom, und den würde sie auch nie freigeben. Sollte er jemals Anzeichen von Ungehorsam zeigen, würde er damit seinen eigenen Tod besiegeln, das schwor sie sich, als sie schweigend im Salon auf Valeries Ankunft warteten.

6.

Der Mississippi war rasch überquert, und das hektische Leben von New Orleans fiel schnell hinter ihnen zurück, als sie der Landstraße nach Nordwesten folgten. Schon nach wenigen Meilen deutete kaum noch etwas darauf hin, dass nicht weit von hier eine der betriebsamsten Hafenstädte der Welt lag. Felder, Weiden und Acker bestimmten das Bild sowie armselige Behausungen schwarzer und weißer Farmer, die selten einmal, wenn überhaupt, Gelegenheit fanden, ihren Fuß in die große nahe und doch so ferne Stadt zu setzen. Beim Anblick der prunkvollen Kutsche gerieten sie in ungläubiges Staunen, und sie unterbrachen ihre Arbeit, solange sie in Sichtweite war. Und dann dauerte es noch eine geraume Zeit, bis sie ihre Tätigkeit wieder aufnahmen, meist mit einem verstörten Kopfschütteln, als hätten sie etwas gesehen, was sogar ihre wildesten Fantasien überstieg.

Der Kutscher ließ die prächtigen Wallache in einem flotten Trab laufen, und der rhythmische Klang des Hufschlags hatte etwas Fröhliches und Munteres an sich, als genössen auch die Pferde die Ausfahrt an diesem sonnigen Tag. Bald wurde der Anblick kleiner Gehöfte seltener, denn nun hatten sie das Gebiet erreicht, wo Zuckerrohr- und Baumwollplantagen das Bild der Landschaft bestimmten.

Die Fahrt ging vorbei an scheinbar endlos weiten Feldern, deren dunkle fruchtbare Erde den Reichtum dieses Landes verkündete. Dazwischen lagen immer wieder kleine Zypressenwälder, die mit ihrem Spanischen Moos geheimnisvoll wirkten. Wie wildes Lianengewächs hing es in langen graugrünen Flechten von den Bäumen. Und das dunkle Moos an den Stämmen, das auch an sonnendurchfluteten Tagen in dämmerige Schatten getaucht blieb, verstärkte diesen Eindruck noch.

Mit schmerzlicher Klarheit erinnerte sich Valerie plötzlich daran, was für ein herrlicher Tag es auch gewesen war, als Matthew mit ihr nach Cotton Fields gefahren war und sie zum ersten Mal gesehen hatte, wo sie in jener fernen Blutnacht zur Welt gekommen war und was man ihr als Erbe streitig machte. Es war ein zauberhafter Tag gewesen, und es kam ihr vor, als könnte sie jetzt wieder den schweren Duft von Magnolien und Jasmin, wilden Rosen und Bougainvillea riechen, die am Wegrand geblüht und die Luft mit ihrer Süße erfüllt hatten.

Als auch die Erinnerung an die Zärtlichkeit und Leidenschaft in ihr aufstieg, mit der Matthew sie an jenem Morgen beglückt hatte, und ihre Sehnsucht nach ihm ihre freudige Stimmung zu trüben drohte, zwang sie sich, ihre Aufmerksamkeit allein der Gegenwart zu widmen, und sie verwickelte Travis Kendrik in eine Unterhaltung, denn was konnte sie besser auf andere Gedanken bringen als ein Gespräch mit ihrem Anwalt, der eines ganz gewiss nicht war – nämlich ein Langweiler.

Travis Kendrik war nur zu erfreut, ihr seine Ansichten über die Zukunft der gespaltenen Nation im Allgemeinen und der Sklaverei im Besonderen zu unterbreiten.

»Die Moral interessiert mich nicht. Das überlasse ich lieber denen, die sich auf Heuchelei besser verstehen als meine Wenigkeit. Nein, mir geht es allein um den wirtschaftlichen Aspekt, Miss Duvall«, dozierte er und stützte sich an der bespannten Seitenwand ab, als die Kutsche in eine recht scharfe Kurve ging, ohne dass der Kutscher das Tempo verringerte. »Unsere Pflanzeraristokratie behauptet zwar immer, dass ohne Sklaven Zuckerrohr- und Baumwollplantagen nicht existieren können und unser ganzes Wirtschaftssystem zusammenbrechen würde, doch ich bin fest davon überzeugt, dass Plantagen auch dann einen ordentlichen Gewinn abwerfen, wenn sie mit bezahlten Arbeitskräften bewirtschaftet werden. Tausende von Werkstätten, Fabriken und auch großen Landwirtschaften werden mit bezahlten Arbeitskräften profitabel geführt. Warum sollen da ausgerechnet Plantagen die große Ausnahme bilden?«

Valerie nickte zustimmend. »Ja, das ist wirklich nicht einzusehen.«

»Dass Sklaven einen gar nicht so billig kommen, wie immer angenommen wird, haben hier im Süden bereits viele Unternehmer eingesehen«, fuhr der Anwalt fort. »So beschränken sich clevere und scharf kalkulierende Geschäftsleute im Eisenbahnbau schon darauf, zur Verlegung der Schienen Sklaven nur vorübergehend als Arbeitskräfte zu verpflichten, und ihre Besitzer werden für ihre Schwarzen nicht schlechter bezahlt als etwa irische Tagelöhner.«

»Wenn das so ist, Mister Kendrik, dann frage ich mich, warum sich die führende Schicht der Südstaaten so sehr gegen die Aufhebung der Sklaverei sträubt«, wollte Valerie wissen.

Der Anwalt lächelte spöttisch. »›Hat es je ein Volk gegeben, sei es zivilisiert oder wild, das mit menschlichen oder göttlichen Argumenten dazu hätte überredet werden können, freiwillig ein Vermögen von zwei Milliarden Dollar aufzugeben?‹ Ein Ausspruch von Senator James H. Hammond aus South Carolina. Besser und prägnanter, als er es getan hat, kann man das Problem kaum auf den Punkt bringen, Miss Duvall. Sklaven im Marktwert von zwei Milliarden Dollar sind ein beachtliches Argument, wenn man bedenkt, dass alle Amerikaner zusammen kaum ein Sechstel dieser Summe aufbringen könnten, auch wenn sie alle ihre Guthaben bei den Banken zusammenlegen würden. Zwei Milliarden, Miss Duvall! Das ist ein tonnenschwerer, würgender Bleiklotz am sowieso schon schwachen Hals der Vernunft.«

Fanny Marsh, die sich nicht am Gespräch beteiligt, sondern verträumt aus dem Fenster geschaut hatte, merkte als Erste, dass die Kutsche langsamer wurde. Dann sah sie auf der linken Seite der Straße zwei brusthohe quadratische Säulen aus gemauerten Ziegelsteinen, die einen Zufahrtsweg markierten. Auf diesen kleinen Säulen thronten zwei bronzene Löwen, die jeweils drei Baumwollstauden mit aufgesprungenen Baumwollkapseln in ihren Tatzen hielten.

»Wir sind da, Miss Valerie!«, rief sie freudig erregt. »Hier geht es nach Cotton Fields!«

Valerie beugte sich vor und sah hinaus. »O ja, bald sind wir da! Pass auf, gleich geht der Weg in die schönste Allee über, die du je gesehen hast!«, sagte sie mit leuchtenden Augen, als die Kutsche von der Landstraße abbog und die beiden stolzen Löwen passierte. Augenblicke später befanden sie sich wirklich auf einer einzigartigen Allee aus uralten Roteichen. Dick und knorrig waren die Stämme, und die weit ausladenden Kronen stießen hoch über der Kutsche zusammen. Die ineinander verflochtenen Zweige bildeten ein natürliches Dach, und im Sommer sickerte das grelle Sonnenlicht nur gedämpft durch das dichte grüne Blattwerk und sprenkelte die dann angenehm schattige Allee mit goldenen Sonnenflecken. Aber auch im Winter war der Anblick der Allee, die sich über eine Länge von mindestens einer Meile fast schnurgerade erstreckte, ein beeindruckendes Erlebnis.

Am Ende der Allee, die in weitläufige Parkanlagen überging, erhob sich das Herrenhaus, eingefasst von gepflegten Blumenbeeten, einem Rosengarten und einem kunstvollen Heckenlabyrinth, das ein Gutteil des Küchenhauses verbarg.

Fanny verrenkte sich fast den Hals, um schon von Weitem einen Blick auf das Herrenhaus werfen zu können. Sie hatte sich in ihrer Fantasie natürlich ein Bild gemacht. Doch dieses verblasste nun bei der Konfrontation mit der Wirklichkeit.

»Oh, mein Gott!«, murmelte sie überwältigt und verfiel in andächtiges Staunen, als die Kutsche aus der Allee um die Rasenflächen und Blumenbeete auf den sandigen Vorplatz rollte und schließlich vor dem Portal zum Stehen kam.

Valerie war erst einmal hier gewesen, und so war es nicht verwunderlich, dass auch sie in einer Mischung aus unbändiger Freude, Stolz und Ergriffenheit auf das Herrenhaus blickte, das von nun an ihr Besitz und ihr Zuhause sein sollte.

Die ganze Südstaatenherrlichkeit mit ihrer Lebensfreude, ihrer Macht, aber auch mit ihrer Arroganz kam in der Architektur des imposanten Gebäudes zum Ausdruck. Sechs gewaltige pastellweiße Säulen trugen das flache Giebeldach, aus dem vier Kamine ragten. Acht Sprossenfenster gingen im Erdgeschoss und im ersten Stockwerk zur Allee hinaus. Unter dem Dach lagen noch einmal sechs kleinere Fenster. Alle waren von Blenden eingefasst, die in einem leuchtenden Grün gestrichen waren. Eine überdachte Galerie umlief das Haus oben wie unten. Fünf breite Stufen, von einem kunstvoll geschnitzten Geländer eingerahmt, dessen Stäbe Baumwollstauden darstellten, führten auf die untere Galerie zum Eingangsportal.

»Es ist ein Traum!«, flüsterte Fanny, als fürchtete sie, ein lautes Wort könnte den magischen Bann brechen. »Ein wunderbarer Traum.«

»Ja, so kommt es mir auch vor«, gab Valerie leise zurück. Travis Kendrik hatte für derlei rührselige Anwandlungen wenig übrig. »Lassen Sie sich nicht von Äußerlichkeiten blenden, meine Damen. Plantagen dieser Größe können sich in unsicheren Zeiten schnell zu Albträumen entwickeln«, sagte er nüchtern und griff zu Hut und Spazierstock. Samuel war schon vom Notsitz gesprungen, kaum dass die Kutsche zum Stehen gekommen war, denn er wollte es sich vom livrierten Kutscher nicht nehmen lassen, der Herrschaft den Schlag zu öffnen.

»Aber Mister Kendrik!«, rief Fanny, empört über sein scheinbar mangelndes Fingerspitzengefühl. »Wie können Sie so herzlos sein und Miss Valerie die Freude verderben wollen! Ich hätte Ihnen mehr Anstand zugetraut!«

Er lächelte sie an, doch seine Antwort fiel kühl aus: »Anstand und Pflichtgefühl lassen sich manchmal leider nicht gut miteinander vereinbaren, wenn einem Anwalt die Belange seiner Klienten ernsthaft am Herzen liegen. In diesen Fällen gebe ich dann der Pflicht den Vorzug, auch auf die Gefahr hin, wenig gesellig zu wirken, Miss Marsh.«

Fanny wurde hochrot im Gesicht und wusste auf diese ernüchternde Zurechtweisung nichts zu erwidern.

Valerie dagegen lachte nur. »Nimm es dir nicht so zu Herzen«, sagte sie unbeschwert, während sie seine hilfreich dargebotene Hand nahm und aus der Kutsche stieg. »Mister Kendrik liebt den dramatischen Auftritt ... auch außerhalb des Gerichts, nicht wahr?«

»Dramatik erzeugt Spannung, und ich glaube Sie so weit zu kennen, um sagen zu können, dass auch Sie die Spannung dem einfallslosen Gleichmaß vorziehen«, erklärte er, und in seinen Worten lag etwas sehr Persönliches.

Valerie entzog sich einer Antwort mit einem höflichen, aber unverbindlichen Auflachen, das seine Bemerkung zumindest als geistreiches Bonmot quittierte.

Die hohe, schwere Mahagonitür des Eingangsportals schwang auf, und Hugh Stringler schritt die Stufen zu ihnen herunter, während Albert Henson, der schwarze Butler, in fast militärisch strammer Haltung abwartend neben der Tür stehen blieb.

»Ist das einer Ihrer Männer?«, fragte Valerie leise, als sie den schmächtigen und wenig vorteilhaft gekleideten Mann auf sich zukommen sah.

»Ja, Hugh Stringler. Ein überaus tüchtiger Mann, der nichts lieber hat, als unterschätzt zu werden«, raunte Travis und fügte maliziös hinzu: »Er ist so gut, wie er sich schlecht kleidet, und schlechter kleiden, als er es tut, kann man sich kaum noch, und er hat Sie schon eine Menge Geld gekostet. Er ist es also in jedem Fall wert, dass Sie ihm Ihre Gewogenheit schenken. Er hat es mit den Duvalls sicherlich nicht leicht gehabt, einmal ganz davon abgesehen, dass er ein waschechter Yankee ist und damit auch nicht hinter dem Berg hält.«

Hugh Stringler nickte dem Anwalt kurz zu und machte vor Valerie eine steife Verbeugung. »Wenn es sich nicht reichlich merkwürdig anhören würde, würde ich Sie auf Cotton Fields herzlich willkommen heißen, Miss Fulham-Duvall«, begrüßte Hugh Stringler sie mit aufrichtiger Freundlichkeit. »Aber da Sie hier die Herrin sind und ich nur auf Cotton Fields weile, um Ihre Interessen zu wahren, beschränke ich mich darauf, die Hoffnung auszusprechen, dass Sie eine erfreuliche Fahrt gehabt haben und auf Cotton Fields alles zu Ihrer Zufriedenheit antreffen werden.«

»Danke, Mister Stringler«, sagte Valerie und drückte ihre spontane Sympathie für ihn mit einem warmen Lächeln aus. »Die Fahrt war in der Tat angenehm, und was das andere betrifft, so hege ich nicht die geringsten Zweifel, dass Sie Ihr Bestes gegeben haben ... und das ist nicht wenig, wenn ich Mister Kendriks Einschätzung Ihrer Person Glauben schenken darf, und ich habe keinen Anlass, es nicht zu tun.«

Ein Schmunzeln kräuselte die Lippen des Buchhalters. »Zu viel der Ehre, Miss Fulham-Duvall«, wehrte er ab.

Valerie machte ihn kurz mit Fanny bekannt und erfuhr dann von ihm, dass sein Kollege Jim Wilkens bei ihrer Begrüßung leider nicht zugegen sein konnte, weil ihn eine fiebrige Erkältung, die ihm schon seit Tagen in den Knochen steckte, ins Bett gezwungen hatte.

»Ich hoffe, es ist nichts Ernstes?«, sorgte sie sich. »Haben Sie schon den Arzt benachrichtigt?«

»So schlimm hat es ihn Gott sei Dank nicht erwischt. Ein Arzt ist nicht vonnöten. Zudem vertraut Mister Wilkens der Heilkraft seiner eigenen Hausmittel mehr als der Kunst eines Arztes. Er wird sicherlich bald wieder auf den Beinen sein«, sagte der schmächtige Buchhalter zuversichtlich, als sie gemeinsam die Treppe hochstiegen.

»Ja, das hoffe ich auch«, sagte Valerie und blieb vor Albert Henson stehen.

»Herzlich willkommen auf Cotton Fields, Mistress!«, begrüßte er sie.

»Ja, ich hoffe sehr, dass ich wirklich willkommen bin, nach so langer Zeit, Albert«, sagte sie und sah das Aufleuchten in seinen Augen. Ja, sie hatte seinen Namen nicht vergessen.

Hugh Stringler räusperte sich, als sie das Vestibül betraten, und sagte mit gedämpfter Stimme zu Valerie: »Ich wünschte, ich hätte Ihnen das ersparen können, Miss Fulham-Duvall ...«

»Duvall reicht vollkommen, Mister Stringler«, unterbrach sie ihn freundlich. So wollte sie von nun an heißen, bei aller Liebe und allem Respekt zu ihren Pflegeeltern, doch sie konnte und wollte nicht länger zwischen zwei Welten stehen, sondern musste Position beziehen. Sie war nun mal eine Duvall, und für diese Anerkennung hatte sie gekämpft und ihr Leben riskiert.

»Sehr wohl, Miss Duvall.«

»Was ist es also, was Sie mir lieber erspart hätten, Mister Stringler? Hat es Probleme mit den anderen Duvalls gegeben?«

»Ja, so könnte man es wohl bezeichnen«, bestätigte Hugh Stringler mit bedauernder Miene. »Missis Catherine Duvall und ihre beiden Kinder, insbesondere ihr Sohn Stephen, haben sich geweigert, die Plantage zu verlassen.«

»Versuchen Sie uns etwa schonend beizubringen, dass diese ... Leute sich noch immer auf Cotton Fields aufhalten?«, fragte Travis Kendrik scharf, die Augen zusammengekniffen. Er fürchtete eine peinliche Blamage, hatte er Stringlers außerordentliche Fähigkeiten doch gerade erst vor Valerie herausgehoben. Und nun sollte es ihm noch nicht einmal gelungen sein, die einfachste Anordnung des Gerichts, nämlich die Räumung, durchgesetzt zu haben!?

»Das versuche ich in der Tat, Mister Kendrik«, erklärte der Buchhalter ruhig. »Missis Catherine Duvall und ihre Kinder halten sich oben im Salon auf ...«

»Sie sind noch *hier im Haus?*« Travis Kendrik konnte es nicht glauben und stand kurz davor, seine Beherrschung zu verlieren.

»Ja, als Besucher oder Bittsteller.«

»Bittsteller?«, fragte Valerie verständnislos.

Stringler nickte. »Ja, zumindest sind das die Worte, die Missis Catherine Duvall mir gegenüber gebraucht hat«, erklärte er mit einem Anflug von Spott in der Stimme. »Ich hätte sie ja notfalls mit Gewalt von der Plantage schaffen lassen, dachte aber, dass es für Sie nicht ganz ohne Reiz sein könnte, Ihre erbitterten Widersacher in dieser ganz ungewöhnlichen Rolle zu erleben.«

»Und Sie sind sicher, dass es sich dabei nicht um irgendeinen hinterhältigen Trick handelt?«, fragte Travis Kendrik skeptisch und gespannt zugleich.

»Ganz sicher. Ich würde meinen ganzen Lohn darauf wetten, dass es zumindest Missis Catherine Duvall ernst ist. Sie brennt darauf, Miss Duvall zu sprechen und ihr ein Angebot zu machen, ein lukratives, wie sie sagte.«

Das Gesicht des Anwalts hellte sich auf. »Sie will Ihnen ein Kaufangebot machen!«, sagte er freudestrahlend zu Valerie.

»Dann hätte sie sich das Warten sparen können!«, erklärte Valerie kategorisch. »Sagen Sie ihr, dass ich ablehne, was immer sie anzubieten hat, und dass sie das Haus unverzüglich verlassen soll.«

Travis Kendrik schüttelte fast vergnügt den Kopf, reichte dem Butler Hut und Umhang und sagte munter: »Nein, das werde ich auf keinen Fall tun, meine Verehrteste, und Sie auch nicht. Endlich sind wir an dem

Punkt angelangt, wo das Spiel nach unseren Regeln gespielt wird, und Sie werden doch nicht so borniert sein, sich nicht zumindest *anzuhören*, was diese Frau Ihnen anzubieten hat? Zuhören hat noch niemandem geschadet. Außerdem hat Mister Stringler nicht ganz unrecht, wenn er darauf verweist, dass die Situation nicht ohne einen pikanten Reiz ist, wenn Sie daran denken, wie Sie ihnen nun wieder gegenübertreten – nämlich als Herrin von Cotton Fields. Oder gedenken Sie wahrhaftig, diesen Triumph nicht auszukosten?« Und dann fügte er als Stachel hinzu: »Es ist selbstverständlich allein Ihre Entscheidung, doch ich an Ihrer Stelle würde noch nicht einmal den Hauch des hämischen Verdachts aufkommen lassen, Sie wären Ihrer neuen Rolle nicht gewachsen und hätten nicht das Selbstvertrauen, ihnen in diesem Haus Auge in Auge entgegenzutreten.«

»Mister Kendrik hat recht, Miss Valerie«, murmelte Fanny an ihrer Seite. »Sie vergeben sich doch nichts, wenn Sie sie anhören. Kosten Sie es nur aus ... nach all dem, was dieses Verbrechergesindel Ihnen angetan hat!«

Valerie war nicht so unbedarft, als dass sie nicht erkannt hätte, was der Anwalt mit seinem raffinierten Nachsatz bezweckte. »Also gut, hören wir uns an, was Missis Catherine Duvall uns anzubieten hat«, sagte sie nach kurzem Überlegen.

»Sehr vernünftig!«, lobte Travis Kendrik und forderte den Buchhalter auf, sie zu Catherine, Stephen und Rhonda zu führen.

»Nein! Einen Augenblick!«, rief Valerie spontan, als sie die Treppe hochgegangen waren und Hugh Stringler schon auf den kleinen Salon zuschritt. »Dies ist jetzt mein Haus, und wenn jemand etwas von mir möchte, hat er sich gefälligst zu mir zu begeben und nicht ich zu ihm!«

»Sehr richtig!«, pflichtete der Anwalt ihr bei. »Ich bitte um Entschuldigung, dass ich nicht selbst daran gedacht habe. Mister Stringler, welcher Raum eignet sich für Miss Duvalls Zwecke am besten?«

»Die Bibliothek«, sagte der Buchhalter ohne langes Zögern und wandte sich Valerie zu. »Soviel ich erfahren habe, wurde sie ausschließlich von Ihrem Vater, Mister Henry Duvall, benutzt und diente ihm auch als Arbeitszimmer, bis er seinen ersten Schlaganfall erlitt, der ihn halbseitig lähmte. Danach verließ er sein Schlafzimmer nur noch selten, und die Bibliothek kam nur noch bei größeren Festen zu Ehren, wenn sich die Gentlemen auf eine Zigarre und einen Brandy dorthin zurückzogen.«

»Gut«, sagte Valerie knapp.

Die Bibliothek war kleiner und intimer, als Valerie von der Größe des Hauses her erwartet hätte. Die eingebauten Bücherwände aus dunklem, warmen Rosenholz reichten bis unter die stuckverzierte Decke. Hinter verglasten Türen verbarg sich eine kostbare und vielseitige Sammlung ledergebundener Bücher. Vier fast deckenhohe Glastüren, von der Wand mit dem Kamin geteilt, gingen nach Westen auf die Galerie hinaus. Am

Abend musste die Sonne durch diese Fenstertüren strömen wie eine Flut aus warmem Rot und Gold, denn der Blick ging ungehindert über weite Pferdekoppeln bis hin zum ersten großen Baumwollfeld von Cotton Fields, sofern man nicht die schweren burgunderroten Vorhänge zuzog. Seidenteppiche in ruhigen dunklen Tönen bedeckten das makellose Parkett. Links von der doppelflügeligen Tür standen um einen niedrigen Tisch mit Intarsien eine altmodische Couch und drei sichtlich bequeme Ohrensessel, deren Bezüge lange nicht mehr erneuert worden waren, was dem einladenden Eindruck jedoch keinen Abbruch tat. Rechts von Tür und Kamin stand ein Schreibtisch, der in seiner Schlichtheit kaum zum restlichen Glanz des Herrenhauses zu passen schien. Ein Gefühl der Trauer überkam Valerie, als sie daran dachte, dass ihr Vater hier viel von seiner Zeit verbracht und womöglich an diesem Schreibtisch das Testament zu ihren Gunsten aufgesetzt hatte. Sie wünschte, das Schicksal hätte es ihr vergönnt, ihn noch lebend anzutreffen. Doch er war schon seit Wochen tot gewesen, als sie mit Matthew nach Cotton Fields gekommen war. Und Catherine war für seinen Tod verantwortlich.

Ihre Fingerspitzen glitten versonnen über die polierte glatte Kante des Schreibtischs. Dann straffte sich ihre Gestalt und sie drehte sich zu Hugh Stringler und Travis Kendrik um, die in der Mitte des Zimmers stehen geblieben waren und sie nicht angesprochen hatten, als spürten sie, was in diesem Moment in ihr vor sich ging.

»Führen Sie sie jetzt bitte herein«, bat sie den Buchhalter mit gefasster Stimme, und als sie mit Kendrik allein in der Bibliothek war, fügte sie zweifelnd hinzu: »Hoffentlich bereue ich es nicht, diesem Zusammentreffen zugestimmt zu haben. Ich habe das Gefühl, als stürmte zu viel auf einmal auf mich ein.«

»Ich weiß, wie aufgewühlt es jetzt in Ihrem Innern aussehen muss. Doch man sieht es Ihnen nicht an, Miss Duvall. Was man Ihnen ansieht, ist Ihre atemberaubende Schönheit und Ihre einzigartige Anmut. Sie brauchen nicht erst in die anspruchsvolle Rolle einer Mistress hineinzuwachsen. Sie ist Ihnen angeboren, das verrät jede Bewegung!«, sagte der Anwalt geradezu schwärmerisch. »Catherine und ihre Kinder sind gegen Sie nichts als blasse, blutleere Parvenüs, denen der Neid bei Ihrem Anblick bittere Galle auf die Zunge jagt!«

Seine Worte verscheuchten den ernsten Ausdruck von ihrem Gesicht und ließen sie verhalten lächeln. In diesem Moment empfand sie eine Welle der Zuneigung und Dankbarkeit für diesen ungewöhnlichen und ganz sicher nicht bequemen Mann, dem sie so viel verdankte, nicht nur den Sieg vor Gericht, sondern auch viel Wärme und Zuspruch in einer Zeit, in der Matthew sie mit ihrer Sehnsucht und ihren Selbstzweifeln allein gelassen hatte, und sie verdankte ihm ebenfalls den unerschütterlichen Glauben, dass sie es schaffen würde, wenn auch nur mit seiner Hilfe natürlich, was er nie zu erwähnen vergessen hatte. Aber war er in seiner scheinbar unverschämten Selbstsicherheit und Selbsteinschätzung einfach nicht bloß ehrlicher als alle die anderen Herren der Schöpfung, die nicht weniger überheblich und von ihrer Einmaligkeit überzeugt waren als er, jedoch nicht den Mut aufbrachten, auch offen zu ihrer eigenen Wertschätzung zu stehen? Wie dem auch sein mochte, sie akzeptierte ihn, wie er war, und brachte ihm sogar herzliche Gefühle entgegen, was sie nie für möglich gehalten hätte, als er sie bei ihrem ersten Gespräch wie ein einfältiges Mädchen abgekanzelt hatte.

»Ach, was würde ich bloß tun, wenn ich Sie nicht hätte, Mister Kendrik«, seufzte sie halb scherzhaft, halb ernst gemeint.

»Ganz ohne Zweifel ins Unglück rennen, wenn auch mit unvergleichlicher Anmut«, erwiderte er, ohne erst lange überlegen zu müssen, und gab ihr damit erneut eine Kostprobe seiner Einschätzung, wie unersetzlich er für sie war. »Doch in diese Situation werden Sie nicht kommen, weil ich nicht gedenke, Sie sich selbst oder einem anderen zu überlassen.«

»Das sind aber sehr gewagte Worte.«

Der Anwalt wäre darauf nicht um eine Antwort verlegen gewesen, doch in diesem Moment klopfte Hugh Stringler an die Tür und meldete formvollendet, dass Missis Catherine Duvall und ihre Kinder darum bäten, von ihr empfangen zu werden. Als Valerie ihm mit einem knappen Kopfnicken zu verstehen gab, dass er es nicht übertreiben und sie nun endlich hereinführen solle, drehte er sich um und ließ es sich nicht nehmen, zu Catherine, Stephen und Rhonda im gönnerhaften Ton zu sagen: »Miss Duvall ist jetzt bereit, sich Ihr Anliegen anzuhören. Sie *dürfen* näher treten, Madame.«

Catherine rauschte mit steinernem Gesicht, die Lippen zu einer schmalen Linie mühsamer Selbstbeherrschung zusammengepresst, an ihm vorbei in die Bibliothek. Stephen hielt sich an ihrer Seite, während Rhonda ihnen unverhohlen widerwillig folgte. »Yankeepöbel!«, zischte sie aus dem Mundwinkel, als sie an Hugh Stringler vorbeikam.

»War Ihnen gern zu Diensten, Missy«, höhnte der Buchhalter und schloss die Flügeltüren von außen.

Catherine blieb in der Mitte des Raums stehen und nahm ihre verhasste Widersacherin, die ihr eine bittere Niederlage nach der anderen beschert hatte, mit kaltem Blick ins Visier.

»Ich hoffe in Ihrem Interesse, dass Sie einen triftigen Grund für Ihre Missachtung der gerichtlichen Anordnung haben!«, eröffnete Travis Kendrik das Gespräch mit einer scharfen Warnung.

Stephen wollte auffahren, doch seine Mutter packte rasch seinen Arm und sagte zu Valerie, ohne den Anwalt eines Blickes zu würdigen: »Es war mein Wunsch, mit *Ihnen* zu sprechen!«

»Hindert Sie einer daran?«, fragte Valerie schroff.

Catherine sah sie einen Moment lang an, dann zuckte

sie kaum merklich mit den Achseln. »Wie Sie wollen.« Sie holte tief Atem und sagte dann knapp: »Ich bin bereit, Ihnen Cotton Fields zu einem fairen Preis abzukaufen!«

Valerie hob die Augenbrauen. »In Anbetracht Ihrer vielfältigen Versuche, mich zu vernichten und um mein Erbe zu bringen, bedarf Ihr Verständnis von Fairness sicherlich einer Erläuterung.«

»Ich wusste doch, dass es nichts bringt, mit ihr vernünftig zu reden!«, zischte Stephen hasserfüllt, konnte seinen Blick aber nicht von ihrer erregenden Figur losreißen. »Sie ist eben nur ein …«

»Schweig!«, befahl Catherine ihm, und zu Valerie sagte sie beherrscht: »Ich beabsichtige nicht, mich über vergangene Fehler und Torheiten auszulassen. Ich räume ein, schwere Fehler begangen zu haben, und das Gericht hat uns mit seinem Urteil die Quittung erteilt.«

Die Verblüffung war auf beiden Seiten groß. Rhonda und Stephen blickten kaum weniger überrascht drein als Valerie und Travis Kendrik.

»Das … für diesen Teil Amerikas reichlich ungewöhnliche Testament meines Mannes wurde bestätigt und Cotton Fields Ihnen zugesprochen«, fuhr Catherine ungerührt ob der verwirrten und auch vorwurfsvollen Blicke ihrer Kinder fort. »Das sind die Tatsachen, und damit haben wir uns auseinanderzusetzen.«

»Ja, so liegen die Tatsachen in der Tat«, bestätigte Travis Kendrik, nachdem er sich von seiner Überraschung erholt hatte. »Die Frage, die sich jetzt nur stellt, lautet, welche Folgerungen Sie daraus zu ziehen gedenken?«

»Ich gedenke, Ihnen die Plantage abzukaufen, wie ich eben schon sagte«, erklärte Catherine, ohne auch dieses Mal den Anwalt mit einem Blick zur Kenntnis zu nehmen. »Und zwar biete ich Ihnen zweihunderttausend Dollar!«

Travis Kendrik hatte Mühe, sich seine Freude nicht anmerken zu lassen, doch er klang schon zu beiläufig, als er zu Valerie gewandt sagte: »Ein Angebot, über das man zumindest zu überlegen anfangen könnte, nicht wahr?«

Valerie glaubte erst, sich verhört zu haben. Zweihunderttausend Dollar! Welch eine schwindelerregende Summe. Es war ihr unmöglich, sich so viel Geld vorzustellen. Zweihunderttausend Dollar! Ein Vermögen, aber doch nicht genug, um sie auch nur einen Augenblick schwankend zu machen.

»Das reicht nicht, um die Wunden vergessen zu lassen, die Sie einem Bastard geschlagen haben!«, lehnte Valerie das Angebot ab.

»Miss Duvall! Überstürzen Sie nichts!«, raunte Travis Kendrik ihr eindringlich zu.

»Mir geht es nicht darum, unwiderruflich Geschehenes mit Geld aufzuwiegen oder vergessen zu machen, sondern Cotton Fields zu kaufen«, erklärte Catherine. »Aber wenn Sie glauben, mehr für die Plantage haben zu müssen, als sie in Wirklichkeit wert ist, dann biete ich Ihnen eben mehr – viel mehr, als Sie bei einem normalen Verkauf auch im besten Fall erzielen würden – nämlich dreihundertzwanzigtausend!«

Valerie schüttelte den Kopf. »Sparen Sie sich Ihre Mühe! Ich verkaufe nicht!«

»Vierhunderttausend!«, erhöhte Catherine.

»Meine Antwort ist immer noch Nein! Und sie wird es auch bleiben!«

»Sie sollten sich das in Ruhe überlegen!«, mahnte Travis Kendrik sie. »Bei einer solchen Summe lohnt es sich schon, das Für und Wider in Ruhe abzuwägen!«

»Ich habe Nein gesagt!«, beharrte Valerie.

»Fünfhunderttausend Dollar!«, rief Catherine, und ihre Stimme zitterte leicht, als hätte sie Mühe, diese gewaltige Summe über die Lippen zu bringen. »Eine glatte halbe Million!«

»Mutter!«, riefen Stephen und Rhonda erschrocken und wie aus einem Mund. Stephen, der am Spieltisch mit großen Geldbeträgen wahrlich nicht zimperlich war, wurde kalkweiß im Gesicht. »Das kann unmöglich dein Ernst sein!«

»O doch, das ist es! Ich biete Ihnen eine halbe Million Dollar für Cotton Fields!«

»Auch dafür ist mein Erbe nicht zu kaufen!«, ließ Valerie sie unbeeindruckt abblitzen.

Catherine schluckte schwer an dieser brüsken Ablehnung, und es bedurfte ihrer ganzen Selbstbeherrschung, um ihren flammenden Hass in diesem erniedrigenden

Moment nicht wieder offenbar werden zu lassen. Nur die Blässe ihres Gesichts und das Zucken eines Wangenmuskels, der sich ihrer Kontrolle entzog, verrieten die ungeheure Anspannung, unter der sie stand.

»Eine halbe Million Dollar!«, wiederholte Catherine noch einmal. »Wissen Sie überhaupt, wie viel das ist und was Sie sich damit alles kaufen können? Für eine halbe Million können Sie fast zwei Plantagen in der Größe von Cotton Fields erstehen! Baumwollplantagen sind zurzeit nicht gerade leicht verkäuflich, und das drückt den Preis. Ich biete Ihnen die Summe nur, weil meine Kinder und ich hier ihr Leben verbracht haben ...« Und weil sie ihren Ruf und ihre Selbstachtung bewahren wollte, und dafür war ihr keine noch so astronomische Summe zu hoch. Sie wäre sogar bereit gewesen, sich bis zur Grenze des Möglichen mit Hypotheken zu belasten, um wieder in den Besitz von Cotton Fields zu gelangen.

Valerie war einen Augenblick sprachlos über diese unvorstellbare Summe, die Catherine ihr zu zahlen bereit war, doch in Versuchung führen vermochte sie auch eine halbe Million nicht. »Ich bedaure, aber wie Sie ja schon selbst durchblicken ließen, ist Cotton Fields eigentlich unbezahlbar ... und nicht nur für Sie«, sagte sie ablehnend. »Wir brauchen also nicht länger ...«

»Bitte entschuldigen Sie, Miss Duvall«, fiel Travis Kendrik ihr rasch ins Wort und fuhr dann mit leiser Stimme, sodass nur sie ihn verstehen konnte, fort: »Es liegt mir fern, Sie zu bevormunden, aber ich lege Ihnen doch sehr meinen Rat ans Herz, Entscheidungen, die derart beachtliche Summen zum Inhalt haben, nicht von einem Augenblick auf den anderen zu fällen. Gewiss werden Sie die Güte haben, mir zuzustimmen, dass Sie in der Vergangenheit keine negativen Erfahrungen gemacht haben, wenn Sie meinen Ratschlägen folgten.«

Valerie bestätigte das. »Ihnen verdanke ich, dass ich heute hier stehe und mich in dieser Position befinde, Mister Kendrik. Und nie würde ich Ihr außerordentliches Verdienst schmälern wollen. Aber was Cotton Fields als Verkaufsobjekt betrifft, brauche ich keine noch so guten Ratschläge, denn ich habe nicht die Absicht zu verkaufen.«

»Darüber möchte ich mit Ihnen noch in aller Ruhe und allein reden«, raunte er ihr zu. »Wenn Sie danach immer noch so felsenfest entschlossen sind, Cotton Fields um keinen Preis der Welt zu verkaufen, werde ich dieses Thema nicht wieder anschneiden. Doch ich bitte Sie inständigst, ja ich beschwöre Sie, eine endgültige Entscheidung auf keinen Fall jetzt in ihrer Gegenwart zu treffen!«

Valerie zögerte. »Also gut, wenn Ihnen so viel daran liegt, werde ich Ihnen den Gefallen tun.«

Der Anwalt atmete auf. »Ich wusste, dass Sie vernünftig sein würden«, sagte er zufrieden und wandte sich nun Catherine zu. »Meine Mandantin wird sich mit mir besprechen und Ihr Angebot eingehend prüfen. Sie wird Ihnen zur gegebenen Zeit eine Nachricht zukommen lassen, wie ihre Entscheidung ausgefallen ist. Damit dürfte vorerst alles gesagt sein.«

Catherine ignorierte den Anwalt auch weiterhin und konzentrierte sich stur auf Valerie. »Eine halbe Million Dollar ist eine gigantische Summe Geldes, und doch gibt es vieles, was man nicht einmal für das Doppelte oder Dreifache davon kaufen könnte.«

»Ich hätte nie gedacht, mit Ihnen auch nur einmal einer Meinung zu sein«, erwiderte Valerie reserviert.

Ein frostiges Lächeln trat auf Catherines Gesicht. »Ich sprach nicht von Cotton Fields, wie Sie vielleicht fälschlich angenommen haben.«

»Sondern?«

»Von dem Leben hier, von den Menschen in *unserem* Bezirk, in New Orleans, in Louisiana, ja im ganzen Süden«, erklärte Catherine, und in ihre Stimme kam nun Leben. »Meine Kinder und ich sind hier nicht nur geboren, sondern aufgewachsen und mit dieser Gesellschaft *ver*wachsen. Und glauben Sie mir, wenn ich Ihnen sage, dass dieses Land nichts für Fremde ist. Es genügt nicht, Geld zu besitzen und eine Plantage zu kaufen, um anerkannt und akzeptiert zu werden. Man muss einen Namen haben und eine vornehme Herkunft, um sich behaupten und hier angenehm leben zu können.«

Valerie verzog spöttisch den Mund. »Versuchen Sie mir klarzumachen, dass man mich nicht eben auf Händen tragen wird?«, fragte sie herausfordernd.

»O nein, für so dumm halte ich Sie nicht, dass Sie das nicht selber wüssten«, entgegnete Catherine fast gönnerhaft, um dann den Giftpfeil hinterherzuschicken: »Eine Frau Ihrer Herkunft wird sich da keinen Illusionen hingeben. Aber ich bezweifle, dass Sie sich ein Bild von dem machen können, was Sie wirklich erwartet, wenn Sie auf Cotton Fields zu bleiben versuchen und sich die Rolle einer Mistress anmaßen.«

»Und was erwartet mich Ihrer Überzeugung nach?«

»Die Hölle auf Erden!«, lautete Catherines Antwort, und ihr Blick war so kalt wie Eis.

»Wollen Sie mir vielleicht drohen?«, stieß Valerie hervor, und Zorn wallte in ihr auf.

Heftig schüttelte Catherine den Kopf. »O nein, ich habe nicht die Absicht, Ihnen zu drohen. Es wäre auch gar nicht nötig. Es ist einfach eine Tatsache, dass alle umliegenden Plantagenbesitzer sich mit Ihnen nicht abfinden werden, selbst wenn ich Ihnen meinen Segen geben und mit meinen Kindern weiß Gott wohin ziehen würde. Man wird Sie als Makel, als einen unerträglichen Schandfleck unserer Gesellschaft empfinden ... und nichts unversucht lassen, um Ihnen das Leben so unerträglich wie möglich zu machen.«

»Ähnliches hat man schon einmal versucht«, erwiderte Valerie sarkastisch und warf Stephen kurz einen Blick zu, der ihn mit einer Mischung aus flammender Wut und verzehrendem Begehren erwiderte.

Catherine zuckte bei der Anspielung auf ihre verbrecherischen Intrigen nicht mit der Wimper. »Sie werden das nicht durchstehen, wie stark und eigensinnig Sie auch sein mögen. Und wenn Sie dann Cotton Fields verkaufen müssen, wird man sich genauso stillschweigend gegen Sie verbünden und dafür sorgen, dass Sie die Plantage nur zu einem Spottpreis verkaufen können. Das ist Ihre Zukunft!«

»Es gab mal eine Zeit, da hat jemand meine Zukunft in noch düsteren Farben gemalt«, antwortete Valerie gelassen.

»Wenn mich nicht alles täuscht, waren Sie das. Prophezeiten Sie mir damals nicht ein schnelles und qualvolles Ende? Jetzt habe ich offenbar nur zu befürchten, dass ich statt Ihrer halben Million bloß noch zweihunderttausend oder hunderttausend für Cotton Fields bekomme. So gesehen, werden meine Aussichten eigentlich mit jedem Mal, wenn wir zusammentreffen, positiver. Ich könnte versucht sein, mir derartige Treffen mit Ihnen öfter zu wünschen.«

Der beißende Spott trieb Catherine das Blut ins Gesicht, und Stephen ballte in ohnmächtiger Wut die Fäuste, während seine Schwester sich nicht mehr zu beherrschen vermochte.

»Das höre ich mir nicht länger an, Mutter!«, stieß sie mit bebender Stimme hervor, Tränen des Hasses in den Augen. »Ich lasse mich nicht von dieser ... dieser Person in den Schmutz ziehen.«

Stephen ergriff die Partei seiner Schwester, als er sah,

dass seine Mutter sie abfahren lassen wollte. »Was zu sagen war, ist gesagt worden. Gehen wir!«, erklärte er, und seine schneidende Stimme machte deutlich, dass er nicht gewillt war, diese demütigende Situation noch weiter zu ertragen.

Catherine gab nach und nickte, während sie langsam ausatmete. »Denken Sie gut darüber nach, was ich gesagt habe. Cotton Fields kann Ihnen, wenn Sie vernünftig sind und verkaufen, ein paradiesisches Leben eröffnen, oder aber die Hölle auf Erden bringen, wenn Sie es nicht tun und bleiben!«

»Sie wiederholen sich«, sagte Travis Kendrik. »Meine Mandantin und ich betrachten dieses Gespräch, um das Sie ersucht haben, für beendet. Miss Duvall wird Sie wissen lassen, wie sie sich entschieden hat.«

»Wann?«, fragte Catherine knapp und nahm ihn damit zum ersten Mal zur Kenntnis, während ihre Kinder sich schon der Tür zuwandten. Sie konnten gar nicht schnell genug diesem Raum und dieser erniedrigenden Szene entfliehen.

»Spätestens in einer Woche!«, setzte der Anwalt fest, bevor Valerie noch etwas sagen konnte.

Catherine nickte. »Gut, damit bin ich einverstanden.«

»Wie überaus beruhigend«, höhnte Travis Kendrik.

Abrupt drehte sie sich um und verließ die Bibliothek hoch erhobenen Hauptes.

Als sie allein waren, sank Valerie in den Stuhl hinter

dem Schreibtisch und atmete laut hörbar aus. »Mein Gott, meinen ersten Tag auf Cotton Fields habe ich mir aber anders vorgestellt«, murmelte sie, und erst jetzt wurde ihr bewusst, wie schnell ihr Puls jagte und wie sehr sie das Zusammentreffen mit Catherine, Stephen und Rhonda aufgewühlt hatte.

»Geht es Ihnen nicht gut, Miss Duvall?«, fragte Travis Kendrik besorgt und eilte an ihre Seite. »Soll ich Ihnen etwas zur Stärkung bringen?«

»Nein, ich bin nur ein wenig ... durcheinander«, wehrte sie ab. »Es fällt mir einfach schwer, ihnen Auge in Auge gegenüberzustehen und nicht immer daran zu denken, dass sie am Tod meines Vaters schuld sind und nichts unversucht gelassen haben, mich zu töten. Ich ertrage manchmal einfach den Gedanken nicht, dass sie so billig davongekommen sind.«

»Ja, das ist sicher sehr schmerzlich«, räumte er ein, »aber Sie werden sich damit abfinden und trösten müssen, dass sie eines Tages vor einem höheren Richter stehen werden, der nicht auf juristische Formalitäten wie Beweise und Zeugen angewiesen ist.«

Valerie sah ihn an. »Sie wollen mir gut zureden, Cotton Fields an sie zu verkaufen, nicht wahr?«, fragte sie übergangslos.

»Ja«, gab er unumwunden zu. »Der gesunde Menschenverstand gebietet es.«

»Wie drückt sich der gesunde Menschenverstand aus? Indem man in Louisiana eine Karriere als Niggeranwalt anstrebt und indem man es wagt, sich gegen die verbohrte Pflanzeraristokratie zu stellen?«

Er lächelte. »Nein, das ist die Leidenschaft, das Ungewöhnliche zu wagen und das Mittelmaß mit Verachtung zu strafen.«

»Sie haben einen Anhänger gefunden, Mister Kendrik.«

»Wären Sie ein Mann, würde ich Sie in Ihrer Einstellung ermutigen, die Herausforderung anzunehmen. Doch die Natur hat Sie mit einer betörenden Weiblichkeit gesegnet, die ihre unaussprechlichen Vorzüge hat, aber auch gewichtige Nachteile, was Cotton Fields angeht. Sie und ich sind uns in unserer Einschätzung von Catherine Duvall einig: Wir verabscheuen sie beide aus ganzem Herzen. Doch das darf Sie nicht blind machen für die Wahrheit, die in ihrer Warnung liegt.«

»Ich mache mir nichts vor, Mister Travis. Man hält mich für einen Bastard und wird sich vermutlich nicht darauf beschränken, mir mit Verachtung zu begegnen ...«

»Ganz bestimmt nicht«, pflichtete er ihr bei. »Man wird alles versuchen, um Sie mürbe zu machen und finanziell zu ruinieren. Vergessen Sie nicht, dass eine Plantage kein geruhsamer Landsitz ist, sondern in erster Linie ein wirtschaftliches Unternehmen, dessen Erfolg genauso sehr vom Wetter und von der Leistung der Feldsklaven abhängig ist wie von Maklern und Aufkäufern.«

»Das leuchtet mir ein. Aber warum sollte ich für meine Baumwolle keinen Aufkäufer finden?«

»Weil die Herren Pflanzer schon seit Generationen ihre festen Beziehungen zu Baumwollmaklern und -aufkäufern pflegen, und sie werden sich nicht scheuen, sie unter Druck zu setzen, von Ihnen auch nicht einen Ballen zu kaufen. Himmel, diesen Leuten stehen tausend Mittel und Wege offen, um Ihnen, wie Catherine Duvall sagte, die Hölle auf Erden zu bereiten.«

»Möglich, aber so leicht lasse ich mich nicht einschüchtern. Von keinem! Ich werde doch jetzt nicht schon klein beigeben. Wir werden ja sehen, wie sich die Dinge entwickeln.«

»Nicht sehr erfreulich, wie ich fürchte«, sagte er düster.

Valerie erhob sich mit einer betont forschen Bewegung. Dies war der Tag ihres Triumphes, und sie wollte sich nicht jetzt schon in pessimistischen Mutmaßungen über das verlieren, was die Zukunft ihr an unerfreulichen Erfahrungen noch bringen mochte. Sie würde den Problemen nicht ausweichen, sondern sich ihnen stellen – aber erst dann, wenn sie sich wirklich abzuzeichnen begannen. Jetzt schon Angst machen ließ sie sich jedenfalls nicht!

»Keine Million kann mich dazu bringen, Cotton Fields wieder herzugeben, Mister Kendrik. Und nun möchte ich nicht mehr darüber reden. Kommen Sie, schauen wir uns das Haus an und machen Sie mir das

Vergnügen, mich auf einem ersten Rundgang über die Plantage zu begleiten. Ich brenne darauf, mein Reich kennenzulernen.«

Er seufzte tief, zwang sich dann aber zu einem Lächeln. »Also gut, bringen wir die Stimme der Vernunft erst einmal zum Schweigen und sehen wir uns an, wofür Missis Catherine Duvall eine halbe Million Dollar zu zahlen bereit ist«, sagte er und beruhigte sich damit, dass Valerie sich zumindest in der Woche, die er für sie als Bedenkzeit verlangt hatte, sicher fühlen konnte. Was danach geschehen mochte, darüber wollte er jetzt lieber nicht ins Grübeln verfallen.

7.

»Einen schönen guten Tag, Miss Harcourt. Womit darf ich Ihnen zu Diensten sein?«, erkundigte sich der korpulente Kabinensteward beflissen, dem die weiße Jacke reichlich stramm am Leibe saß, als Madeleine Harcourt ihm auf dem Gang des Oberdecks begegnete, der zu den luxuriösen Kabinen der Erste-Klasse-Passagiere der Princess führte. »Haben Sie heute Morgen einen besonderen Wunsch?«

Madeleine seufzte. »O ja, den habe ich schon, nur dürfte es Ihre Fähigkeiten bei Weitem überfordern, ihn mir zu erfüllen, wie tüchtig Sie auch sein mögen.«

»Dann ist es wohl ratsamer, ich beschränke mich darauf, Ihnen ein besonders delikates Frühstück zu servieren«, erwiderte der Steward mit einem Lächeln. »Von köstlichen Speisen verstehe ich fast soviel wie unser Chefkoch.«

»Ich weiß Ihre Aufmerksamkeit sehr zu schätzen, aber heute brauchen Sie mir kein Frühstück aufs Zimmer zu bringen«, sagte Madeleine.

Sein rundliches, pausbäckiges Gesicht zeigte einen ernstlich besorgten Ausdruck. Das Wohl seiner Gäste lag ihm so sehr am Herzen wie sein eigenes, und um das kümmerte er sich mit größter Hingabe. »Geht es Ihnen nicht gut?«

»Doch, doch«, versicherte sie und konnte sich nicht verkneifen zu sagen: »Ich habe schon auf der River Queen gefrühstückt. Es war ausgezeichnet.«

Sein verblüffter Gesichtsausdruck amüsierte sie. »Oh!«, sagte er nur.

»Ja, es war wirklich ausgezeichnet«, wiederholte sie und fügte schon im Weitergehen noch zweideutig hinzu: »Aber im Ganzen gesehen hatte das Frühstück doch einige höchst bedauerliche Schönheitsfehler.«

Das besänftigte die Berufsehre des Stewards. »Dann noch einen angenehmen Tag, Miss Harcourt!«, rief er ihr nach.

»Ja, das hätte er sein können«, murmelte Madeleine und begab sich in ihre Kabine. Schnell entledigte sie sich ihres gewagt geschnittenen Abendkleides, das ihr weiter und langer Umhang glücklicherweise verborgen hatte, als sie von der River Queen an Bord der Princess zurückgekehrt war, und zog ein zwar elegantes, aber weniger auffälliges Tageskleid an, das von ihren körperlichen Vorzügen mehr erahnen ließ, als es freizügig enthüllte.

Ihrer Zofe brauchte sie nicht zu klingeln, denn das Mädchen, das Captain Melville ihr aufs Zimmer geschickt hatte, hatte rasche und gute Arbeit geleistet.

Bevor sie ihre Kabine wieder verließ, nahm sie das kleine, mit Perlmutt verzierte Opernglas an sich, das der charmante Oberst Gallagher ihr in St. Louis zum Geschenk gemacht hatte. Dann trat sie hinaus auf das überdachte Promenadendeck und lehnte sich an die Brüstung.

Die River Queen mit ihren drei schneeweißen Decks und den rot angestrichenen Schaufelradkästen lag vor ihr im strahlenden Sonnenschein.

Eine geraume Weile stand sie gedankenversunken da und richtete das Opernglas immer wieder auf das Showboot, wenn sie irgendwo eine Gestalt an Deck treten sah.

Keine halbe Stunde später wurde ihre Ausdauer belohnt. Es war tatsächlich Captain Melville, der oben aus dem Ruderhaus auf das offene Deck trat, eine Zeitung in der Hand. Das Glas war nicht stark genug, als dass sie seine Gesichtszüge auf diese Entfernung deutlich hätte ausmachen können, doch ihr war, als schaute er eher grimmig als freundlich drein.

Zwiespältige Gefühle erfüllten sie, als sie ihn so im hellen Sonnenlicht stehen sah. Welch eine stattliche und männliche Erscheinung. Sie konnte sich nicht erinnern, in den letzten beiden Jahren einem Mann begegnet zu sein, der diese Wirkung auf sie gehabt – und den sie so begehrt hätte.

»Narr!«, stieß sie tonlos hervor und setzte das Opernglas ab, als er in ihre Richtung blickte. Sie wusste, dass ihr ein wunderbares Erlebnis entgangen war, das sagte ihr ihr untrüglicher Instinkt, und sie gab sich die Schuld daran. Wäre sie doch nur beherzter zu Werke gegangen, hätte er ihren Verführungskünsten kaum widerstanden.

Ach, es war zu dumm, dass sie mit diesem erregenden Mann zwar ein Bett geteilt hatte, sonst aber nichts.

Das ärgerliche Gefühl, eine fast einmalige Gelegenheit durch eigene Dummheit verpatzt zu haben, erfüllte sie noch immer, als sie den vorderen Aufenthaltsraum der Princess betrat und ihr Blick auf Duncan Parkridge fiel, der mit gelangweilter Miene an einem Tisch am Fenster saß und ein Kartenspiel mit einer Hand mischte.

Er war einige Jahre jünger als sie, gerade zwanzig geworden, und von schlanker, mittelgroßer Gestalt. Sein Gesicht trug noch die Züge der Jugend, und seinem Versuch, sich einen Schnurrbart wachsen zu lassen, war wenig Erfolg beschieden. Duncan war ein entfernter Verwandter ihrer Tante Prudence und somit auch verwandt mit ihr, doch über so viele Ecken, dass sie sich noch nie die Mühe gemacht hatte, den genauen Grad ihres Verwandtschaftsverhältnisses festzustellen. Noch nicht einmal Prudence vermochte darüber Auskunft zu geben, obwohl Familiengeschichte und Gesellschaftsklatsch doch ihre große Leidenschaft waren.

»Hast du etwas dagegen, wenn ich dir Gesellschaft leiste, Duncan?«, sprach sie ihn an und setzte sich, ohne seine Antwort abzuwarten.

Er fuhr aus seinen Gedanken auf, und ein einnehmendes Lächeln verscheuchte augenblicklich den verdrossenen Ausdruck von seinem Gesicht. »Oh, Madeleine!«

»Was sitzt du hier so allein und starrst aus dem Fenster? So kenne ich dich ja gar nicht. Sonst bist du doch immer bei deinen Freunden im Spielzimmer.«

»Von wegen Freunde!«, sagte er grimmig. »Willkommen ist man am Spieltisch nur, solange man klingende Münzen in der Tasche hat oder besser noch eine prall gefüllte Brieftasche.«

Sie hob überrascht die Augenbrauen. »Das klingt ja ganz so, als hätte dich dein Glück verlassen, mein lieber Duncan?«

Er nickte. »Ich bin gestern Nacht abgebrannt, Maddy«, gestand er, den Spitznamen benutzend, den er ihr gegeben hatte. »Abgebrannt wie ein Feuerwerkskörper: steil hoch, ein Donnerschlag mit großem Lichterglanz, und dann der Sturz in die Dunkelheit.« Er beugte sich vor, legte ihr eine Hand auf den Arm und sagte eindringlich: »Und dabei hatte ich das Spiel meines Lebens gemacht, Maddy! Eine Glückssträhne die ganze Nacht hindurch! Viertausend Dollar hatte ich vor mir liegen! Viertausend! Und ich Idiot lasse mich dazu hinreißen, alles in einem letzten Spiel zu riskieren ... und zu verlieren. Jetzt bin ich blank, und Tante Prudence wird noch nicht einmal hinhören, wenn ich sie auch nur um einen Zehner bitte!«

Madeleine schmunzelte. »Du musst immerhin so fair sein und zugeben, dass du ihre Großzügigkeit auch über Gebühr in Anspruch genommen hast!« Tante Prudence, die sie stets auf Reisen begleitete, weil ihr Vater darauf bestand, war zwar eine gut situierte Frau, doch sie hatte ihre Prinzipien, und für Duncans Spielleidenschaft rückte sie keinen Dollar heraus. Sie kleidete ihn, nahm ihn mit auf Reisen und unterstützte ihn in jeder anderen Hinsicht, doch Bargeld bekam er von ihr nicht in die Hände.

»Aber sie hat doch genug!«, wandte er lahm ein.

»Vielleicht solltest du mal eine andere Methode versuchen, zu Geld zu kommen – mit Arbeit zum Beispiel«, spottete Madeleine und hatte plötzlich einen Einfall.

»Komm, Maddy, du weißt, dass ich für etwas Geregeltes nicht tauge. Also halt mir bloß keine Moralpredigt, sondern hilf mir aus der Klemme«, bat er.

Sie lächelte ihn an. »Ja, das werde ich gern tun. Aber du musst mir auch einen Gefallen tun, der allein Aufmerksamkeit, ein wenig Geschick und Verschwiegenheit erfordert.«

Seine Augen leuchteten freudig und erwartungsvoll. »Jeder gute Spieler verfügt über diese Eigenschaften, und du weißt, dass ich ein guter Spieler bin.«

»Bis auf ein paar gewichtige Ausnahmen, nicht wahr?«

»Sag schon, was ich für dich tun soll!«, drängte er.

»Du sollst auf die River Queen umziehen, in Maßen mein Geld am Spieltisch unter die Leute bringen und so viel wie möglich über Matthew Melville in Erfahrung bringen, den Captain des Dampfers«, erklärte sie ihm leise.

Er runzelte die Stirn. »Warum interessiert dich dieser Bursche?«, fragte er verwundert.

»Das wiederum muss dich nicht interessieren, wenn dir an meiner finanziellen Unterstützung gelegen ist«, erwiderte sie mit einem Augenzwinkern, aber nicht ohne eine gewisse Schärfe in der Stimme.

Besänftigend hob er seine schmalen, sorgfältig manikürten Hände, denen Schwielen und Blasen fremd waren. »Verzeiht meine Zudringlichkeit, Euer Ehren. Ich ziehe meine Frage ersatzlos zurück!«, erklärte er mit pathetischem Eifer.

»Du hättest Schauspieler werden sollen, Duncan.«

»An einem Spieltisch findet man größere Schauspieler als im besten Theater. Aber lassen wir das. Erzähl mir, was ich über diesen geheimnisvollen Captain ... wie war doch noch sein Name?«

»Matthew Melville.«

»Also was ich über diesen Matthew Melville in Erfahrung bringen soll«, forderte er sie auf, förmlich beschwingt von der Aussicht, jemanden gefunden zu haben, auf dessen Kosten er sich dem vergnüglichen und reizvollen Leben eines Spielers und Müßiggängers hingeben konnte.

»Ich will alles über ihn wissen, ganz besonders, was sein Privatleben betrifft.«

Er sah sie forschend und mit einem wissenden Lächeln auf den Lippen an. »Irgendetwas Spezielles wie etwa mögliche Affären und Liebschaften?«

Sie hielt seinem Blick stand, ohne sich eine Blöße zu geben.

»Wenn ich sage, ich will *alles* über sein Privatleben wissen, dann schließt das diesen Bereich doch wohl mit ein«, antwortete sie ruhig. »Ich möchte auch wissen, in welchen Kreisen er verkehrt und so weiter. Also halte Augen und Ohren offen.«

»Und was bist du bereit, mir dafür zu bezahlen?«

»Genug, um dich bei Laune zu halten und mir deine Verschwiegenheit zu sichern«, erwiderte sie kühl und nannte ihm eine Summe, die ihn nicht in helle Begeisterung versetzte, aber immer noch verlockend genug war, um ihr Angebot mit Erleichterung anzunehmen. »Doch ich warne dich, Duncan. Wenn du dich nicht an unsere Abmachung hältst, werde ich dafür sorgen, dass du nie wieder einen Cent von uns zu sehen bekommst, auch von Tante Prudence nicht!«

Er grinste unsicher. »Mach nicht so ein Gesicht, Maddy. Ich glaub's dir sogar, dass du dazu fähig bist. Doch ich halte mein Wort. Aber apropos Tante Prudence: Wie erklären wir ihr, dass ich plötzlich mit der River Queen wieder nach St. Louis zurückmuss?«

»Lass das mal meine Sorge sein. Mir wird schon was einfallen, bis sie aufsteht ... und darüber kann es erfahrungsgemäß leicht Mittag werden«, meinte Madeleine. »Sieh du nur zu, dass du deine Sachen packst und auf der River Queen bist, bevor sie die Leinen loswirft. Die Heizer beginnen schon, die Kessel unter Dampf zu setzen.«

»In zehn Minuten stehe ich drüben auf der Gangway!«, versprach er und eilte hinauf in seine Kabine. Eine gute halbe Stunde später war er Passagier auf der River Queen.

Madeleine gehörte zu den vielen Passagieren der bedeutend kleineren Princess, die am frühen Mittag das Ablegemanöver des schmucken Raddampfers beobachteten, der zu den prächtigsten Spielcasinos zählte, die den Mississippi zwischen New Orleans und St. Louis befuhren – und das waren nicht wenige.

Schwarzer Rauch quoll aus den hohen Schornsteinen mit den gezackten, kronenähnlichen Aufsätzen. Die Schaufelräder gruben sich mit Macht in die lehmig braunen Fluten des Stroms, wurden schneller und schneller und zogen bald eine weiß schäumende Spur hinter sich her.

Lächelnd blickte Madeleine der River Queen nach. Und lautlos formten ihre Lippen die Worte: »Wir sehen uns wieder, Captain Melville.«

8.

Es war ein Nachmittag wie aus dem Bilderbuch. Nur einige wenige Wolken waren am stahlblauen Himmel zu sehen, trieben wie frisch gezupfte Baumwollflocken in einem grenzenlosen Meer von Blau dahin. Ein warmer, erdiger Duft lag in der Luft und vermischte sich mit dem würzigen Geruch der Holzfeuer, deren Rauch wie dünne graue Fahnen über den Schornsteinen hingen.

Der Rundgang durch das Haus nahm geschlagene zwei Stunden in Anspruch, denn Mabel Carridge, eine resolute Schwarze von kräftiger Statur und selbstsicherem Auftreten, hatte quasi darauf bestanden, der neuen Mistress das Haus vom Dachboden bis zum Keller zu zeigen.

»Niemand kennt sich in diesem Haus so gut aus wie ich, Mistress«, erklärte Mabel Carridge, die Mitte fünfzig und stolz auf ihr noch pechschwarzes Haar war. Die wenigen grauen Haare riss sie sofort aus, sobald sie sie entdeckte. »Seit fünfzehn Jahren bin ich die Hauswirtschafterin auf Cotton Fields, und davor war es meine selige Mutter.«

Mabel führte sie in jeden Raum und erwies sich als eine unerschöpfliche Quelle an Wissen, was die Organisation des Haushalts und der Küche betraf, die Vorratshaltung, die Verrichtung jahreszeitlich bedingter Arbeiten im Haus und tausend andere Dinge. Wenn auch in Absprache mit der Herrschaft, so war sie es letztlich doch, die den komplizierten Plan aufstellte, der jedem von der vielköpfigen Dienerschaft seinen speziellen Aufgabenbereich zuwies, und sie war es auch, die mit Argusaugen darüber wachte, dass die Arbeiten wie angeordnet verrichtet wurden.

Sosehr Valerie von den Räumlichkeiten und ihrer Einrichtung angetan war, sosehr schwirrte ihr doch bald der Kopf von den vielen Dingen, die in einem so großen Haushalt zu bedenken und zu entscheiden waren. Ihr dämmerte, dass es ein Kinderspiel war, eine Plantage wie Cotton Fields zu erben, dass es jedoch viel Sachkenntnis und Arbeit erforderte, sie auch erfolgreich zu leiten.

Sie war froh, als der strapaziöse Rundgang mit Mabels unermüdlicher Kommentierung endlich beendet war und sie sich mit Fanny und Travis Kendrik zu einem leichten Imbiss an den Tisch setzen konnte.

Die Unterhaltung floss locker und in unverbindlichen Bahnen dahin, obwohl der Anwalt immer wieder versucht war, auf das Kaufangebot von Catherine Duvall zu sprechen zu kommen. Doch Valerie gab ihm dazu keine Gelegenheit.

Nach dem Essen unternahm Valerie mit ihm eine kleine Ausfahrt in einem offenen Landauer, obwohl er selbst lieber der Kutsche den Vorzug gegeben hätte. Sie legten sich warme Decken über, denn wenn die

Sonne auch schien, war die Luft doch frisch. Sie fuhren an den Stallungen und Lagerschuppen, die sie später zu inspizieren gedachte, vorbei zu den weiten Baumwollfeldern, folgten den ausgefahrenen Spurrillen, die sie zu allen wichtigen Punkten der Plantage führten, schlugen nach einer knappen Stunde einen großen Bogen und kehrten zum Herrenhaus zurück, ohne jedoch der Sklavensiedlung einen Besuch abgestattet zu haben.

»Warum nicht?«, fragte Valerie – sie hatte den Wunsch geäußert, die Siedlung aufzusuchen, doch Travis Kendrik hatte ihr vehement davon abgeraten.

»Es würde keinen guten Eindruck machen, Miss Duvall, und Sie würden sich damit selbst keinen Gefallen tun, glauben Sie mir. Sie sind erst seit wenigen Stunden auf Cotton Fields, und das Interesse einer Mistress gilt am ersten Tag ganz sicherlich nicht ihren Sklaven.«

»Aber ich beabsichtige nicht, eine Mistress wie Catherine zu sein!«, erwiderte sie fast empört und erklärte hitzig: »Ich habe monatelang das Leben einer Feldsklavin ertragen müssen. Ich weiß, wie schwer sie es haben. Auf Cotton Fields soll das nicht so sein, wenn ich es ändern kann, und als Herrin kann ich es! Allein das ist für mich schon Grund genug, die Plantage nicht zu verkaufen! Ich verstehe überhaupt nicht, wie ausgerechnet Sie, der Sie doch sogar vor Gericht für die Rechte der Sklaven eintreten, mir davon abraten können, die Siedlung zu besuchen!«

»Dass mir der Geruch anhaftet, ein Niggeranwalt zu sein, bedeutet aber noch lange nicht, dass ich ein Träumer und blind für die Realitäten bin, Miss Duvall!«

»Aber ich bin es, ja?«, fragte sie aggressiv.

»Ich sagte ja schon, dass Ihr Temperament Ihrer Vernunft manchmal eine gefährliche Nasenlänge voraus ist«, scheute er sich nicht, ihr vorzuhalten. »Ob Sie es nun wollen oder nicht, Sie *sind* eine Mistress kraft des Gerichtsurteils, und es ist vorerst völlig gleichgültig, wie Sie diese Position auszufüllen gedenken. Ich rate Ihnen jedoch, Ihre weiteren Schritte mit Bedacht zu wählen. Man wird alles, was Sie tun und sagen, kritisch unter die Lupe nehmen und förmlich nach einem Anlass suchen, um gegen Sie vorgehen zu können.«

»Ich habe nicht vor, etwas Ungesetzliches zu tun. Oder ist es mir etwa nicht gestattet, die Siedlung meiner eigenen Sklaven aufzusuchen?«, fragte sie bissig.

»Gewiss ist das Ihr gutes Recht, nur möchte ich Sie daran erinnern, dass man sich gemeinhin mehr Feinde schafft, wenn man auf dem Recht besteht, als wenn man auf den krummen Wegen des Unrechts wandelt«, gab er spöttisch zurück. »Aber wie dem auch sei, es dürfte für Sie im Augenblick das Beste sein, erst einmal nichts zu tun, was Ihre Nachbarn provozieren könnte, auch wenn das Ihrem Temperament und Ihrer Überzeugung widerspricht. Denn wenn Sie etwas ändern wollen, muss das langsam und ohne großes Aufsehen geschehen, sonst wird man versuchen, Ihre Bemühungen schon im Ansatz zu ersticken. Doch von alldem mal ganz abgesehen: Mit einem solchen unerwarteten Besuch in der Sklavensiedlung an Ihrem ersten Tag auf Cotton Fields würden Sie Ihrer eigenen Sache mehr schaden als nutzen, denn Ihr Auftauchen würde bei den Schwarzen eher Bestürzung und Furcht wecken als Sympathie. Denken Sie nur daran, wie es auf Melrose Plantation war, als Sie dort unter den Sklaven gelebt haben.«

Valerie schwieg betreten und sah ein, dass er recht hatte. Und so kehrten sie zum Haus zurück, ohne dass sie die Unterkünfte ihrer Sklaven zu Gesicht bekommen hätte.

Hugh Stringler erwartete ihre Rückkehr schon voller Ungeduld, wollte er dem Anwalt doch seine Aufzeichnungen übergeben und den noch ausstehenden Teil des Lohns entgegennehmen.

Travis Kendrik hatte damit gerechnet, denn er wusste, dass Stringler und sein Kollege Wilkens schon vor Wochen in den Norden hatten zurückkehren wollen. Und er konnte es ihm nicht verdenken, denn für einen Nordstaatler wurde die Atmosphäre im Süden fast täglich unfreundlicher, ja geradezu unerträglich.

»Ja, Jim und ich werden doch um einiges freier atmen, wenn wir erst mal nördlich von Virginia sind«, räumte der schmächtige Buchhalter unumwunden ein, als sie in der Bibliothek saßen. Die Männer tranken Brandy, während Valerie an einem köstlichen Aprikosenlikör nippte.

»Ist Mister Wilkens denn überhaupt in der Lage, auf Reisen zu gehen?«, erkundigte sie sich.

Hugh Stringler lächelte verschmitzt. »Ich war vorhin bei ihm, Miss Duvall. Ihm geht es schon bedeutend besser als noch heute Morgen. Vermutlich hat die Aussicht, ein paar Tage in New Orleans verbringen und dann nach Boston zurückkehren zu können, seine Besserung beschleunigt. Auf jeden Fall ist es genauso sein Wunsch wie meiner, diese Nacht bereits in einem Hotelbett in New Orleans zu schlafen.«

»Ja«, sagte Valerie darauf nur.

»Bitte missverstehen Sie mich nicht«, beeilte sich Hugh Stringler hinzuzufügen. »Cotton Fields ist als Plantage ein wahres Juwel, aber ich werde hier einfach das Gefühl nicht los, ein Fremder in einem mir immer fremder werdenden Land zu sein. Wir sprechen zwar alle dieselbe Sprache, wir Nordstaatler und die hier im Süden, doch wir verstehen uns nicht mehr.«

Valerie bedauerte, dass Hugh Stringler sich schon bald darauf verabschiedete. Sie hätte es gern gesehen, wenn er noch einige Tage geblieben wäre.

»Cotton Fields ist wirklich ein Juwel«, sagte Travis Kendrik, als sie allein in der Bibliothek saßen und Valerie versonnen in das knisternde Kaminfeuer blickte.

»Ich freue mich, dass Sie meine Begeisterung teilen, Mister Kendrik.«

»Ich teile sie, wenn auch mit einigen Vorbehalten.«

»Lassen Sie sich nicht lange bitten. Nur heraus mit der Sprache!«, forderte sie ihn auf.

Er blätterte in den Listen und Aufzeichnungen, die Jim Wilkens und Hugh Stringler angefertigt hatten. »Eine so große Plantage ist wie ein kompliziertes Uhrwerk, und jede komplexe Maschinerie bedarf nicht nur kompetenter Bedienung, sondern auch ständiger Pflege. Sie muss immer und immer wieder geölt werden, wenn die Räder nicht stillstehen sollen. Bei einer Plantage ist dieses Öl, das alles reibungslos laufen lässt, Geld. Und je größer sie ist, desto mehr Geld ist nötig, um den Betrieb in Gang zu halten.«

»Ja, das leuchtet ein.«

Er warf einen Blick auf eine der Listen. »Wissen Sie, wie viele Sklaven auf Cotton Fields leben?«

Sie verneinte.

»Genau dreihundertdreiundzwanzig«, las Travis Kendrik vor.

»Haben Sie eine Ahnung, was es jährlich kostet, so viele Menschen zu kleiden und zu ernähren sowie die Vorratskammern gefüllt und die Gebäude instand zu halten?«

»Nein«, gab Valerie zu.

»Nun, ich auch nicht«, sagte der Anwalt verdrossen. »Ich weiß auch nicht, wie viel Sie derzeit für einundfünfzig Ballen rostiger Baumwolle erzielen können, denn soweit ich das im Augenblick übersehen kann, sind diese Ballen das Einzige, was Sie zu Geld machen können. Doch ich bezweifle, dass es reichen wird, um all die Kosten zu decken, die in den nächsten Monaten auf Sie zukommen werden.«

»Ich habe von dem Geld, das mein Vater mir hinterlassen hat, noch neunzehntausend Dollar«, sagte Valerie. »Aber davon geht natürlich noch Ihr Honorar und der Betrag ab, den Sie für Mister Stringler und Mister Wilkens vorgestreckt haben.«

»Es bleiben Ihnen also rund fünfzehntausend Dollar«, überschlug der Anwalt.

»Damit werden Sie noch nicht einmal bis zur Baumwollblüte hinkommen«, sagte in diesem Augenblick eine dunkle Stimme in ihrem Rücken.

Valerie und der Anwalt fuhren überrascht in den Sesseln herum und blickten zur Tür. Dort stand ein schlanker, sehniger Mann mit dunklem Haar und einem markanten Gesicht. Er war schätzungsweise Mitte vierzig, und seiner Kleidung und den hohen Stiefeln nach zu urteilen, kam er geradewegs von einem Ausritt zurück.

»Dürfte ich bitte erfahren, wer Sie sind?«, fragte Valerie pikiert und erhob sich.

»Inglewood, James Inglewood«, stellte sich der Mann vor.

»Missis Duvall hat mich nach dem Schlaganfall ihres Mannes als Verwalter von Cotton Fields verpflichtet.«

»Sehr aufmerksam von Ihnen, dass Sie Miss Duvall Ihre Aufwartung machen, Mister Inglewood. Doch Ihre

Stellung als Verwalter enthebt Sie nicht dem Gebot der Höflichkeit. Ich habe nicht gehört, dass Sie angeklopft hätten«, sagte Travis Kendrik missbilligend. »Und ich erinnere mich auch nicht, dass jemand Sie gebeten hätte einzutreten!«

»Die Tür war nur angelehnt«, erwiderte der Verwalter, als würde das etwas entschuldigen, und trat näher. Er musterte Valerie mit unverhohlener Neugier und sein Blick verweilte unverschämt lange auf ihrem Busen. »Ich schätze, Sie haben sich eine Menge Probleme eingehandelt.«

Kühl begegnete sie seinem dreisten Blick. »Wenn es welche gibt, werde ich auch Mittel und Wege finden, um sie zu bewältigen«, antwortete sie selbstbewusst.

»Das wage ich zu bezweifeln. Fünfzehntausend Dollar sind im Nu ausgegeben, wenn man eine Plantage wie Cotton Fields unterhalten muss. Wenn Sie Glück haben, langt es gerade noch, dass Sie die Stauden aus dem Boden sprießen sehen. Aber die Ernte werden Sie schon nicht mehr erleben, denn bis dahin sind Sie bankrott. Natürlich ist es möglich, bei Banken die kommende Ernte zu beleihen und einen Kredit zu bekommen. Aber das gilt nicht für Sie. Ihnen wird man nicht einen Cent geben. So viel Zinsen könnten die Banken von Ihnen gar nicht nehmen, wie sie verlieren, weil ihre anderen Kunden ihnen aus Protest die Geschäftsbeziehungen aufkündigen«, sagte er mit unverhohlener Schadenfreude.

»Niemand hat Sie um Ihre unmaßgebliche Meinung gefragt!«, fuhr der Anwalt ihn an.

»Sie kriegen sie aber dennoch, und sogar kostenlos«, fuhr James Inglewood unbeirrt fort. »Es bleibt Ihnen dennoch eine Möglichkeit, schnell zu einer Menge Geld zu kommen. Und zwar brauchen Sie nur zwanzig, dreißig kräftige Nigger zu verkaufen. Für einen tüchtigen Feldsklaven bekommen Sie heute leicht fünfzehnhundert Dollar und mehr.« Er taxierte Valerie wieder und fügte dann abfällig hinzu: »Leider gibt's auf Cotton Fields nicht noch so ein paar hübsche Niggerbastarde von Ihrer Sorte, für die man das Doppelte kriegen kann. Anständige Weiße zahlen gern was für ihren Spaß mit hübschen Niggerhuren.«

Valerie erblasste, hatte sich jedoch in der Gewalt. »Gehen Sie mir aus den Augen!«, zischte sie und wies zur Tür.

»Von einem Nigger hat noch nie ein Weißer einen Befehl angenommen, und du wirst auch keinen finden, der dir hier auf Cotton Fields den Laden schmeißt«, höhnte er. »Ein Niggerbalg, das Mistress sein will! Einfach grotesk!«

Travis Kendrik packte ihn grob am Arm, das Gesicht von unbändiger Wut verzerrt. »Noch ein Wort, und ich jage Ihnen morgen in der Früh eine Kugel in den Schädel!«

»Nehmen Sie die Finger von mir!«, fauchte der Verwalter und schlug die Hand des Anwalts weg. »Sie sind doch gar nicht satisfaktionsfähig!«

Valerie war mit einem Satz beim Kamin, riss das schwere Schüreisen aus dem Ständer und packte es mit beiden Händen. »Wenn Sie nicht auf der Stelle verschwinden, Sie Dreckskerl, werde ich Ihnen zeigen, wie ich mit weißem Abschaum Ihres Schlags umgehe!«, stieß sie hervor, und in ihren dunklen Augen stand ein gefährliches Funkeln. Sie war fest entschlossen, mit dem Eisen auf ihn loszugehen.

Der ehemalige Verwalter von Cotton Fields wich unwillkürlich zurück, denn auch er spürte, dass sie ihre Drohung ernst meinte. »Man sieht dir an, wofür du geboren bist – nämlich für die primitive Arbeit auf dem Feld, wenn man deiner im Bett überdrüssig geworden ist, du Bastard!« Damit flüchtete er aus der Bibliothek und knallte die Tür hinter sich zu, dass es im ganzen Haus zu hören war.

Reglos, wie gelähmt und mit wachsbleichem Gesicht starrte Valerie auf die Tür, den Schürhaken immer noch mit beiden Händen umfasst, als fürchtete sie, James Inglewood könnte zurückkommen.

Travis Kendrik holte tief Atem, trat schnell zu ihr und legte seine Hand beruhigend auf ihren Arm. Deutlich spürte er durch den dünnen Stoff ihres Ärmels hindurch ihre angespannten Muskeln.

»Meine Hochachtung! Sie haben ihn wahrhaftig in die Flucht geschlagen. Ich glaube nicht, dass mir das so ohne Weiteres gelungen wäre«, sagte er in einem scheinbar unbeschwerten Plauderton, als hätte sie nicht die geringste Veranlassung, sich diesen hässlichen Zwischenfall zu Herzen zu nehmen. »Fast wünschte ich, Sie hätten diesem Lump wirklich eins übergezogen. Aber dieses Geschmeiß ist es wahrlich nicht wert, dass man sich an ihm die Finger besudelt.«

Die Anspannung wich aus ihrem Körper und sie ließ sich von ihm den Schürhaken aus den Händen nehmen. »Ich glaube, ich wäre wirklich dazu fähig gewesen«, murmelte sie, erschrocken über die Heftigkeit ihres Zorns, der sich fast in einem Akt der Gewalt Bahn gebrochen hätte.

Der Anwalt stellte den Schürhaken zurück, goss ihr einen Brandy ein und reichte ihr das Glas. »Trinken Sie das. Es wird Ihnen guttun.«

Es klopfte an die Tür.

Travis Kendrik ging öffnen. Es war Albert Henson. Der Butler war sichtlich bestürzt über den Vorfall und machte sich Vorwürfe, obgleich ihn keine Schuld traf. Wie er sagte, hatte er James Inglewood erklärt, dass die Mistress gerade in der Bibliothek ein wichtiges Gespräch mit ihrem Anwalt führe, und ihn gebeten, unten im Salon zu warten, bis sie ihn empfangen könne. Doch der Verwalter habe ihn brüsk aus dem Weg gestoßen und sei die Treppe hochgestürmt, bevor er noch etwas dagegen hätte unternehmen können.

»Schon gut. Diesmal wird dir keiner einen Vorwurf machen«, fertigte der Anwalt ihn kurz ab, schloss die

Tür und ging wieder zu Valerie. Die Farbe war in ihr Gesicht zurückgekehrt. »Besser?«, fragte er knapp.

Sie nickte und lächelte ein wenig gequält. »Es hätte mich nicht überraschen dürfen, nicht wahr?«

Er sah keinen Grund, sie zu schonen. »Nein! Sie hätten wissen müssen, dass Sie nicht nur Catherine, Stephen und Rhonda ein Dorn im Fleisch sind, sondern so gut wie jedem anderen Weißen auch, der hier im Herzen des Königreichs von Baumwolle lebt – ob nun als reicher Pflanzer oder armer Schlucker! Es ist gut, dass dieser James Inglewood Ihnen das gleich am ersten Tag drastisch vor Augen geführt hat. So haben Sie schon mal einen sanften Vorgeschmack von dem bekommen, was Sie erwartet, falls Ihre Starrköpfigkeit den Sieg über die Stimme der Vernunft davonträgt und Sie auf Cotton Fields bleiben.«

»Wenn die Menschen immer nur der Stimme der Vernunft gefolgt und stets vor dem Wagnis und der Ungewissheit zurückgeschreckt wären, würde unsere Welt heute sicherlich ganz anders aussehen«, erwiderte Valerie streitbar. »Vermutlich würden wir heute noch alle in Höhlen leben und auf die Erfindung des Rads warten! Also kommen Sie mir nicht mit der Stimme der Vernunft, Mister Kendrik! Dem Hass zu trotzen und an die Stärke des Rechts zu glauben, auch wenn der Weg noch so steinig ist, hat mit Starrköpfigkeit wenig zu tun! Und eine halbe Million Dollar auf dem Bankkonto liegen zu haben und ein sorgloses Leben führen zu können, würde ich schwerlich als Sieg der Vernunft bezeichnen, sondern eher als die lukrative Bankrotterklärung eines Feiglings!«

Mit einem leicht spöttischen Lächeln klatschte er ihr Beifall.

»Welch eine flammende Rede! Zu schade nur, dass ich wohl der Einzige bin, der nicht nur Ihre betörende Schönheit zu schätzen weiß, sondern auch Ihren Mut«, sagte er mit einem bedauernden Seufzen. »Fast haben Sie mich überzeugt, dass eine halbe Million Dollar kein Argument ist, das einer Beachtung wert wäre.«

»Mister Kendrik! Sie wollen sich über mich lustig machen!«

Er blickte sie vorwurfsvoll an, als hätte sie ihn gekränkt. »Ich mag Ihnen Dinge sagen, die Sie in dieser Offenheit wohl von niemandem sonst zu hören bekommen würden, Miss Duvall. Doch es würde mir nie in den Sinn kommen, mich über Sie lustig zu machen!«, erklärte er steif.

»Tut mir leid«, sagte sie entschuldigend. »Ich wollte Sie nicht kränken. Aber wenn Sie mich so reizen, dürfen Sie sich auch nicht wundern, wenn mein Temperament einmal mit mir durchgeht.«

»Ich gelobe, Ihr Temperament in Zukunft weniger arg zu strapazieren«, versicherte er und setzte sich ihr gegenüber in einen Sessel. »Gehen wir also einmal davon aus, dass Sie wirklich auf Cotton Fields bleiben werden ...«

»Eine sehr realistische Annahme.«

»... dann wäre das erste dringlichste Problem, das Sie zu lösen hätten, die Verpflichtung eines tüchtigen Verwalters«, führte er seinen Satz zu Ende. »Denn ich nehme an, dass Ihre Kenntnisse von der Führung einer Baumwollplantage genauso mangelhaft sind wie die meinigen.«

»Eine hübsche Untertreibung«, murmelte Valerie.

»Ja, da würde ich Ihnen zustimmen. Es dürfte ein kleines Kunststück sein, jemanden zu finden, der fähig *und* willens ist, auf Cotton Fields die zweifellos undankbare, wahrscheinlich sogar gefährliche Aufgabe des Verwalters zu übernehmen. Dazu bedarf es einer gehörigen Portion Glück, des Verhandlungsgeschicks eines orientalischen Kaufmanns und der Überzeugungskraft eines Heiratsschwindlers.«

Valerie sah ihn nur an.

»Sagen Sie nicht, ich hätte mich soeben selber beschrieben!«, warnte er sie.

»Nein, nein!«, beteuerte sie, ohne rot zu werden. »Aber ich wüsste keinen, dem dieses scheinbar unmögliche Unterfangen, einen solchen Mann zu finden, gelingen könnte – keinen außer Ihnen, Mister Kendrik. Würden Sie es zumindest versuchen?«

Sein fast missgelaunter Blick ruhte einen langen Moment auf ihr, als nähme er ihr die Bitte übel. Doch dann klärte sich sein verdrossener Ausdruck auf und verwandelte sich in ein Lächeln. »Ihre Wünsche haben für mich etwas merkwürdig Gebieterisches«, scherzte er. »Es fällt mir schwer, mich ihnen zu entziehen. Vielleicht liegt das daran, dass Sie sich immer das Unmögliche aussuchen.«

»Das Unmögliche ist meist nur scheinbar unmöglich und die Entschuldigung des Zauderers und Dilettanten, sich einer Herausforderung nicht zu stellen oder ihr nicht gewachsen zu sein – wie Sie mich einmal zu tadeln pflegten, als ich keine Hoffnung mehr hegte, den Prozess noch zu gewinnen«, erinnerte sie ihn.

»Schon gut, schon gut, Miss Duvall. Ich werde mich also in den nächsten Tagen für Sie auf die Suche nach einem Verwalter machen. Warum auch nicht? Ich wollte immer schon mal die berühmte Stecknadel im Heuhaufen suchen. Jetzt habe ich die Gelegenheit dazu.«

»Ich danke Ihnen, Mister Travis. Es beruhigt mich zu wissen, dass Sie sich dieses Problems annehmen werden«, sagte sie dankbar.

»Aber die Verpflichtung eines Verwalters ist nur eines von vielen Problemen«, gab er zu bedenken, »und mit den meisten von ihnen werden Sie sich auseinandersetzen müssen. Ich bin kein Fachmann für die Bewirtschaftung von Plantagen, doch das braucht man nicht zu sein, um sagen zu können, dass Sie einen sehr dornigen Weg zu gehen beabsichtigen.«

Valerie rauchte bald der Kopf, und sie fühlte sich ganz niedergeschlagen, als der Anwalt ihr einen groben Überblick über all die Schwierigkeiten und Aufgaben gab, die sie in Zukunft würde bewältigen müssen. Dabei kamen Schwierigkeiten, die Catherine und andere Pflanzer ihr zweifellos bereiten würden, noch nicht einmal zur Sprache.

Sie musste Kontakte mit Maklern, Baumwollaufkäufern und Banken knüpfen, zumindest den *Versuch* unternehmen, sich um Steuern kümmern sowie um tausend Kleinigkeiten, die den täglichen Arbeitsablauf auf Cotton Fields betrafen.

»Es gibt zwar für jeden Bereich erfahrene Kräfte, wie etwa diese redselige Mabel Carridge, aber auch dieses Personal muss wissen, dass es einer scharfen Kontrolle unterliegt, sonst verlieren Sie bald nicht nur den Überblick, sondern auch den Respekt der Leute und zudem noch eine Menge Geld«, warnte er sie. »Wie treu das Personal ihrer Herrschaft auch ergeben sein mag, in die eigene Tasche wird in jedem Haushalt gewirtschaftet. Eine gute Herrin zeichnet sich deshalb dadurch aus, dass sie diesen ›natürlichen Schwund‹ auf ein Minimum zu reduzieren versucht.«

Die Abreise von Hugh Stringler und Jim Wilkens unterbrach seine ernüchternden Ausführungen, und so dankbar sie ihm auch für alle seine Ratschläge und Hinweise war, so froh war sie doch auch, den drückenden Sorgen, die sich einzustellen begannen, für eine kurze Zeit entfliehen zu können. Von der Hochstimmung, die sie noch am Morgen erfüllt hatte, war nichts mehr übrig geblieben.

Fanny dagegen ahnte nichts von den Schatten, die über Cotton Fields und Valeries Zukunft lagen. Sie war noch ganz überwältigt von der Schönheit des Herrenhauses, seiner zurückhaltenden und dennoch luxuriösen Einrichtung, den vielen Dienstboten, deren Leistung sie als Weiße nun auch würde beanspruchen können, und der Größe der Plantage.

Sie war von all dem, was sie an diesem Tag an aufregendem Neuen gesehen und erlebt hatte, so erfüllt, dass sie bei Tisch unermüdlich und mit glänzenden Augen die Herrlichkeit und Einmaligkeit von Cotton Fields pries. Nach ihren Ausführungen hätte man den Eindruck gewinnen können, ein stolzer englischer Landsitz wäre dagegen nur ein schäbiger Bauernhof.

Valerie rechnete es Travis Kendrik hoch an, dass er ihrer Zofe nicht mit bissigem Sarkasmus, wie es sonst seine Art war, die Augen für die Wirklichkeit öffnete, sondern seine Zunge im Zaum hielt und sie schwärmen ließ.

Dass ihre Herrin an diesem Abend ungewöhnlich still war und ihr fast die ganze Unterhaltung überließ, fiel Fanny in ihrem Überschwang gar nicht auf. Auch nicht, als Valerie sich schon zu recht früher Abendstunde in ihr Schlafzimmer zurückzog und sie ihr beim Entkleiden zur Hand ging.

»Ach, wenn ich schon so glücklich bin, auf Cotton Fields zu sein, wie glücklich müssen Sie dann erst sein«, sagte Fanny noch ganz aufgedreht, als sie ihr die Haare ausbürstete. »Das ist bestimmt Ihr glücklichster Tag, nicht wahr, Miss Valerie?« Und ohne eine Antwort abzuwarten, fuhr sie mit fröhlicher Ignoranz fort: »Ach, ich freue mich ja so für Sie! Sie haben es wie niemand sonst verdient, glücklich zu sein. Und ich bin ja so froh, dass Mister Kendrik Ihre Einladung angenommen hat und ein paar Tage Ihr Gast sein wird. Ein feiner und gescheiter Gentleman, dieser Anwalt.«

»Ja, das ist er wohl. Und nun lass es gut sein. Ich bin sehr müde und möchte ins Bett«, sagte Valerie, legte den leichten Umhang ab, den sie beim Ausbürsten der Haare über ihrem Nachthemd getragen hatte, und stieg ins vorgewärmte Bett. Fanny beeilte sich, Valeries Kleider wegzuräumen, dann löschte sie die Lampe, wünschte ihrer Herrin eine geruhsame erste Nacht auf Cotton Fields und huschte hinaus.

Valerie wusste, dass sie keine geruhsame Nacht haben, sondern lange wach liegen und von Sehnsucht und Zweifeln gequält werden würde.

»Der glücklichste Tag meines Lebens! Ja, das hätte er sein können«, flüsterte Valerie in der Einsamkeit ihres Zimmers, und Tränen füllten ihre Augen.

9.

Er stand plötzlich wie aus dem Nichts gekommen im Zimmer, nur mit einer hellen Leinenhose bekleidet und seiner ledernen Fransenjacke, die er über der nackten muskulösen Brust trug. Das Haar war von der Sonne fast hellblond ausgebleicht und vom Wind zerzaust.

Valeries Herz schien einen jähen Satz zu machen und in einem wilden Rhythmus zu pochen, sodass ihr das Blut in den Schläfen rauschte. Sie setzte sich im Bett auf, wagte jedoch keinen Ton zu sagen, weil sie fürchtete, nicht die richtigen Worte zu finden. Und was gab es in diesem Moment auch zu sagen? Er war gekommen, und das sagte alles.

Auch er schwieg, als er nun zu ihr ans Bett trat und sich auf die Kante setzte. Deutlich sah sie jetzt seine Gesichtszüge und den zärtlichen Blick seiner Augen.

»Liebste!« Seine Stimme war weniger als ein Flüstern, mehr ein Hauch.

Zögernd streckte sie die Hand nach ihm aus, legte sie auf seine Brust und ließ sie einen Augenblick dort ruhen. Er zuckte leicht unter ihrer Berührung zusammen, presste seine Hand auf die ihre, und Hitze schien durch ihren Arm in ihren Körper zu schießen, eine Hitze, die sie von den Zehenspitzen bis in die Haarwurzeln erfüllte.

»Matthew!«, formten ihre Lippen. »Matthew! ... Endlich bist du gekommen!«

»Valerie!«

Seine Fingerspitzen berührten ihre Wange, folgten dem sinnlichen Schwung ihrer Lippen, glitten die Linie ihres schlanken Halses abwärts und ertasteten die Knospe ihrer Brust unter dem seidenen Stoff ihres Gewandes.

Nun konnte sie sich nicht länger zurückhalten. Sie warf sich in seine Arme, zog ihn zu sich auf das Bett und versank in einem verzehrenden, leidenschaftlichen Kuss, während ihre Hände nicht wussten, welchen Teil des geliebten Körpers sie nun streicheln sollten.

Plötzlich waren sie beide nackt. Ihre Körper drängten sich verlangend aneinander, nackte Haut berührte nackte Haut, und die Hitze gegenseitigen Begehrens umhüllte sie, dass sie unempfindlich waren für die kühlen Temperaturen des Zimmers, denn längst war das Feuer im Kamin erloschen.

Matthew erkundete ihren Körper mit Händen, Lippen und Zunge, dass sie meinte, unter seinen Liebkosungen zu verbrennen. Sie stöhnte und bog sich wie eine junge Birke im Wind, als er ihre Brüste mit seinen kundigen Lippen umschloss.

Sie grub ihre Hände in sein wildes Haar, um es schon im nächsten Moment freizugeben und seine Hüften zu umfassen. Doch auch da hielt es sie nicht lange. Ihr aufgewühlter, erregter Körper schrie förmlich nach Erfüllung.

»Oh, Matthew ... oh, Matthew, ich brauche dich!... Liebe mich! Nimm mich!«, keuchte sie, fast wahnsinnig vor Verlangen, und legte ihre Hände zwischen seine Beine.

Samtweich war die Härte seiner Männlichkeit. Er war so bereit für sie wie sie für ihn. Sie konnte es nicht erwarten, ihn in sich zu spüren, mit ihm zu verschmelzen und im Taumel ihrer Liebe zu versinken.

Am ganzen Leib vor Erregung zitternd, öffnete sie sich für ihn, als er sich über sie beugte. Sie streckte die Arme nach ihm aus, wollte ihn ganz fest an sich drücken, zu sich herunterziehen. Doch ihre Arme bekamen seine kräftigen Schultern nicht zu fassen, trafen nicht auf Fleisch, sondern gingen durch ihn hindurch!

»Nein! ... Matthew! ... Bleib!«, schrie Valerie entsetzt, und ihr eigener Schrei riss sie aus dem Schlaf.

Jäh richtete sie sich auf und starrte mit verstörtem Blick ins graue Tageslicht, das durch die Fenster ins Zimmer fiel. Ihre Brust hob und senkte sich in einem schnellen Rhythmus. Die Erregung ihres Traums klang noch ein, zwei Sekunden in ihr nach, dann löste sich auch das letzte schwache Bild auf, und sie empfand nur noch maßlose Enttäuschung und Trauer.

Mit zugeschnürter Kehle sank sie in die Kissen zurück und zwang sich, die Tränen zu unterdrücken. Weinen konnte befreiend wirken, doch irgendwann musste man auch damit beginnen, gegen den Schmerz anzugehen, und versuchen, über die bittere Enttäuschung hinwegzukommen, ohne sich ständig ins Selbstmitleid zu flüchten.

Das Licht wurde heller, verlor jedoch nicht seinen neblig grauen Ton, der die Erinnerung an den sonnigen Tag ihrer Ankunft auf Cotton Fields schwer machte, als läge er schon Monate zurück. Dabei war seit jenem ersten ereignisreichen Tag erst eine Woche vergangen.

Doch was hatte das schon zu sagen, diese Zeitrechnung nach Tagen, Wochen, Monaten und Jahren, da doch bereits eine Stunde oder gar ein einziger Augenblick der Freude oder des Schmerzes die Ewigkeit bedeuten konnte? Eine Woche des Glücks konnte so kurz sein wie ein Wimpernschlag und ein Monat des Leidens wie ein ganzes Leben.

Der Türknauf bewegte sich, und Valerie schloss die Augen und stellte sich noch schlafend, als ihr Zimmermädchen Edna auf Zehenspitzen ihr Schlafgemach betrat, um das Feuer im Kamin neu zu entfachen und Holz aufzulegen, damit ihre Herrin ein wohlig warmes Zimmer vorfand, wenn sie das Bett verließ. Sie verrichtete ihre Aufgabe geschwind und beinahe lautlos. Bei ihr gab es kein Klappern und Scheppern, wenn sie mit Schaufel und Schürhaken hantierte. Und sie verstand auch den Blasebalg so geschickt zu handhaben, dass er kein lärmendes Fauchen von sich gab und doch Luft genug zwischen Glut und Scheite blies, um die Flammen auflodern zu lassen.

Edna war ein reizendes Mädchen von sechzehn Jahren, das durch Herzlichkeit und Gewissenhaftigkeit in seiner Arbeit mehr als wettmachte, was ihm an äußerem Liebreiz fehlte. Valerie hatte vom ersten Tag an gespürt, dass dieses Mädchen, das bisher immer die Arbeiten zu verrichten hatte, die den anderen Mädchen zu lästig waren, besondere Beachtung und Förderung verdiente, und ihr Gespür hatte sie nicht getrogen. Es hatte sie auch nicht verwundert, dass Edna und Liza, die schon am dritten Tag mit Emily nach Cotton Fields übergesiedelt war, sofort Freundschaft geschlossen hatten.

Als das Feuer im Kamin lustig loderte und Edna aus dem Zimmer gehuscht war, schlug Valerie die Bettdecke zurück und trat ans Fenster, ohne sich den Morgenmantel um die Schultern zu legen.

Sie liebte den Blick, der sich ihr von diesem Eckzimmer aus bot. Das Fenster, das ihrem Himmelbett genau gegenüberlag, ging nach vorn hinaus, nach Nordwesten, sodass sie von dort aus alles beobachten konnte, was auf dem Vorplatz vor sich ging. Dass sie aber auch die prächtige Allee der jahrhundertealten Roteichen direkt vor ihren Augen hatte, wenn sie hinausblickte, hatte sie in erster Linie bewogen, diesen Raum zu ihrem ganz privaten, intimen Zimmer zu machen.

Nach Rücksprache mit dem Makler, der das Haus in der Monroe Street an Matthew vermietet hatte, jedoch im Auftrag seiner nach Jamaika übersiedelten Klienten dringend einen Käufer suchte, hatte sie das dortige Schlafzimmer und einige andere Möbelstücke nach

Cotton Fields bringen lassen. Der Immobilienmakler hatte ihr die Möbel, an denen ihr Herz und unvergängliche Erinnerungen des Glücks und der Leidenschaft hingen, bereitwillig und zu einem äußerst günstigen Preis überlassen, hielt er sie nach der Erbschaft der Plantage doch für eine überaus vermögende Frau, die ihm ihr Interesse bekundet hatte, das Haus zu erwerben, und deren Wohlwollen es zu erhalten galt.

Nun, das Interesse war in der Tat vorhanden, doch nach Travis Kendriks Ausführungen über die Kosten, die auf einer Plantage anfielen, erschien es ihr mehr als fraglich, ob sie in nächster Zukunft das Geld würde aufbringen können ...

Eine doppelflügelige Terrassentür, die auf die Galerie hinausführte, befand sich an der Seitenfront des Herrenhauses, die der südwestlichen Himmelsrichtung zugewandt war. Durch diese Fenstertüren fiel abends das weiche Licht, wenn der Sonnenball jenseits des Rosengartens und des Heckenlabyrinths über dem Wald stand, der sich hinter Weiden und Äckern einige Meilen erstreckte und in das Grundstück eines benachbarten Pflanzers überging.

Valerie legte die Arme um ihre kaum bedeckten Schultern und blickte über den Vorplatz zur Allee, wo schon Generationen von Duvalls als Kinder gespielt hatten und durch die sie später hoch zu Ross geritten oder in vornehmen Kutschen und offenen Landauern gefahren waren. Sie alle hatten Familie gehabt, Eltern und Geschwister, Frauen und Ehemänner, selbst wieder Kinder, deren Spiele und Streiche sich nicht von denen ihrer eigenen Kindheit unterschieden. Sie alle hatten stets gewusst, dass die Plantage und ihr Leben miteinander verschmolzen waren, dass Cotton Fields ihre Gegenwart genauso bestimmte wie ihre Zukunft, und sie hatten gewusst, für wen sie sich mühten und sorgten, Cotton Fields zu erhalten oder gar noch mächtiger und prächtiger werden zu lassen – nämlich für die nächste Generation, für das eigene Fleisch und Blut.

Und nun war das lange Band der Tradition gerissen und sie die Herrin, zwar auch eine Duvall, aber doch eine Duvall mit dem Makel der verbotenen Liebe und somit eine Fremde ohne Familie. Eine Frau, die zu stolz war, sich dem Druck ihrer Gegner zu beugen, und die sich manchmal verzweifelt fragte, ob der Preis, den sie für ihren Stolz zahlte, nicht zu hoch war.

Schwermütig blickte Valerie in den nebligen Morgen hinaus. Sie stand noch immer in Gedanken versunken vor dem Fenster, als Fanny eine gute halbe Stunde später in ihr Zimmer trat.

Fanny riss sie aus ihren trübseligen Betrachtungen und vermochte sie sogar zum Lachen zu bringen, als sie ihr beim Ankleiden zur Hand ging.

Der Zofe war in den vergangenen Tagen bewusst geworden, dass Valerie weit davon entfernt war, wunschlos glücklich zu sein. Und obwohl ihre Herrin den Namen Matthew Melville so gut wie gar nicht mehr erwähnte, spürte sie doch, dass ihre Anfälle von Wehmut und Traurigkeit diesem charmanten Abenteurer zuzuschreiben waren, der ihr erst den Kopf verdreht und sich dann wie ein ehrloser Verführer aus dem Staub gemacht hatte, zumindest sah sie das so. Einerseits erfüllte es sie mit Erleichterung, dass diese unselige Affäre endlich vorbei war und Captain Melville sich nicht mehr blicken ließ, denn sie hatte diese unschickliche Beziehung von Anfang an für ein großes Unglück und vor allem für ein Unrecht gehalten, das er ihrer Herrin antat. Doch andererseits schmerzte es sie zu sehen, wie sehr Valerie unter dem jähen Ende ihrer Liebesaffäre litt, und so fühlte sie sich dazu berufen, ihre Herrin abzulenken, aufzumuntern und nichts unversucht zu lassen, um ihre Aufmerksamkeit auf andere Männer zu lenken, die vor ihren kritischen Augen bestanden und den Namen Gentleman verdienten. Und was lag da näher, als Mister Kendriks Vorzüge immer wieder geschickt zu erwähnen und Bemerkungen einfließen zu lassen, die dazu bestimmt waren, Valerie die Augen für die Verehrung zu öffnen, die er ihr entgegenbrachte und die – wie Fanny meinte – sie offenbar völlig übersah.

Fannys liebevolle Bemühungen fielen bei Valerie auch insofern auf fruchtbaren Boden, als sie sich nicht dagegen sträubte, abgelenkt und aufgemuntert zu werden, worauf sich ihre Zofe in der Tat ausgezeichnet verstand. Doch was die Sache mit Travis Kendrik anging, ließ sie sich nicht beeinflussen. Der Anwalt besaß ihre

Sympathie, ja sogar ihre Zuneigung, die nicht nur aus Dankbarkeit erwachsen war, aber ihre Träume und Sehnsüchte galten doch ganz allein Matthew Melville, und nichts konnte daran etwas ändern.

Nach dem Frühstück zog Valerie sich warm an und unternahm einen ausgedehnten Spaziergang. Fanny bot sich an, ihr Gesellschaft zu leisten, war jedoch nicht traurig, als Valerie, die den Wunsch nach Alleinsein hatte, ihr Anerbieten freundlich ablehnte, denn es war ein wolkenverhangener feuchter Tag, der kaum zum Spazierengehen einlud. Der Nebel hatte sich noch immer nicht aufgelöst und trieb in milchigen Schwaden über den freien Flächen und zwischen den Bäumen. Valerie machte es nichts aus. Das triste Wetter spiegelte ihren Seelenzustand wider.

Sie schlug die mittlerweile vertrauten Wege ein, die in der unmittelbaren Nähe des Herrenhauses für einen einsamen, nachdenklichen Spaziergang geeignet waren. Doch an diesem Tag war sie es schon nach kurzer Zeit leid, den gewohnten Wegen durch die Parkanlagen zu folgen. Und so lenkte sie ihre Schritte in Richtung Allee, die sich ausgestorben und scheinbar endlos vor ihr erstreckte.

Als Valerie die Allee hinunterging, kam sie ihr zum ersten Mal bedrückend vor. Mit feucht schimmernden Stämmen und kahlen Ästen ragten die Bäume in den grauen Himmel. Nebelschleier trieben zwischen den Eichen.

Valerie hatte fast das Ende der Allee erreicht, und die Landstraße war nicht mehr weit, als sie plötzlich eine

Reitergestalt erblickte. Der Reiter tauchte lautlos wie ein Schatten aus den ziehenden Nebelschleiern auf. Ein Mann mit einem sandfarbenen Regenumhang auf einem pechschwarzen Pferd.

Wie angewurzelt blieb sie stehen, starrte zu der Gestalt hinüber und hörte ihr Herz rasen. Zwanzig, dreißig Schritte trennten sie nur von dem geheimnisvollen Reiter, doch die Sicht war so schlecht, dass sie einzig Schemen ausmachen konnte.

Das Pferd tat ein, zwei zögernde Schritte auf sie zu, tänzelte dann nervös auf der Stelle, warf den Kopf in den Nacken und schnaubte. Weißer Atem kam wie Dampf aus den Nüstern und vermischte sich mit den milchigen Schleiern. Doch weder war ein Wiehern zu hören noch das Schlagen der Hufe.

Es ist Matthew!, jagte es Valerie plötzlich durch den Kopf. Und laut rief sie seinen Namen.

»Matthew! ... Matthew!«

Überwältigt von Freude, lief sie auf ihn zu. Endlich war er gekommen. Matthew war zu ihr zurückgekehrt! Nun hatte die Einsamkeit ein Ende.

Einen Augenblick verharrte der Reiter reglos im Sattel. Dann riss er brutal am Zügel und zerrte das schwarze Pferd so jäh auf der Hinterhand herum, dass es steil aufstieg und ihn fast abzuwerfen drohte. Doch der Mann hielt sich sicher im Sattel, stieß dem Tier die Sporen in die Flanken und trieb das Pferd die Allee hinunter, zurück zur Landstraße.

Valerie sah es mit Entsetzen, und sie verdoppelte ihre Anstrengungen, den Reiter noch zu erreichen. »Matthew! ... Reite nicht fort! ... Bitte! ... Bleib doch! ... Matthew!«, schrie sie ihm nach und wäre beinahe über ihr langes Cape gestürzt.

Doch der Reiter reagierte nicht auf ihre Zurufe. Ohne sich umzusehen, galoppierte er davon und war Augenblicke später hinter der Wegbiegung verschwunden. Der Hufschlag verlor sich rasch.

Valerie blieb erst stehen, als sie die beiden Säulen erreicht hatte, die an der Landstraße die Zufahrt zu Cotton Fields markierten. Mit fliegendem Atem und völlig verstört starrte sie die Straße hinunter. Weit und breit war kein Reiter zu sehen.

Hatte sie eine Halluzination gehabt? Hatte sie sich den Reiter, den sie als Matthew erkannt zu haben meinte, etwa nur eingebildet? War es schon so weit mir ihr gekommen, dass ihre Sinne ihr einen derart üblen Streich spielten?

Zitternd lehnte sich Valerie gegen eine der gemauerten Säulen und schlug die Hände vors Gesicht. Heiß rannen ihr die Tränen über die Wangen und ein heftiges Schluchzen schüttelte ihren Körper.

Es dauerte einige Zeit, bis sie sich wieder beruhigt und ihre Tränen abgetupft hatte. Gerade hatte sie sich umgewandt und beschlossen, zum Herrenhaus zurückzukehren, als erneut Hufschlag an ihr Ohr drang.

Valeries Herz krampfte sich zusammen. Matthew? Hatte er es sich anders überlegt? Kam er zurück?

Ihre Hoffnung währte nur wenige Augenblicke. Es war kein einzelner Reiter, der sich da aus Richtung New Orleans näherte, sondern ein Gespann, das eine Kutsche zog.

Valerie ließ die Schultern sinken und begab sich auf den Weg zurück. Als sie hörte, dass die Kutsche von der Landstraße abbog und nach Cotton Fields wollte, blieb sie abwartend stehen. Augenblicke später sah sie, dass es die Kutsche von Travis Kendrik war.

Der Anwalt steckte den Kopf zur Tür hinaus, nachdem sein Kutscher das Gefährt ganz plötzlich zum Stehen gebracht hatte. Verblüffung zeigte sich auf seinem Gesicht, als er Valerie erblickte.

»Himmel, was machen Sie denn bloß hier?«

»Spazieren gehen.«

»Aber doch nicht bei so einem ungemütlichen Wetter! Sie können sich den Tod holen!«, rief er vorwurfsvoll. »Und dann auch noch allein!«

»Sie meinen, allein holt man sich schneller den Tod, Mister Kendrik?«

»Damit ist nicht zu scherzen! Ich werde mit Ihrer Zofe wohl ein ernstes Wort reden müssen!«, sagte er unwillig. »Und jetzt steigen Sie schnell zu mir ein. Sie sehen ja schon richtig blass aus!«

»Das ist nur der Schreck, der mir noch in den Knochen sitzt«, erwiderte sie, ergriff seine Hand und stieg zu ihm in die Kutsche.

»Welcher Schreck?«, fragte er besorgt.

»Mir ist ein Reiter begegnet ... hier am Ende der Allee«, berichtete Valerie. »Er tauchte ganz plötzlich auf. Ich habe ihn nicht kommen hören. Keinen Hufschlag. Nichts. Er war auf einmal vor mir.«

»Haben Sie ihn erkannt?»

»Nein, dafür war es zu dunstig. Ich konnte nur erkennen, dass es ein Mann mit einem sandfarbenen Umhang auf einem schwarzen Pferd war«, sagte sie und verschwieg, dass sie einen Augenblick davon überzeugt gewesen war, dass es sich dabei um Matthew gehandelt hatte. »Als ich auf ihn zuging, hat er dem Pferd die Sporen gegeben und ist davongaloppiert. Er ist auf der Straße nach New Orleans hinuntergeritten. Sie müssen ihn gesehen haben.«

Der Anwalt schüttelte den Kopf. »Nein, uns ist kein einziger Reiter begegnet, Miss Duvall, dessen bin ich ganz sicher.«

»Dann muss er sich in die Büsche geschlagen haben, als Sie ihm mit der Kutsche entgegenkamen.«

»Wer nichts zu verbergen hat, schlägt sich nicht in die Büsche, wenn eine Kutsche auf ihn zukommt«, brummte der Anwalt. »Das sollte uns zu denken geben. Wer immer dieser Reiter war, er wird wohl guten Grund gehabt haben, warum er nicht erkannt werden wollte – und zwar weder von Ihnen noch von mir. Und das gefällt mir überhaupt nicht. Vielleicht war es Stephen Duvall oder ein Pflanzer aus der Gegend.«

»Warum sollte sich Stephen hier herumtreiben und das Wagnis eingehen, entdeckt zu werden und meinen Zorn zu wecken? Erst heute ist meine Entscheidung fällig, ob ich das Kaufangebot seiner Mutter annehme oder nicht«, versuchte Valerie, die beunruhigende Begegnung mit dem Reiter herunterzuspielen. Sie wünschte, sie hätte sie für sich behalten.

»Mhm, ja«, machte Travis Kendrik. »Trotzdem gefällt mir das nicht. Aber noch weniger gefällt mir, dass Sie sich ohne ausreichenden Schutz so weit vom Haus entfernen. Das ist sträflicher Leichtsinn!«, rügte er sie. »Machen Sie sich das nur nicht zur Angewohnheit. Es könnte eines Tages böse Folgen haben.«

»Ich werde es mir zu Herzen nehmen, Mister Kendrik«, versprach sie.

Die Kutsche hielt vor dem Herrenhaus, und Valerie war froh, als sie wenig später in der behaglichen Atmosphäre ihres Salons saß, eine Tasse Tee in der Hand und umhüllt von der Wärme des Kaminfeuers.

»Nun erzählen Sie schon, was Sie in New Orleans erreicht haben«, forderte sie Travis Kendrik auf, nachdem dieser sich die von der langen Fahrt steifen Finger vor dem Feuer gewärmt und sich dann eine dünne Zigarre angezündet hatte, deren würziger Rauch ihr angenehm war.

Travis Kendrik hatte ihr während ihrer ersten Tage

auf Cotton Fields Gesellschaft geleistet und ihr dabei geholfen, sich einzugewöhnen und sich nach ihrer Übersiedlung von der Stadt aufs Land nicht so einsam zu fühlen. Anfang der Woche dann war er nach New Orleans zurückgekehrt, um bei den Banken wegen eines Kredits vorzufühlen und nach einem neuen Verwalter Ausschau zu halten.

Der Anwalt verzog das Gesicht. »Sechs Banken habe ich aufgesucht. Nur bei der ersten bin ich noch bis zum Direktor vorgedrungen. Er ließ mich zwar ausreden, höflich, wie er war, aber das war es auch schon. Er sähe sich außerstande, der derzeitigen Besitzerin von Cotton Fields einen wie auch immer gearteten Kredit einzuräumen. Das waren seine Worte. Und für Ihre Sicherheiten interessierte er sich überhaupt nicht. Bei den anderen Banken, bei denen ich gar nicht mehr bis ins Büro des Direktors gelangte, fiel die Antwort noch unverblümter aus: Man sei noch nicht einmal bereit, Geld von Ihnen *anzunehmen*, geschweige denn, Ihnen welches zu leihen.«

Zorn blitzte in ihren Augen auf. »Hat man das gesagt? In dieser Offenheit?«

»Sogar noch offener, Miss Duvall.«

»Unverschämt! Die Sicherheiten, die Cotton Fields zu bieten hat, sind genauso gut wie die der anderen Plantagen!«, entrüstete sie sich. »Ich will die Namen der Banken wissen!«

Spöttisch sah er sie an. »Wozu?«

»Irgendwann kommt die Zeit, da ich es ihnen zurückzahlen werde!«

»Dann müssten Sie schon so reich sein, dass Sie in der Lage wären, die Banken aufzukaufen und die Direktoren auf die Straße zu setzen. Und bis dahin wird gewiss noch einige Zeit ins Land gehen. Oder haben Sie vergessen, dass Sie im Augenblick eher das Problem haben, Geld aufzutreiben, als es für den Aufkauf von Banken richtig einzusetzen?«, fragte er sarkastisch.

»Ich will die Namen dennoch wissen!«, beharrte sie.

Er zuckte die Achseln, nannte sie ihr und fügte hinzu: »Sagen Sie nicht, ich hätte Sie nicht gewarnt.«

»Ich werde schon irgendwie Geld auftreiben, um die Plantage bis zur nächsten Ernte bewirtschaften zu können. Irgendwie schaffe ich es schon. Noch habe ich genug Geld«, versicherte sie ihm, und es war gleichzeitig ein Versuch, sich selber Mut zu machen. »Dringender noch als Geld brauche ich im Augenblick einen Verwalter. Hatten Sie da mehr Glück?«

Er zuckte vage die Achseln. »Ich wünschte, ich wüsste selber, was ich in dieser Hinsicht für Sie erreicht habe. Aber ob meinen Bemühungen Erfolg beschieden ist, wird sich erst in ein paar Stunden zeigen. Also geben Sie sich keinen übertriebenen Hoffnungen hin.«

Erwartungsvoll sah sie ihn an. »Sie haben also jemanden gefunden, der zumindest nicht gleich abgelehnt, sondern Interesse bekundet hat?«

»Ja, so könnte man es ausdrücken«, sagte Travis Kendrik

zurückhaltend und unterzog den Aschekegel seiner Zigarre einer intensiven Prüfung.

»Er wäre also bereit, die Stelle auf Cotton Fields anzutreten und für mich zu arbeiten.«

»Ja, unter Umständen. Obwohl er mir nicht den Eindruck machte, als hielte er viel von Arbeit.«

»Unter welchen Umständen?«

»Die hat er nicht genannt.«

»Und wann wird er sie nennen?«

»In ein paar Stunden ... oder gar nicht.«

»Um Gottes willen, so lassen Sie sich doch nicht alles einzeln aus der Nase ziehen!«, protestierte Valerie und sprang aus dem Sessel auf. »Erzählen Sie doch endlich, wer er ist, wo Sie ihn getroffen und was Sie mit ihm besprochen haben!«

Er sog an der Zigarre, blies mehrere perfekte Rauchkringel gegen die Decke und sagte nach einem kurzen, trockenen Auflachen: »Wo ich ihn getroffen habe und wie er heißt, kann ich Ihnen schon sagen. Sein Name ist, sofern ich ihn richtig verstanden habe, Jonathan Burke, und getroffen habe ich ihn in einer nicht eben vornehmen Schankstube am Hafen. Alles andere müssen Sie ihn schon selber fragen, er war nämlich zu betrunken, um sich mir verständlich zu machen.«

Valerie sank in ihren Sessel zurück. Niedergeschlagenheit erfasste sie wieder. »Ein Betrunkener! Ein Säufer, ja?«

»Ja, diesen Eindruck machte er in der Tat.«

»Etwas Besseres haben Sie nicht gefunden?«, fragte sie, bitterlich enttäuscht. Dass es sehr schwer werden würde, einen geeigneten Mann für den Posten des Verwalters zu finden, hatte sie gewusst. Doch die Wirklichkeit sah offenbar noch schlimmer aus, wenn es Travis Kendrik einzig und allein bei einem Trunkenbold gelungen war, Interesse zu wecken.

»Ich bin noch nicht einmal sicher, ob ich ihn für Sie gefunden habe, Miss Duvall. Er versprach, sich das Angebot durch den Kopf gehen zu lassen und womöglich zu einem Gespräch nach Cotton Fields zu kommen. Doch ich weiß nicht, ob er sich noch daran erinnert oder daran erinnern will, wenn er wieder nüchtern ist.«

»Aber Cotton Fields und seine neue Herrin waren ihm ein Begriff, ja?«

»Zweifellos.«

Misstrauen beschlich sie. »Und er hat Ihnen sein Versprechen einfach so gegeben?«

»Nein, einfach so nicht«, räumte er ein. »Es kostete mich eine Kanne Branntwein für ihn und seine Freunde.«

Valerie atmete tief durch und schloss die Augen. »Wir werden diesen Jonathan Burke kaum zu Gesicht bekommen, nicht wahr?«

»Viel würde ich darauf jedenfalls nicht wetten«, gab Travis Kendrik zu und schnippte die fast daumenlange Zigarrenasche ins Feuer. »Aber ich habe Ihnen ja gesagt, dass einen Verwalter für Cotton Fields zu finden einer

Suche nach der Stecknadel im Heuhaufen gleichkommt. Man kann jahrelang vergeblich nach ihr suchen.«

Für Valerie war damit das Thema Jonathan Burke erledigt, und für Travis Kendrik eigentlich auch. Umso überraschter waren sie deshalb, als dieser Mann am Nachmittag desselben Tages auf Cotton Fields eintraf. Er kam auf einem struppigen Pferd, das genauso wenig vertrauenerweckend aussah wie er selbst.

Der Butler wollte ihn erst gar nicht ins Haus lassen und wies ihn an, draußen auf der Galerie zu warten. Und es erschien ihm überaus befremdlich, dass die Mistress begierig schien, diesen Mann in ihrem Salon zu empfangen.

Valerie glaubte zu wissen, was sie in der Person von Jonathan Burke erwartete. Immerhin hatte der Anwalt sie ja vorgewarnt. Doch sie war nicht auf das vorbereitet, was sie dann zu sehen bekam.

Jonathan Burke sah wie ein Streuner aus, eine große hagere Gestalt in abgerissener Kleidung, die durchdringend nach Alkohol roch, als wäre sie durch ein Fass Branntwein gezogen worden.

Das Gesicht des Mannes, der ebenso gut fünfunddreißig wie fünfundfünfzig Jahre alt sein konnte, war hohlwangig und von zahlreichen geplatzten Äderchen durchzogen, die den Trinker in ihm verrieten. Dazu sprenkelten dunkle Flecken seine Wangen, die jedoch nicht den Charme von Sommersprossen besaßen.

Kleine graue Augen lagen unter borstigen Brauen, die so dicht und verfilzt waren wie das Dickicht im tiefsten Bajou. Die Nase war von Faustkämpfen, aus denen er wohl kaum als Sieger hervorgegangen war, platt gedrückt und die Unterlippe so dünn wie ein Bleistift. Schwarze Lücken in seinem Gebiss wiesen auf fehlende Zähne hin. Ein schmaler Haarkranz fasste eine stumpfe, narbige Glatze ein. Das Einzige, was gesund an ihm aussah, war der dunkelbraune Walrossbart, der seine Oberlippe verbarg und dessen pomadisierte Enden bis zum Kinn hinunterreichten. In den knochigen Händen hielt er einen speckigen Filzhut, der schon einige Löcher hatte.

Valerie konnte kaum glauben, was sie sah. Dies war der Mann, den Travis Kendrik für sie als Verwalter ihrer Plantage ins Auge gefasst hatte!?

Ohne Scheu blickte sich Jonathan Burke um und schnalzte dann mit der Zunge. »Prächtiges Haus«, sagte er anerkennend, als hätte man begierig sein Urteil erwartet, und deutete mit dem Hut auf Travis Kendrik. »An Sie kann ich mich noch erinnern, Mister, wenn auch schwach. Sie haben mir doch diesen Job angeboten, nicht wahr? Sie scheinen überrascht zu sein, mich zu sehen.«

»Ich dachte nicht, dass Sie kommen würden«, sagte Travis Kendrik ausweichend und vermied es, Valeries Blick zu begegnen.

»Hab' ich Ihnen nicht mein Versprechen gegeben,

dass ich mir die Sache durch den Kopf gehen lassen und auf der Plantage auftauchen würde?«

»Sicher, aber Sie befanden sich nicht gerade in einer Lage, in der man Versprechungen dieser Art allzu viel Wert beimisst«, erwiderte der Anwalt mit vornehmer Untertreibung.

Der Mann grinste breit und ließ seine Zahnlücken sehen. »Richtig, ich hatte kräftig einen sitzen, aber ich kann auch eine Menge vertragen. Bin schnell wieder auf die Beine gekommen, wie Sie sehen. Der Ritt hierher bei diesem Mistwetter hat mich verdammt nüchtern gemacht. Was ist? Hätte ich mir die Mühe sparen können? Brauchen Sie hier keinen Verwalter mehr?«

»Sie sind also Jonathan Burke«, rang sich Valerie endlich durch, diesen wenig vertrauenerweckenden Mann anzusprechen, bevor Travis Kendrik ihm antworten konnte.

»Stimmt. Und Sie sind Valerie Duvall!«, sagte er und sah sie interessiert an.

»Miss Duvall, bitte«, korrigierte ihn der Anwalt mit sanfter Missbilligung.

Jonathan Burke zog die Augenbrauen in die Höhe. »Wir wollen doch nicht empfindlich sein, oder?«, gab er forsch zur Antwort und fuhr ohne Pause fort: »Also, lassen Sie uns nicht lange um den heißen Brei herumreden. Ich weiß, was hier gespielt wird, Miss Duvall ... Ihren Namen hab' ich vergessen, Mister.«

»Das ist mein Anwalt, Mister Travis Kendrik«, übernahm Valerie die Vorstellung und kam sich dabei äußerst merkwürdig vor. Unter normalen Umständen hätte sie diesen Mann nicht einmal über die Türschwelle ihres Hauses gelassen, geschweige denn auch nur im Entferntesten erwogen, ihm einen so verantwortungsvollen Posten anzubieten. »Und was wird Ihrer Ansicht nach gespielt?«

»Man will Sie kleinkriegen. Miss, und kein anständiger Verwalter, der ordentliche Referenzen vorweisen kann, würde Ihr Angebot auch nur mit der Zange anfassen«, sagte er ihr offen ins Gesicht.

»Darf ich daraus schließen, dass Sie über derartige Referenzen nicht verfügen?«, fragte sie.

»Das haben Sie doch schon gewusst, als ich zur Tür reinkam«, sagte er mit einem Anflug von Ungeduld, als hätte er für diese Art von Fragen, deren Antworten allen schon von vornherein bekannt waren, kein Verständnis. »Ich stünde jetzt bestimmt nicht hier, wenn ich ordentliche Papiere in der Tasche hätte. Und Sie hätten mich gar nicht ins Haus gelassen, wenn Sie auch nur eine Chance sähen, jemanden mit einem besseren Ruf zu bekommen, als ich ihn habe.«

Valerie entspannte sich innerlich etwas. Sie hatte noch immer tausend Vorbehalte gegen diesen Mann, doch seine Offenheit imponierte ihr. »Und welchen Ruf haben Sie?«

»Ein Säufer zu sein, und ich kann nicht behaupten, dass das üble Nachrede wäre«, erklärte er geradeheraus.

»Ich kann die Finger nun mal nicht von dem Zeug lassen, und es hat auch keinen Zweck, daraus einen Hehl zu machen. Ich muss meinen Schluck nun mal haben, und es gibt immer wieder Tage, wo ich zu nichts zu gebrauchen bin, weil ich nicht auf die Beine komme und meinen Rausch ausschlafe.«

»Wo haben Sie bisher gearbeitet?«, wollte Valerie wissen.

Er machte eine vage ausholende Handbewegung. »Überall und nirgendwo. Hab' Plantagen in Florida und in den Carolinas verwaltet, bin den Job aber letztlich immer wieder losgeworden, weil keiner einen Säufer zum Verwalter haben wollte.«

»Sie würden es sich also zutrauen, auf Cotton Fields diese Position einzunehmen?«, fragte Valerie.

»Meine Arbeit versteh' ich, und von meinen früheren Arbeitgebern ist keiner finanziell schlecht mit mir gefahren«, versicherte er. »Cotton Fields ist eine Plantage wie tausend andere auch, was die Feldarbeit angeht. Ich würd's schon machen, aber billig kommt es Sie nicht. Wird nämlich ein verdammt ungemütlicher Job sein, wie ich so gehört habe, und ich werd' mir mehr Feinde machen, als mir eigentlich lieb ist.«

»Das ist gut möglich«, räumte Travis Kendrik ein. »Aber es ist ja doch auch nicht so, als wären Sie mit Angeboten überreichlich gesegnet.«

»Bin nun mal ein wählerischer Mensch«, spottete Jonathan Burke.

»Was verlangen Sie?«, fragte Valerie.

»Achtzig Dollar im Monat, Kost und Logis.«

»Das ist ja ein glatter Tausender im Jahr!«, rief der Anwalt entrüstet. »Nur ganz wenige erstklassige Verwalter werden so hoch bezahlt!«

Jonathan Burke zuckte die hageren Schultern. »Schon richtig, Mister Kendrik. Aber für 'ne Speckseite und 'n paar Maiskolben halte ich meinen Kopf nicht hin. Achtzig Dollar und keinen Cent weniger. Bin noch nicht einmal traurig, wenn wir nicht miteinander ins Geschäft kommen.«

Valerie dachte fieberhaft nach, ob sie es wagen konnte, Jonathan Burke einzustellen. Er war ganz sicherlich nicht erste Wahl, aber wenn er seine Arbeit verstand, wie er sagte, musste sie seine anderen Schönheitsfehler eben übersehen. Außerdem: Welche Alternativen blieben ihr denn! Was gewann sie, wenn sie ihn ablehnte? Vielleicht war das ihre einzige Chance, an einen Mann zu kommen, der etwas von Plantagenverwaltung verstand und auch bereit war, auf Cotton Fields zu arbeiten. Was machte es, wenn Schwierigkeiten mit ihm vorauszusehen waren und er immer mal wieder für ein paar Tage ausfiel? Damit würde sie schon irgendwie fertig werden. Doch völlig ohne Verwalter würde sie sich Schwierigkeiten gegenübersehen, die sie nicht bewältigen konnte – nicht einmal mit Travis Kendriks Unterstützung. Der magere Spatz in der Hand war immer noch besser als die fette Taube auf dem Dach.

»Einverstanden!«, sagte sie deshalb mit fester, entschlossener Stimme »Sie sollen Ihre achtzig Dollar bekommen, Mister Burke. Herzlich willkommen auf Cotton Fields ... und auf gute Zusammenarbeit!« Sie streckte ihm die Hand hin.

»Auf jeden Fall wird's 'ne spannende Sache werden«, sagte er mit einem breiten Grinsen und besiegelte ihre Vereinbarung mit einem kräftigen Händedruck.

»Das Problem hätten wir gelöst!«, seufzte Valerie erleichtert. Sie trug einem völlig verdutzten Albert auf, Jonathan Burke das Haus des Verwalters zu zeigen und dafür zu sorgen, dass er alles hatte, wonach er verlangte.

Travis Kendrik kratzte sich am Kinn. »Tja, wenn es auch nicht gerade die eleganteste Lösung ist, so hat sie Ihnen doch zumindest zu einem Verwalter verholfen. Ich hoffe, er macht seine Sache auch nur halbwegs gut ... und verschwindet nicht sofort, wenn es den ersten Ärger gibt.«

»Den Eindruck macht er mir nicht, aber lassen wir uns überraschen. Ach, ich bin Ihnen ja so dankbar, Mister Kendrik! Wie kann ich das bloß je wiedergutmachen, was Sie schon alles für mich getan haben. Ich werde ewig in Ihrer Schuld stehen und sie nie abzutragen vermögen.«

Der Anwalt drehte die halb gerauchte Zigarre zwischen den Fingern und warf sie dann mit einer energischen Bewegung ins Feuer. »Sie täuschen sich, Miss Duvall. Da wäre schon die eine oder andere Möglichkeit, Ihrer Dankbarkeit auf besondere Weise Ausdruck zu geben«, sagte er, und ein erwartungsvoller Unterton schwang in seiner Stimme mit.

»Wirklich? Gibt es etwas, was ich für Sie tun kann? Dann lassen Sie es mich wissen«, forderte sie ihn auf, begierig zu erfahren, wie sie sich für seine unschätzbare Hilfe erkenntlich zeigen konnte.

»Sie würden mir eine große Freude bereiten und einen lang gehegten Wunsch erfüllen, wenn Sie mich zu einem Ball begleiten würden«, sagte er mit steifer Förmlichkeit.

»Zu einem Ball?«, wiederholte sie verblüfft. »Aber ... ich ... kann doch unmöglich zu einem Ball gehen! ... Man würde mich der Tür verweisen.«

»Sie verwechseln New Orleans mit dem Land. Auf einem Ball der Pflanzer hier draußen würde man Sie kaum willkommen heißen, das ist richtig. Doch in der Stadt sieht das ganz anders aus. Da zeigt man sich toleranter und die Herkunft ist nicht von so entscheidender Bedeutung wie die Erscheinung. Ein Tropfen schwarzes Blut in den Adern gilt sogar als ausgesprochen reizvoll, besonders wenn man so umwerfend schön ist wie Sie. Und Sie haben ja selber lange genug in New Orleans gelebt, um zu wissen, dass sich keiner so stolz gebärdet wie die Kreolen. Nein, machen Sie sich darum keine Gedanken. Man wird Sie sogar mit ausgesprochenem Vergnügen auf den Bällen sehen«, versicherte er und unterließ es zu erwähnen, dass sie durch den aufsehenerregenden Prozess um Cotton Fields zu einer gewissen Berühmtheit gelangt war und so mancher Gastgeber sich nur zu gern mit ihrer Anwesenheit schmücken würde, wollte doch jeder, dass sein Ball noch lange in aller Munde blieb, und mit einer Frau von Valeries Schönheit und skandalumwittertem Ruf als Gast war das garantiert.

Ein Ball in New Orleans! Welch eine Versuchung, da sie doch so leidenschaftlich gern tanzte und schon so lange nicht mehr zu einer festlichen Veranstaltung gegangen war.

Und doch zögerte Valerie. »Es klingt verlockend, Mister Kendrik. Aber ich weiß nicht, ob es richtig ist. Ich sollte doch wohl besser die Öffentlichkeit meiden.«

»Unsinn!«, widersprach er heftig. »Es besteht kein Grund für Sie, dass Sie allen Vergnügungen entsagen und sich hier auf Cotton Fields wie ein Einsiedler verkriechen. Blumen brauchen das Sonnenlicht, Miss Duvall, und Sie brauchen besonders viel. Also tun Sie mir den Gefallen und begleiten Sie mich?«

Valerie rang noch einen Augenblick mit sich, dann siegte die Verlockung. »Also gut, ich werde Sie zu diesem Ball begleiten, Mister Kendrik.«

»Sie wissen ja gar nicht, wie glücklich Sie mich damit machen!«, erklärte er hocherfreut. »Und eines Tages werden Sie erkennen, dass dies eine Ihrer klügsten Entscheidungen war.«

Sie sah ihn amüsiert an. Seine Art, ihr den Hof zu

machen, hatte manchmal wirklich etwas erheiternd Pathetisches an sich. »Überlassen wir das der Zukunft, Mister Kendrik. Verraten Sie mir lieber, ob ich noch Zeit genug habe, mich um eine entsprechende Garderobe kümmern zu können.«

»Der Ball findet erst Anfang Dezember statt. Sie haben also noch mehr als eine Woche, um sich mit der Entscheidung zu quälen, was Sie an diesem Abend tragen wollen. Doch was immer Sie auswählen werden, ich weiß jetzt schon, dass Sie bezaubernd aussehen werden!«

»Sie sollten mit Ihren Komplimenten ein wenig sparsamer umgehen, sonst gelingt es Ihnen noch, mir die Röte ins Gesicht zu treiben.«

»Ich bin sicher, Sie würde Ihnen ausgezeichnet stehen«, antwortete er schlagfertig. »Da wäre übrigens noch etwas, was Sie für mich tun könnten ...«

Sie sah ihn fragend an.

Er räusperte sich. »Würde es Sie viel Überwindung kosten, mich künftig statt Mister Kendrik einfach nur Travis zu nennen? Ich hege die Hoffnung, dass Sie mir diese große Ehre erweisen, ohne dass wir dadurch unseren gegenseitigen Respekt verlieren.«

Unter seinem eindringlichen Blick schoss ihr nun tatsächlich das Blut ins Gesicht, und verlegen erwiderte sie: »Überwindung wird es mich gewiss nicht kosten, dass müssten Sie doch wissen. Aber wenn Sie mich darum bitten, muss ich Sie bitten, mich Valerie zu nennen, ... Travis.«

»Mit allergrößtem Vergnügen ... Valerie«, sagte er leise.

Valerie wusste nicht, warum sie sich ausgerechnet in diesem merkwürdigen Augenblick daran erinnerte, wann und wo Matthew sie zum ersten Mal geküsst hatte. Es schien schon so schrecklich lange zurückzuliegen. Ihr war, als hätte Matthew ihr Leben verlassen. War das, was sie für die ewige Flamme hingebungsvoller Liebe gehalten hatte, nur das Strohfeuer rauschhafter Leidenschaft gewesen?

10.

»Sie haben abgelehnt!« Catherine Duvall zitterte am ganzen Leib und umklammerte die geschwungenen Enden der Armlehnen mit einer Kraft, dass ihre Knöchel weiß hervortraten. »Abgelehnt hat dieses Niggerbalg!«

»Catherine! Nehmen Sie es sich bitte nicht so zu Herzen! Das ist doch noch nicht das Ende. Es wird sich schon eine andere Lösung finden«, bemühte sich Justin Darby sie zu beruhigen. Er war versucht, ihr seine kräftige Hand auf die Schultern zu legen und sie spüren zu lassen, wie sehr er mit ihr fühlte und wie sehr er sich wünschte, immer für sie da sein zu dürfen. Doch er wagte es nicht.

»Nicht interessiert!«, stieß sie mit einer Mischung aus Wut und Fassungslosigkeit hervor. »Dieser Bastard ist an einer halben Million Dollar nicht interessiert!«

»Sie ist schlecht beraten. Aber vielleicht ist es ganz gut, dass sie Ihr Angebot ausgeschlagen hat«, sagte Justin Darby in dem Bestreben, ihr Mut zu machen. »Wir werden schon einen Weg finden, auf dem Sie Cotton Fields zurückbekommen, einen Weg, der Sie keine halbe Million kostet.«

»Ja? Was für einen denn?«

Er zögerte. »Nun, so aus dem Handgelenk ...«

»Ach, Justin«, unterbrach Catherine ihn mit müder,

niedergeschlagener Stimme. »Ich weiß, dass Sie es gut mit mir meinen, aber ich habe das entsetzliche Gefühl, im entscheidenden Moment versagt und alles verspielt zu haben ... das Erbe meiner Kinder. Ich habe einfach versagt, und besonders Stephen wird mir das nicht verzeihen.«

»Sie haben doch alles getan, was in Ihrer Macht stand, Catherine! Vorwürfe brauchen Sie sich wirklich nicht zu machen. Ich ... ich bewundere Sie für Ihre Stärke und Ihren Stolz, und Sie sollten wissen, dass Sie immer auf mich zählen können. Sie dürfen sich nur nicht die Schuld für etwas geben, was Sie nicht zu verantworten haben!«, redete er ihr gut zu.

»Ich wünschte, ich könnte glauben, dass mich keine Schuld trifft«, murmelte sie. »Aber ich kann es einfach nicht. Es lag damals in seiner Hand, Justin, ganz allein in seiner Hand. Wäre ich umsichtiger vorgegangen, hätte diese Valerie England nie verlassen.« Ein tragischer tödlicher Unfall, schon bevor das Geheimnis um ihre Herkunft gelüftet war, wäre damals die sicherste Lösung gewesen. Es war ein gravierender Fehler gewesen, dass sie den Befehl gegeben hatte, Valerie erst auf der Überfahrt nach Amerika zu töten.

»Hören Sie, Catherine. Sie haben getan, was in Ihrer Macht stand, doch unglücklicherweise ...«

Wieder fiel sie ihm ins Wort. »Ich weiß Ihre herzliche Gastfreundschaft und Anteilnahme sehr zu schätzen, Justin. Doch mit dieser Schuld muss ich wohl allein fertig werden.«

Er sah traurig drein, doch sie blickte nicht einmal auf. »Kann ich denn noch irgendetwas für Sie tun, Catherine?«, fragte er dann betrübt.

»Nein, Justin.«

»Nun, dann will ich Sie jetzt allein lassen«, sagte er widerstrebend. »Wir sehen uns dann zum Essen.«

Kaum hatte Justin die Tür von Catherines Zimmer hinter sich ins Schloss gezogen, als sie nach dem Brief in ihrem Schoß griff, in dem Valerie ihr Kaufangebot mit kühlen knappen Worten abgelehnt hatte. Sie zerknüllte ihn und schleuderte ihn hasserfüllt in die Flammen des Kaminfeuers. »Nicht interessiert! Du Dreckstück bist an einer halben Million Dollar nicht interessiert! Was du verdienst, das sind eine halbe Million Peitschenhiebe!«

Indessen begab sich Justin Darby hinunter ins Erdgeschoss und war einen Moment lang unschlüssig, was er tun sollte. Er fühlte sich niedergeschlagen und auch ein wenig entmutigt, was sein ganz geheimes Anliegen betraf. Er hatte das bedrückende Gefühl, Catherine nicht näherzukommen, wie er es sich erhofft hatte, sondern gegen eine unsichtbare, unüberwindliche Mauer zu laufen, sosehr er sich auch anstrengte, sie zu erreichen. Als er Stephens Stimme vom Ende des langen Ganges hörte, fasste er einen spontanen Entschluss und ging zu ihm.

Justin Darby war ein Mann von stämmiger Statur. Mittelgroß, kräftig gebaut und mit einer stets frischen Gesichtsfarbe gesegnet, sah er kaum wie achtundfünfzig aus. Sein dunkles Haar war noch voll, wenn auch schon von grauen Strähnen durchzogen, ganz besonders an den Schläfen. Doch dieses Silbergrau betonte bei ihm nicht, wie sonst üblich, sein Alter, sondern die Ausstrahlung eines erfolgreichen Geschäftsmannes in den besten Jahren. In seinen Gesichtszügen konnte man nichts Markantes, Einprägsames finden, sondern gefälliges Mittelmaß, das bei einem flüchtigen Betrachter keine bleibende Erinnerung hinterließ. Sonderbarerweise hatten der Tod seiner Frau und seines Sohnes keine sichtbaren Spuren der Trauer und des Schmerzes in sein Gesicht gezeichnet.

Was den Eindruck des erfolgreichen Geschäftsmannes betraf, so deckte er sich mit der Wirklichkeit. Justin Darby hatte nicht nur als Besitzer von Darby Plantation geschäftliche Umsicht und Tüchtigkeit bewiesen, sondern auch im Umgang mit Aktien und Investitionen in andere Unternehmensbereiche. Obwohl ein Anhänger der Sezession, hatte ihn das doch nicht blind für die gewaltigen Profite gemacht, die im Norden zu erzielen waren. Aber er war klug genug, nicht darüber zu reden.

Schon mit vierzig war er ein vermögender Mann gewesen und hatte geglaubt, nun in Muße die Früchte seiner Arbeit genießen zu können. Der Tod hatte ihn eines anderen belehrt. Einsamkeit und Lebensüberdruss waren auf Darby Plantation eingekehrt – bis er dann in Catherine, die er schon immer verehrt hatte, einen neuen Lebenssinn fand. Dass er sie liebte und als Frau begehrte, war keine Entdeckung, die er über Nacht machte, sondern eher ein allmählicher Reifungsprozess, der viele Jahre dauerte. Doch da die verheiratete Frau eines anderen Mannes für ihn als Gentleman tabu war, hätte er sich diese Liebe vielleicht noch nicht einmal vor sich selbst eingestanden. Seit Henry Duvalls Tod wusste er nun, dass er Catherine begehrte. Er hegte keinen sehnlicheren Wunsch, als sie zu seiner Ehefrau zu machen. Doch so zupackend und selbstbewusst er in geschäftlichen Belangen und auch als Gastgeber war, so scheu und unsicher war in Herzensangelegenheiten. Darunter litt er sehr, sagte er sich doch selber immer wieder, dass er kein grüner Junge war, sondern ein gestandener erfolgreicher Mann, der doch in der Lage sein sollte, der Frau seines Herzens begreiflich zu machen, was er für sie empfand. Aber leider hatte das eine offenbar nicht zwangsläufig auch das andere zur Folge.

»Haben Sie einen Augenblick Zeit, Stephen?«, fragte er, als er den Salon betrat.

Stephen, der gerade lustlos die Zeitung studiert und überlegt hatte, was er mit dem tristen Nachmittag anfangen sollte, blickte überrascht auf. »Oh, Justin. Selbstverständlich. Verfügen Sie jederzeit über mich. Was kann ich für Sie tun?«

»Mir zuhören und raten, mein Sohn«, seufzte er.

Stephen sah verwirrt drein. »Oh ... Ihnen zuzuhören, ist mir immer ein Vergnügen«, log er. »Aber ob ausgerechnet ich Ihnen, einem Mann Ihrer Erfahrung, einen

Rat geben kann, wage ich doch zu bezweifeln.« Rasch legte er die Zeitung aus der Hand.

»Ich bin sicher, dass Sie es können. Aber ich brauche erst einen Drink, sonst bekomme ich es nicht über die Lippen«, murmelte er. »Sie auch einen?«

»Nun, warum nicht.«

Justin Darby schloss die Tür hinter sich, füllte zwei schwere Kristallgläser mit seinem besten Brandy und setzte sich dann zu Catherines Sohn. Sie prosteten sich schweigend zu und tranken.

Stephen konnte sich denken, was er auf dem Herzen hatte. Aber er ließ sich nichts anmerken. Er stellte auch keine Fragen, sondern gab sich ahnungslos, zeigte nur eine interessierte Neugier, wie sie von ihm erwartet werden konnte. Doch im Stillen dachte er mit spöttischer Belustigung: Ich wusste, dass du kommen würdest, Justin! Nun bin ich gespannt, wie du dich gleich drehen und winden wirst.

Justin drehte und wand sich tatsächlich, dass Stephen seine helle Freude daran hatte und sich sehr zusammenreißen musste, an manchen Stellen nicht herzhaft loszulachen, sondern seinen ernsten, scheinbar verwunderten Ausdruck zu bewahren.

Geschlagene fünfzehn Minuten, wie Stephen mit einem Blick zur Uhr feststellte, redete Justin Darby um sein eigentliches Anliegen herum. Er erging sich in weitschweifigen Ausführungen über die glückliche Zeit seiner Ehe, über die Härte des Schicksals und die Irrwege des Lebens, dem man immer wieder einen neuen Sinn und Inhalt geben müsse. Dann kam er allmählich auf Catherine zu sprechen, auf die langjährige Freundschaft zwischen den Darbys und den Duvalls. Er hob ihre überaus freundschaftlichen, ja herzlichen Beziehungen hervor und wagte dann sogar von der tiefen Verehrung und Bewunderung zu sprechen, die er schon immer für Catherine empfunden habe ... und die auch seine selige Frau voll und ganz mit ihm geteilt habe, wie er eiligst versicherte.

»Catherine ist eine bezaubernde Frau und in der Blüte ihrer Jahre. Sie ist zu jung, um das freudlose und unerfüllte Leben einer einsamen Witwe zu führen«, steuerte er endlich direkt auf sein Ziel hin.

»Da stimme ich Ihnen zu.«

Justin fühlte sich ermutigt und nahm sich nun ein Herz. »Darf ich ganz offen mit Ihnen reden, Stephen?«

»Ich bitte darum, dass Sie mir die Ehre machen.«

Er räusperte sich umständlich. »Ich sagte Ihnen ja schon, dass Ihrer Mutter meine ganze Bewunderung gilt. Aber das war eine bodenlose Untertreibung; denn Bewunderung ist kaum das richtige Wort für die Art der Gefühle, die ich ihr entgegenbringe. Wissen Sie, nach dem Tod meiner Frau, der nun schon viele Jahre zurückliegt, habe ich nicht geglaubt, jemals noch einmal den Wunsch zu haben, mein Leben mit einer anderen Frau zu teilen, denn die Ehe, die wir führten, war glücklich und erfüllt. Doch die Zeit und Ihre Mutter haben mich eines anderen belehrt, Stephen. Ich kann es mir jetzt schon vorstellen, noch einmal das heilige Ehegelöbnis auszusprechen, ja es ist sogar mein größter Wunsch. Verstehen Sie, was ich damit zum Ausdruck bringen möchte?«

»Wollen Sie damit sagen, dass Sie meine Mutter ... ich meine, dass Sie beide ...« Stephen brach ab, scheinbar zu verwirrt und überwältigt, um einen geordneten Gedanken zu fassen und in Worte zu kleiden.

Justin Darby nickte ernst. »Ja, ich liebe Ihre Mutter, Stephen, und ich hoffe, meine aufrichtigen Gefühle für Catherine finden Ihr Wohlwollen und das Ihrer reizenden Schwester.«

»Oh, das haben Sie, das haben Sie immer gehabt, Justin«, versicherte Stephen und log dabei noch nicht einmal. »Ich bin einfach nur überrascht, denn meine Mutter hat darüber bisher absolutes Stillschweigen bewahrt. Ich kann sie ja auch nur zu gut verstehen, da Vater doch noch kein halbes Jahr unter der Erde ist. Meine Eltern haben zwar nie eine glückliche Ehe geführt, was Ihnen ja gewiss nichts Neues ist, aber die offizielle Zeit der Trauer ...«

»Langsam, langsam!«, fiel Justin ihm hastig ins Wort. »Sie müssen mich falsch verstanden haben. Es ist nicht so, wie Sie denken.«

»Sondern?«

»Catherine, Ihre Mutter ... nun, ich glaube nicht, dass sie sich meiner tiefen und ernsten Gefühle für sie schon bewusst ist. Und gerade das ist ja mein Problem, Stephen. Deshalb bitte ich Sie um Ihren Rat und um Ihre Unterstützung in meinem Bemühen, ihr Herz zu gewinnen, dass sie eine Ehe mit mir zumindest in Erwägung zieht. Denn ich fürchte, dass sie zurzeit blind für alles ist, was nicht mit Cotton Fields zu tun hat.«

»Oh«, tat Stephen betroffen und setzte eine mitfühlende Miene auf. »Das tut mir leid. Ich helfe Ihnen natürlich gern, soweit es in meiner Macht steht, denn ich würde es sehr begrüßen, wenn meine Mutter an Ihrer Seite das Glück finden würde, das ihr mit meinem Vater verwehrt war.«

Justin ergriff Stephens Hand und drückte sie gerührt. »Sie wissen gar nicht, wie viel mir Ihre herzliche Anteilnahme bedeutet.«

»Wie könnte ich dem Glück meiner Mutter im Wege stehen, zumal wenn ich die Aussicht habe, einen Mann wie Sie, dem mein Respekt und meine Zuneigung sicher sind, zum zweiten Vater zu kommen?«, schmeichelte er ihm geschickt, um dann mit düsterer Miene hinzuzufügen: »Aber Sie haben nur zu sehr recht, wenn Sie sagen, dass meine Mutter im Augenblick für alles andere, was nicht mit Cotton Fields in Zusammenhang steht, blind ist.«

»Ja, ich habe mehr und mehr das entsetzliche Gefühl, sie gar nicht zu erreichen«, sagte er bedrückt. »Ich gebe zu, ich bin ratlos. Cotton Fields steht wie eine unüberwindliche Mauer zwischen uns.«

Stephen tat, als überlegte er, und sagte dann: »Cotton Fields kann aber auch zum verbindenden Band werden, zur Brücke zu ihrem Herzen.«

Justin sah den jungen Mann, der sein Sohn hätte sein können, verständnislos an. »Wie sollte das möglich sein?«

»Indem Sie ihr zeigen, dass Sie auf ihrer Seite stehen und sie tatkräftig dabei unterstützen, gegen das schreiende Unrecht anzugehen.«

Justin runzelte die Stirn. »Ich würde ja gern etwas für Catherine tun, aber der Prozess ist entschieden, das Urteil rechtskräftig.«

»Meine Mutter wird das Urteil nie als rechtskräftig betrachten. Und das gilt auch für mich und meine Schwester«, erwiderte er grimmig. »Oder entspricht es Ihrer Rechtsauffassung, dass man uns von Cotton Fields vertrieben und die Plantage dem Bastard einer Schwarzen zugesprochen hat?«

»Nein, natürlich nicht«, beeilte sich Justin zu versichern. »Es ist ein Skandal.«

»Gut, dann werden Sie mir auch darin zustimmen, dass wir nicht nur moralisch im Recht sind, sondern auch die Pflicht haben, gegen dieses Unrecht vorzugehen.«

Justin nickte. »Sicher, sicher, es fragt sich nur, mit welchen Mitteln das geschehen soll«, sagte er zurückhaltend.

»Mit denen, die zum Erfolg führen!«, erwiderte

Stephen kühl. »Skrupel sind da geradezu lächerlich! Sie ist eine Mulattin! Wenn alles mit rechten Dingen zugegangen wäre, würde sie auf Cotton Fields in der Sklavensiedlung leben ... bestenfalls jedoch sich als freigelassene Sklavin irgendwo im Haushalt als Zimmermädchen verdingen! Sich aber als Herrin von Cotton Fields zu gebärden, ist eine ungeheure Anmaßung und Beleidigung für jeden anständigen Weißen! Sie könnte uns auch gleich ins Gesicht spucken. Aber was noch gefährlicher ist: Sie wird Unruhe und Unzufriedenheit in die Reihen unserer Sklaven bringen. Und es würde mich gar nicht wundern, wenn das auch genau ihre Absicht ist. Sie ist unser aller Todfeind, Justin, und wenn wir nicht rücksichtslos gegen sie vorgehen, kann das zu einer Katastrophe führen.«

»Mhm, ja, Ihr Einwand, dass diese Frau unter den Schwarzen Unruhe verbreiten könnte, ist wirklich nicht von der Hand zu weisen«, räumte er ein.

»Valerie muss von Cotton Fields verschwinden, und wenn sie das nicht freiwillig tut, dann werden wir sie eben zwingen müssen. Helfen Sie uns dabei, Justin, und meine Mutter wird Sie mit ganz anderen Augen betrachten. Sie werden nicht nur Ihre Dankbarkeit gewinnen, sondern auch Ihr Herz, dessen bin ich mir sicher! Und vergessen Sie nicht, dass auch Richter nur Menschen sind, die schon so manches Fehlurteil gefällt haben. Wenn wir uns erst einmal von der Union getrennt haben, wird hier ein ganz anderer Wind wehen – und zwar ein eisiger Wind für diese Yankeefreunde, die diesem Bastard Valerie dabei geholfen haben, uns zu betrügen. Der Prozess wird gewiss wieder aufgerollt, und was heute noch Recht ist, wird als Unrecht gebrandmarkt werden! Verpassen Sie also nicht diese Chance!«

Justin zögerte und biss sich auf die Lippen, während er angestrengt überlegte. Er war mit dem Respekt für das Recht aufgewachsen, und es widerstrebte ihm, das Recht nun nach eigenem Gutdünken auszulegen. Doch der Wunsch, Catherines Zuneigung und womöglich ihre Liebe zu erringen, wog letztlich stärker als sein Rechtsbewusstsein. Außerdem war das, was Stephen über die Zeit nach der Sezession gesagt hatte, gar nicht mal so abwegig.

»Also gut«, rang er sich schließlich durch, »ich bin bereit, mich an gewissen ... Aktionen gegen diese Valerie zu beteiligen. Doch sie müssen sich auch mit meinem Gewissen vereinbaren lassen.«

Stephen setzte sein entwaffnendes Lächeln auf. »Würde ich etwas tun, was ich nicht mit meinem Gewissen vereinbaren könnte, Justin!«

11

»Duncan! Wie schön, dass du dich mal wieder bei mir blicken lässt«, rief Madeleine Harcourt freudig und vorwurfsvoll zugleich, als er ihr in den letzten Novembertagen einen unangemeldeten Besuch in ihrem hübschen Haus in der Chartres Street abstattete. »Ich dachte schon, du hättest völlig vergessen, dass wir so etwas wie eine Vereinbarung getroffen haben.«

»Wie könnte ich das? Ein Blick in meine Brieftasche, und schon ist die Erinnerung so frisch wie am ersten Tag«, erwiderte er unbekümmert offen, nahm ihre Hand und brachte sie dazu, sich vor ihm zu drehen. »Mein Kompliment. In diesem Seidenkleid siehst du so hinreißend aus, dass ich fast vergessen könnte, weshalb ich gekommen bin, Maddy.«

Madeleine hegte starke Zweifel, dass Duncan Parkridge einer Frau jemals mehr als nur verbale Aufmerksamkeit schenken würde, denn sie glaubte auf der Reise nach St. Louis eindeutig festgestellt zu haben, dass seine Leidenschaft nur zwei Dingen galt – dem Spiel und gut gebauten Männern, die nicht unbedingt seiner eigenen Gesellschaftsschicht entstammen mussten. Doch was die Garderobe einer Frau anging, hatte er einen ausgezeichneten Blick und untrüglichen Geschmack, und so freute sie sich über sein überschwängliches Kompliment, ihr neues Kleid betreffend, das sie bei Madame Suzanne Tournay erstanden hatte, einer grazilen waschechten Französin, die vor Kurzem einen eleganten und sündhaft teuren Modesalon in der Stadt eröffnet hatte. Man munkelte, sie habe in Paris eine leidenschaftliche Affäre mit einem Minister gehabt und einen Skandal verursacht, worauf sie es vorgezogen habe, vor dem Klatsch und den Anfeindungen nach New Orleans zu fliehen. Doch Madeleine hätte sich nicht gewundert, wenn sie dieses Gerücht selbst in Umlauf gebracht hätte.

»Ich werde schon dafür sorgen, dass du es nicht vergisst«, erwiderte sie, während sie ihn durch den sehr feminin eingerichteten Salon, in dem die Farbe von Aprikosen und Lindgrün vorherrschten und die Stoffe nur aus schwerem Samt und zarter Seite waren, zur Sitzgruppe führte. »Und nun erzähl mir, warum du dir mit deinem Besuch bei mir so lange Zeit gelassen hast. Und versuche nicht, mich anzuschwindeln. Die River Queen ist schon seit einigen Tagen zurück. Ich hab' sie mit meinen eigenen Augen im Hafen gesehen!«

»Dich anschwindeln! Aber Maddy, wie kannst du mir nur so etwas Ungehöriges zutrauen!«, protestierte er, grinste jedoch dabei, während er sich in die weichen, samtenen Polster an ihrer Seite fallen ließ. »Ich wäre überhaupt schon viel eher gekommen, wenn ich nicht so gewissenhaft gewesen wäre, wirklich so viel wie möglich über Captain Melvilles Privatleben in Erfahrung zu bringen.«

»Mich führst du nicht hinters Licht, Duncan! Dir traue ich alles zu«, erwiderte sie ungeduldig. »Und nun biete mir endlich was für mein Geld! Fang an! Besucher, die mein Vater mir ins Haus schickt und die mich mit ihrem leeren Geschwätz über ihre eigene Wichtigkeit zu Tode langweilen, habe ich mehr, als ich ertragen kann.«

Er behielt seine blendende Laune. »Dass die River Queen schon im Hafen liegt, hat nicht viel zu bedeuten, denn Captain Melville hat den Dampfer auf der Rückfahrt bereits kurz hinter Baton Rouge verlassen.«

»So? Warum denn?«

»Später«, vertröstete er sie und berichtete ihr von der Fahrt mit der River Queen stromaufwärts. Bei der Beschreibung der luxuriösen Kabinen und ganz besonders der Einrichtung der Spielräume und ihrer Atmosphäre geriet er so sehr ins Schwärmen, dass sie ihn daran erinnern musste, dass sie an Details ganz anderer Art interessiert war.

»Richtig, richtig. Also was den Captain betrifft, so scheint er eine merkwürdige Mischung aus Abenteurer und Geschäftsmann zu sein. Hab' an Bord eine Menge Geschichten über ihn zu hören bekommen. Demnach soll er ein paar wilde Jahre im Westen verbracht haben, in Kalifornien, angeblich als Goldsucher und als Spieler. Muss eine glückliche Hand gehabt haben, denn es heißt, dass er nach fünf Jahren in San Francisco genug Geld beisammenhatte, um sich die River Queen zu kaufen und sie zu dem Schmuckstück zu machen, das sie heute ohne Zweifel ist. Später legte er sich dann noch die Alabama zu, einen schnittigen Baltimoreclipper, der zu den schnellsten Dreimastern zählen soll. Auf diesem Clipper ist er während der letzten Jahre mehrfach um die Welt gesegelt, mit einträglichen Frachten. Doch seit sein Kurs den von dieser Valerie gekreuzt hat, schippert die stolze Alabama unter dem Kommando seines Ersten Offiziers über die Ozeane, und er ist fast schon sesshaft geworden«, erzählte Duncan mit der spöttischen Überheblichkeit eines Mannes, der sich über die vorgeblichen Torheiten eines Verliebten lustig macht – in der Überzeugung, dass ihm selbst so etwas nie passieren würde. Madeleine hatte während seines Berichts zu einer zarten Stickerei gegriffen. Als Duncan nun den Namen Valerie erwähnte und sie seinen aufmerksamen Blick auf sich spürte, zeigte sie mit keiner Regung, dass sie den Namen nicht zum ersten Mal hörte. Sie hielt mit der Nadel noch nicht einmal in der Bewegung inne, während sie mit beiläufigem Interesse fragte: »Valerie wer?«

»Valerie Fulham ... oder Valerie Duvall, wie sie sich jetzt auch nennt. Hast du nicht von dem Prozess gelesen?«

Sie ließ die Stickerei nun sinken und überlegte ernsthaft. »Du weißt, ich verabscheue Druckerschwärze an den Fingern. Aber ich entsinne mich, dass auf den Gesellschaften von einer Valerie die Rede war. Doch das war eine Schwarze.«

Er lachte. »O nein! Sie ist ganz und gar nicht schwarz. Sie ist die Tochter einer hellhäutigen Sklavin und eines reichen Plantagenbesitzers, der ihr seine Plantage namens Cotton Fields hinterlassen hat«, erklärte er und gab ihr einen großen Überblick, wo Valerie aufgewachsen und wie es zum Prozess gekommen war. »Sie muss auf jeden Fall eine umwerfende Schönheit sein und Melville den Kopf verdreht haben. Sie lebte einige Zeit mit ihm an Bord der River Queen, dann bezogen sie ein Haus in der Monroe Street. Doch schon vor dem Prozess muss es zwischen ihnen zum Streit gekommen sein. Valerie ist inzwischen auf Cotton Fields eingezogen.«

»Er hatte also eine Affäre mit dieser Valerie«, stellte sie fest.

»Ob er sie *hatte*, weiß ich nicht«, meinte Duncan. »Was ich jedoch weiß, ist, dass er diese Frau ganz sicher noch nicht vergessen hat.«

Madeleine spürte einen feinen Stich der Eifersucht, ließ sich jedoch nichts anmerken. »So? Und woraus schließt du das?«

Duncan lachte. »Auf der Fahrt nach St. Louis hat er sich wie ein Ekel benommen, zahlungskräftigen, wenn auch zugegebenermaßen nervtötenden Passagieren die kalte Schulter gezeigt, seine Mannschaft schon wegen Kleinigkeiten angebrüllt, mehr an Alkohol in sich hineingegossen, als drei halb verdurstete Kamele an Wasser in sich aufnehmen können, und sich auch sonst ganz unmöglich benommen.«

Sie zuckte scheinbar gleichgültig die Achseln und sagte wider besseres Wissen: »Vielleicht ist er immer so ein Ekel.«

»Nein, die Leute, die für ihn arbeiten, sagen alle dasselbe: Seit er und diese Valerie sich getrennt haben, ist er wie verwandelt und manchmal tagelang nicht zu genießen. Er selbst aber will davon nichts wissen. Doch es stimmt, ich konnte mich mit meinen eigenen Augen überzeugen – und zwar auf Cotton Fields.«

»Du warst bei dieser Valerie auf der Plantage?«, fragte sie überrascht.

»Ja und nein«, antwortete Duncan, nahm sich eine Praline aus der Silberschale, die auf einem niedrigen dreibeinigen Tischchen stand, und ließ sie auf der Zunge zergehen, bevor er Madeleines Neugier befriedigte. »In St. Louis angekommen, hielt es ihn dort nicht einen Tag. Wir legten am späten Vormittag an, und noch vor Einbruch der Dunkelheit legten wir wieder ab. Es kümmerte ihn nicht, dass die River Queen ein, zwei Tage später gut ausgebucht die Reise nach New Orleans hätte antreten können. Die vielen leeren Kabinen interessierten ihn nicht. Er hatte es plötzlich eilig und ließ die Kessel heizen, dass es eine wahre Freude war – sofern man sich für rasante Fahrten begeistern kann. Ich schätze, die meisten Passagiere werden nie wieder ihren Fuß auf sein Schiff setzen, aber da es auf dieser Fahrt nicht viele waren, wird er es wohl verschmerzen können.«

Nachdem er eine zweite Praline ausgewählt hatte, fuhr Duncan in seinem Bericht fort. »In Baton Rouge ging er von Bord. Und ich folgte ihm, gewissenhaft, wie ich nun mal bin. Du wirst dir sicher meine Verwunderung und Bestürzung vorstellen können, als ich sah, dass er zum nächsten Mietstall ging und sich einen rassigen schwarzen Hengst besorgte.«

»Für einen Captain mag das vielleicht ungewöhnlich sein«, meinte Madeleine, »aber ich wüsste nicht, was daran bestürzend wäre.«

»Es war mitten in der Nacht, gut eine Stunde vor der Morgendämmerung!«

»Oh, das ist natürlich schon ungewöhnlich«, räumte sie ein. »Erzähl weiter!«

»Mir gelang das Kunststück, ebenfalls ein Pferd zu mieten *und* ihn nicht aus den Augen zu verlieren. Zum Glück hatte ich vom Stallburschen erfahren, dass sich der Captain nach der Landstraße erkundigt hatte, die von Baton Rouge aus nach Cotton Fields führt, so kannte ich wenigstens sein Ziel. Es war schon Morgen, ein sehr nebliger Morgen übrigens, als er Cotton Fields erreichte – und dort plötzlich auf der Allee auf Valerie Duvall traf. Es war wohl für beide eine Überraschung. Was immer ihn auch auf die Plantage getrieben haben mochte, er überlegte es sich wohl anders, als er diese Frau unverhofft vor sich stehen sah und seinen Namen rufen hörte. Er riss sein Pferd nämlich ohne eine Antwort zu geben herum und galoppierte davon, als wäre der Leibhaftige hinter ihm her. Sie versuchte ihn noch mit Rufen zurückzuhalten und lief ihm nach, doch er ritt weiter, und dann lehnte sie sich gegen eine Säule an der Zufahrt und weinte. Ging mir ganz schön ans Herz, Maddy.« Er grinste breit.

Sie schwieg einen Augenblick. Dann fragte sie: »Und das hast du alles mit eigenen Augen gesehen?«

»Ja. Ich wäre noch fast mit Melville zusammengestoßen, denn ich trieb mich da am Beginn der Allee in der Überzeugung herum, er wäre zum Herrenhaus geritten und ich würde ihn schon hören, wenn er zurückkäme. Es war mein Glück, dass ich mein Pferd im Schutz eines dichten Gestrüpps zurückgelassen hatte und zu Fuß weitergegangen war.«

»Merkwürdiges Verhalten«, sinnierte sie laut. »Warum reitet er davon, wenn er sich erst die Mühe macht, so schnell wie möglich zu ihr zu kommen. Und du hast deutlich gehört, dass sie ihm zugerufen und ihn zu bleiben gebeten hat?«

»Ja, ganz deutlich!«, versicherte er.

Madeleine schüttelte den Kopf. »Daraus soll einer schlau werden«, murmelte sie.

»Vielleicht hat sein merkwürdiges Verhalten mit diesem Anwalt zu tun«, warf er beiläufig ein und wartete darauf, dass sie wie ein hungriger Fisch nach dem Köder schnappte.

Doch Madeleine tat ihm diesen Gefallen nicht, sondern seufzte nur. »Mein lieber Duncan, du magst ja als

Hobby-Detektiv ungeahnte Fähigkeiten entwickeln, doch mit deiner Menschenkenntnis und deinem Fingerspitzengefühl liegt es noch sehr im Argen. Gib dir also keine Mühe, besonders gerissen zu sein und herausfinden zu wollen, weshalb ich mich für Matthew Melville interessiere. Ich an deiner Stelle würde mich daher darauf beschränken, zu berichten, was es zu berichten gibt, und alles andere den Leuten überlassen, die es angeht – worum es sich dabei auch handeln mag. Ein guter Rat, der buchstäblich Geld wert ist, sofern dir daran gelegen ist, auch in Zukunft noch von meiner Großzügigkeit zu profitieren.«

Sein Lächeln wurde etwas gequält und er schluckte, bevor er beteuerte, dass es nicht seine Absicht gewesen wäre, in irgendeiner Form gerissen zu sein. »Ich wollt's doch nur etwas spannend machen. Du kennst mich doch, Maddy!«

»Ebendeshalb ist das meine letzte Warnung!«, erwiderte sie trocken. »Und jetzt fahre fort! Du hast von einem Anwalt gesprochen.«

Er nickte beflissen. »Travis Kendrik ist sein Name. Ein merkwürdiger Bursche, nicht sehr attraktiv, dafür aber bis an die Grenze der Geschmacklosigkeit auffällig gekleidet. Er soll so arrogant und von sich überzeugt sein, dass es schon wieder ein Erlebnis sein soll, ihm zuzuhören. Doch es heißt, dass er zu den Besten seines Berufsstandes zählt. Das hab' ich sogar von Leuten gehört, die ihn am liebsten am nächsten Baum hängen sähen.

Die meisten seiner Kollegen schimpfen ihn Niggeranwalt und Yankeefreund.«

»Er ist Valeries Anwalt?«

»Ja, sie hat es wohl ihm zu verdanken, dass sie Cotton Fields zugesprochen bekommen hat«, sagte er und informierte sie grob über den Prozess, den Catherine Duvall und ihre Kinder gegen Valerie angestrengt und dank Travis Kendriks überragenden Fähigkeiten verloren hatten. »Aber es sieht ganz so aus, als würde er sich nicht damit begnügen wollen, nur ihr Anwalt zu sein, Maddy. Er ist auch privat an ihr interessiert, und zwar sehr sogar.«

»Woher hast du das?«

Duncan lächelte stolz. »Ich habe mich ein wenig mit einem seiner Kanzleigehilfen angefreundet. Erst wollte er ja über Travis Kendrik den Mund nicht aufmachen, aber nachdem ich ihm ein paar Dollar zugesteckt hatte, bekam er auf einmal eine lockere Zunge. Ich nehme doch an, dass diese Ausgabe, die ich an dich weitergeben muss, in deinem Sinn war, Maddy?«

Madeleine machte eine ungeduldige Handbewegung. »Wenn die Informationen ihren Preis wert sind, werde ich bestimmt nicht mit dir um ein paar Dollar feilschen. Also, was hast du konkret von ihm erfahren?«

»Dass der Anwalt unsterblich in sie verliebt und entschlossen ist, diesen Matthew Melville auszustechen und Valerie zu seiner Frau zu machen.«

Sie hob die Augenbrauen und lächelte. »Schau an. Und wie steht diese Valerie dazu?«

Er zuckte die Achseln. »Schwer zu sagen, aber ganz unsympathisch dürfte er ihr bestimmt nicht sein, denn sie ist in den letzten beiden Monaten ausschließlich in seiner Gesellschaft gesehen worden. Sein Gehilfe wusste zudem auch zu berichten, dass Mister Kendrik mehrere Tage ihr Gast auf Cotton Fields war – ihr *einziger* Gast«, betonte er und spielte darauf an, dass ein solches Verhalten für eine unverheiratete Frau fast schon skandalös zu nennen war. Ein Verehrer konnte nur dann mit seiner Angebeteten unter einem Dach schlafen, wenn Eltern oder andere über alle Zweifel erhabene Personen darüber wachten, dass der Anstand und die Schicklichkeit gewahrt wurden.

Madeleine verkniff sich ein spöttisches Lächeln. Die lästigen Regeln des gesellschaftlichen Anstands! Wie gut sie diese kannte und schon selbst darunter gelitten hatte. Sogar als Witwe hatte sie darauf Rücksicht zu nehmen, wollte sie nicht ihren Ruf gefährden. Einen Mann in ihrem Haus zu empfangen, ohne dass eine Anstandsdame wie ihre Tante zugegen war, kam schon fast einer Verlobung gleich. Ein männlicher Gast über Nacht jedoch war undenkbar. Und aus diesem Grund ging sie gern auf Reisen, boten ihr diese doch die Möglichkeit, sich fern von den argwöhnischen Augen ihrer Nachbarn und Bekannten geheime Wünsche zu erfüllen und Freiheiten auszukosten, die sie in New Orleans im Handumdrehen in den Geruch gebracht hätten, eine zügelloses Flittchen zu sein.

»Mister Kendrik versucht also Captain Melville auszustechen«, resümierte sie zufrieden das soeben Gehörte. »Weiß er von seinem Konkurrenten?«

Duncan überlegte. »Ich bin mir nicht sicher, nehme es jedoch an. Captain Melville scheint mir kein Dummkopf zu sein, und bestimmt ist ihm in den letzten Tagen so einiges über Valerie Duvall und Travis Kendrik zu Ohren gekommen. Du weißt ja selber, wie rasch der neueste Klatsch in unseren Kreisen die Runde macht.«

»Da hast du nur zu sehr recht«, seufzte sie und nahm sich vor, ihre nächsten Schritte mit größter Vorsicht und Umsicht zu planen.

»Auf jeden Fall hat er nichts unternommen, um Valerie Duvall wieder für sich zu gewinnen ... oder sich mit ihr zu versöhnen, falls es einen Streit zwischen ihnen gegeben hat«, fuhr Duncan Parkridge fort. »Und wie es im Augenblick aussieht, hat der Anwalt sowieso die besseren Karten. Er hat sie nämlich zu Garlands Ball nächste Woche eingeladen, und sie hat angenommen. Ich denke, das sagt doch genug darüber aus, wer bei ihr zurzeit hoch oben im Kurs steht.«

Madeleine wurde hellhörig. »Er geht mit ihr zu Andrés Dezember-Ball? Bist du dir ganz sicher?«

Er grinste. »Todsicher. Sein Gehilfe hat die Einladung von André Garland selbst in der Hand gehabt.«

Madeleine brannte plötzlich darauf, Duncan so schnell wie möglich loszuwerden. Doch sie zwang sich, ihm noch eine Viertelstunde zuzuhören. Sie belohnte ihn für seine vorzügliche Arbeit mit einer entsprechenden Summe und trug ihm auf, auch weiterhin Augen und Ohren offenzuhalten, die Erkundigungen jedoch nicht länger auf Matthew Melville zu beschränken, sondern auch auf den Kreis der Personen um Valerie Duvall und Travis Kendrik auszuweiten.

Als er sich verabschiedet hatte, setzte sie sich an ihren Sekretär, entnahm den Fächern Papier und Schreibzeug und überlegte eine Weile. Schließlich wusste sie, was sie zu tun hatte, und sie begann in ihrer sicheren schwungvollen Handschrift zu schreiben:

Mein lieber André ...

Zehn Minuten später überreichte sie das versiegelte Schreiben einem ihrer Hausbediensteten und trug ihm auf, den Einspänner aus der Remise zu holen, den Brief im Haus von Mister Garland abzugeben und dann unverzüglich zurückzukommen, denn sie wollte noch rasch zu Madame Tournay. Ihre Schränke hingen voll von Kleidern, doch keines davon erschien ihr gut genug. Auf Andrés Ball wollte sie in einem Traum eines Abendkleides erscheinen, in einer Ballrobe, die sie unwiderstehlich machte – ganz besonders für Captain Melville.

12.

Das Zimmer war Matthew so vertraut wie kaum ein anderes, er hätte jedes Detail der Einrichtung genau beschreiben können: die hohe stuckverzierte Decke, das übergroße Himmelbett mit dem seidenen Baldachin, die nackten Amorboten mit Pfeil und Bogen und die nackten Nymphen auf dem zarten Stoff, die beiden satinbezogenen Sessel um einen Tisch mit Einlegearbeiten, die Vorhänge aus schwerem Samt, die Spiegel mit den kunstvoll geschnitzten Blattgoldrahmen, der Frisiertisch, der Paravent vor der Tür zum Waschkabinett, die Seidentapeten, Vorhänge und Teppiche, die wie die Bettdecke und Laken in verschiedenen Rot- und Rosatönen gehalten waren. Er kannte sogar die Verästelungen der Rosenranken auf den seidenen Wandbezügen dieses Schlafzimmers, das eine betörend sinnliche Atmosphäre ausstrahlte.

Ja, vertraut wie kein anderer Raum war ihm dieses Séparée, das zu den teuersten zählte, in das man sich mit dem Mädchen seiner Wahl im Palais Rose zurückziehen konnte. Und dabei hätte er noch vor einem Vierteljahr die River Queen darauf verwettet, dass er dieses noble Bordell von Madame Rose nie wieder betreten würde, nachdem er Valerie nach langen Monaten quälender Ungewissheit ausgerechnet hier wiedergefunden hatte. In diesem Raum. Als Gefangene.

Doch er war wiedergekommen, gefangen in seinen Erinnerungen und gefangen im Netz seiner widersprüchlichen Gefühle, die ihn Dinge tun ließen, für die er sich verabscheute. Er kam in dieses Haus, um Valerie zu vergessen, doch wie an kaum einem anderen Ort war die Erinnerung an sie in diesem Zimmer so lebendig, dass es schon an Selbstquälerei grenzte.

»Sie sind ja heute gar nicht bei der Sache, Captain!«, beklagte sich July, die nur mit einem hauchzarten durchsichtigen Negligé bekleidet neben ihm auf dem Bett hockte und ihn mit ihren kundigen Händen liebkoste.

Madame Rose hielt nur zwölf Mädchen in ihrem exklusiven Bordell, und jedes von ihnen trug den Namen eines Monats, von January bis December. July war eine blond gelockte Schönheit mit einem hübschen Gesicht, vollendeten Formen und einer raffinierten Liebestechnik.

»Geschäfte, July, Geschäfte«, log er, als er ihr enttäuschtes Gesicht sah, denn er mochte sie und wusste, wie traurig sie sein konnte, wenn sie ihm nicht die sinnliche Freude bereitete, die sie ihm schenken wollte. »Es ist manchmal nicht leicht, den Kopf freizubekommen.«

»Möchten Sie etwas Besonderes, Captain?«, fragte sie und ließ ihre zarten Hände über seinen gestählten Körper wandern. »Ich möchte, dass es ganz schön für Sie ist. Für Sie tue ich alles.« Sie beugte sich vor und küsste ihn auf die Bauchdecke.

Matthew schüttelte den Kopf. »Wenn ich mit dir zusammen bin, ist es immer etwas Besonderes, July. Du brauchst nur du selbst zu sein«, schmeichelte er ihr und freute sich an ihrem strahlenden Lächeln, das ihr betrübtes Gesicht aufhellte. July war in der Tat etwas Besonders. Sie war hübsch, aufgeweckt und einfühlsam, und wie auch alle anderen Mädchen von Madame Rose war sie viel mehr als nur ein Freudenmädchen, das sich seinen Lebensunterhalt damit verdiente, Männern willfährig ihre fleischlichen Gelüste zu befriedigen. Und dennoch: Was war das hellste Gesicht in einem noch so prächtigen Kristallleuchter gegen einen funkelnden Stern? Was war die behagliche Wärme eines Kaminfeuers gegen die lebensspendende Kraft der Sonne?

July ließ leise ihr helles Lachen erklingen. »Oh, Sie sind mir ein Schwerenöter, Captain«, schalt sie ihn scherzhaft, während sie in Wirklichkeit stolz auf sein Kompliment war. »Aber ich werde schon dafür sorgen, dass Sie Ihren Kopf freibekommen und Ihre Geschäfte vergessen. Und jetzt legen Sie sich zurück und bleiben ganz ruhig liegen. Am besten schließen Sie die Augen.«

Er streckte sich auf dem seidigen Laken aus und schloss nur bereitwillig die Augen, so konnte er sich der Illusion hingeben, dass es Valeries Hände waren, die seinen Körper nun mit wohlduftenden Ölen einrieben, und ihr Mund, der seine Männlichkeit weckte und mit geschicktem Spiel zum Erstarken brachte.

Er hielt die Augen auch geschlossen, als sie sich ihres

Gewandes entledigte und seine pulsierende Härte in sich aufnahm. Seine Hände umschlossen ihre Brüste und umfassten ihre Hüften, während sie den Rhythmus ihrer Leiber bestimmte. Als die wilde Flut der Erregung in ihm hochschoss, zog er sie zu sich herab und presste sie fest an sich. Sie spürte sein Verlangen nach stummer Nähe, legte ihre Arme um seinen muskulösen Oberkörper und schmiegte sich an ihn. Er begrub sein Gesicht in ihrem blonden Haar, erstickte sein lang gezogenes Stöhnen an ihrem Hals und gab sich ganz den Wellen der Lust hin, die in heißen Strömen durch seinen Körper jagten und in ihren Schoß schossen.

Doch es war kein Gefühl selig matter Erfüllung, das sich danach einstellte. Es war vielmehr Ernüchterung, was er empfand, Niedergeschlagenheit. Dem flüchtigen Rausch der Lust folgte der fade Geschmack der Enttäuschung, die er geahnt hatte, aber nicht hatte wahrhaben wollen. Lust und Liebe war letztlich und bestenfalls doch nur eine Erleichterung für den Körper, doch das Verlangen der Seele blieb dabei ungestillt. Matthew hielt July noch eine geraume Zeit in seinen Armen, denn er wollte nicht, dass sie ihm das Gefühl der inneren Leere ansah, und er streichelte ihren Rücken eher gedankenverloren.

Er brauchte eine ganze Zeit, bis er sich wieder so weit in der Gewalt hatte, dass er July über seine wahren Gefühle hinwegtäuschen konnte. Doch es kostete ihn viel Kraft, sich nicht unverzüglich anzuziehen und dieses

Zimmer, in dem er einst mit Valerie Stunden unsäglichen Glücks erlebt hatte, fluchtartig zu verlassen.

Wie erleichtert war er, als er schließlich vor dem Palais Rose stand und dann in der frischen Luft der Nacht die Straße zum Hafen hinunterging. Er kehrte noch in eine verräucherte Taverne ein, mischte sich unter das lärmende Volk und versuchte den bitteren Geschmack, den er im Mund hatte, mit zwei kräftigen Drinks hinunterzuspülen. Viel Erfolg war ihm nicht beschieden.

Während das Gelächter und Stimmengewirr ihn umbrandeten, stierte er in sein Glas und grübelte darüber nach, was ihn bloß dazu bewogen hatte, erst wie ein Verrückter nach Cotton Fields zu jagen und dann buchstäblich auf dem Absatz kehrtzumachen, als er sich plötzlich Valerie gegenübergesehen hatte. Warum gelang es ihm einfach nicht, sich darüber klar zu werden, wie er zu ihr stand – und wie viel er nachzugeben bereit war, um dieser grässlichen Situation ein Ende zu machen? Weder konnte er sie vergessen und zu seinem Leben zurückfinden, das er geführt hatte (und zwar ohne dass er das Gefühl gehabt hätte, irgendetwas zu vermissen!), bevor Valerie von seinem ganzen Denken und Fühlen Besitz genommen hatte, noch konnte er seinen Stolz überwinden und in diesem unsichtbaren Tauziehen zweier starker eigenwilliger Charaktere nachgeben und ihr entgegenkommen.

Es waren noch zwei weitere Drinks nötig, um seine

Ernüchterung und seine Selbstvorwürfe in bittern Zorn auf Valerie und seine eigene Schwäche zu verwandeln.

Wie weit war es nur mit ihm gekommen, dass er nicht einmal mehr in der Lage war, sich mit einem Mädchen wie July zu amüsieren, ohne von Schuldgefühlen geplagt zu werden? Ja, warum sollte er denn auch nicht ins Palais Rose gehen? Er war weder verheiratet noch ein seniler alter Trottel, der sich mit anderen Genüssen begnügte wie guten Zigarren, gutem Wein und Erinnerungen.

Warum war ihm Valerie bloß über den Weg gelaufen? Hätte sie nicht auf einem anderen Schiff die Überfahrt antreten können? Dann wäre er ihrer Schönheit und ihrer Ausstrahlung nie verfallen und hätte weiterhin sein freies, ungebundenes Leben führen können, mit dem er so zufrieden gewesen war.

Valerie erschien ihm nun wie eine verbotene Frucht, für deren himmlischen Genuss er mit der Vertreibung aus seinem ganz persönlichen Paradies hatte bezahlen müssen. Die Selbstzweifel und die Sehnsucht nach ihr, die in seiner Brust mit Stolz und wütender Ablehnung kämpften, waren an die Stelle sorgloser und genussreicher Unbekümmertheit getreten.

Matthew konnte so einiges vertragen, doch er schwankte schon leicht, als er die Taverne verließ und auf die River Queen zurückkehrte, die hell erleuchtet am Kai lag und gut besucht war. Musik und Gelächter drangen zu ihm in die Nacht, als er am Anfang des Kais stehen blieb und seinen Flussdampfer voller Stolz, aber auch mit einer Spur Wehmut betrachtete. Früher waren seine beiden Schiffe sein ganzer Lebensinhalt gewesen, und er hatte sich kein größeres Glück vorstellen können, als etwa auf der Brücke der Alabama zu stehen und einem schweren Sturm im Pazifik zu trotzen oder mit windgeblähten Segeln unter der Tropensonne zwischen den grünen Inseln der Karibik zu kreuzen. Sein Leben war an Frauen nie arm gewesen, aber er hatte ihrer Gesellschaft, sosehr er sie auch genoss, nie für lange bedurft.

Doch dieses erhebende Gefühl, auf der Sonnenseite des Glücks zu leben und alles zu haben, was man sich wünschte, war getrübt, seit Valerie in sein Dasein getreten war – und zwar mit der Naturgewalt eines alles durcheinanderwirbelnden Hurrikans. Nichts mehr war jetzt noch so, wie es vorher gewesen war.

Was sollte bloß werden?

Er wusste es nicht.

Matthew Melville ging an Bord der River Queen, widerstand der Versuchung, sich noch auf einen letzten Drink an die Bar zu begeben, denn er ahnte, dass es in seiner derzeitigen Stimmung nicht bei einem bleiben würde, und begab sich in seine Suite.

Timboy erwartete ihn schon und machte ihm bittere Vorwürfe, weil er bereits seit den frühen Nachmittagsstunden unauffindbar gewesen sei.

»Hab' mich eben in der Stadt herumgetrieben«, brummte Matthew und sank müde in seinen Sessel. Dieses Gefühl, ausgelaugt zu sein, ohne jedoch irgendetwas Nennenswertes geleistet zu haben, hatte er früher nie gekannt. Seine Kräfte und Ausdauer waren legendär gewesen, als er noch die Alabama befehligt hatte.

Er wünschte plötzlich, sein Clipper käme bald zurück. Vielleicht war es die Freiheit, die ihm so fehlte, das Gefühl, dem Wind und Wetter der offenen See ausgesetzt zu sein, sich mit den Naturgewalten messen zu können, das Bewusstsein, Herr aller Entscheidungen zu sein – und Entscheidungen im Angesicht der Gefahr treffen zu müssen, weil das eigene Leben und das seiner Crew davon abhingen.

Timboy riss ihn aus seinem Grübeln. »Aber Sie waren doch mit dem Schiffsausrüster verabredet, Massa! Er war zweimal auf dem Schiff und mächtig verärgert, dass Sie ihn einfach so versetzt haben. Sie hätten hören und sehen sollen, wie er geschnauft hat und rot angelaufen ist ... wie ein glühend heißer Kessel kurz vor dem Platzen!«, berichtete der Schwarze nicht ohne Vergnügen, während er seinem Herrn aus den Stiefeln half.

»Der aufgeblasene Kerl bekommt sein Geld erst, wenn er die miserable Ware, die er mir unterschieben wollte, gegen die vertraglich vereinbarte Qualität ersetzt hat, Timboy. Und jetzt lass mich allein. Ich brauch' dich heute nicht mehr.«

»Yassuh, Massa«, sagte Timboy, klemmte sich die

Stiefel unter den Arm, um sie zu putzen, und wollte schon zur Kabinentür, als ihm noch etwas einfiel. »Oh, das hätte ich ja fast vergessen!«

»Was?«

»Den Brief, Massa. Ein Bote hat so gegen sechs einen Brief an Bord gebracht ... von Massa Garland«, sagte Timboy und brachte ihm das Schreiben, das er auf den Schreibtisch gelegt hatte.

»André Garland?«, fragte Matthew verwundert und überzeugte sich mit einem Blick auf den Absender, dass er sich nicht verhört hatte.

»Yassuh, es wird wohl mit dem mächtig feinen Ball zusammenhängen, den Massa Garland nächste Woche veranstaltet«, mutmaßte der Schwarze.

Matthew verzog das Gesicht. »Na, diese Mühe hätte sich André sparen können. Er weiß doch ganz genau, dass ich für einen solchen Zirkus nicht viel übrig habe«, murmelte er und bedeutete Timboy mit einem Kopfnicken, dass er nun gehen könne.

André Garland, der einer alteingesessenen Familie mit französischem Stammbaum und leeren Taschen entstammte, hatte sein immenses Vermögen aus eigener Kraft erworben. Die Grundlage seines Reichtums war das winzige Kolonialwarengeschäft seines Vaters gewesen, der kaum genug Gewinn erwirtschaftet hatte, um seinen Söhnen eine gute Erziehung und seinen Töchtern eine einigermaßen anständige Mitgift mitgeben zu können.

Matthew Melville war mit André Garland recht gut befreundet, hatten sie doch beide in etwa denselben Hintergrund und die Tatsache gemein, dass ihnen niemand etwas geschenkt und sie ihren Erfolg der eigenen Tüchtigkeit und Willenskraft zu verdanken hatten.

André, das älteste Kind der vielköpfigen Kinderschar im Hause Garland, war kaum siebzehn gewesen, als der plötzliche Tod seines Vaters ihn gezwungen hatte, das Geschäft zu übernehmen. So traurig der frühe Tod des Vaters auch war, so erwies er sich im Nachhinein wirtschaftlich als Segen für die Familie, denn André gelang es in nur vier Jahren, aus dem schäbigen Kramladen eines der besten und profitabelsten Geschäfte der Stadt zu machen, dem schnell weitere folgten, und er vermochte seiner Familie zum ersten Mal ein Leben ohne drückende finanzielle Sorgen und bald sogar in gesichertem Wohlstand zu bieten. Mit fünfundzwanzig war er schon ein vermögender Mann, der sein Geld jedoch nicht auf die hohe Kante legte und sich auf den Lorbeeren seines Erfolgs ausruhte, sondern jeden eigenen Cent und noch mal so viel von der Bank geliehenes Geld in neue und oftmals riskante Unternehmen investierte wie etwa in den Eisenbahnbau – und er bewies dabei eine glückliche, geradezu goldene Hand, der alles zu Gewinn wurde, was sie berührte. Inzwischen war er Ende vierzig und noch genauso ruhelos und vom Fieber riskanter Geschäfte gepackt wie vor zwanzig Jahren.

André Garland gehörte zu den wenigen Männern, die

Matthew schätzte und deren Freundschaft ihm etwas bedeutete. Er hatte sich auch nicht wie viele andere in der Stadt neidvoll über ihn lustig gemacht, als er sich vor zwei Jahren diesen Klotz von einem Palast in der Kent Street, einem der vornehmsten Wohnviertel der Stadt, hatte bauen lassen. Immerhin war die River Queen auch nicht eben ein bescheidenes Boot zu nennen, und jeder hatte so seine Schwächen und Eitelkeiten. Doch dass André mit Leidenschaft glanzvolle Bälle veranstaltete und das Tanzbein mit derselben Hingabe schwang, wie er seinen vielfältigen Geschäften nachging, war eine Schwäche, die Matthew nicht teilte, wenn er sie auch mit Belustigung tolerierte. André liebte nun mal den Glanz solcher Feste und die Bewunderung seiner Gäste, denn seine Bälle, die ihn ein Vermögen kosteten, zählten zu den großartigsten gesellschaftlichen Ereignissen, die New Orleans zu bieten hatte. Sogar seine Feinde, von denen ein Mann seines Erfolgs mindestens genauso viele besaß wie Freunde, waren begierig darauf, über Mittelsmänner oder -frauen in den Genuss einer Einladung zu kommen. André versäumte es auch nie, dafür zu sorgen, dass seine Widersacher ihn inmitten seines prunkvollen Reichtums beneiden und hassen konnten. Er liebte die ›derben erdigen Genüsse, auf feine Art serviert‹, wie er einmal selbstironisch gesagt hatte.

Matthew dagegen hatte für derlei eitles Zurschaustellen wenig übrig und schon gar nichts für das Herumgehample auf dem Tanzparkett. Er fand, dass ein erwachsener Mann dort wenig zu suchen hatte, es sei denn, es kümmerte ihn nicht, wenn er sich beim öffentlichen Balzen, wie er es nannte, lächerlich machte, was nur zu oft der Fall war.

Kopfschüttelnd, dass André trotz besseren Wissens immer wieder versuchte, ihn zu bewegen, doch an einem seiner Bälle teilzunehmen, warf er sich auf sein Bett und riss den Brief auf, nichts als die altbekannten Frotzeleien erwartend.

Das Schreiben war nur kurz und freundschaftlich im Ton, doch kaum hatte Matthew die wenigen Zeilen gelesen, als sich seine Haltung schlagartig änderte. Abrupt richtete er sich auf, und die Müdigkeit war von einer Sekunde auf die andere verflogen.

Es war nicht das eigentliche Schreiben, sondern vielmehr das *post scriptum*, das ihn so in Aufregung versetzte. André hatte dort, als wäre es ihm erst im Nachhinein eingefallen, mit meisterhaftem Gespür für Dramatik hinzugefügt: *Diesmal solltest Du Dir wirklich einen Ruck und mir die Ehre geben und den Ball nicht versäumen, mein Bester, denn sonst verpasst Du auch die Begegnung mit der bildhübschen jungen Dame, die gleichfalls auf meinem Fest anwesend sein wird und, wie mir zu Ohren gekommen ist, darauf brennt, Dich wiederzusehen und einen dummen Fehler wiedergutzumachen, der ihr im Umgang mit Dir unterlaufen ist. Mein Gefühl für Verschwiegenheit und Takt verbietet es mir natürlich, ihren*

Namen niederzuschreiben. Wer weiß, vielleicht ist es ja auch nur ein haltloses Gerücht. Nun, herausfinden kannst Du es jedenfalls nur, wenn Du Dich bei mir blicken lässt ...
Valerie!

Damit muss er Valerie meinen!, schoss es ihm durch Kopf, und er sprang vom Bett, um voller Unruhe vor den Bullaugen auf und ab zu gehen, André Garlands Brief fest in der Hand. Valerie kommt zu seinem Ball! Doch wie zum Teufel ist sie ausgerechnet mit André bekannt geworden, wenn sie doch auf Cotton Fields ist?

Und woher weiß André von dem unseligen Streit zwischen ihnen, der weniger durch Worte als durch das, was nicht gesagt und was zu tun unterlassen worden war, zu einer schmerzlichen Kluft zwischen ihnen geführt hatte?

Einen dummen Fehler wiedergutmachen! Valerie hatte also endlich eingesehen, dass es reinster Wahnsinn war, sich an Cotton Fields zu klammern und zu glauben, der Wirklichkeit des Südens erfolgreich trotzen zu können.

Matthew gab einen Stoßseufzer der Erleichterung von sich. Es war gut, dass er hart geblieben war. Endlich war sie zur Vernunft gekommen, und jetzt ließ sie ihn über André wissen, dass sie bereit war, ihren Fehler einzugestehen und einzulenken und sich wieder mit ihm zu versöhnen.

Zum ersten Mal in seinem ereignisreichen Leben freute sich Matthew Melville auf einen Ball.

13.

Das Hotel Royal gehörte zu den exklusivsten der Stadt. Das dreistöckige Gebäude mit seiner eindrucksvollen Fassade und der kleine dazugehörende Park nahmen einen halben Häuserblock auf der Bienville Street ein. Die schmiedeeisernen Balkone leuchteten in einem frischen Cremeweiß und wurden von blassblauen Markisen vor Regen und Sonne geschützt. Die Zimmer waren ebenfalls in Cremeweiß und Blassblau gehalten und wurden mit ihrer geschmackvollen Einrichtung, die französische Möbel bevorzugte, auch höchsten Ansprüchen gerecht.

Valerie hatte ein weniger exklusives und somit nicht ganz so verschwenderisch teures Hotel wählen wollen, doch Travis Kendrik hatte darauf bestanden, dass sie sich auf seine Kosten den Luxus gönnte, im Hotel Royal abzusteigen. Schließlich hatte sie sich erweichen lassen und war mit Fanny schon einen Tag vor dem Ball in New Orleans eingetroffen. Sie hatte also genügend Zeit gehabt, sich auszuruhen und von Fanny ohne Hast für das Fest frisieren und ankleiden zu lassen. Sie würden auch die Nacht nach dem Ball im Hotel verbringen.

Am Tag des großen Festes hatte Valerie bis weit in den Mittag hinein geschlafen und sich dann am späten Nachmittag ganz in Fannys geschickte Hände begeben, nachdem das Hotelpersonal ihr ein köstliches Frühstück serviert und ein heißes Bad mit herrlich duftenden Kräutern und Ölen bereitet hatte. Und die ganze Zeit war sie zwischen freudiger Erwartung und banger Ungewissheit hin und her gerissen gewesen. Sie freute sich so unbändig wie ein junges Mädchen darauf, diesen Ball zu besuchen und zu den Klängen einer Kapelle über das Tanzparkett zu schweben. Doch zugleich quälte sie die Furcht, wie eine Aussätzige behandelt zu werden und unter den abfälligen Blicken der anderen Ballbesucher Spießruten laufen zu müssen. Auch war sie sich plötzlich nicht mehr sicher gewesen, ob die Wahl ihrer Abendgarderobe wirklich so vortrefflich war, wie Fanny nicht müde wurde, ihr zu versichern.

Doch dann klopfte es an die Tür, Fanny meldete, dass Mister Kendrik gekommen sei, um sie abzuholen, und sie trat wenig später aus dem Schlafzimmer in den kleinen Salon, wo der Anwalt sie mit kaum verhüllter Ungeduld erwartete.

Valerie trat durch die Verbindungstür, gekleidet in ein rubinrotes Seidenkleid, das ihren Oberkörper und ihre schlanke Taille eng nachzeichnete, sich dann weit bauschte und in fließenden knisternden Bahnen von Seide hinabfiel. Das Kleid ließ die grazilen Schultern frei, setzte diese Freizügigkeit im Dekolleté jedoch nicht fort, wenn auch der Ansatz ihrer hohen festen Brüste noch unbedeckt blieb.

Eine zarte champagnerfarbene Rüsche zierte ihren

Ausschnitt, lief unter ihren Armen dahin und wurde im Rücken zu einem tiefen V, das ihre schlanke Figur und ihren anmutigen Rücken betonte. Der Kontrast des rubinroten Stoffes zu ihrem blauschwarz schimmernden Haar hätte nicht eindrucksvoller ausfallen können. Eine als Haarbrosche gearbeitete goldene Magnolie hielt die stramm nach hinten zurückgekämmten Haare im Nacken zusammen. Von dort aus wallten sie wie ein nachtschwarzer Strom auf ihre Schultern. An Schminke hatte Fanny so gut wie nichts auftragen müssen, abgesehen von einem Hauch Puder, den sie ihr auf Schultern und Brust gestäubt hatte, denn Valeries Gesicht war einfach zu makellos, und dieser Anflug von Röte, den die Erregung ihr auf die Wangen gehaucht hatte, wirkte reizvoller als jedes noch so geschickt aufgetragene Rouge. Um den Hals trug sie eine schmale Goldkette mit einem schlichten Medaillon, das genau im betörenden Einschnitt ihrer Brüste ruhte.

Unwillkürlich blieb sie im Durchgang stehen, als Travis sich ihr ganz zuwandte und sie anblickte. Er selbst sah in seinem perlgrauen Anzug aus feinstem Tuch mit den Seidenrevers, der dunkelblauen Brokatweste und dem weißen Rüschenhemd mit der mitternachtsblauen Krawatte ausgesprochen elegant und bei seinem Hang zur Übertreibung überraschend geschmackvoll gekleidet aus.

Sein staunender, bewundernder Gesichtsausdruck verriet ihr schon im Augenblick ihres Eintretens, wie unbegründet ihre Sorge gewesen war, was ihre Garderobe anging.

»Ich hoffe, ich habe Sie nicht zu lange warten lassen«, sagte sie.

»Heiliger Christbaum!«, entfuhr es ihm, doch er fasste sich sofort. »Entschuldigen Sie, Valerie, aber ich war nicht darauf gefasst, dass perfekte Schönheit noch zu einer Steigerung fähig ist!«

»Travis, bitte! Der Abend beginnt doch erst, und da versprüht der wahre Gentleman seinen Witz und Komplimentenschatz doch nicht gleich in der ersten Stunde«, versuchte sie seine Bewunderung ins Amüsante zu ziehen.

»Doch, doch, es ist möglich!«, versicherte er, ohne sich von ihr beirren zu lassen. »Ich weiß nicht, wie ich es nennen soll, aber es ist eine Art Zauber, der von Ihnen ausgeht. Die Männer werden mich beneiden, dass Sie mir die Gunst Ihrer Gesellschaft geben, und die Frauen werden Sie hassen, weil sie sich in Ihrer Gegenwart zu blassen Statisten degradiert sehen werden, zu fahlen Monden im alles überstrahlenden Glanz eines Fixsterns!«

Seine beinahe lyrische Schwärmerei berührte sie eigentümlich, sie bemühte sich jedoch, es sich nicht anmerken zu lassen. »Man sollte sich nicht zu sehr von reinen Äußerlichkeiten blenden lassen«, erwiderte sie.

Er lächelte. »Damit habe ich mich in meiner Jugend auch immer getröstet«, sagte er und spielte auf sein wenig attraktives Äußeres an, »bis mir meine Außergewöhnlichkeit in anderen Dingen bewusst wurde. Doch in Ihrer Person vereinen sich Schönheit und wacher Geist.«

»Travis, bitte! Übertreiben Sie es nicht!«, sagte sie nun ein wenig ungehalten. »Ich gehe gern mit Ihnen zum Ball, und wie jede andere Frau bin auch ich für Komplimente anfällig, sofern sie sich im Rahmen des Üblichen halten. Doch ich fühle mich äußerst unwohl, wenn Sie mich dauernd auf ein derart hohes Podest der Verehrung setzen. Ich bitte Sie daher, künftig auf solche Überschwänglichkeit zu verzichten, wenn Ihnen etwas daran liegt, dass ich mich gern in Ihrer Gesellschaft befinde.«

Ihre Zurechtweisung vermochte die Selbstsicherheit des Anwalts nicht zu erschüttern, und er zeigte nicht das geringste Anzeichen von Bedauern, sie in Verlegenheit gebracht zu haben. »Nichts an Ihrer Person hält sich im Rahmen des Üblichen, weder Ihr Aussehen noch die Art, wie Sie Ihr Leben gestalten. Deshalb wird man bei Ihnen stets andere Maßstäbe anlegen müssen. Je eher Sie sich daran gewöhnen, mit diesen Extremen von Verehrung und Hass fertig zu werden, desto besser ist es für Sie.«

Valerie seufzte und schüttelte resigniert den Kopf. »Warum müssen Sie immer das letzte Wort behalten *und* mir zudem noch das Gefühl geben, Sie hätten recht? Dabei sagt mir mein Verstand, dass ich nur das Opfer eines Anwalts bin, der sich darauf versteht, die Macht der Sprache zu seinem Vorteil zu gebrauchen.«

»Sie sind eher das Opfer Ihrer eigenen Vorurteile. Aber darüber sollten wir uns nicht unbedingt jetzt in Diskussionen verlieren«, bog er das Thema selbstherrlich ab. »Viel wichtiger scheint mir im Augenblick die Frage zu sein, wie Ihnen mein Geschenk gefallen wird.«

»Geschenk?«, wiederholte Valerie verblüfft.

Er lächelte. »Dieses Medaillon, das Sie da um den Hals tragen, ist ja recht reizend, doch wohl kaum der passende Schmuck für die betörende Herrin von Cotton Fields«, sagte er und reichte ihr eine flache Schatulle. »Ich habe mir erlaubt, etwas auszusuchen, was Ihrer Schönheit und dem heutigen Abend gerecht wird.«

»Travis, nein ...« Sie wollte die Schmuckschatulle nicht nehmen, doch er drückte sie ihr in die Hand.

»Nun machen Sie schon auf!«, drängte er sie. »Sie wissen ja gar nicht, wie gespannt ich bin, ob meine Wahl Ihren Gefallen findet.«

Die Neugier war zu groß und Valerie klappte den Deckel auf. Ein erstickter Schrei ungläubigen Staunens kam ihr unwillkürlich über die Lippen, als ihr Blick auf den kostbaren Schmuck fiel. Auch Fanny, die neben ihr stand, schrie überrascht auf und presste schnell die Hand vor den Mund. »O mein Gott!«, murmelte Valerie fassungslos.

Zwei herrliche Rubinohrringe sowie ein Rubincollier lagen in der mit nachtschwarzem Samt ausgelegten Schatulle. Die Rubine waren in Tropfenform geschliffen und in der goldenen Fassung von kleinen Diamanten verziert.

Valerie starrte einen Augenblick sprachlos auf die kostbaren Schmuckstücke, von der Leuchtkraft der Rubine und dem Feuer der Diamanten überwältigt. Noch nie hatte sie ein auch nur halb so wertvolles Geschmeide in ihrer Hand gehalten. Und dies wollte Travis ihr zum Geschenk machen?

Unmöglich!

»Sie müssen den Verstand verloren haben!«, stieß sie hervor, klappte die Schatulle hastig zu und streckte sie ihm mit einer abrupten Bewegung hin.

»Ganz und gar nicht. Es hat mich viel Mühe gekostet, das passende Rot zu finden. Die Rubine werden Ihnen ausgezeichnet stehen. Sie sind wie zu Ihrem Kleid gemacht.«

Valerie fuhr zu Fanny herum. »Du hast davon gewusst, nicht wahr?«, fragte sie scharf.

Schuldbewusst senkte ihre Zofe den Blick. »Ja, nein ... nicht von den Rubinen«, stammelte sie. »Ich ...«

»Reißen Sie Fanny nicht den Kopf ab«, bat Travis Kendrik.

»Ich habe mir von ihr nur ein Stück Stoff Ihres Kleides erbeten. Von den Rubinen hat sie wirklich nichts gewusst. Es sollte eine Überraschung für Sie werden.«

»Die Überraschung ist Ihnen in der Tat gelungen, Travis. Ich fühle mich geschmeichelt, doch ich kann Ihr Geschenk unmöglich annehmen!«

»Warum nicht? Ich bin kein armer Mann, der sich dafür krummlegen müsste. Gewisse erfolgreich verlaufene Spekulationen haben mich in die angenehme Lage versetzt, Ihnen dieses Geschenk zu machen, ohne dass diese Ausgabe mein Vermögen spürbar verringern würde. Sie sehen, es besteht also tatsächlich kein vernünftiger Grund, mein kleines Geschenk so brüsk von sich zu weisen.«

»Und wenn Sie es sich zehnmal leisten könnten, derartigen Schmuck zu verschenken, so werde ich ihn doch nicht annehmen, Travis. Es ... es schickt sich einfach nicht«, erklärte sie und fügte nach kurzen Zögern hinzu: »Solch kostbaren Schmuck könnte ich nur von meinem Ehemann annehmen!«

Er hob die Augenbrauen. »Nun, auch dies ließe sich einrichten«, sagte er leichthin, als wäre es ein Scherz, doch sie beide wussten, dass dem nicht so war. »Ich wäre nicht abgeneigt, Ihnen einen Antrag zu machen ...«

Valerie brachte ihn mit einer raschen Handbewegung zum Schweigen. »Sie wissen, dass ich Ihnen sehr geneigt bin. Aber Sie sollten auch wissen, dass es Grenzen gibt, die Sie besser nicht überschreiten.«

Er nickte und lächelte spöttisch. »Richtig, richtig, Captain Melville hält Ihr Herz noch immer gefangen. Ich weiß es wohl, Valerie. Doch ich weiß auch, dass Sie an seiner Seite nie das Glück finden werden, das Sie suchen und das Sie verdienen. Zudem kann seine Liebe für Sie kaum von verzehrendem Feuer sein, wenn er Sie so lange allein lässt und Ihnen in Ihrer schwersten Zeit nicht beisteht.«

Fanny gab einen Laut von sich, der wie eine Zustimmung klang, sprach ihr der Anwalt doch aus dem Herzen.

Valerie fühlte sich jedoch verletzt, sosehr sie ihm sonst auch so manche freimütigen Bemerkungen nachsah. Ihr Gesicht verschloss sich und nahm einen abweisenden Ausdruck an. »Sosehr ich Sie schätze, aber es steht Ihnen nicht zu, meine Gefühle und die von Mister Melville in meiner Gegenwart einer kritischen Beurteilung zu unterziehen!«, wies sie ihn schroff zurecht.

Travis Kendrik erkannte, dass er zu weit gegangen war. Die Arroganz verschwand schlagartig aus seinem Gesicht und wich aufrichtiger Betroffenheit. »Verzeihen Sie! Ich habe mich in der Tat zu einem entsetzlichen *faux pas* hinreißen lassen. Es steht mir natürlich in keinster Weise zu, mir ein Urteil über Ihre Gefühle herauszunehmen. Bitte verzeihen Sie mir. Ich bedaure meine Äußerung«, entschuldigte er sich.

Valerie fing den beschwörenden, fast flehenden Blick ihrer Zofe auf, die in diesem Fall zweifellos Partei für den Anwalt ergriff. Doch Fanny hätte sich diese stumme Fürsprache sparen können, denn Valeries Unmut war schon verraucht, als Travis augenblicklich einen Rückzieher machte und sich in aller Form entschuldigte.

»Schon gut, ich nehme Ihre Entschuldigung an«, sagte sie versöhnlich und fand es insgeheim schon merkwürdig, dass sie ihm nicht lange böse sein konnte, was immer er auch sagte – und dabei hätte sie manches von dem, was ihm über die Lippen kam, einem anderen sehr übel genommen und ihm lange nachgetragen. Travis Kendrik genoss da ein Privileg, fast so etwas wie Narrenfreiheit.

Der Anwalt verbarg seine Erleichterung über ihre Absolution nicht. »Ich hätte es mir auch nie verziehen, wenn ich Ihnen durch meine rückhaltlose Offenheit«, diesen kleinen Seitenhieb konnte er sich nicht verkneifen, »den Abend verdorben hätte. Und legen Sie bitte den Schmuck an, damit wir uns auf den Weg machen können.«

»Ich sagte Ihnen doch schon, dass ich Ihr Geschenk auf keinen Fall annehmen werde!«

Er lächelte nachsichtig. »Richtig, das sagten Sie, und ich werde auch nicht weiter versuchen, Sie umstimmen zu wollen. Aber das wird Sie doch gewiss nicht daran hindern, den Schmuck quasi als eine zu Ihrer ganzen Erscheinung passende Leihgabe zu betrachten und ihn zumindest für die Dauer dieses Abends zu tragen. Damit vergeben Sie sich wirklich nichts, Valerie.«

»Aber das hieße, sich mit fremden Federn schmücken«, erwiderte sie ablehnend. »Ich kann mir doch nicht so ein Vermögen, das mir weder gehört noch zusteht, um den Hals hängen und so tun, als wären diese Geschmeide mein Eigentum!«

»Diese Federn stehen Ihnen nicht nur ausgezeichnet, sondern könnten auch noch einen Zweck erfüllen, der Ihnen bestimmt nicht unangenehm sein dürfte: Die

Rubine können Sie Ihrem Ziel, auf Cotton Fields in Frieden gelassen und toleriert zu werden, wenn auch mit knirschenden Zähnen, ein gutes Stück näher bringen«, erklärte er. »Denn wenn man diesen Schmuck für den Ihren hält, und niemand wird einen Grund finden, daran zu zweifeln, wird man womöglich die Absicht, Sie finanziell in die Ecke zu drängen, als völlig untauglich verwerfen. Eine Frau, die solchen Schmuck ihr Eigen nennt, beugt sich nicht so leicht wirtschaftlichem Druck.«

»Sie vergessen, dass James Inglewood einen Teil unseres Gespräches mitgehört hat.«

Er machte eine abfällige Geste. »Was zählt schon das Gerede eines Verwalters, der seinen Job losgeworden ist, gegen das, was die Gesellschaft von New Orleans mit eigenen Augen auf André Garlands Ball gesehen hat?«, fegte er ihren Einwand beiseite. »Tragen Sie den Schmuck, und Sie tun sich damit in mehrfacher Hinsicht einen großen Gefallen.«

Valerie war noch immer unschlüssig.

»Mister Kendrik hat recht. Weisen Sie seine Großzügigkeit nicht von sich, da er Ihnen doch nur eine Freude hat machen wollen. Auf dem Ball können Sie die Rubine doch zumindest tragen. Sie vergeben sich wirklich nichts, Miss Valerie. Und sie sähen an Ihnen bestimmt wunderbar aus«, redete Fanny ihr nun auch zu.

Zusammen gelang es Travis und Fanny schließlich, Valeries Widerstand zu brechen, der zugegebenermaßen halbherzig gewesen war, was das Tragen des Schmucks für diesen einen Abend anging. Und so ließ sie sich das Collier um- und die Ohrringe anlegen.

»Ich sagte es doch: Sie sind allein für Sie geschaffen!«, schwärmte Travis.

Fanny schlug die Hände zusammen und lächelte verklärt. »So etwas Wunderbares!«, murmelte sie. »Auf Ihrer Haut wirken Sie noch schöner ... so sprühend vor Leben, ja ... richtig lebendig!«

Als Valerie sich im Spiegel betrachtete, musste sie einräumen, dass der Schmuck tatsächlich die Krönung ihrer Abendgarderobe, ja ihrer ganzen Erscheinung darstellte. Das raffinierte Etwas, das aus einem reizenden Bild ein beeindruckendes Meisterwerk machte. Die Farbe der Steine stimmte genau mit der der Seide überein. Sie war mehr als zufrieden mit ihrem Abbild, war sich jedoch der Tatsache bewusst, dass ihr ansprechendes Äußeres kein eigener Verdienst war, dessen sie sich rühmen konnte. Elegant und gut gekleidet zu sein, war in erster Linie eine Frage des Geldbeutels. Ja, sie würde sich einen Abend lang an den Rubinen erfreuen, aber ihr schlichtes Medaillon lag ihr zehnmal näher am Herzen als das kostbarste Collier der Welt. Es gab Dinge, die mit Geld einfach nicht aufzuwiegen waren. Die Liebe gehörte dazu. Und der Hass.

»Wir sollten jetzt gehen«, drängte Travis Kendrik nun zum Aufbruch und nahm von Fanny das burgunderrote Samtcape entgegen, um es Valerie um die Schultern zu legen.

Bewundernde Blicke folgten ihr, als sie an der Seite des Anwalts durch die Hotelhalle schritt, und sie gewann ein wenig innere Sicherheit, hegte sie doch immer noch die Befürchtung, auf dem Ball geschnitten und mit Verachtung behandelt zu werden.

Ihre Kutsche fuhr vor und sie stiegen ein. Travis, der ihre innere Anspannung und Unsicherheit spürte, ließ keinen Augenblick des Schweigens aufkommen, der ihr Gelegenheit gegeben hätte, sich Sorgen zu machen. Geschickt verwickelte er sie in ein Gespräch und stellte wieder einmal unter Beweis, was für ein außergewöhnlich anregender Unterhalter er doch war.

Valerie hatte das Gefühl, erst vor wenigen Minuten losgefahren zu sein, als Travis sich auf einmal vorbeugte und zufrieden feststellte: »Voilà, wir sind da!«

Eine lange, sanft geschwungene Auffahrt, die in Form eines S angelegt war, führte durch einen herrschaftlichen Park zum Haus von André Garland. Die lange Auffahrt leuchtete im flackernden Schein von Hunderten von Fackeln. Es war keine Seltenheit, dass der Gastgeber eines großartigen Festes die Auffahrt zu seinem Haus von Fackeln beleuchten ließ, doch gewöhnlich steckten diese rechts und links des Weges im Boden oder in kleinen sandgefüllten Kübeln. Nicht jedoch bei André Garland. Bei ihm säumten Dutzende Schwarzer in goldenen Livreen die Auffahrt, die jeweils zwei bodenlange Fackeln hielten und so reglos standen, dass man sie gut mit Statuen hätte verwechseln können.

Valerie blickte fasziniert hinaus. Ihre Kutsche, die sich in den Strom der Droschken und prächtigen Equipagen eingereiht hatte, rollte langsam den Kiesweg hoch. Endlich hatten sie das Portal erreicht. Der Schlag wurde aufgerissen und Valerie stieg aus der Kutsche.

Travis hatte ihr zwar von André Garlands aufwendigem Lebensstil erzählt und mehrfach erwähnt, dass sein Haus den Rahmen des Üblichen doch sehr sprengte. Aber auf das, was sie nun sah, war sie nicht vorbereitet.

Das Herrenhaus von Cotton Fields war gegen André Garlands Palast kaum mehr als eine bescheidene Hütte. Was er sich da hatte bauen lassen, übertraf alles, was sie jemals zu Gesicht bekommen hatte. Griechische Paläste waren auch das Vorbild zu diesem riesigen Gebäude gewesen, das ringsum von Säulen umgeben war. Der erfolgreiche Geschäftsmann und Spekulant hatte eine Residenz haben wollen, an der auch ein gekrönter König hätte Gefallen finden können, und das hatte er auch bekommen.

Valerie war von dem Glanz des Hauses, der atemberaubenden Großzügigkeit der Räume und der *drei* Ballsäle, der Dekoration und Zahl der Gäste geradezu überwältigt, als sie an Travis Arm die marmorne Treppe hochstieg und sich von ihm durch den Teil der Räumlichkeiten führen ließ, der den Gästen offenstand.

»Das ist ja kaum glaublich!«, raunte sie ihm zu, als ihr Blick über die kostbaren Teppiche, die Gemälde und Wandbehänge, die Kristallleuchter und die ausgesuchten Möbelstücke glitt. »Welch eine verschwenderische Pracht!«

»Oh, ein Verschwender ist er nicht.«

»Aber dieses *gigantische* Haus und all diese Kostbarkeiten! Das kann ein Einzelner doch gar nicht richtig auskosten ... ich meine, es ist so viel davon auf einem Fleck!«, sagte sie leise und mit einem Kopfschütteln.

»Er liebt es nun mal, sich mit Schönem zu umgeben, und ist auch bereit, dafür jeden Preis zu bezahlen. Das macht ihn mir so sympathisch«, sagte Travis schmunzelnd und führte sie vom Speisesaal, wo ein scheinbar endloses Büffet erlesener Köstlichkeiten aufgebaut war, hinüber in die beiden teilweise verspiegelten Ballsäle, deren Verbindungstüren für dieses große Fest ausgehängt waren.

Hunderte von elegant gekleideten Männern und Frauen jeden Alters bevölkerten die beiden Säle. Es war ein berauschend farbenfrohes und heiteres Treiben. Jeder schien sich auf seine Art zu amüsieren. Während die einen auf und ab flanierten, um immer mal wieder mit Freunden und Bekannten Grüße und ein paar flüchtige scherzhafte Bemerkungen auszutauschen und sich von livrierten Bediensteten Getränke und Imbisshappen aller Art reichen zu lassen, standen andere, meist männliche Ballgäste, zwischen den Säulengängen und auch oben auf der Galerie in Gruppen zusammen, in erregte Gespräche über Politik und Wirtschaft vertieft oder unter Gelächter die neuesten Witze von sich gebend. Herausgeputzte Mädchen im heiratsfähigen Alter unter der Aufsicht streng dreinblickender Anstandsdamen tauschten mit ihren Verehrern verbale Artigkeiten aus, während glühende Ohren, gerötete Wangen und zärtliche Blicke eine andere Sprache redeten. Auf dem Parkett drehten sich die Tanzpaare in einem bunten Reigen zu den Klängen der Kapelle auf dem geschmückten Podium. Musik, Gläserklingen, die knisternde Seide teurer Roben, Gelächter und zarte Stimmen vermischten sich zu einem einzigartigen Klangteppich, der dem Gastgeber die beruhigende Gewissheit gab, dass sein Fest ein voller Erfolg war.

»Ich wusste gar nicht, dass in New Orleans so viele Menschen leben«, sagte Valerie im scherzhaften Versuch, ihre Fassungslosigkeit unter Kontrolle zu bekommen.

Travis lachte vergnügt. »Oh, es dürften kaum mehr als dreihundert Gäste sein, die sich heute auf Andrés Kosten zu amüsieren gedenken«, erklärte er. »Bei seinem letzten Fest zur Baumwollblüte waren es bestimmt doppelt so viele, aber das fand ja auch zum größten Teil im Freien statt.«

»Ich weiß nicht, was ich sagen soll ...«

»Am besten gar nichts. Lassen Sie sich von der Atmosphäre mitreißen und genießen Sie den Abend ... mit mir«, sagte er und ließ es sich nicht nehmen, sie mit einigen Freunden und einflussreichen Männern und Frauen bekannt zu machen. Er war jedoch klug genug, sie nur solchen Leuten vorzustellen, von denen er wusste, dass sie Valerie nicht durch Worte oder Blicke beleidigen würden.

Valerie war wie berauscht von der Aufmerksamkeit und Bewunderung, die ihr wie eine umwerfende Woge entgegenschlugen. Die Männer hatten Mühe, sie nicht zu unverhohlen mit begehrlichen Blicken zu mustern. Und so manch attraktive Frau atmete erleichtert auf, als Valerie am Arm ihres Begleiters aus dem Blickfeld ihres Mannes oder Verehrers verschwand.

Travis sonnte sich in der Bewunderung, die Valerie auf sich zog wie das Licht die Motten, und dem Neid, der ihm galt.

»Wollen wir tanzen?«, fragte er und wies auf das Parkett.

Sie lächelte ihn an. »Gern, Travis«, sagte sie, und sie mischten sich unter die Tanzenden.

Valerie fühlte sich beschwingt, als sie mit Travis dahinglitt. Ihre Sorgen hatten sich als unbegründet erwiesen, und sie freute sich nun ohne jede Einschränkung, dass sie seine Einladung angenommen hatte. Wie schön es doch war, wieder einmal zu tanzen und alles zu vergessen, was auf ihrer Seele lastete. Zumindest für diesen einen Abend.

14.

Es war schon nach zehn Uhr, als Matthew Melville sich unter die ausgelassene Ballgesellschaft mischte. Am liebsten wäre er der erste Gast gewesen, so aufgeregt und ungeduldig hatte er diesem Abend entgegengefiebert. Doch er hatte diesem Impuls nicht nachgegeben, schon Valeries Ankunft im Haus von André Garland zu erwarten. Er wollte nicht weiter nachtragend sein, aber er sah nicht ein, warum er ihr allzu deutlich zeigen sollte, wie sehr er unter der Trennung gelitten hatte und wie froh er war, dass sie ihre Starrköpfigkeit endlich überwunden hatte. Immerhin war sie es ja gewesen, die ihn indirekt über André hatte wissen lassen, dass sie ihren Fehler eingesehen hatte und sich mit ihm zu versöhnen wünschte. Er hegte denselben Wunsch, aber das bedeutete ja nicht, dass er schon auf der Treppe ihrer harren musste. Sollte sie ruhig auf ihn warten und sich voller Bangen fragen, ob er auch kommen würde. Ein bisschen auf heißen Kohlen zu sitzen würde ihr gar nicht mal schaden, meinte er. Für ihn waren die letzten Monate ja auch kein wahres Zuckerschlecken gewesen.

Matthew nahm ein Glas Champagner vom Silbertablett eines livrierten Schwarzen und machte sich im Hochgefühl seines vermeintlichen Sieges auf die Suche nach Valerie.

»Captain Melville! Was für eine Überraschung, und was für eine Ehre!«, rief plötzlich eine geschmeidige, wohlklingende Stimme mit spöttischem Unterton hinter ihm.

Matthew blieb sofort stehen und wandte sich um, ein fröhliches Lachen in Stimme und Augen. »André! ... Alter Halsabschneider!«

»Matthew! ... Alte Ölhaut!«, revanchierte sich André Garland, ein Mann von achtundvierzig Jahren, in dessen kleinem sehnigen Körper die Energie eines Zwanzigjährigen steckte. Er hatte volles schwarzes Haar und einen gleichfalls pechschwarzen gestutzten Schnurrbart, während seine Augen unter bleistiftdünnen Brauen von einem ungewöhnlich hellen Grau waren, in das sich eine Spur Blau mischte. Irgendwie sah man ihm seine französischen Vorfahren an.

Die beiden Männer tauschten einen herzlichen und festen Händedruck.

Matthew zog ihn aus dem Strom der Gäste in eine ruhige Ecke. »Schön, dich mal wieder zu sehen. Aber deine Geschäfte müssen ja verdammt schlecht gehen, wenn du so einen Aufwand treiben musst, um alle Welt zu blenden und über deinen drohenden Bankrott hinwegzutäuschen«, foppte er ihn. Es war ihnen eine lieb gewonnene Angewohnheit geworden, sich gegenseitig mit Bemerkungen hochzunehmen, die aus dem Mund eines anderen einer tödlichen Beleidigung gleichgekommen wären, bei ihnen aber Ausdruck ihrer Freundschaft und Seelenverwandtschaft waren.

André lachte belustigt. »Nicht so laut, mein Freund. Es reicht, wenn du mich durchschaust. Wenn mein Schwindel auffliegt, wirst du mir beibringen müssen, wie man seine Kunden mit gezinkten Karten am Spieltisch ausnimmt«, erwiderte er schlagfertig.

»Ich würde dir ja gern helfen, wenn du mit leeren Taschen auf der Straße stehst, André. Aber leider bringt ein Spekulant wie du für einen ehrlichen Beruf die denkbar schlechtesten Voraussetzungen mit«, konterte Matthew mit gespieltem Bedauern.

»Ich hab' ja auch nicht vor, bei der ehrlichen Konkurrenz anzuheuern, sondern bei dir«, gab André mit breitem Grinsen zurück.

Sie lachten beide. Dann wurde Matthew ernst. »Ich hoffe, deine Einladung hält auch, was sie versprochen hat.«

André kräuselte die Lippen. »Enttäuschungen zu bereiten, überlasse ich anderen.«

»Ist ... ist sie schon da?«

»Schon seit ein paar Stunden, mein Freund. Nicht gerade das Benehmen eines Gentlemans, eine Dame so lange warten zu lassen«, rügte André.

»Ich weiß nicht, was Valerie dir erzählt hat, aber ein bisschen warten hat sie mehr als verdient.«

André runzelte die Stirn. »Valerie? Ich weiß gar nicht, wovon du sprichst.«

Matthew lachte. »Sicher, du hast nur von Gerüchten gehört, nicht wahr?«, spottete er und hielt Ausschau nach Valerie.

»Dabei weißt du ganz genau, was gespielt wird, du schamloser Intrigant. Aber diesmal will ich dir verzeihen, dass du mich auf diese Weise dazu gebracht hast, nun doch auf einem deiner Bälle zu erscheinen.«

»Matthew, ich glaube, ich habe einen dummen Fehler gemacht«, begann André ernst.

»Dann willkommen im Club der nicht länger Makellosen«, ging Matthew über Andrés Bemerkung, die er für einen Scherz hielt, leichtfertig hinweg, während sein Blick hin und her eilte.

»Nein, ich scherze nicht. Es ist mir ernst, Matthew!«, beteuerte er. »Ich glaube, ich muss dir sagen, wer hinter dieser Einladung steht ...«

Matthew gab ihm einen freundschaftlichen Klaps auf die Schulter. »Das kannst du dir sparen. Ich hab' die bewusste Dame schon entdeckt! Bis später dann mal!«, rief er und eilte davon, bevor André ihn noch über die wahren Hintergründe der Einladung aufklären konnte.

Matthew Melville sah auch nicht mehr, wie Madeleine hinter einer der Säulen auftauchte und zu André trat, und natürlich bekam er auch ihren kurzen Wortwechsel nicht mit.

»Madeleine, ich glaube, da ist etwas entsetzlich schiefgelaufen«, seufzte André. »Die Geschichte mit dieser

Valerie hatte ich doch ganz vergessen. Ich fürchte, ich habe dir einen schlechten Dienst erwiesen.«

Sie lächelte geheimnisvoll. »Nein, ganz und gar nicht, André. Ich wusste, dass Valerie auch zugegen sein würde. Das macht die Sache doch erst richtig interessant. Es könnte eigentlich gar nicht besser laufen«, sagte sie, zwinkerte ihm zu und folgte Matthew mit etwas Abstand.

Kopfschüttelnd sah André Garland ihr nach. »Da soll doch einer die Frauen verstehen«, murmelte er und wandte sich dann wieder seinen vielfältigen Pflichten als Gastgeber zu.

Matthew hatte Valerie am Fuß der geschwungenen Treppe entdeckt, die zur Galerie hinaufführte. Ihr Anblick verschlug ihm den Atem, als er näher kam. Ihre anmutige Körperhaltung, ihre unvergleichliche Schönheit und die Weichheit ihrer Züge trafen ihn wie ein Schock. Und die Heftigkeit seiner Gefühle, die in ihm aufwallten, brachte ihn aus dem inneren Gleichgewicht.

Er blieb stehen, weil er einen Augenblick brauchte, um ihren Anblick zu verdauen und seine Gefühle zumindest äußerlich wieder in die Gewalt zu bekommen.

Genau in dem Moment, als sie den Kopf wandte und ihr Blick ihn erfasste, trat er auf sie zu.

Sie zuckte zusammen und griff unwillkürlich nach dem Treppengeländer, als fürchtete sie, den Halt zu verlieren. Ihre Augen weiteten sich vor fassungsloser Überraschung, und für kurze Zeit verlor ihr Gesicht die reizvolle Rötung, die vom Tanzen und von der Freude herrührte.

Ihre Fassungslosigkeit hätte ihm zu denken geben müssen, doch er war in diesem Moment selbst viel zu aufgeregt, um ihr einen tieferen Sinn beizumessen. Er nahm einfach an, dass sie nur so überrascht tat, um ihr Gesicht zu wahren.

»Valerie«, sprach er sie an und ergriff ihre Hand.

Ihre vollen Lippen öffneten sich, doch sie bekam keinen Ton heraus. Sein Anblick, seine Berührung lähmten sie für einige Sekunden, während in ihr ein Sturm widersprüchlicher Empfindungen losbrach.

»Du bist noch schöner geworden«, sagte er leise, und sein Verlangen nach ihr, nach ihrer zarten Haut, ihrem sinnlichen anschmiegsamen Körper und ihrer überwältigenden Leidenschaft war so stark wie noch nie zuvor. Sie nicht einfach an sich zu ziehen, ihren Mund zu küssen und sie zu liebkosen, kostete ihn ein Höchstmaß an Beherrschung.

Noch immer vermochte Valerie kein Wort zu sagen. Doch die Farbe kehrte wieder in ihr Gesicht zurück. Matthew! Es kam ihr wie ein Traum vor. Er war hier, hielt ihre Hand und sah sie so zärtlich an, dass es ihr durch Mark und Bein ging. Ihr war, als spürte sie seinen Atem auf ihren Brüsten und seine Hand auf ihren Schenkeln.

»Es ist lange her, dass wir getanzt haben, nicht wahr?«, fragte er und ging mit ihr, ohne den Blick von ihrem Gesicht zu nehmen, zum Tanzparkett.

Valerie folgte ihm, als wäre sie willenlos oder in Trance, und wie in Trance fühlte sie sich auch, als er seinen Arm um sie legte und sie führte. Während des ersten Tanzes wechselten sie nicht ein Wort. Keiner von ihnen wollte den zärtlichen Bann brechen, der sie beide gefangen hielt. Die Menschen um sie herum, der Ballsaal, André Garlands Palast, all das verblasste zu einer schemenhaften Kulisse, die völlig ohne Bedeutung war. Die Musik spielte ganz allein für sie.

Der Bann brach, als ein ungeschickter jugendlicher Tänzer, der ganz offensichtlich zu viel getrunken hatte, sie heftig anrempelte. Er hatte jedoch immerhin genug Erziehung genossen, um ihnen eine wortreiche und blumenhafte Entschuldigung anzubieten, die sie auch annahmen.

»Warum bist du an dem Morgen weggeritten?«, fragte Valerie, als Matthew sie im Rhythmus eines langsamen Walzers über die polierte Tanzfläche führte.

»Ich weiß es nicht«, gestand er. »Ich hatte eine anstrengende Fahrt und einen noch anstrengenderen Ritt hinter mir.«

»War die Fahrt nach St. Louis erfolgreich?«

»Sehr«, log er. Die überstürzte Rückkehr hatte ihn fast so viel Geld gekostet, wie er auf der Hinfahrt Gewinn gemacht hatte. Aber das gehörte ja wohl nicht hierher.

»Das freut mich für dich.«

»Ich hab' gehört, dass du den Prozess gewonnen hast.«

Kaum hatte er das gesagt, ärgerte er sich auch schon darüber, dass ausgerechnet er dieses Thema angeschnitten hatte.

»Ja, das hat dich bestimmt überrascht, nicht wahr?«

»Es gibt kaum etwas, was ich dir nicht zutrauen würde, Valerie«, antwortete er ausweichend. Er fühlte sich bei dem Thema nicht eben wohl und wünschte, sich nicht freiwillig auf dieses Glatteis begeben zu haben.

»Es ist nicht mein Verdienst. Ich hatte einen ausgezeichneten Anwalt. Allein hätte ich es nie geschafft«, sagte sie, und es war eine Spitze gegen ihn, dass er sie in jener kritischen Zeit allein gelassen hatte.

Der Seitenhieb weckte sein Schuldgefühl und damit seinen Unwillen. »Aber du hast es geschafft, und nur darauf kam es dir ja wohl an, oder?«, revanchierte er sich mit einem indirekten Vorwurf.

Sie reckte das Kinn. »Es ging mir um mein Erbe, Matthew, und ganz nebenbei auch noch um ein bisschen Gerechtigkeit!«

»Mir scheint, du hast beides bekommen«, brummte er. »Und? Bist du jetzt zufrieden!«

Sie überhörte seine Frage. »Willst du mir nicht gratulieren, dass ich den Kampf gewonnen habe?«, fragte sie herausfordernd. »Dass Cotton Fields nun wirklich mir gehört, wie mein Vater es in seinem Testament bestimmt hat?«

»Soll ich dir dazu gratulieren, dass dir ein paar

Morgen Land und einige Hundert Sklaven wichtiger waren als ... als alles andere?«, fragte er nicht weniger aggressiv zurück.

Enttäuschung und Ärger traten auf ihr Gesicht. »Ich hatte eine andere Antwort erwartet ... und erhofft. Aber offenbar hat sich in deiner verbohrten Einstellung noch nichts geändert! Allein dein Standpunkt zählt, nicht wahr?«, warf sie ihm erregt vor und wurde sich bestürzt bewusst, welch fatale Wendung ihr Gespräch genommen hatte.

Matthew hielt im Tanzen inne. »Ich glaube nicht, dass *mein* Standpunkt heute zur Diskussion steht!«, zischte er und zog sie an den Rand, damit sie den anderen Paaren nicht im Weg waren und kein Aufsehen erregten.

»So? Wessen dann?«, fragte sie spitz.

»Es ist ja wohl kein Zufall, dass wir uns hier getroffen haben, oder?«

»Ob Absicht, Schicksal oder Zufall, für mich macht es keinen Unterschied!«, antwortete sie ihm hitzig.

»Verdammt noch mal, *du* warst doch so wild darauf, mich wiederzusehen! Sonst wäre ich doch überhaupt nicht zu diesem Ball gekommen! Also warum machst du mir etwas vor? Wir wissen doch beide, dass dieses Zusammentreffen kein Zufall ist!«, hielt er ihr vor, und er fragte sich, warum sie nicht endlich mit dem Versteckspiel aufhörte und zugab, was er schon längst zu wissen meinte: nämlich dass sie dieses Treffen über

André eingefädelt hatte. Und dass sie mit ihrer Starrköpfigkeit hauptsächlich die Schuld an ihrem Zerwürfnis trug, diese Einsicht hatte sie gegenüber André doch auch deutlich genug durchblicken lassen! Warum also diese Attacken, wo sie doch viel eher guten Grund hätte, an seine Nachsicht zu appellieren!? Matthew rechnete fest damit, dass sie ihre widerspenstige Haltung aufgeben und einlenken würde, da er ihr, wie er glaubte, doch zu verstehen gegeben hatte, dass er über alles bestens informiert war. Umso überraschter und ärgerlicher war er, als Valerie jedoch nicht im Traum daran dachte, sich zerknirscht zu geben und schwerwiegende Fehler einzuräumen. Ganz im Gegenteil, sie ging ihn genauso temperamentvoll an wie früher.

»Sicherlich wünschte ich es mir so sehr, dich wiederzusehen! Und dir ist es offenbar ja nicht viel anders gegangen, sonst wärst du kaum nach Cotton Fields geritten! Aber jetzt glaube ich, es wäre besser gewesen, wir wären uns weder an jenem Morgen noch heute Abend begegnet! Wenn du gewusst hast, dass ich mit Mister Kendrik zu diesem Ball kommen würde, und dieses Treffen herbeigeführt hast, nur um mir die altbekannten Vorwürfe zu machen, dann tust du mir schrecklich leid!«

»Ich kenne keinen Mister Kendrik, und dass ich dieses Treffen herbeigeführt hätte, ist ja nun wirklich der Gipfel der Verdrehung!«, empörte er sich und hatte Mühe, seine Stimme zu dämpfen. Man warf ihnen schon hämisch interessierte Blicke zu. »Du warst es doch!«

»Ich hatte nicht den blassesten Schimmer davon, dass du kommen würdest. Was soll das also? Was bezweckst du mit diesem lächerlichen Hin und Her?«

Verstört sah er sie an. »Du hast André *nicht* gebeten, mich einzuladen?«

»Weshalb hätte ich das tun sollen?«, fragte sie schroff zurück.

Sein Magen wurde zu einem klaffenden Loch, einem gähnenden Abgrund ohne Ende, in den er zu stürzen drohte. »Du hast auch nicht mit ihm über ... über uns gesprochen?«, fragte er mit belegter Stimme.

»Nein! Ich kenne Mister Garland überhaupt nicht, und ich weiß auch nicht, warum das so wahnsinnig wichtig für dich ist. Wenn ich dir etwas zu sagen habe, dann brauche ich dafür kein Sprachrohr. Den Mut, es dir selber zu sagen, bringe ich noch immer auf!«, ging sie scharf darüber hinweg, in Gedanken schon bei einer ganz anderen Sache, die ihr viel wichtiger war als die Frage, wer wen unter welchen Vortäuschungen zum Ball eingeladen hatte. »Matthew, es schmerzt mich, dass wir uns noch immer darüber streiten, aber so weh du mir auch damit tust, ich habe nicht die Absicht, so zu tun, als hätte ich damals eine unverantwortliche Dummheit begangen, als ich mich entschloss, um Cotton Fields zu kämpfen ... während du den Skandal gefürchtet hast!«

»Das ist gottverdammter Unsinn!«, fuhr er auf, in seiner Ehre verletzt. »Mir ist es immer nur um dich gegangen! Ich wollte immer nur dein Glück!«

Sie verzog das Gesicht zu einer bitteren Miene. »Ja, aber nur in der Ausführung, die dir genehm ist!«

»Das ist doch lächerlich! Valerie, um Gottes willen, so nimm doch Vernunft an!«, beschwor er sie eindringlich. »Ich bin gekommen, weil ich mich mit dir versöhnen wollte, und nun machst du alles kaputt!«

Schmerz lag in ihren dunklen, goldglitzernden Augen. »Genau das werfe ich dir auch vor.«

Matthew griff nach ihrer Hand, hielt sie fest, als könnte er sie so dazu bringen, seinen Standpunkt auch zu ihrem zu machen. »Lass uns nicht wieder im Streit auseinandergehen, Valerie. Du weißt, dass ich dich liebe!«

Sie biss sich auf die Lippen. »Ich liebe dich auch, Matthew. Aber wir verstehen beide wohl etwas anderes darunter.«

»Unsinn! Wir sind füreinander geschaffen!«

Sie lächelte traurig. »Das glaubte ich ebenfalls. Doch es gibt auch eine zerstörerische Liebe. Und mir scheint die Kraft, die uns verbindet, nicht so stark zu sein wie die Kraft, die uns trennt.«

»Valerie! Rede nicht so, als wüssten wir beide nicht, wovon wir sprechen! Wir brauchen einander! Ich brauche dich, und du brauchst mich! Lass uns also nicht mehr streiten, bitte! Reden wir nicht mehr über das, was einmal war. Wir werden schon einen Weg finden, um unsere Differenzen zu klären! Komm mit mir, jetzt!«, bat er mit leiser Stimme.

Einen Augenblick war sie versucht, der Verlockung nachzugeben. Doch sie überwand den Moment der Schwäche. »O nein, so einfach werde ich es dir nicht machen! Du vertraust auf deine entwaffnende Wirkung als Liebhaber!«, raunte sie, die Augen zusammengekniffen.

Er lächelte. »Ich bemühte mich immer nur, dir ebenbürtig zu sein, Valerie. Lass uns gehen. Du hast mir so gefehlt!«, flüsterte er und streichelte ihre Hand.

»Schlag dir das aus dem Kopf!«, lehnte sie ab, obwohl seine Aufforderung ein erregendes Kribbeln in ihrem Körper hervorgerufen hatte. »Ich will mehr, als nur das Bett und die Leidenschaft mit dir teilen. Besuch mich auf Cotton Fields, und ich bin gern bereit, in Ruhe mit dir über alles zu reden.«

Matthew setzte zu einer unwirschen Antwort an, als Travis Kendrik mit zwei Gläsern Champagner neben ihnen auftauchte. »Hier sind Sie also! Ich hab' Sie schon überall gesucht und gefürchtet, Ihnen wäre etwas zugestoßen!«, rief er erleichtert und fröhlich zugleich. »Ihr Champagner. Sie sehen ja noch immer sehr erhitzt aus, Valerie.« Lächelnd reichte er ihr ein Glas und sah dann Matthew an.

»Travis, darf ich Sie mit Captain Melville bekannt machen. Matthew, das ist Mister Kendrik, mein Anwalt, dem ich Cotton Fields verdanke«, stellte sie die beiden Männer einander vor, die sich wenig freundlich musterten.

Steif und mit kühlem Lächeln nickten sie sich zu. Sie mochten sich auf Anhieb nicht und wussten augenblicklich, dass sie scharfe Konkurrenten im Wettstreit um Valeries Zuneigung und mehr waren.

»Welch unerwartetes Vergnügen, Ihre Bekanntschaft zu machen, Captain Melville. Ich habe schon viel von Ihnen gehört. Valerie selber spricht leider nur sehr selten von Ihnen«, sagte Travis doppeldeutig.

Matthew verzog grimmig das Gesicht. »Dafür höre ich Ihren Namen zum ersten Mal!«

Der Anwalt lächelte scheinbar unbekümmert, doch seine Augen wurden von diesem Lächeln nicht berührt. »Aber sicherlich nicht zum letzten Mal, Captain.«

»Sie scheinen sehr tüchtig zu sein, Mister Kendrik, nicht nur vor Gericht.«

»Ich gebe mich eben nur mit dem Besten zufrieden ... in jeder Beziehung«, sagte Travis Kendrik und trank einen Schluck Champagner.

Matthew nahm den kostbaren Rubinschmuck, den Valerie trug, erst in diesem Augenblick bewusst wahr. In den ersten Minuten ihres Wiedersehens und während des Tanzens war er einfach zu überwältigt von ihrer Schönheit und erregenden Nähe gewesen und innerlich zu aufgewühlt, als dass er irgendeinen Gedanken an die Herkunft von Ohrringen und Collier verschwendet hätte. Nun aber fielen sie ihm ins Auge.

»Ich schätze, Miss Duvall verdankt Ihnen eine ganze Menge mehr als nur Cotton Fields«, konnte sich Matthew nicht verkneifen zu sagen und warf Valerie dabei einen eifersüchtigen Blick zu.

»Oh, Sie tun mir zu viel der Ehre an, Captain«, gab sich Travis ganz bescheiden, hielt aber Matthews durchdringendem Blick mit gleicher Kälte stand. »Ich versuche nur, Lücken zu füllen und Wunden zu heilen, die andere geschlagen haben. Nun, manche dieser Lücken sind wirklich nicht der Rede wert.«

»Was man von den Rubinen dagegen wohl kaum behaupten kann«, knurrte Matthew. »Sie haben bestimmt ein Vermögen gekostet, Mister Kendrik.« Eine Frage schwang in seinen Worten mit.

Der Anwalt dachte nicht daran zu verheimlichen, dass er die Rubine, die Valerie mit solcher Anmut trug, erstanden hatte, und antwortete ruhig: »Es gibt Dinge, die mehr wert sind als das, was auf dem Preisschild steht.«

Matthew kochte innerlich, dass Valerie ruhig dabeistand und diesen schmächtigen, aufgeblasenen Burschen mit keinem Wort in seine Schranken wies, sondern nur maliziös lächelte. Und bevor ihm richtig zu Bewusstsein kam, was er da sagte, waren die verletzenden Worte auch schon heraus: »Aber letztlich ist alles käuflich, nicht wahr, und nur eine Frage des Preises ... oder sollte ich besser sagen: eine Frage der Exklusivität des Schmuckes, Valerie?«

Seine Kränkung traf sie tief und schmerzlich in ihrem

Herzen. Jedes seiner Worte war wie ein kraftvoller Stoß mit einer scharfen Klinge, die den alten Wunden neue hinzufügte. Der Schmerz wollte ihr die Tränen in die Augen treiben, doch sie wehrte sich mit aller Kraft dagegen. Die Genugtuung von Tränen wollte sie ihm nicht geben. Schon gar nicht vor Travis. Sie konnte jedoch nicht verhindern, dass sie erblasste und ihre Augen einen feuchten Schimmer bekamen.

»Es war wirklich sehr aufschlussreich, dich hier getroffen und dir zugehört zu haben, Matthew«, erwiderte sie, und es gelang ihr sogar, dabei zu lächeln und ihrer Stimme einen leichten Plauderton zu geben. Doch in ihren Worten lag beißender Hohn, der ihren Schmerz und ihre bittere Enttäuschung nicht verbarg. »Du bist dir wirklich treu geblieben, noch ganz der taktvolle, empfindsame Captain Melville.«

»Valerie, ich..«

Sie fiel ihm ins Wort. »Ich möchte dich nicht länger aufhalten, Matthew. Ich habe deine Geduld ja schon über Gebühr strapaziert. Und du wirst genau wie ich auch den Wunsch hegen, diesem Ball ein wenig Vergnügen abzugewinnen«, ließ sie ihn kalt abblitzen und wandte sich dem Anwalt zu. »Travis, würde es Ihnen viel ausmachen, mich zum Tanz zu führen? Ich glaube, ich bin die Art Komplimente, die Captain Melville im Gespräch mit mir zu bevorzugen scheint, nicht mehr gewohnt. Bitte haben Sie also die Güte, sich auch weiterhin davon abzusetzen.«

»Mit größtem Vergnügen, Valerie«, versicherte Travis Kendrik, bot ihr seinen Arm und sagte ihm Weggen zu Matthew: »Einen angenehmen Abend noch, Captain Melville ... und besten Dank.«

Mit geballten Fäusten und zusammengepressten Lippen stand Matthew da und schaute ihnen nach. Die Wut, die in ihm kochte, drohte ihn zu einer Dummheit zu verleiten. Das Verlangen, sich diesen Wichtigtuer von Anwalt zu schnappen und ihm hier vor aller Augen die Prügel seines Lebens zu verpassen, war kaum zu bezähmen. Sich dafür zu bedanken, dass er aus der Rolle gefallen war und bei Valerie damit das genaue Gegenteil von dem erreicht hatte, was er sich vorgenommen hatte. Was für eine Unverschämtheit! Allein dafür gehörte er schon windelweich geschlagen, dieser schmalbrüstige Angeber, der es gewagt hatte, *seine* Valerie mit teuerstem Rubinschmuck zu behängen! Und jetzt legte er auch noch seinen Arm besitzergreifend um ihre Taille, als sie sich unter die Tanzenden mischten.

Matthew beherrschte sich, wenn auch nur mit größter Mühe, denn er hatte sich an diesem Abend schon genug Dummheiten erlaubt. In ohnmächtiger Wut stand er da und beobachtete die beiden. Schließlich konnte er es nicht länger ertragen zu sehen, wie Valerie den Anwalt beim Tanzen anlächelte und sich scheinbar entspannt mit ihm unterhielt.

Abrupt wandte er sich ab und hielt auf den nächsten Livrierten zu, der ein Tablett mit gefüllten Champagnergläsern herumtrug. Der Schwarze zuckte nicht mit der Wimper, als Matthew drei Gläser hintereinander leerte und sich dann noch ein viertes nahm.

»Sie scheinen ja kurz vor dem Verdursten zu stehen, Captain Melville«, sagte da eine weibliche Stimme mit gutmütigem Spott an seiner rechten Seite. »Oder ist Ihnen was im Hals stecken geblieben, das Sie hinunterzuspülen versuchen? In jedem Fall ist Champagner keine schlechte Wahl, schon gar nicht der, den André serviert.«

Er drehte den Kopf, und sein griesgrämiges Gesicht nahm einen bedeutend freundlicheren Ausdruck an, als er Madeleine Harcourt vor sich sah.

»Miss Harcourt!«

Er hatte sie als Schönheit in Erinnerung gehabt, war jetzt aber von ihrer erotischen Ausstrahlung völlig überrascht. An jenem Morgen, als er neben ihr in seinem Bett aufgewacht war, hatte ihn der Kater zweifellos daran gehindert, ihre verführerische Weiblichkeit richtig zu würdigen. Das holte er nun nach.

Sie trug ein Kleid aus mehreren Lagen hauchdünner cremeweißer Seide mit goldenen Paspellierungen, das ein wenig dem Empire-Stil nachempfunden war. Es war ein geradezu klassisches Gewand, das am Oberkörper straff anlag und ihre vollen Brüste stark betonte und bis an die Grenze des Schicklichen entblößte, unterhalb der Brust jedoch locker herabwallte. Sie hatte ihr schwarzes Haar zu einer kunstvollen Frisur hochgesteckt, in der man mit etwas Fantasie eine Krone sehen konnte. Ein mit Diamanten besetztes Diadem befand sich in ihrem Haar, und um den Hals trug sie eine dreireihige Perlenkette mit einem Herz aus Diamanten als Anhänger. »Sagte ich nicht, dass sich unsere Wege bald wieder kreuzen würden?«, fragte sie neckisch und spielte mit einem elfenbeinernen Fächer.

Ein Anflug von Verlegenheit erfasste ihn, als sie ihn damit an die peinlichen Umstände ihrer ersten Begegnung erinnerte. Er versuchte, sie zu überspielen und das Thema geschickt zu wechseln, indem er galant erwiderte: »Darf ich Ihnen ein Kompliment machen? Ihre Schneiderin kann sich glücklich schätzen, eine so schöne Frau wie Sie einkleiden zu dürfen.«

Sie lächelte: »Danke, Captain. Und ich darf Ihrem Koch ein Kompliment machen. Das Frühstück, das Sie mir servieren ließen, ließ keine Wünsche offen ... zumindest keine, die er hätte befriedigen können, wenn Sie verstehen, was ich meine.«

Er verstand sehr wohl, und im ersten Moment war ihm diese Anspielung peinlich. Leichte Röte stieg ihm ins Gesicht, und er überlegte, wie er das Gespräch mit ihr so schnell wie möglich beenden könnte, denn nach einem Abenteuer war ihm im Augenblick ganz sicher nicht zumute, wie reizvoll Madeleine auch war. Doch dann fiel sein Blick auf Valerie, die an Travis Kendriks Arm über das Parkett schwebte, und er besann sich plötzlich eines anderen. Warum sollte er die Gunst der Stunde und dieser äußerst attraktiven jungen Frau nicht nutzen, um sein angeschlagenes Selbstbewusstsein wieder aufzurichten und Valerie zu zeigen, dass nicht nur sie andere Eisen im Feuer hatte.

»Ich bedaure, dass ich Sie enttäuschen musste, Miss Harcourt«, ging er nun auf ihren verführerischen Tonfall ein.

Sie hob die Augenbrauen. »Bedauern Sie es wirklich?«, fragte sie.

»Es dürfte jedem Mann, der Schönheit und Charme zu würdigen weiß, schwerfallen, Ihnen einen Wunsch abzuschlagen«, antwortete er diplomatisch.

»Ich verstehe nur nicht, warum Sie das tun *mussten*, Captain.«

»Um Ihnen eine Enttäuschung zu ersparen«, erklärte er vage.

Sie lächelte. »Eine Enttäuschung, um eine andere Enttäuschung zu vermeiden. Sie sprechen in Rätseln, aber ich liebe Rätsel. Sie reizen mich, nach der Lösung zu suchen. Und je komplizierter die Rätsel sind, desto mehr fühle ich mich herausgefordert.«

»Hätten Sie etwas dagegen, die Jagd nach der Lösung des Rätsels für die Dauer einiger Tänze zu unterbrechen?«, fragte er.

»Ganz und gar nicht, Captain«, erwiderte sie mit einem strahlenden, siegesgewissen Lächeln und nahm seinen Arm. »Ich könnte mir sogar gut vorstellen, dass ich der Lösung meines Rätsels in Ihren Armen ein gutes Stück näher kommen könnte.«

»Sie meinen beim Tanzen!«

»Das wäre zumindest ein vielversprechender Anfang.«

Matthew nahm mit grimmiger Zufriedenheit zur Kenntnis, dass Valerie sie entdeckt hatte und immer wieder zu ihnen herüberblickte. Er wollte ihre Eifersucht anstacheln und ließ es daher bereitwillig geschehen, dass Madeleine sich näher an ihn schmiegte, als er es unter normalen Umständen zugelassen hätte. Außerdem wäre es glatt gelogen gewesen, hätte er behaupten wollen, dass Madeleine ihn kaltließ. Früher hätte er in einer solchen Situation, wenn die Frau ihm so eindeutig ihre Bereitschaft zu einem amourösen Abenteuer signalisierte, nicht lange gezögert. Doch seit er Valerie kannte, hatte sich seine Einstellung zu derartigen Liebschaften drastisch geändert.

Dennoch passierte es an diesem Abend, dass er eine Zeit lang völlig vergaß, weshalb er diese verführerische Witwe in erster Linie zum Tanz aufgefordert hatte. Er gab sich ganz dem sinnlichen Vergnügen hin, sie in seinen Armen zu halten, ihren Körper durch den Stoff hindurch zu spüren und ihren Duft einzuatmen. Dann und wann streifte sie ihn bei einer Drehung wie zufällig mit der Brust, und als ein älteres Paar aus dem Takt kam und sie dazu zwang, abrupt auszuweichen, nutzte sie diese günstige Gelegenheit, um ihre Schenkel gegen die seinen zu pressen, während sie so tat, als wäre sie gegen ihn gestolpert.

Matthew verlor vollkommen das Gefühl für die Zeit,

die verstrich. Als die Kapelle einen Tusch spielte, eine kurze Pause ankündigte und Madeleine sich mit einem leisen Seufzer nur widerstrebend von ihm löste, war es schon Mitternacht. Er sah sich nach Valerie und ihrem schmächtigen Begleiter um, konnte sie jedoch nirgends entdecken.

»Ich glaube, für heute habe ich genug getanzt«, sagte Madeleine und hakte sich bei ihm ein. »Würden Sie mir den Gefallen tun, mich nach Hause zu bringen?«

Matthew zögerte kurz. Er dachte an Valerie und Travis Kendrik, und was ihm da in den Sinn kam, stimmte ihn nicht eben versöhnlich. Dann sagte er: »Mit Vergnügen, Miss Harcourt. Ich werde veranlassen, dass meine Kutsche vorfährt.«

Wenige Minuten später saßen sie in der Equipage. Madeleine hatte die schweren Vorhänge zugezogen und schmiegte sich nun an ihn.

»Küssen Sie mich!«, flüsterte sie.

»Sie spielen mit dem Feuer, Miss Harcourt!«

»Ich liebe es feurig!«, erwiderte sie, beugte sich zu ihm hinüber und presste ihre Lippen auf seinen Mund.

Die Erregung riss ihn mit sich fort, und er erlag seinem inneren Widerstand, ging auf ihren leidenschaftlichen Kuss ein und nahm ihre Zunge, die sich ihm entgegenschob, willig zwischen seinen Lippen auf.

Er tastete nach ihrer Brust, und sie stöhnte gedämpft, als seine Hand in ihren tiefen Ausschnitt glitt, dort einen Augenblick verweilte und dann ihre Brust heraushob.

Sie erwiderte diese intimen Zärtlichkeiten, indem sie ihre Hände zwischen seine Schenkel gleiten ließ. Deutlich spürte sie, wie erregt er war, und sie machte sich an seinem Gürtel zu schaffen.

»Ich will dich, Matthew ... Ich will dich hier und jetzt!«, stieß sie hervor und schlug ihr Kleid hoch. Zarte spitzenbesetzte Unterwäsche kam zum Vorschein. Sie packte den dünnen Stoff am Bund ihres Höschens und zerrte mit aller Kraft daran, bis er riss. Mit einem heftigen Ruck befreite sie sich vom Spitzenhöschen und warf es hinter sich auf die gegenüberliegende Sitzbank. »Nimm mich! ... Komm!

»Du bist verrückt!«, keuchte er, konnte jedoch nicht der Versuchung widerstehen, die glatte Haut ihrer Schenkel zu berühren. »Was ... was du da vorhast, ist völlig verrückt! Wir riskieren Kopf und Kragen!« Er suchte Ausflüchte, um der immer stärker werdenden Verlockung zu widerstehen.

Sie nahm seine Hand und presste sie gegen ihren Schoß. »Da will ich dich! ... Und du willst es auch!... Ich spüre doch, wie sehr du es möchtest«, flüsterte sie eindringlich. »Mein Gott, worauf wartest du? ... Ich bin keine Jungfrau mehr, und du bist ein Mann, der weiß, dass Frauen mehr brauchen als nur hübsche Kleider und geistreiche Komplimente!«

Matthew zog sie auf sich, bevor es ihr gelang, seine Hose ganz zu öffnen, und verschloss ihr mit einem Kuss den Mund, während die Kutsche sich in eine Kurve legte und ratternd durch die nächtlichen Straßen von New Orleans rollte.

Mit fliegenden Händen versuchte sie ihn zu entkleiden, und fast wäre es ihr auch gelungen, ihn gänzlich zu verführen, wenn die Fahrt zu ihrem Haus auch nur zwei Minuten länger gedauert hätte.

Doch als die Kutsche langsamer wurde und dann zum Stehen kam, hatte sie ihr Ziel noch nicht erreicht. Der Ruck, der durch die Equipage ging, als Timboy die Bremse anzog, brachte Matthew zur Besinnung.

»Wir sind da, Massa!«, rief Timboy.

»Sag ihm, er soll weiterfahren, irgendwohin!«, drängte sie ihn mit atemloser Stimme. »Oder komm mit ins Haus! Schick mich nicht noch einmal so weg!«

Er schüttelte den Kopf. »Es tut mir leid, dass es so weit gekommen ist, aber ich habe es nicht gewollt. Wir sollten es dabei bewenden lassen, Madeleine. Du bist eine verflixt begehrenswerte Frau und hättest mich fast herumbekommen, doch es wäre nicht richtig.«

»Aber warum nicht? Sind wir beide nicht erwachsene Menschen?«, begehrte sie auf. »Können wir nicht tun und lassen, wozu wir Lust haben? Und ich möchte dich als Mann ... ganz und ohne Einschränkung.«

»Es geht einfach nicht, glaube es mir. Ich mag dich einfach zu sehr, um mit dir ein flüchtiges Abenteuer einzugehen. Ich käme mir dabei schäbig vor.«

»Verdammt noch mal!«, explodierte sie vor Enttäuschung und zupfte ihr Kleid zurecht. »Kannst du diese Valerie denn nicht mal für eine Nacht vergessen?«

Verblüffung zeichnete sich auf seinem Gesicht ab. »Ich liebe diese Frau.« Plötzlich fiel es ihm wie Schuppen von den Augen. »Du warst es also, der André dazu gebracht hat, mir diese geheimnisvolle Einladung zu schicken.«

Sie lachte gequält auf. »Ja, und ich hatte gehofft, meine Dummheit von damals, dich einfach so gehen zu lassen, wiedergutmachen zu können«, sagte sie und zuckte dann mit den Achseln. »Nun, es war auch so sehr reizvoll mit dir, und fast wäre es mir ja gelungen, wenn dein Bursche es nicht so eilig gehabt hätte, mich nach Hause zu bringen. Immerhin ist es diesmal nicht allein beim Austauschen von Höflichkeiten geblieben. Deine Küsse waren ganz schön heißblütig, und deine Hände haben mich herrlich erregt. Ich weiß jetzt, dass ich dir nicht gleichgültig bin. Beim nächsten Mal wirst du nicht so viel Glück haben, Matthew.«

Er lächelte. »Ich glaube nicht, dass es für uns ein nächstes Mal gibt. Jetzt bin ich ja gewarnt. Ich werde mich hüten, dir noch einmal ins Netz zu gehen.«

»Ich bin sicher, dass es ein nächstes Mal gibt«, widersprach sie zuversichtlich. »Ich bekomme dich, Matthew. Mir wird schon etwas einfallen.« Sie beugte sich vor und gab ihm einen Kuss auf den Mund.

»Ich glaube, du hast etwas vergessen, Madeleine«, sagte er, als sie den Schlag öffnete und ausstieg. Er hielt ihr zerfetztes Spitzenhöschen in der Hand.

»Behalt' es als Andenken an deinen letzten Versuch, mir zu widerstehen«, erwiderte sie leise und warf ihm eine Kusshand zu, bevor sie durch die Gartenpforte schritt und hinter den Büschen verschwand, die das Haus von der Straße abschirmten.

»Zur River Queen, Timboy!«, rief Matthew, den zarten Stoff ihrer Unterwäsche in der Hand, die Süße ihrer Lippen noch auf seinem Mund und das Gefühl ihres anschmiegsamen Körpers in lebhafter, aufreizender Erinnerung.

Er lächelte versonnen. Diese außergewöhnliche Kutschfahrt mit ihr würde er bestimmt nicht so schnell vergessen. Ihre ungezügelt leidenschaftliche, ja hemmungslos lustvolle Art hatte etwas mitreißend Berauschendes an sich gehabt, dem er beinahe gegen seinen Willen erlegen wäre, und das bei seiner doch schon sprichwörtlichen Willenskraft, auf die er sonst so stolz war.

Leises Bedauern regte sich in ihm, dass er sich in Zukunft vor ihr hüten musste, denn er hielt sie für durchaus fähig, ihn unter gewissen Umständen dazu zu bringen, schwach zu werden und ihren Verführungskünsten nicht noch einmal widerstehen zu können.

Gedankenversunken ließ er den weichen Stoff ihres Höschens durch seine Finger gleiten, während er sie mit erhitztem Gesicht, entblößtem Busen und nackten Schenkeln vor sich sah. Seine Erregung war noch immer nicht abgeklungen, und er spielte schon mit dem

Gedanken, dem Palais Rose einen Besuch abzustatten, um zumindest seinem Körper Erleichterung zu verschaffen.

Doch dann schob sich Valeries Bild vor sein inneres Auge, und sein Lächeln erstarb, wie auch seine Erregung schlagartig verflog. Bitterkeit verdrängte die Lust in ihm. Statt sich mit ihr zu versöhnen, hatte er sich wie ein Idiot benommen und sich von blinder Eifersucht dazu hinreißen lassen, sie zu verletzen, ausgerechnet sie, die Frau, die er liebte wie nichts sonst auf der Welt, die ihm aber von Tag zu Tag mehr zu entgleiten drohte.

Hatte sie schon diesen Anwalt in ihr Bett gelassen? Nein, unmöglich! Sie hätte dann ganz anders reagiert. *Noch* war sie ihm nicht untreu geworden, das hatte er deutlich gespürt, als sie getanzt hatten. Doch nach dem, was zwischen ihnen auf dem Ball an verletzenden Bemerkungen gefallen war, vermochte er es nicht länger auszuschließen.

Die Vorstellung, dass ein anderer Valeries makellosen Leib küssen und liebkosen und in ihn eindringen könnte, brachte ihn fast um den Verstand.

15.

»Eine einzige Scheibe Toast? Und dazu noch so dünn mit Butter und Apfelgelee bestrichen, wie es keine Armenküche besser könnte! Soll das schon alles sein?«, protestierte Fanny, als ihre Herrin zum Frühstück wieder einmal kaum mehr zu sich nahm als ein Spatz.

So ging es nun schon über eine Woche, seit Valerie aus New Orleans auf die Plantage zurückgekehrt war, niedergeschlagen und in sich gekehrt wie noch nie zuvor. Und nicht nur Fanny machte sich Sorgen, sondern auch Edna und Mabel und Samuel und viele andere, denen die Herrin ans Herz gewachsen war. Die Köchin Theda war schon ganz verzweifelt, wohin das bloß führen sollte. Gerade zwei Wochen waren es noch bis Weihnachten, und eigentlich hätte das ganze Personal von Herrenhaus und Küche schon längst unter Hochdruck an den Vorbereitungen für ein standesgemäßes Festessen arbeiten müssen. Doch bisher hatte die Mistress alle Vorschläge zu einem großartigen Weihnachtsfest in Bausch und Bogen abgelehnt.

»Mir reicht es«, sagte Valerie und blätterte in einem Fachbuch über den Anbau von Baumwolle.

»Sie ruinieren sich noch die Gesundheit!«

Valerie hatte den Vorwurf in den letzten Tagen schon zu oft gehört, um ihr darauf noch eine Antwort zu geben. Sie versuchte, Fannys Vorwürfe und Appelle einfach zu überhören, was aber leichter gesagt als getan war, denn ihre Zofe ließ ihr keine Ruhe.

»Wenn Sie so weitermachen, haben Sie Weihnachten Ihren ersten Zusammenbruch und liegen zu Neujahr völlig entkräftet im Bett! Und wer weiß, ob es dann nicht für Hilfe zu spät sein wird!«, prophezeite die Zofe düster. »Sie werden sich die Schwindsucht oder noch was viel Schlimmeres holen, wenn Sie mit Ihrer selbstzerstörerischen und unsinnigen Selbstkasteiung nicht bald Schluss machen!«

Valerie blickte von ihrer Lektüre auf, gab einen schweren Seufzer von sich und klappte das Buch mit einer Geste des Ärgers zu, dass es laut knallte. »Das reicht jetzt! Ich will nichts mehr davon hören, hast du mich verstanden? Weder droht mir die Schwindsucht, noch unterziehe ich mich einer Selbstkasteiung. Ich habe einfach keinen großen Appetit, das ist alles, und ich werde schon nicht gleich zu einem Gerippe abmagern, nur weil ich mich mit dem Essen ein wenig zurückhalte.«

»Ein wenig? Selbst Mister Kendrik, der doch ein Mann ist, der seine Worte wohl abwägt, bevor er etwas sagt, hat mir gegenüber ernste Besorgnis geäußert!«, verteidigte sich Fanny und hätte sich schon im nächsten Moment am liebsten die Zunge abgebissen.

Valerie warf ihr ein schwaches spöttisches Lächeln zu. »Interessant. Ihr tuschelt also hinter meinem Rücken und tauscht eure Sorgen aus. Was hat er dir denn anvertraut, der gute Travis?«, fragte sie mit hochgezogenen Brauen.

Fanny errötete unter ihrem Blick und druckste herum. »Nun, ja ... also ... anvertraut, ... so direkt anvertraut hat er mir eigentlich gar nichts, Miss Valerie.«

»Nur heraus mit der Sprache!«, forderte Valerie ihre Zofe auf. »Lasst mich an eurem Geheimnis teilhaben.«

Fanny wurde noch unwohler in ihrer Haut und rutschte unruhig auf ihrem Stuhl hin und her. »Er ... er hat mir nur aufgetragen, mich in dieser ... dieser schweren Zeit besonders aufmerksam um Sie zu kümmern, weil ...«

»Weil was?«

»Weil ... weil Captain Melville sich Ihnen gegenüber wie ein Ekel benommen habe und Sie wohl einige Zeit brauchen würden, um über diese Enttäuschung hinwegzukommen, die Ihnen dieser Grobian zugefügt hat«, sprudelte es schließlich aus Fanny heraus, und da sie nun schon mal in Fahrt war, setzte sie von sich aus noch hinzu: »Ich habe Ihnen ja gleich gesagt, dass er es nicht wert ist, dass Sie sich mit ihm abgeben. Er ist ein Herumtreiber, ein schamloser Verführer, der Ihres Blickes nicht würdig ist!«

Valerie sah ihre Zofe einen Augenblick schweigend an. Dann sagte sie ganz ruhig, aber mit eindringlicher Stimme: »Fanny, ich hänge wirklich sehr an dir, und ich nehme an, dass du das auch weißt. Ich bin bisher davon ausgegangen, dass du mehr für mich bist als irgendeine x-beliebige Zofe, die ihr Handwerk ausgezeichnet versteht ... und dass ich mehr für dich bin als eine Herrin, von der du deinen Lohn beziehst. Ich hielt uns für Freundinnen.«

Die Zofe nickte stumm.

»Gut, dass du ebenfalls so empfindest. Freunde, die es ehrlich miteinander meinen, scheuen auch vor Kritik nicht zurück. Das hast du auch nie getan, und dafür bin ich dir immer dankbar gewesen, selbst wenn du mir manches gesagt hast, was ich lieber nicht gehört hätte. So soll es auch bleiben. Aber du begehst einen schwerwiegenden Fehler, wenn du weiterhin versuchst, Matthew schlechtzumachen und ihn mir ausreden zu wollen«, fuhr sie fort. »Bis zu einem gewissen Punkt bin ich bereit, deine wenig schmeichelhaften Äußerungen über ihn zu tolerieren. Doch allmählich erreichst du die Grenze dessen, was ich hinzunehmen bereit bin ... sowohl als deine Herrin als auch als deine Freundin.«

Fanny schluckte schwer. »Aber Miss Valerie ...!«

»Schweig und lass mich ausreden!«, fuhr Valerie ihr ins Wort. »Du kannst immer frei weg von der Leber reden und sagen, was du denkst. Was ich jedoch nicht akzeptieren kann, sind verächtliche Bemerkungen wie ›schamloser Verführer‹. Du weißt ganz genau, dass ich nichts getan habe, was ich nicht selber aus ganzem Herzen habe tun wollen! *Ich liebe ihn*, Fanny! Und wenn du nicht dazu fähig bist, meine Gefühle für Matthew weder zu verstehen noch sie zu tolerieren, werde ich mich gezwungen sehen, dich aus meinen Diensten zu entlassen. Ich werde dir eine großzügige Abfindung geben und mich unter Schmerzen von dir trennen, doch ich werde es tun! Denn Liebe ist etwas, das sich jeder objektiven Beurteilung entzieht und nicht mit dem Verstand entschieden wird, sondern mit dem Herzen. Und wer die Liebe eines anderen mit Füßen tritt, und sei sie in den Augen anderer auch noch so unmöglich, der kann nicht länger dessen Freund sein.«

Fanny liefen die Tränen über das rosige Gesicht. »O mein Gott! ... Ich wollte Sie doch nie verletzen, Miss Valerie! ... Es tut mir ja so leid! ... Das hab' ich nie gewollt!«, schluchzte sie. »Ich will keine großzügige Abfindung, ich will nur, dass Sie glücklich sind und ... und wieder lächeln. Es bricht mir doch das Herz zu sehen, wie unglücklich Sie sind ... und wie sehr sie leiden. Ich würde alles geben, wenn es in meiner Macht stünde, ihr Gesicht wieder glücklich lächeln zu lassen ... und ich würde auch Captain Melville meine Treue schenken, wenn er Sie nur richtig glücklich machte. Bitte, Sie müssen mir glauben. Mir ist es gleich, wem Sie Ihr Herz schenken und wer Ihr Bett teilt, wenn nur die Trauer aus Ihrem Gesicht verschwindet und Ihre Augen wieder fröhlich glänzen. Sonst wünsche ich mir gar nichts.«

Valerie unterdrückte ihre Rührung. »Dann nimm in Zukunft bitte auf meine Gefühle Rücksicht, auch wenn du nicht verstehen kannst, warum ich Matthew liebe ...

und nie aufhören werde, ihn zu lieben«, sagte sie, nahm das Buch vom Tisch und eilte hoch in ihr Zimmer, um ihre Tränen, die sie nun nicht länger zurückhalten konnte, vor Fanny und dem Personal zu verbergen.

Sie schob den Riegel vor und warf sich auf das Bett, presste ihr Gesicht in die kühlen Kissen, während die Tränen heiß und salzig über ihre Wangen liefen.

Als sie sich wieder beruhigt und gewaschen hatte, setzte sie sich ans Fenster, blickte hinaus in den klaren Dezembertag und zermarterte sich zum wiederholten Mal das Gehirn, was sie auf André Garlands Ball bloß falsch gemacht hatte.

Doch sosehr sie sich auch bemühte, einen Fehler oder eine unverzeihlich verletzende Bemerkung ihrerseits zu finden, es kam ihr nichts in den Sinn, was sie sich hätte vorwerfen können – und was dazu beigetragen hätte, ihr Zerwürfnis noch zu vertiefen.

Und dabei hatte es so wunderbar angefangen. Sie hatte wie auf Wolken geschwebt, als er mit ihr getanzt hatte. Wie sehr hatte sein Blick sie schon erregt und sie sehnsüchtig daran denken lassen, wie wundervoll leidenschaftliche und bedingungslose Liebe sein konnte.

Sie verstand noch immer nicht, wieso ihr Gespräch eine derart katastrophale Wendung genommen hatte. Warum war er nur so unwirsch geworden und später dann regelrecht verletzend? Hatte sie ihm Anlass dazu gegeben?

Dass sie nichts unternommen hatte, um Travis in seiner forschen Art zu bremsen, konnte er ihr nicht zum

Vorwurf machen. Immerhin war er es gewesen, der Travis von Anfang an mit Geringschätzung behandelt und ihn regelrecht herausgefordert hatte. Es war Travis' gutes Recht gewesen, ihm Paroli zu bieten und sich nichts gefallen zu lassen. Er hatte sich in jeder Beziehung wie ein Gentleman verhalten: vor, während und nach dem Ball. Er war ihre einzige wahre Stütze, und sie wunderte sich schon, dass er überhaupt so viel Geduld und Rücksichtnahme für sie aufbrachte, da er doch längst wusste, dass sie Matthew Melville liebte – wie zerstörerisch diese Liebe auch sein mochte.

Nein, sie hatte sich nichts vorzuwerfen. Es wäre falsch gewesen, ihre grundsätzlichen Gegensätze und Meinungsverschiedenheiten für eine Nacht der Lust auszuklammern und so zu tun, als könnte man das eine genießen, ohne an das andere denken zu müssen.

Nein, es wäre ein schwerwiegender Fehler gewesen und hätte gar nichts geklärt, sondern alles nur noch schlimmer gemacht. Nach einer Nacht in seinen Armen hätte sie sich nur noch zerrissener gefühlt.

Erst wenn Matthew sie so akzeptierte, wie sie war, und begriff, dass Cotton Fields für sie tausendmal mehr bedeutete als nur ein kostbares Stück Land, das man samt beweglichem und unbeweglichem Gut zu Geld machen konnte, erst dann konnten ihre Herzen wieder zusammenfinden – und ihre Körper sich der Lust hingeben, die ohne Beilegung ihres Streites immer einen bitteren Beigeschmack behalten würde.

Seine Bemerkung über den Rubinschmuck und die Käuflichkeit hatten sie bis in ihr Innerstes getroffen und eine tiefe blutende Wunde geschlagen. Doch ihrer Liebe hatte auch das nichts antun können.

Wenn auch er sie noch immer liebte, wie er ihr versichert hatte, würde er erkennen, welches Unrecht er ihr mit seinen Worten angetan hatte, und er würde sich daran erinnern, dass sie ihn aufgefordert hatte, zu ihr nach Cotton Fields zu kommen, um über das, was sie trennte, in aller Ruhe zu reden. Liebte er sie wirklich noch?

Würde er kommen?

Wie lange würde er sie warten lassen? Bis Weihnachten? Bis Neujahr? Bis in alle Ewigkeit?

»Matthew! ... Liebster Matthew!«, flüsterten ihre Lippen, und die Scheibe beschlug sich von ihrem Atem, als sie die Stirn gegen das kalte Glas presste. Ihre Lippen bebten, als das Gefühl der Verlassenheit sie umschloss wie eine winzige einsame Insel auf einem endlosen Ozean.

16.

Rhonda saß auf der eisenbeschlagenen Haferkiste, kaute auf einem Strohhalm und beobachtete, wie sich der Stallknecht Benjamin in den Pferdeboxen zu schaffen machte. Er tat sehr geschäftig und legte sich mächtig ins Zeug, dass er richtig ins Schwitzen kam. Dass die junge, bildhübsche Miss, die seit ein paar Wochen mit ihrer Mutter und ihrem Bruder auf Darby Plantation lebte, ihn nicht aus den Augen ließ, versuchte er zu ignorieren. Mit bescheidenem Erfolg. Er konnte es sich einfach nicht versagen, ihr dann und wann doch einen schnellen heimlichen Blick zuzuwerfen. Dass eine weiße Frau sich länger als nötig in den Stallungen aufhielt, war an sich schon ungewöhnlich genug. Doch dass eine so schöne junge Miss einem einfachen Sklaven wie ihm so lange bei der Arbeit zuschaute und ihn mit einem merkwürdigen Lächeln bedachte, das ihm die Hitze in die Lenden trieb, war ihm noch nie passiert, und er wusste nicht, wie er sich verhalten sollte.

Rhonda genoss die Situation. Sie wusste ganz genau, wie verwirrt Benjamin war, auch wenn er sich größte Mühe gab, seine Unsicherheit hinter Arbeitseifer zu verbergen. Doch mit seinen siebzehn, achtzehn Jahren, älter konnte er ihrer Einschätzung nach nicht sein, verfügte er noch nicht über genug Erfahrung im Umgang mit weißer weiblicher Herrschaft, die sich für ihn als Mann interessierte.

Ihr Interesse an diesem Stallknecht war vor wenigen Tagen erwacht, als sie ihn zufällig dabei beobachtet hatte, wie er sich nach dem Ausmisten der Boxen in einer Ecke des Stalles splitternackt ausgezogen und von Kopf bis Fuß gewaschen hatte. Sein kräftiger Körper und seine stark ausgeprägte Männlichkeit, von der sie einen Blick hatte erhaschen können, hatte sie erregt und das Verlangen in ihr geweckt, ihn zu ihrem Liebhaber zu machen.

Es war auch an der Zeit, einen Ersatz für Tom zu finden. Er war zwar bisher wirklich jeden Sonntag in die verlassene Hütte des Köhlers gekommen, doch sie war seines Körpers längst überdrüssig geworden. Zudem war es äußerst lästig, sich nur an Sonntagen der Wollust hingeben zu können und dann auch noch jedes Mal zur Köhlerhütte reiten zu müssen. Was sie brauchte, war ein Mann hier in der Nähe des Hauses, mit dem sie sich vergnügen konnte, wann immer ihr der Sinn danach stand. Auf den Stallknecht Benjamin war ihr Wahl gefallen. Als Benjamin in ihre Nähe kam, nahm sie den Strohhalm aus dem Mund, befeuchtete ihren Zeigefinger mit der Zungenspitze und fuhr mit der Kuppe scheinbar gedankenlos über ihre vollen roten Lippen. Gleichzeitig zog sie das linke Bein noch mehr an, sodass ihr nussbrauner Rock ein weiteres Stück höher rutschte und die nackte Haut ihres Unterschenkels entblößte.

Sie wusste, dass sie in einer scheinbar verträumt unschuldigen Stellung dasaß, die gleichzeitig aber auch etwas ungemein Aufreizendes an sich hatte. Benjamin war nicht der Erste, an dem sie die Wirkung derartiger Gesten und Körperhaltungen ausprobierte. Sie wusste genau um die Schwächen der Männer und die Stärken ihrer Verführungskunst.

Als er den Gang hinuntereilte, um mehr Stroh zu holen, rutschte sie von der Kiste und folgte ihm. Ihr Blick fiel auf die Leiter, die am Ende der Stallung auf einen mit Stroh und Heu gefüllten Boden führte. Benjamin stand dort oben und warf mit der Forke frisches Stroh hinunter. Als er die Leiter wieder hinabkletterte, trat sie ihm entgegen.

»Benjamin ...«

Er wandte sich ihr zu, sah sie aber nicht an. »Ja, Miss? Kann ich etwas für Sie tun, Miss?«, fragte er mit belegter Stimme.

»O ja, du kannst so einiges für mich tun«, sagte sie verführerisch. »Zuerst einmal solltest du dich daran gewöhnen, mich Rhonda zu nennen.«

»Ja, Miss Rhonda«, erklärte er steif.

»Und dann kannst du die Leiter für mich festhalten. Ich möchte mich mal da oben auf dem Heuboden umsehen.« Erschrocken blickte er sie nun an. »Aber das können Sie nicht, Miss ... Rhonda!«

»So? Warum denn nicht?«

»Weil ... weil sich das für eine Miss wie Sie nicht schickt!«

»Was kümmert mich das. Oder hast du vor, es jedem zu erzählen?«

»Nein, natürlich nicht!«, versicherte er hastig. »Aber die Leiter ist ganz schön steil, und wenn Sie schwindlig werden oder sich sonst etwas tun, werd' ich mächtig viel Ärger kriegen und vielleicht aufs Feld geschickt!«

»Mir wird nicht schwindlig, und es wird auch sonst nichts passieren, wenn du nur den Mund hältst und die Leiter gut sicherst. Der Boden ist doch keine drei Yards hoch!«, erklärte sie mit einer Stimme, die keinen Widerspruch duldete, und verkniff sich ein amüsiertes Lachen.

Mit einer Hand raffte sie ihre Röcke zusammen und stieg dann die Leiter hoch – direkt vor seiner Nase. Sie kletterte sehr bedächtig Sprosse um Sprosse empor und achtete darauf, dass er von ihren schlanken nackten Beinen und ihrer verführerischen Unterwäsche auch genug zu sehen bekam, indem sie ihre Röcke sehr weit hochhob.

Aus den Augenwinkeln stellte sie mit Zufriedenheit fest, dass er zwar so tat, als würde er schamhaft wegschauen, während er die Leiter hielt, in Wirklichkeit aber doch immer wieder einen Blick riskierte. Als sie nun den Heuboden erreichte, beugte sie sich über die Kante, als wollte sie sich umsehen, und sagte dann: »Na, ich mach' mir hier wohl doch nur mein Kleid dreckig. Halt gut fest, Benjamin, ich komm' wieder runter.«

»Jawohl, Miss«, sagte er gepresst.

Sie drehte sich halb auf der Leiter um und sah, dass er

nun den Kopf gesenkt hielt. Das passte ihr nicht. Und sie wusste auch, wie sie ihn dazu bringen konnte, zu ihr aufzusehen. »O Gott! ... Ich glaube, ich habe mir wohl doch zu viel zugemutet. Jetzt wird mir nämlich doch etwas mulmig«, log sie.

»Halten Sie sich bloß fest!«, rief er ihr erschrocken zu und schaute sofort zu ihr hoch.

Rhonda war weit davon entfernt, eine begnadete Schauspielerin zu sein, doch um einen sowieso schon verwirrten Sklaven wie Benjamin zu täuschen, reichte ihr bescheidenes Talent allemal.

Am Ende der Leiter gelang ihr das kleine Kunststück, beim Umdrehen so zu tun, als wäre sie mit dem Schuh an einer der Sprossen hängen geblieben. Sie stolperte und drohte zu stürzen.

Benjamin reagierte im Reflex und fing sie geistesgegenwärtig auf. Sie ließ sich schwer gegen ihn fallen, gab ihm einen köstlichen Vorgeschmack von der Fülle ihres Busens und presste ihren Unterleib gegen ihn.

Der Schwarze holte erschrocken Luft, als er ihren Körper in seinen Armen hielt, ihre Brüste spürte und ihren Schenkel, der sich zwischen seine Beine schob. Augenblicklich schoss ihm das Blut in die Lenden und ließ sein Glied steif werden.

Entsetzt über die verräterische Reaktion seines Körpers und seine wollüstigen Gedanken, schob er sie hastig von sich. »Entschuldigen Sie, Miss! ... Sie ... Sie wären fast gestürzt!«, stieß er hervor.

Sie lächelte ihn an. »Ja, das wäre ich wohl, wenn du mich nicht so geschickt aufgefangen hättest, Ben«, sagte sie und strich ihren Rock glatt. »Du bist wirklich aufmerksam und stark.«

»Oh, danke, Miss«, murmelte er verlegen.

»Ich mag Männer wie dich, die sich einer Frau gegenüber aufmerksam und stark erweisen. Aber kannst du auch schweigen und ein Geheimnis für dich behalten?«, fragte sie leise.

Er schluckte. »Ja, Miss ... ich tue alles, was Sie möchten«, versicherte er, ohne recht zu wissen, worauf sie bloß hinauswollte.

»So, du tust alles, was ich möchte«, wiederholte sie genussvoll. »Nun, es gibt so einiges, was du für mich tun kannst, sofern du nur Mann genug bist.«

»Sie müssen mir bloß sagen, was ich tun soll, Miss Rhonda«, erwiderte er verstört.

Stimmen kamen vom Hof und näherten sich der Stallung. Es wurde Zeit für Rhonda zu gehen, sosehr sie es auch bedauerte, nicht jetzt schon die Beute an Land ziehen zu können. Doch sie hatte ihr Opfer bereits fest am Haken und es würde sich nicht mehr losreißen können.

»Ich werd' dir schon sagen, was du für mich tun kannst, und du wirst bestimmt deine Freude dran haben«, sagte sie mit einem aufreizenden Lächeln, und als sie sich zum Gehen wandte, streifte sie ihn mit ihrer Hand genau an der Stelle, wo sein noch immer steifes

Glied den Stoff seiner Hose spannte. Es war nur eine ganz kurze, scheinbar zufällige Berührung, doch in Verbindung mit ihren Worten war sie für Benjamin die schockierende und zugleich erregende Offenbarung ihrer geheimen Wünsche.

Fassungslos und mit einem lustvollen Pochen in den Lenden starrte er ihr nach, wie sie mit grazilem Gang an den Pferdeboxen vorbeiging und dann durch eine Tür verschwand.

Zufrieden mit sich und Benjamins Reaktion, schlenderte Rhonda eine Weile durch den Garten und kehrte schließlich, als es ihr zu kühl wurde, ins Haus zurück. Es war der Sonntag nach Weihnachten, doch sie hatte noch viel Zeit, bis sie aufbrechen musste, um zur Hütte zu reiten.

Auf dem Weg zu ihrem Zimmer hörte sie plötzlich die Stimme ihres Bruders, der mit Justin einen erregten Wortwechsel führte. Sie blieb stehen und lauschte an der Tür.

»Sie haben *versprochen*, uns zu helfen, Justin!«

»Aber helfe ich Ihnen denn nicht so gut ich kann?«

»Nein, das tun Sie eben nicht! Reden bringt uns keinen Schritt weiter. Und sich über die Ungerechtigkeit im Kreise Gleichgesinnter zu ereifern, ist das Einzige, was Sie bisher getan haben!«, hielt Stephen dem Besitzer von Darby Plantation vor. »Aber damit vertreiben Sie Valerie nicht von Cotton Fields!«

»Was haben Sie denn erwartet, Stephen!«

»Etwas Handfestes! Eine Tat!«

»Mein Gott, wir haben Weihnachten gehabt!«, verteidigte sich Justin Darby.

»Na und?«

»Hören Sie, Stephen. Ich habe Ihnen versprochen, Ihnen mit Rat und Tat zu helfen, zu Ihrem Recht zu kommen. Und ich bin auch bereit, etwas gegen diese Valerie zu unternehmen. Aber bisher haben Sie mir noch keinen Vorschlag gemacht, dem ich guten Gewissens zustimmen könnte.«

Rhonda hatte genug gehört und begab sich in ihr Zimmer, in Gedanken bei Tom und Benjamin. Sie zog sich für ihr verbotenes Treffen im Wald um und wählte aus ihrer reichhaltigen Garderobe ein bequemes Reitkostüm.

Und während sie sich fertig machte und über Tom nachdachte, kam ihr eine Idee, die sich schnell zu einem handfesten Plan formte, zu einem genialen Plan, wie sie meinte. »Stephen wird Augen machen!«, sagte sie aufgeregt zu sich selbst und suchte ihren Bruder.

Sie fand ihn in seinem Zimmer, wo er verdrossen einen Revolver in seine Einzelteile zerlegte und reinigte, dessen Griffstückplatten aus Elfenbein gearbeitet waren. In dieses Elfenbein waren die Initialen HD kunstvoll eingeschnitzt.

»Ärger mit Justin gehabt, Bruderherz?«

»Maulheld!«, knurrte er kurz angebunden.

»Er will gegen dieses Weib auf Cotton Fields nicht mitziehen, nicht wahr?«

»Er hat Gewissensbisse! Stell dir das vor! Als ob dieser Bastard einer von uns wäre!«, erregte er sich. »Und als ob wir sie durch Gerede und fromme Gebete von Cotton Fields verjagen könnten!«

»Ich hätte da eine Idee, wie wir Valerie dazu bringen könnten, Mutters Angebot doch noch anzunehmen«, sagte sie.

»*Du* hast eine Idee?«, fragte er skeptisch.

»Ja, und ich weiß jetzt schon, dass du begeistert davon sein wirst.«

»Na, da bin ich aber gespannt.« Es klang nicht übermäßig erwartungsvoll.

Rhonda legte ihm ihren Plan auseinander, wählte ihre Worte aber so geschickt, dass sie dabei nicht mehr über ihre geheimen Umtriebe verriet als unbedingt notwendig.

Seine anfängliche Gleichgültigkeit verwandelte sich rasch in angespannte Aufmerksamkeit und dann in Verblüffung und Begeisterung.

»Verdammt, das ist wirklich genial! Teuflisch genial sogar!«, stieß er hervor, als Rhonda geendet hatte. »Aber bist du dir auch sicher, dass du sie dazu bringen kannst?«

»Todsicher!«

Er sah sie mit gefurchter Stirn an. »Und wo wird der Treffpunkt sein?«

»Das sage ich dir in ein paar Tagen.« Rhonda dachte nicht daran, ihm jetzt schon die alte Hütte des Köhlers zu nennen. Ihr Bruder ahnte von ihren dunklen Leidenschaften gewiss eine Menge, so wie sie auch viel über seine menschlichen Abgründe wusste, doch das bedeutete nicht, dass sie ihn noch mit der Nase auf Dinge stoßen musste, die besser im Verborgenen blieben. Deshalb fügte sie warnend hinzu: »Frag nicht viel und komm bloß nicht auf den Gedanken, mir nachzuspionieren. Denn dann werde ich keinen Finger mehr für dich rühren. Jeder kümmert sich um seine eigenen Angelegenheiten. Sind wir uns darüber einig?«

Einen Augenblick ruhte sein spöttisch nachdenklicher Blick auf ihr, als wollte er ihre Gedanken erforschen. Doch dann zuckte er die Achseln. »Also gut, ich werd' nicht viel fragen, wenn du meinst, das so einfädeln zu können.«

»Ich kann!«, versicherte sie noch einmal.

Er grinste: »Ich glaube, wir passen wirklich gut zusammen. Du steckst Justin noch dreimal in die Tasche, so hintertrieben und skrupellos, wie du bist.«

»Du warst mir eben in allem ein leuchtendes Vorbild«, gab sie ironisch zurück.

Er wurde ernst. »Zur Sache. Wenn wir das so anpacken, wie du vorgeschlagen hast, dann muss die Geschichte auch absolut wasserdicht sein. Alles muss stimmen.«

»Wie gut verstehst du dich noch mit Phyllis?«, fragte sie.

Ungehalten kniff er die Augenbrauen zusammen. »Was soll das? Hast du eben nicht selbst gesagt ...«

Rhonda schüttelte abwehrend den Kopf und fiel ihm ins Wort. »Dass Phyllis dein Teemädchen ist, interessiert mich nicht. Sie könnte uns jedoch für unseren Plan von Nutzen sein, falls es dir gelingt, sie dazu bringen, Cotton Fields in einer der nächsten Nächte einen Besuch abzustatten und einiges aus dem Küchenhaus zu stehlen. Meinst du nicht auch, dass sich das bei der Untersuchung gut machen würde?«

Verblüfft sah er sie an. »Und ob! Phyllis tut alles, was ich von ihr verlange. Aber sie könnte hinterher reden.«

»Soll sie doch«, sagte sie mit einem diabolischen Lächeln. »Wer wird denn auch nur das Schwarze unter dem Nagel darum geben, was sie plappert, wenn sie irgendwo in South Carolina oder Texas auf dem Feld arbeitet?«

Stephen klatschte in die Hände. »Natürlich, ich werd' sie sofort zu einem Sklavenauktionär nach Texas schicken. Das ist genial!«, rief er begeistert. »Phyllis wird tun, was ich sage. Schwester, deine gemeine Fantasie ist unbezahlbar.«

»Mir wird schon etwas einfallen, wie du dich revanchieren kannst«, versicherte sie.

Sein Blick fiel auf den Revolver, und er wusste plötzlich, wie dieser in ihrem Plan eine besondere Verwendung finden konnte. Er legte die Trommel ein, ließ sie zuschnappen und wog die Waffe schwer in der Hand. »Der hier wird das Tüpfelchen auf dem i sein.«

»Hat er nicht Vater gehört?«

»Sicher. Es ist mir gelungen, ihn aus dem Waffenzimmer verschwinden zu lassen. Es ist ein teures Stück. Ich gebe ihn nur ungern her, aber es muss wohl sein.«

»Was soll mit dem Revolver geschehen?«

»Hör gut zu, was du machen musst«, sagte Stephen und erklärte ihr die Rolle, die diese Waffe mit den Initialen von Henry Duvall in ihrem verbrecherischen Plan spielen sollte, dessen Gelingen von ihrer Geschicklichkeit abhing – und von der Macht, die sie noch über Tom ausübte.

17.

»So magst du es, nicht wahr? ... Ja, ich sehe, wie dir das gefällt, mein strammer Hengst«, sagte Rhonda mit lockender Stimme, während ihre Hände die ölige Creme auf seiner Brust verteilten und sich dann auch seines ganzen männlichen Stolzes voller Hingabe annahmen.

Ein wollüstiges Stöhnen antwortete ihr.

Tom lag nackt auf dem harten Boden der Hütte, nur eine alte Decke unter dem Rücken. Doch es war ihm nicht kalt, denn in der Feuerstelle der Köhlerhütte brannte ein kräftiges Feuer und Rhonda erhitzte seinen Körper auf ihre eigene Art, sodass er wohl auch dann nicht gefroren hätte, wenn er draußen auf dem kalten Waldboden gelegen hätte.

»Erzähl mir, wie es inzwischen mit dir und Edna steht«, forderte sie ihn auf. »Hast du getan, was ich dir aufgetragen habe?«

»Ja, und jetzt werde ich sie gar nicht mehr los«, klagte er. »Wie eine Klette hängt sie an mir.«

»Und? Hast du es schon mit ihr getrieben? Na, hast du ihr schon gezeigt, was du mit dem hier alles anstellen kannst?«, neckte sie ihn und massierte ihn.

Er stöhnte. »O mein Gott, nein ... Aber wenn ich es wollte, könnte ich sie bestimmt hinter dem nächsten Busch nehmen, so verrückt ist sie nach mir. Doch ich will nicht. Warum hast du bloß darauf bestanden, dass ich ausgerechnet mit Edna anbändeln soll? Sie ist so reizvoll wie ein graues Tuch Sackleinen.«

»Weil du mir erzählt hast, dass Valerie sie unter ihre Fittiche genommen hat und sie offenbar sehr mag.«

»Ja, das stimmt, und Edna erzählt mir auch wirklich alles, was sich im Haus tut. Weihnachten ist es mächtig traurig bei ihnen zugegangen. Sie hatten Gäste, alles Bekannte von Massa Kendrik, der so häufig Gast auf Cotton Fields ist. Aber die Mistress hat wohl nicht viel Freude gehabt, wie Edna berichtet. Sie soll Liebeskummer haben.«

Rhonda lachte gehässig. »Umso besser. Aber gewöhn dir ab, sie Mistress zu nennen.«

»Warum ziehst du dich nicht aus und wir machen es zusammen?«, fragte er und fuhr ihr mit einer Hand unter die Röcke.

»Alles zu seiner Zeit«, hielt sie ihn zurück. »Du willst also, dass ich dich von der süßen dummen Edna befreie, ja?«

Er nickte heftig.

»Gut, ich werde es tun. Aber ich möchte, dass du sie am nächsten Sonntag mitbringst.«

»Hierher? In unsere Hütte?«, fragte er ungläubig.

»Richtig, in diese Hütte.«

»Aber das ist unmöglich! Dann weiß sie ja alles über uns! Und warum soll sie überhaupt mitkommen?«

»Weil ich es so will und schon meine Gründe dafür

habe. Es wird dir doch wohl keine Schwierigkeiten bereiten, sie zu überreden, mit dir zu gehen, oder?«

»Nein, das nicht, aber ich verstehe es nicht ...«, sagte er verstört.

»Ich will meinen Spaß, ganz einfach, und euch dabei zuschauen«, log sie.

Fassungslos sah er sie an. »Du willst zuschauen, wie ich es mit ihr mache? Ich weiß nicht, ob ich das kann.«

Sie nickte lächelnd. »Warum denn nicht? Sei unbesorgt, sie wird mich nicht zu sehen bekommen; ich werde mich gut verstecken, und sie wird der Meinung sein, dass du sie an diesen abgeschiedenen Ort gebracht hast, um wirklich ganz ungestört mit ihr sein zu können. Was ist? Sag bloß, du zierst dich? Nun, darüber werde ich dir schon hinweghelfen.« Sie zog einen kleinen Samtbeutel hervor, öffnete die dünne Schlaufe aus Satinband und ließ einen Strom Münzen auf seinen Brustkorb regnen.

Er griff nach dem Geld, die Augen vor freudiger Überraschung weit aufgerissen. »Das ist alles für mich?«

»Ja, aber das ist nur der erste Teil deines Liebeslohnes, wenn du es tust. Bringst du sie nächsten Sonntag mit, bekommst du noch einmal *doppelt* so viel. Hast du mir nicht mal gesagt, dass du dich irgendwann freikaufen willst?«

»Jesus Maria! Ja!«, stieß er hervor. Noch nie im Leben hatte er so viel Geld auf einem Haufen gesehen, und sie wollte ihm noch einmal das Doppelte davon geben, wenn er Edna in diese Hütte brachte und sie verführte, was ihm keine großen Schwierigkeiten bereiten sollte, da sie doch so vernarrt in ihn war. Es klang fast zu schön, um wahr zu sein.

»Was ist? Wirst du es tun?«

»Wenn dir so viel daran liegt, werde ich es tun! Und das Geld kriege ich wirklich?«, fragte er mit einer Mischung aus Argwohn und Gier.

»Du wirst mehr bekommen, als du dir erträumen kannst«, versprach sie doppeldeutig. »Aber du musst mir doch noch zwei kleine Gefallen tun.«

»Was denn?«

»Ich hab' gehört, dass ein fahrender Händler in der Gegend ist.«

»Ja. Und?«

»Geh zu ihm und kauf für Edna ein schönes Tuch und ein neues Kleid – und mir bringst du eine handliche, aber stabile Feile mit.«

»Eine Feile?«, echote er verständnislos.

»Ja, ich brauche sie, aber es hat dich nicht zu interessieren, warum und wozu«, erklärte sie und nahm ihre ihn erregende Massage wieder auf. Er hielt sich für stark, doch dabei war er wie Ton in ihren Händen.

»Also gut, eine Feile«, brummte er achselzuckend. Wenn es ihr Wunsch war und sie dafür bezahlte, sollte er sich nicht den Kopf darüber zerbrechen, was sie bloß mit so einem Werkzeug anzufangen gedachte. Gefangen gehalten wurde sie auf Darby Plantation jedenfalls nicht. »Und was ist mit dem anderen Gefallen?«

»Edna muss im Haus etwas für mich erledigen, im Waffenzimmer. Keine Angst, ich will nicht, dass sie irgendetwas stiehlt. Es handelt sich nur um einen ... nun, eine Wette. Es ist nichts Verbotenes«, sagte sie und erläuterte ihm, was Edna tun sollte.

Tom verstand den Sinn dieser vorgeblichen Wette nicht, bemühte sich jedoch auch nicht weiter darum, sie zu ergründen. Miss Rhonda war schon immer ein merkwürdig sprunghaftes und eigenwilliges Geschöpf gewesen, und da die Sache weder ihm noch Edna einen Schaden bringen konnte, sondern ihm im Gegenteil noch einen Bonus von Rhonda einbrachte, willigte er schließlich ein, Edna dazu zu überreden.

»Auf dich ist wirklich Verlass ... in jeder Hinsicht, Tom«, schmeichelte sie ihm, erhob sich und streifte ihre Beinkleider ab. »Ich nehme an, mit dem Geld allein bist du jetzt nicht zufrieden, oder?«

Er nahm den Blick nicht von ihr, als sie ihre Röcke bis zur Taille hochschlug und ihm ihren nackten Unterleib mit dem blond gelockten Vlies zwischen ihren Beinen darbot.

»Nein, ich will dich haben! Du hast mich mit deinen Händen lange genug verrückt gemacht!«, keuchte er. »Komm endlich, wenn du auch noch etwas davon haben willst!«

Mit gespreizten Beinen, die Röcke mit einer Hand

vor die Brust gepresst, kniete sie sich über ihn, umfasste sein hartes Glied mit der anderen Hand und ließ sich dann langsam auf ihn nieder, nahm ihn tief in ihren feuchten Schoß. »Und ob ich dich will«, flüsterte sie, als er erlöst aufstöhnte und sich unter ihr lustvoll zu bewegen begann.

Sie empfing seine Stöße voller Wollust. »Ich will dich mehr, als du dir vorstellen kannst, Tom. Ich will dich mit Haut und Haaren!«, versicherte sie noch einmal leidenschaftlich, doch in ihren Augen brannte ein kaltes, hämisches Feuer.

18.

Drei Tage nach Neujahr, an einem verhangenen windigen Sonntagnachmittag, lief die Alabama im Hafen von New Orleans ein. Matthew hatte von der Ankunft seines schnellen Clippers, der in Baltimore auf Kiel gelegt worden war, schon am frühen Morgen von einem befreundeten Lotsen erfahren, der mit einem Dampfschiff von Biloxi kommend den Mississippi stromaufwärts fuhr und die Alabama im Delta gesichtet hatte.

Am liebsten wäre er seinem Clipper mit dem nächsten Boot entgegengeeilt, denn an der Alabama hing sein Herz noch mehr als an der River Queen, obwohl diese ihm die größten Gewinne einfuhr. Doch die Welt eines schnittigen Dreimasters übte auf einen echten Seemann eben eine ganz andere Faszination aus als der vergleichsweise geruhsame und sichere Alltag an Bord eines Flussdampfers, der doch mehr Zeit im Hafen verbrachte als auf dem Fluss. Und wenn der Mississippi auch seine zahlreichen Tücken und Gefahren hatte, die schon so manchem Schiff zum Verderben geworden waren, so konnte er sich in den Augen eines wahren Weltumseglers doch nicht mit der majestätischen Weite der Ozeane messen, mit ihren segelblähenden Winden und ihren wütenden Stürmen. Da Matthew die unbändige

Kraft der Naturgewalten liebte und fürchtete, galt seine Liebe als Seemann auch der Alabama.

Er stand schon am Kai, als der Clipper in den Haften glitt. Voller Stolz beobachtete er, wie die Mannschaft die Rahen aufenterte und die Kommandos, die über das Deck schallten, blitzschnell ausführte. Jeder Handgriff saß. Die Crew war wie ein Uhrwerk aufeinander eingespielt. Elegant schob sich der Segler an den Kai und drehte bei, während die letzte Handbreit Tuch gerefft und beschlagen wurde. Hafenarbeiter, Boten, Agenten, Seeleute aller Nationen und andere Frauen und Männer, die sich gerade am Hafen aufhielten und das Anlegemanöver verfolgt hatten, gaben bewundernde Ausrufe von sich, einige Seeleute, die um die Schwierigkeiten eines solchen Manövers wussten, applaudierten sogar.

Matthew lächelte und konnte es gar nicht erwarten, an Bord zu gehen. Endlich verband die Gangway den Segler mit dem Hafenkai und er eilte die Planken hoch.

An Deck des Schiffes sah er sich nach Lewis Gray um, konnte seinen Ersten Offizier, der in seiner Abwesenheit Captain der Alabama war, jedoch nirgends entdecken. Was höchst sonderbar war, denn beim Einlaufen des Schiffes war sein Platz an Deck.

»Mister Edwards!«, rief er, als er seinen Dritten Offizier entdeckte.

»Oh, Captain! Wie schön Sie wiederzusehen!«

»Sie glauben gar nicht, wie sehr *ich* mich freue, Sie und die Alabama wohlbehalten hier im Hafen zu sehen! Das neue Jahr hätte kaum besser anfangen können.«

»Wir hatten eine verhältnismäßig ungemütliche Überfahrt. Erst im Golf wurde es ruhiger, aber sonst war die Reise ein großer Erfolg. Doch das wird Ihnen der Captain ... äh, der Erste sicher selber erzählen wollen.«

»Teufel noch mal, wo steckt er denn? Warum ist er nicht an Deck?«, wollte Matthew wissen.

Der Dritte machte eine betrübte Miene. »Es ... es geht ihm gesundheitlich nicht so gut. Er hat bis vor zwei Tagen nicht mal seine Koje verlassen können. Und auch jetzt braucht er noch immer jemanden, der ihn stützt.«

»Wieder diese Malariaanfälle?«, fragte Matthew betroffen.

»Ja, das auch ...«

Matthew hielt sich nicht länger auf und begab sich augenblicklich nach achtern in die geräumige Eignerkajüte, die er sonst bewohnte, wenn er an Bord der Alabama war und das Kommando führte.

Als er die behaglich eingerichtete Kabine betrat und seinen Ersten Offizier erblickte, war er erschrocken, wie sehr ihn die Krankheit gezeichnet hatte.

Lewis Gray hockte schwach und mit eingefallenem Gesicht im Lehnstuhl. Sein rechter Arm war unter einem dicken Verband, der bis zur Schulter hochreichte, verborgen und hing in einer Armbinde. Ein fiebriger Glanz stand in seinen Augen und seine Gesichtsfarbe hatte eine gelbliche Tönung. Er war noch immer ein

Mann von stämmiger, breitschultriger Statur mit den Händen eines Bären. Aber als er sich nun aus dem Stuhl erheben wollte, fehlte es ihm doch an Kraft, und sofort traten feine Schweißperlen auf seine Stirn.

»Verdammt noch mal, so bleiben Sie doch sitzen, Gray!«, polterte Matthew, um sein Erschrecken zu verbergen. »Sie können mir auch im Sitzen ein gutes neues Jahr wünschen und mir darüber Rechenschaft ablegen, wieso Sie sich wieder von der verfluchten Malaria haben in die Knie zwingen lassen. Und was haben Sie bloß mit Ihrem Arm angestellt. Haben Sie sich beim Würfeln die Finger verstaucht?«

Lewis Gray lächelte schwach über den gequälten Scherz. »In einem Sturm wenige Tage vor den Bahamas hatte sich ein Teil der Ladung losgerissen. Schwere Fässer. Jede Hand wurde gebraucht. Mich hat's dann erwischt, als eine Bö die Alabama packte. Doppelter Bruch, aber zum Glück sauber und ohne offene Wunden. Der Zimmermann hat mir die Knochen gerichtete. Und was die Malaria betrifft, Captain, so wissen Sie ja selbst, dass sie kommt und geht, wenn man sie erst einmal im Körper hat. Aber das wird schon wieder.«

»Das sind Sie mir, verdammt noch mal, auch schuldig, Gray«, brummte Matthew. »Ich brauche Sie, und wenn ich jetzt sage, dass ich keinen wüsste, der Sie ersetzen könnte, müssen Sie das nicht gleich zum Anlass nehmen, mehr Heuer zu verlangen.« Lewis Gray schmunzelte. »Ich bin schon zufrieden, wenn Sie meine Stelle nicht neu besetzen, Captain.«

»Was wollen Sie damit sagen?«

»Dass ich wohl für einige Monate ausfallen werde«, erklärte Lewis Gray ernst. »In meinem jetzigen Zustand bin ich nicht in der Lage, das Schiff zu führen. Deshalb bitte ich Sie um ein Vierteljahr Urlaub, damit ich mich auskurieren kann.«

»Drei Monate? Unmöglich! Auf die Alabama wartet schon neue Fracht für Jamaika und England! Sie muss bald wieder auslaufen! Auch wenn Sie mich um drei Wochen bitten würden, müsste ich Ihnen sagen, dass das schon zwei zu viel sind.«

Der Erste Offizier zuckte mit den Achseln und sagte niedergeschlagen: »Ich wünschte, ich hätte Ihnen diese Unannehmlichkeiten ersparen können, aber sicher ist nun mal, dass ich auf dieser Fahrt ganz bestimmt nicht dabei sein werde, oder würden Sie mir so Ihr Schiff anvertrauen?«

Matthew ersparte sich die Antwort.

»Trinken wir einen Willkommensschluck«, sagte er dann, holte eine Flasche besten schottischen Whisky und leerte mit seinem Ersten, bei dem er seine geliebte Alabama in den besten Händen wusste, wenn er selbst nicht an Bord war, mehrere Gläser, die reichlich bemessen waren.

»Wissen Sie schon, wo Sie die drei Monate bleiben werden, Gray?«

»Ich werde meinem Bruder die zweifelhafte Ehre machen, mich in seinem Haus unterbringen und verköstigen zu dürfen«, sagte Lewis Gray mit müdem Spott. »Er lebt mit seiner Frau und zwei ganz reizenden Töchtern in Charleston und führt als erfolgreicher Versicherungsagent ein recht großes Haus. Für mich ist also gut gesorgt.«

»Sie melden sich aber auf jeden Fall wieder bei mir zurück, wenn Sie sich auskuriert haben!«, verlangte Matthew grimmig.

»Ich sagte doch, wenn ...«

»Die Stelle des Ersten bleibt frei für Sie!«, ließ er ihn gar nicht erst ausreden. »Ich werde die Alabama solange übernehmen, bis Sie wieder auf den Beinen sind. Und damit ist das Thema beendet. Erzählen Sie mir, wie die Geschäfte gelaufen sind?«

Der Erste erstattete ihm ausführlich Bericht, legte ihm die Frachtpapiere, das Logbuch und einige andere wichtige Dokumente vor, wie Post von Freunden und Geschäftspartnern auf den Bahamas, in England und auf Madeira, und unterhielt sich dann noch eine Zeit lang über die angespannte politische Lage. Am 20. Dezember hatte South Carolina seine Drohung wahr gemacht und nach einer Versammlung der gewählten Volksvertreter in Charleston als erster Staat des Südens seinen Austritt aus dem Staatenbund der Vereinigten Staaten von Amerika bekannt gegeben. Der Austritt war von der Bevölkerung überall in South Carolina und weit über die Grenzen hinaus mit einem unglaublichen Freudentaumel begrüßt worden. Und dieses folgenschwere Ereignis wurde mit grandiosem Feuerwerk und einer nicht enden wollenden Kette von Festen gefeiert. Die Anhänger der Sezession rechneten fest damit, dass dem Beispiel von South Carolina, das den Vorreiter gespielt hatte, schnell andere Südstaaten folgen würden, und so sollte es auch kommen. Die brennende Lunte fraß sich immer näher an das Pulverfass heran.

Es war schon dunkel, als Matthew die Alabama verließ und an Bord der River Queen zurückkehrte, um sich mit Scott McLain zu besprechen.

»So, so«, brummte der Lotse mit dem zerfurchten Gesicht. »Dann hat Mister Grays Erkrankung wohl all Ihre Pläne über den Haufen geworfen.«

»Das hat sie in der Tat. Ich werd' die Alabama übernehmen, bis mein Erster wieder auf dem Damm ist.«

Scott McLain nickte bedächtig. »Ein schnelles Schiff, die Alabama, aber drei Monate wird die Fahrt über die Bahamas und Jamaika nach England und zurück wohl dauern.«

»Ja, damit muss ich schon rechnen.«

Der Mississippi-Lotse griff nach seinem Tabaksbeutel. »Sie freuen sich bestimmt, wieder richtige Schiffsplanken unter die Füße zu bekommen, und was sind schon drei Monate, wenn man ein Schiff wie die Alabama zu befehligen hat, nicht wahr? Aber an Land kann das eine schrecklich lange Zeit sein, wenn man in Ungewissheit und Erwartung lebt.«

Matthew furchte die Stirn. »Wovon reden Sie, Scott?«

»Wovon schon?«, brummte der Lotse. »Von Miss

Duvall natürlich! Oder wollen Sie zu dieser langen Reise aufbrechen, ohne sie vorher noch einmal gesehen und gesprochen zu haben? Damit täten Sie sich bestimmt einen schlechten Dienst.«

Matthew hatte Scott nach dem Ball sein Herz ausgeschüttet und sich einmal alles von der Seele geredet. Es hatte ihn erleichtert, und er bereute es nicht, Scott eingeweiht zu haben, auch wenn der Lotse ihm so manches sagte, was ihm nicht gefiel. »Warum sollte ausgerechnet ich sie aufsuchen? Jetzt erwarte ich, dass sie den nächsten Schritt tut! Ich habe von ihr immer noch keine Antwort auf meinen Brief erhalten!«, wandte er ein. »Immerhin habe ich mich bei ihr für meine Dummheit auf dem Ball entschuldigt.«

»Ja, aber wie! Haben Sie mir nicht selber gesagt, Ihr Schreiben wäre so knapp wie möglich abgefasst gewesen?«

»Was zu sagen war, habe ich ihr geschrieben!«, erklärte er grimmig.

Scott McLain lächelte spöttisch. »Sicher. Kann mir schon denken, wie Ihr sogenanntes Entschuldigungsschreiben geklungen hat – nämlich eher wie ein mühsam kaschierter Vorwurf, dass sie Sie ja immerhin provoziert hätte!«

»Das ist eine Unterstellung!«, protestierte Matthew.

»Na, Sie werden es ja besser wissen als ich, doch ich würde eine ganze Jahresheuer darauf verwetten, dass ich recht habe. Aber davon einmal ganz abgesehen, würde ich mich an Miss Duvalls Stelle mit einem solch schnöden Brief auch nicht versöhnlich stimmen lassen. Denn es war ja wohl mehr als nur eine Dummheit, die Sie sich da auf dem Ball geleistet haben«, hielt er ihm schonungslos vor. »Ein paar mit zusammengebissenen Zähnen geschriebene Zeilen können so eine Entgleisung doch nicht aus der Welt schaffen!«

Matthew starrte in brütendem Schweigen vor sich hin. Was Scott ihm da vorhielt, schmeckte ihm ganz und gar nicht. Was ihn aber noch mehr bestürzte, war die Tatsache, dass er nichts zu seinen Gunsten ins Feld zu führen vermochte, von dem er in seinem Innersten auch wirklich überzeugt gewesen wäre.

»Ob Sie mir nun zustimmen wollen oder nicht, Captain, so gebe ich Ihnen dennoch den guten Rat, fahren Sie vor Ihrer Abreise zu Miss Duvall nach Cotton Fields raus und machen Sie endlich einmal Klarschiff. Nehmen Sie ihre Einladung an und reden Sie mit ihr, wenn Sie wirklich so viel für sie empfinden, wie Sie immer beteuern.«

Matthew schwieg eine Weile, nickte dann aber schwer. Scott McLain hatte recht. Er musste nach Cotton Fields fahren und mit Valerie reden, egal, was sich daraus ergab. Er musste es tun, schon um seines eigenen Seelenfriedens willen. Drei Monate und mehr auf See und nicht wissen, was mit Valerie war und wie sie noch zu ihm stand, käme einer zermürbenden Seelenfolter gleich. Er würde sie auf Cotton Fields aufsuchen.

Schon morgen!

19.

Samuel Spencer bemerkte die Reiter zuerst. Er trug gerade einen Korb kleiner Holzscheite vom Lagerschuppen zum Küchenhaus hinüber, wo jetzt nach dem Abendessen noch gebacken wurde. Eigentlich gehörten diese Handlangerdienste nicht zu seinen Aufgaben, die er freiwillig übernommen hatte. Doch da er oft bei Theda in der Küche saß und dort vor allem abends, wenn sich ihre Mädchen längst verdrückt hatten, viel Zeit verbrachte, konnte er sich ebenso gut auch nützlich machen.

Es war ein kalter Abend. Klar funkelten die Sterne am Himmel und die milchige Scheibe des abnehmenden Mondes stieg über den Wäldern auf. Wenn sich das Wetter so hielt, würde man nächste Woche mit dem Schweineschlachten beginnen können, ging es ihm durch den Kopf.

Dann hörte er den dumpfen Hufschlag, fuhr aus seinen Gedanken auf und blieb stehen. Angestrengt horchte er in die Dunkelheit. Dem Hufschlag nach zu urteilen, waren es mindestens drei oder vier Reiter, es konnten jedoch auch mehr sein. Sie näherten sich dem Herrenhaus in einem leichten Galopp, als befänden sie sich auf vertrautem Boden.

Samuel überlegte nicht lange, sondern setzte seinen Korb ab und lief so schnell er konnte zum Herrenhaus hinüber. Reiter, die zu so später Stunde auf Cotton Fields auftauchten, das konnte nichts Gutes bedeuten! Ihm war auch nicht bekannt, dass sie Besuch erwarteten und Mister Kendrik hatte die Plantage seit dem Weihnachtsfest noch nicht verlassen.

Der ergraute Diener hastete die Treppe hoch, pochte an die Tür und lief ins Haus.

»Miss!«, rief er außer Atem. »Miss Duvall! ... Kommen Sie!«

Der Butler erschien in der Halle. »Was soll das Geschrei?«, fragte er ungnädig. »Du brüllst ja die ganze Plantage zusammen. Wenn du etwas von der Mistress willst ...«

»Reiter! ... Es kommen Reiter!«, rief Samuel aufgeregt. »Es sind mindestens drei oder vier!«

Valerie hatte sich nach dem Essen mit Travis in die Bibliothek zurückgezogen, um mit ihm einige geschäftliche Dinge zu besprechen, die ihr Sorgen bereiteten. Als sie Samuels aufgeregte Stimme unten in der Halle hörte, sprang sie aus dem Sessel auf und lief hinaus auf den Flur, gefolgt von Travis, der sich genauso verwundert fragte, was der Lärm bloß zu bedeuten hatte.

»Was gibt es, Samuel?«, fragte Valerie und beugte sich über das Treppengeländer.

»Reiter! ... Es kommen Reiter! ... Hören Sie es?«, rief Samuel zu ihr hoch.

Valerie hörte den rhythmischen Hufschlag, der schnell lauter wurde.

»Tatsächlich! Sie scheinen Besuch zu bekommen,

und gleich eine ganze Gruppe. Das gefällt mir nicht!«, murmelte Travis misstrauisch.

»Wir werden ja sehen, wer es ist«, sagte Valerie, doch auch sie beschlich ein ungutes Gefühl.

Der Anwalt hielt sie zurück, als sie die Treppe hinuntergehen wollte. »Warten Sie! Wer immer da kommt, es dürfte ratsamer sein, eine Waffe griffbereit zu haben.« Und dem Butler rief er zu: »Machen Sie nicht auf, bevor ich nicht unten bin.«

»Jawohl, Sir!« Albert lief schnell zur Tür und verriegelte sie. Augenblicke später kehrte Travis Kendrik mit einer Schrotflinte unter dem Arm und einem Colt in der Hand zurück. Den Revolver lud er noch im Laufen.

»Verstehen Sie damit umzugehen?«, fragte er und hielt ihr die doppelläufige Flinte hin, während sie die breite Treppe in die Halle hinuntereilten. Das Hauspersonal war längst zusammengelaufen, hielt sich jedoch in respektvoller Entfernung von der Tür.

Valerie packte die Flinte mit festem Griff. »Nicht nur damit.«

Er lachte kurz auf. »Das überrascht mich nicht. Also dann, schauen wir uns an, wer Ihnen da zu so später Stunde einen Besuch abstatten möchte. Aber bleiben Sie hinter mir. Albert, machten Sie auf.«

Der grauhaarige Butler zog die schweren Riegel zurück, öffnete sicherheitshalber jedoch nur einen Flügel des Portals. Travis Kendrik trat, die Hände vor der Brust verschränkt und den Revolver in seiner Rechten so unter der linken Achsel verbergend, auf die von Laternen beleuchtete Terrasse. Kurz vor der Treppe blieb er stehen.

Valerie hielt sich einen Schritt hinter ihm an seiner rechten Seite, die Schrotflinte ganz offen in ihren Händen.

Die Reiter kamen aus der Dunkelheit der Allee. Als sie sich aus den tiefschwarzen Schatten der Bäume lösten und den Vorplatz erreichten, zügelten sie ihre Tiere und ließen sie in einen langsamen Schritt fallen. Es waren drei Männer, die zwei beladene Packpferde mit sich führten. Sackleinen bedeckte die Last, die die Packpferde trugen.

Als sie ins helle Mondlicht ritten, erkannte Valerie sofort den Mann in der Mitte. »Es ist Stephen!«, stieß sie erschrocken hervor.

»Und der Mann rechts von ihm ist Stuart Russell, der Sheriff von diesem Bezirk. Den anderen Burschen kenne ich nicht«, raunte Travis ihr zu, verwirrt und wachsam zugleich.

Die drei Reiter brachten ihre Pferde direkt vor der Treppe zum Stehen.

Das ungute Gefühl in Valerie wurde stärker, als sie den hämischen Blick von Stephen auffing. Ein Frösteln durchlief sie. Was hatte er in Begleitung des Sheriffs auf Cotton Fields zu suchen?

»'n Abend, Miss«, grüßte der Sheriff knapp, ein braunhaariger Mann Anfang vierzig mit einem irgendwie eckigen, kantigen Gesicht. »'n Abend, Mister Kendrik.«

Travis Kendrik nickte ihm zu.

»Ich nehme an, ich spreche mit Miss Valerie Duvall, nicht wahr?«, fragte der Sheriff und blickte Valerie aus kühlen Augen an.

»Ihre Annahme ist richtig«, erwiderte Valerie reserviert. »Und wer sind Sie?«

»Mein Name ist Russell, Stuart Russell, ich bin hier im Franklin County der Sheriff. Und das ist Dough Catton, mein Stellvertreter.« Er wies auf den schlanken Mann, der sich auf das Sattelhorn stützte und sie ungeniert musterte. Sein Mund deutete ein Grinsen an. »Den anderen Gentleman kennen Sie ja vermutlich schon.«

»Nein, als Gentleman ist er mir nicht bekannt!«, erklärte sie schroff.

Stephen lachte verächtlich auf und sagte zum Sheriff gewandt: »Bringen wir es hinter uns. Hab' heut' schon genug Ärger mit Niggern gehabt!«

Travis ließ die Arme sinken, sodass der Revolver in seiner Hand zu sehen war. Es war eine unmissverständlich drohende Geste. »Sie befinden sich hier auf dem Grund und Boden von Miss Valerie Duvall, der zu betreten Ihnen verboten ist!«, fuhr er ihn an. »Sheriff, tun Sie Ihre Pflicht und sorgen Sie dafür, dass er Cotton Fields auf der Stelle verlässt!«

Stuart Russell seufzte. »Das wird nicht möglich sein, denn ich habe Mister Duvall ausdrücklich darum gebeten, mich zu begleiten. Er ist als Zeuge und Betroffener hier.«

»Zeuge und Betroffener? Wovon reden Sie überhaupt?«, fragte Valerie beklommen. »Was wollen Sie?«

»Dass auch Sie diese beiden Leichen hier identifizieren«, erklärte der Sheriff.

Valerie sah ihn entsetzt an. »Leichen?«, stieß sie ungläubig hervor. Dann ging ihr Blick zu den beiden Packpferden. Ihr schauderte, als sie erkannte, was für eine Last die Pferde auf ihrem Rücken trugen, und eine Gänsehaut bildete sich auf ihren Armen.

»Ich weiß, dass es für Sie nicht angenehm sein wird, aber da es ganz danach aussieht, als handelte es sich bei den beiden Toten um Sklaven, die Ihnen offenbar entlaufen sind, sehe ich keine Möglichkeit, Ihnen die Identifizierung zu ersparen«, sagte der Sheriff ohne große Gemütsbewegung.

Valerie schüttelte heftig den Kopf. »Das muss ein Irrtum sein. Mir sind keine Sklaven entlaufen!«

»O doch, Valerie, du hast es bloß noch nicht gemerkt«, warf Stephen mit sanfter, spöttischer Stimme ein. »Sie werden schon ihre Gründe gehabt haben, warum sie hatten flüchten wollen. Nun, leider bin ich nicht mehr dazu gekommen, sie danach zu fragen. Ich hatte alle Hände voll zu tun, mich meiner Haut zu wehren. Mir blieb nichts anderes übrig, als sie zu töten. Aber der Tod wäre ihnen sowieso gewiss gewesen. Auf Mordversuch an einem Weißen steht der Galgen. Eigentlich hab' ich Ihnen sogar noch einen Gefallen getan.«

Valerie spürte, wie ihr das Blut aus dem Gesicht wich. Sie verstand nicht, was genau geschehen war, doch sie wusste schon in diesem Moment, dass etwas Grässliches, Entsetzliches passiert war – und dass Stephen dabei seine dreckigen Hände im Spiel gehabt hatte.

»Wer ist es?«, fragte Travis knapp.

»Deck sie auf, Dough«, sagte der Sheriff zu seinem Stellvertreter, schwang sich aus dem Sattel und band die Zügel an den Treppenpfosten. »Mister Duvall sagt, es handelt sich bei den beiden um einen Feldsklaven namens Tom Smith und um ein Zimmermädchen mit Namen Edna Martin.«

»Nein! ... Nein!«, schrie Valerie auf, rannte die Treppe hinunter – und blieb abrupt stehen, als Dough Catton die beiden Leichen enthüllte, in ihre Haare fasste und die Köpfe der Toten hochhielt.

Valerie war vor Grauen wie gelähmt. Edna starrte mit gebrochenen Augen und weit aufgerissenem Mund an ihr vorbei in die sternklare Nacht. Ihr Kleid war auf der Brust blutgetränkt, wo die Kugeln ihren jungen, zierlichen Körper durchbohrt hatten. Das Gesicht von Tom war verzerrt. Er hatte ein Loch in der Stirn.

»Nein, das kann nicht sein ... nicht Edna«, keuchte sie erschüttert und schlug die Hände vors Gesicht. »Ich kann es nicht glauben!«

Travis legte seinen Arm um ihre Schulter und zog sie von den Leichen weg.

»Handelt es sich nun bei den beiden um Edna und Tom, um Sklaven von Cotton Fields?«, fragte der Sheriff.

»Valerie, Sie müssen jetzt stark sein ... ganz besonders

vor ihm«, flüsterte Travis ihr zu, während er sie die Treppe hochführte. »Zeigen Sie vor ihm keine Schwäche!«

Edna! Ihre kleine Edna, die in den letzten Wochen so aufgeblüht war und einen so glücklichen Eindruck gemacht hatte. Und jetzt lag sie da mit zerfetzter Brust, leblos und kalt. Der unsägliche Schmerz schnürte ihr die Kehle zu und die Tränen schossen ihr in die Augen.

»Miss Duvall, wenn Sie sich heute nicht in der Lage sehen, meine Fragen zu beantworten, komme ich morgen wieder. Aber ich wäre Ihnen doch dankbar, wenn Sie mir jetzt zumindest sagen würden, ob es sich bei den Schwarzen um die vorhin Genannten handelt«, drängte der Sheriff.

Valerie schluckte krampfhaft und fuhr sich hastig über die feuchten Augen. »Ja, es sind Edna und Tom«, bestätigte sie. »Doch die Behauptung, sie hätten fliehen wollen, ist absurd!«

»Sie haben es aber versucht, und sie haben auch Mister Duvall angegriffen, als er sie überraschte«, erwiderte Stuart Russell.

»Das ist eine dreckige Lüge!«, rief Valerie mit tränenerstickter Stimme. »Edna hätte so etwas nie getan! Ich weiß nicht, wie er es angestellt hat, aber er hat Edna und Tom nur getötet, um mich zu treffen!«

Stephen lächelte nur mitleidig.

»Eine Behauptung, für die Sie doch gar keine Beweise haben«, rügte der Sheriff ihren Gefühlsausbruch.

»Aber Sie haben Beweise dafür, dass es so war, wie er behauptet, ja?«

»Richtig, die habe ich. Doch ich möchte sie Ihnen nicht unbedingt hier im Freien aufzählen.«

Valerie zögerte nur kurz. »Bitte, treten Sie ein. Aber er kommt mir nicht über die Schwelle!«, zischte sie und wies auf Stephen.

»Ich warte auch lieber draußen an der frischen Luft, Sheriff. Einladungen nehme ich prinzipiell nur von meinesgleichen an, aber tun Sie nur Ihre Pflicht, auch wenn es Sie einiges an Überwindung kosten muss«, reagierte Stephen darauf mit ätzender Häme.

Stuart Russell und sein Stellvertreter folgten Valerie und Travis ins Haus. Sie begaben sich ins vordere Empfangszimmer. Valerie war so erschüttert und verstört, dass sie alle Höflichkeit vergaß und den Sheriff regelrecht barsch aufforderte, seine angeblichen Beweise zu nennen.

Stuart Russell ließ sich nicht aus der Ruhe bringen. »Die Sache hat sich unseres Wissens nach folgendermaßen zugetragen ...«

»Darf ich fragen, worauf Sie ihr Wissen gründen, Sheriff?«, fiel Travis ihm ins Wort.

»Sicher doch, Mister Kendrik: auf die Aussagen von Mister Duvall und seiner Schwester."

»Ein und dieselbe verlogene Brut!«, murmelte Valerie hasserfüllt.

Sheriff Russell tat so, als hätte er das nicht gehört, und

fuhr fort: »Sie unternahmen am heutigen Nachmittag einen Ausritt, der sie in die Nähe einer alten Hütte brachte, die sich auf dem Land von Darby Plantation befindet, wo die Duvalls ... ah, Mister Stephen Duvall mit seiner Mutter und seiner Schwester zurzeit weilt, wie Sie ja wohl wissen. Sie bemerkten, dass Rauch aus dem Kamin stieg, näherten sich der Hütte – und wurden mit einer Schusswaffe angegriffen. Es kam zu einem Schusswechsel, bei dem Mister Duvall von einem glücklicherweise harmlosen Streifschuss verletzt wurde und die beiden Angreifer in Notwehr tötete.«

»Das wird ja immer grotesker!«, empörte sich Valerie. »Edna und Tom sollen eine Schusswaffe bei sich gehabt haben? Das ist doch ...«

»Tatsache!«, fiel der Sheriff ihr grimmig ins Wort und zog einen Revolver mit elfenbeinernen Griffstücken hervor. »Hier ist die Waffe, die Mister Duvall bei ihnen gefunden hat. Sie soll seinem verstorbenen Vater Henry Duvall gehört haben und auch in den Listen aufgeführt sein, die man ... äh ... angefertigt hat.« Er räusperte sich verlegen. »Kommt Sie Ihnen bekannt vor, Miss Duvall?«

Valerie zögerte. »Ja, es kann schon sein. Aber was beweist das schon?«

Der Sheriff lächelte mit arroganter Nachsicht. »Eine ganze Menge. Wenn dieser Revolver nämlich in den Listen aufgeführt ist *und* sich nicht mehr in diesem Haus befindet, dann lautet die logische Folgerung doch:

Jemand hat die Waffe gestohlen, nachdem Sie hier eingezogen sind, Miss Duvall. Und dieser Jemand kann dann ja wohl schlecht Mister Duvall sein, oder?«

»Ich hole die Listen und sehe gleich selber nach, dann wissen wir es«, erbot sich Travis und verließ den Raum.

In angespanntem Schweigen warteten sie auf seine Rückkehr. Als er wieder ins Zimmer trat, warf er einen bestürzten Blick zu Valerie.

»Es stimmt, er ist in der Liste aufgeführt und eindeutig beschrieben. Ein Revolver mit Elfenbeingriffstücken und den eingeschnitzten Initialen HD«, sagte er. »Er sollte eigentlich oben im Jagdzimmer in der Vitrine liegen. Doch da ist er nicht mehr.«

Valeries Herz zog sich zusammen.

»Na also«, sagte der Sheriff zufrieden, und auch sein schweigsamer Stellvertreter grinste wohlgefällig. »Es beginnt sich alles nahtlos zusammenzufügen.«

»Ein verschwundener Revolver ist mir noch nicht Beweis genug«, widersprach Valerie heftig.

Der Sheriff hielt ihr den Revolver hin. »Was sehen Sie, Miss Duvall?«

»Ich weiß nicht, wonach ich suchen soll!«, gab sie zornig zurück.

»Schauen Sie sich mal die Griffstücke an ... und die Initialen!«

Mit blassem, angespannten Gesicht musterte sie die Elfenbeineinsätze. »Von den Initialen ist nicht mehr viel übrig«, sagte sie widerstrebend.

»Richtig. Jemand hat versucht, sie wegzufeilen, weil sie die Herkunft des Revolvers hätten verraten können – was sie ja auch getan haben«, sagte der Sheriff. »Und jetzt raten Sie mal, wer vor vier Tagen bei einem fahrenden Händler eine solche Feile gekauft hat.« Er beantwortete seine Frage gleich selber: »Ihr Sklave Tom!«

»Nein!«, murmelte Valerie ungläubig.

»O doch! Wir haben Joe Dewing, so heißt der fahrende Händler, zufällig auf dem Weg hierher getroffen, und ich habe ihn ausführlich befragt, als er sich an das Gesicht des Schwarzen erinnerte. Er hat ihm nicht nur die Feile verkauft, sondern auch noch ein hübsches Kopftuch und ein Kattunkleid. Sagen Sie bloß nicht, das würde Sie auch nicht überzeugen. Es passt alles zusammen, Miss Duvall. Tom und Edna haben ihre Flucht gut vorbereitet. Sie haben sich nicht nur Geld zusammengespart, sondern auch eine Waffe verschafft und Vorräte. Wir fanden unter ihren Sachen nicht nur Feile, Tuch und mehrere Dollar in kleinen Münzen, sondern auch einen beachtlichen Vorrat an Lebensmitteln – unter anderem zwei Speckseiten, einen kleinen Schinken und einen Beutel Trockenfrüchte. Vermutlich beabsichtigten sie, durch die Bajous zu flüchten und haben sich in der Hütte nur kurz ausruhen wollen, als Mister Duvall und seine Schwester zufällig auf sie stießen. Statt sich sofort zu ergeben, haben sie versucht, die Duvalls zu töten und sich in den Besitz ihrer Pferde zu bringen. Das war ihr Tod. Ja, es passt alles zusammen.«

»Es passt einfach *zu* gut zusammen«, begehrte Valerie auf, die aller angeblichen Beweise zum Trotz einfach nicht glauben konnte, dass Edna von Cotton Fields hatte flüchten wollen, geschweige denn zu einem Verbrechen fähig gewesen wäre. »Ich glaube viel eher, dass Edna und Tom einem Verbrechen zum Opfer gefallen sind.«

Der Sheriff verzog das Gesicht. »Mir ist bekannt, dass zwischen Ihnen und Mister Duvall wenig Sympathie herrscht, aber das sollte Sie nicht dazu verleiten, eine so unsinnige und abwegige Beschuldigung gegen ihn zu erheben. Die Beweise sind erdrückend – und Miss Rhondas Aussage deckt sich völlig mit der ihres Bruders.«

Valerie gab ein verächtliches Schnauben von sich. »Das wundert mich auch nicht.«

»Darf ich mir eine Frage erlauben?«, meldete sich nun Dough Catton zu Wort, der bisher keinen Ton gesagt, Valerie aber nicht einen Moment aus den Augen gelassen hatte.

»Ja, bitte?«

»Ist in Ihrer Küche in letzter Zeit etwas abhanden gekommen?«, fragte er und fügte süffisant hinzu: »Etwa zwei Speckseiten, ein Schinken oder ein Beutel Trockenfrüchte?«

»Nein, nicht dass ich wüsste«, antwortete Valerie mühsam beherrscht. Ihr kamen all diese Fragen so sinnlos, so absurd vor. Edna sollte den Revolver und Vorräte gestohlen haben? Welch ein Irrsinn! All das konnte doch nur einem Albtraum entsprungen sein – oder einem verbrecherischen Gehirn!

»Richtig, Sie können ja nicht über alles unterrichtet sein«, tat er verständnisvoll. »Hätten Sie deshalb etwas dagegen, wenn ich Ihrem Küchenpersonal ein paar Fragen stelle?«

Valerie sah keinen Grund, das abzulehnen, und so schickte sie nach der Köchin.

Theda druckste herum, als Sheriff Russell ihr dieselbe Frage stellte, die sein Stellvertreter kurz zuvor an Valerie gerichtet hatte. »Wissen Sie, Sir, das ist nicht so einfach zu sagen. Wenn so viele Festtage hintereinander sind, kommt man schon mächtig ins Schwitzen und verlegt auch mal das eine oder andere. Aber bisher hat sich noch immer alles wiedergefunden«, versicherte die Köchin.

»So, verlegt. Was ist denn verlegt worden?«, hakte der Sheriff nach. »Vielleicht ein Schinken?«

Theda sah ihn verblüfft an. »Ja, Sir, das stimmt ...«

»Und ein Beutel Trockenfrüchte?«

Die Köchin nickte heftig. »Ja, ein ganzer Beutel getrocknete Pflaumen ...«

»Auch zwei Speckseiten?«

»Ja, ich glaube schon. Aber warum fragen Sie, wenn Sie das schon wissen?« Erschrocken blickte sie vom Sheriff zu ihrer Herrin. »O Gott, Sie werden doch wohl nicht denken, ich hätte irgendetwas für mich abgezweigt! Ich hab' noch nie etwas genommen, kein Gramm von gar nichts! Der Herr ist mein Zeuge! Aber verlegt wird immer mal was. Und wenn es weg ist, muss es jemand gestohlen haben!«

»Keine Sorge, wir wissen schon, dass du es nicht gestohlen hast. Du kannst gehen«, entließ der Sheriff sie.

Valerie hielt sich an einer Sessellehne fest. Ihr war regelrecht schlecht geworden. Ihr war, als legte sich ihr eine Schlinge um den Hals.

Stuart Russell steckte den Revolver ein und das Blatt der Liste, auf der die Waffe eingetragen und beschrieben worden war. »Das muss ich zu meinen Unterlagen legen. Sie bekommen es zurück, wenn das Gericht seine Untersuchung abgeschlossen hat. Lange dürfte es nicht dauern. Der Fall liegt ja sonnenklar. Miss Duvall ... Mister Kendrik.« Er deutete eine knappe Verbeugung an, jedoch nur in Richtung des Anwalts.

Valerie begleitete die beiden Männer auf die Terrasse hinaus und gab Travis, der ihr folgen wollte, zu verstehen, es nicht zu tun.

Stuart Russell und Dough Catton schwangen sich gleich in die Sättel, nickten ihr grußlos zu und ritten los, die Pferde mit den Leichen hinterherführend.

Nur Stephen zögerte noch kurz. Es schien, als hätte er auf diesen Moment, in dem er mit ihr allein war, die ganze Zeit gewartet. Ein gemeines, triumphierendes Lächeln lag um seinen Mund.

»Du hast sie umgebracht!«, stieß Valerie hervor. »Ich

weiß nicht, wie du es geschafft hast, alles zu verdrehen und sie als die Schuldigen dastehen zu lassen, aber ich weiß, dass du es getan hast! Ich *spüre* es!«

»Edna soll ja dein Liebling gewesen sein, wie ich gehört habe«, erwiderte er höhnisch. »Als ich auf sie anlegte und abdrückte, hatte ich dich vor Augen. Also lass dir das eine Warnung sein! Du wirst mir und meiner Familie nicht im Weg stehen. Du tust besser daran, das Angebot meiner Mutter noch einmal neu zu überdenken, sonst passieren vielleicht noch weitere hässliche Zwischenfälle dieser Art. Gut möglich auch, dass das nächste Mal dein Blut fließt. Man weiß ja nie, was die Zukunft bringt, nicht wahr?«

Wenn sie eine Waffe in der Hand gehabt hätte, hätte sie ihn in diesem Moment ohne eine Sekunde zu zögern erschossen. So aber ballte sie in ohnmächtigem Schmerz und Hass die Fäuste. »Du Mörder!«, keuchte sie. »Du dreckiger Mörder! Warum hast du sie getötet?«

»Du hast keine Chance gegen mich, sieh das endlich ein«, sagte er und nahm die Zügel auf.

Tränen liefen ihr über das Gesicht. »Du Schwein, sie hatten dir doch nichts getan!«

Er lächelte: »Wer wird denn so viel Aufhebens um sie machen«, höhnte er. »Es waren doch nur Nigger ... Nigger wie du!« Und damit riss er sein Pferd herum und galoppierte davon. Augenblicke später hatte ihn die Schwärze der Allee verschluckt.

20.

Die Dächer der Stadt lagen schon im ersten Licht der Januarsonne, doch die Schlagläden der meisten Häuser waren noch geschlossen, als Matthew von Bord der River Queen ging und sich auf einen prächtigen Rappen schwang. Timboy, der das Pferd aus dem Mietstall geholt hatte, hatte schon eine spöttisch freche Bemerkung auf der Zunge. Doch als er das ernste, verschlossene Gesicht von Matthew sah, verging ihm jede Lust auf fröhliche Worte. Er spürte, dass seinem Herrn etwas schwer auf der Seele lastete, und er glaubte zu wissen, was es war – und wohin er den Rappen lenken würde.

»Alles Gute, Massa«, murmelte er ihm nur leise nach, als er die Pier hinunterritt und den Rappen dann nach links gehen ließ, zur Anlegestelle der Fähre.

Als Matthew mit klopfendem Herzen und einem flauen Gefühl in der Magengegend an der Reling der Fähre stand und das andere Ufer ihm viel zu schnell entgegenrückte, lag Madeleine Harcourt noch in ihrem Bett und versuchte vergeblich, Matthew wenigstens im Traum an sich zu fesseln. Das schrille Kläffen eines Straßenhundes, der einen anderen streunenden Vierbeiner aus seinem Revier verjagte, riss sie jedoch aus dem Schlaf. Sie seufzte betrübt, als sie merkte, dass sie nur geträumt hatte, doch sie begrüßte den neuen Tag mit dem ihr eigenen optimistischen Lächeln. Und während sie sich wohlig rekelte, sagte sie sich mit der Zuversicht einer jungen, hübschen und zudem noch vermögenden Frau, dass sie schon noch einen Weg finden würde, um Captain Matthews Widerstand gegen ihre Verführungskünste dahinschmelzen zu lassen wie Butter in der Augustsonne. Die Vorfreude auf diesen Tag war fast so erregend wie das, was sie in seinen Armen zu erleben hoffte.

Madeleine ließ sich das Frühstück ans Bett bringen und las in der neuesten Ausgabe des *Chronicle*, dass die Konföderation der Südstaaten im Februar schon proklamiert werden sollte, also noch bevor Lincoln im März als neuer Präsident vereidigt würde. Als sie diesen Artikel mit flüchtigem Interesse überflog, galoppierte Matthew schon über die Landstraße in Richtung Cotton Fields.

Zur selben Zeit fuhr auf Cotton Fields ein Stallknecht den offenen Landauer vor und legte zwei gesteppte, besonders warme Decken auf den Fahrersitz.

Valerie verließ ihr Zimmer, nachdem Fanny ihr gemeldet hatte, dass der Wagen für sie bereitstand. Sie trug an diesem Morgen ein malvenfarbenes Reisekostüm, das jedoch unter dem currybraunen Umhang, der ihr etwas zu groß war, nicht zur Geltung kam. Der Umhang gab den Blick nur auf ihre Schuhe und ihren Kopf frei.

Besorgt beobachtete Travis, der unten in der Halle

stand, wie Valerie die Treppe herunterkam. Ihr Gang hatte etwas Hölzernes, Steifes an sich. Die fließenden, anmutigen Bewegungen, die für sie so kennzeichnend waren, schienen ins Stocken geraten zu sein.

Sie kam ihm erschreckend verändert vor. Und diese Nacht, in der sie kein Auge zugetan hatte, hatte deutliche Spuren in ihrem Gesicht hinterlassen. Ihrer Haut fehlte jeglicher Glanz, sie war grau und stumpf wie unpoliertes Blei. Schwere dunkle Schatten umränderten ihre Augen, die vom Weinen gerötet waren. Ihr Mund, für Travis sonst Inbegriff der Lebensfreude und Sinnlichkeit, war zu einem bitteren Strich zusammengepresst. Sie sah entsetzlich mitgenommen aus, übernächtigt und erschöpft. Und das Flackern in ihren Augen war auch alles andere als ein beruhigendes Zeichen ihres Gemütszustandes.

»Valerie! Bitte! Überlegen Sie es sich noch einmal!«, beschwor er sie, als sie staksend auf die Terrasse hinausschritt. »Sie gehören nicht auf den Kutschbock, sondern ins Bett!«

»Ich habe lange genug überlegt, Travis. Die ganze Nacht habe ich nichts anderes getan! Er hat Edna und Tom kaltblütig umgebracht!« Ihre Stimme zitterte.

»Ja, vermutlich hat er das. Aber wir werden es ihm wohl nie nachweisen können. Sie werden damit leben müssen, so grausam das auch klingen mag.«

»Er hat es getan, um mich zu treffen«, sagte sie bitter. »Und er hat Erfolg damit gehabt. Und er wird weitere

Verbrechen begehen, um mich in die Knie zu zwingen. Ich kann und werde nicht darauf warten. Ich gebe auf. Mir bleibt keine andere Wahl, Travis.«

»Was geschehen ist, ist ... abscheulich, Valerie, und ich verstehe Sie gut, wenn Sie dieser vergifteten, verbrecherischen Atmosphäre entkommen wollen. Und ich müsste lügen, wollte ich behaupten, unglücklich darüber zu sein, wenn Sie sich entschlossen haben, die Plantage nun doch zu verkaufen. Aber deshalb müssen Sie nicht schon gleich heute zu ihnen fahren! Lassen Sie diese verfluchte Brut zu Ihnen kommen.«

»Nein, ich will sie nicht auf Cotton Fields haben, solange ich hier die Herrin bin!«

»Dann nehmen Sie mich, um Gottes willen, wenigstens mit nach Darby Plantation!«, beschwor er sie. »Ich werde dafür sorgen, dass sie jeden Cent ausspucken, den sie haben und von der Bank aufnehmen können; diese Genugtuung dürfen Sie mir nicht verwehren!«

Valerie schüttelte stur den Kopf. »Nicht heute, Travis. Heute brauche ich Ihre Hilfe nicht. Ich werde heute keine Papiere unterschreiben, sondern nur regeln, was zu regeln ist. Danach wird es genug für Sie zu tun geben.«

»Himmel, sind Sie ein eigensinniges, stures Weibsbild!«, platzte es aus ihm heraus.

Ein trauriges Lächeln huschte über ihr Gesicht. »Matthew würde Ihnen nicht widersprechen, Travis.

Also warum sollte ich es tun?« Sie zog sich umständlich auf den Sitz des Landauers, als wäre sie eine alte gebrechliche Frau. »Wenn Sie mir wirklich ein treuer Freund sein wollen, lassen Sie mich jetzt allein fahren und tun, was ich tun muss.«

Travis ließ resigniert die Schultern hängen, trat zurück und ließ sie fahren, obwohl ihn ein ungutes Gefühl plagte. Valerie hatte sich so besorgniserregend merkwürdig benommen. Aber Vorschriften machen konnte er ihr ja schlecht. Mit düsterer Miene ging er ins Haus, grübelnd und voll dunkler Ahnungen.

Als ihn ein entsetzlicher Gedanke durchzuckte und er sich vergewisserte, dass die Schrotflinte, die er in der Nacht noch selbst im Jagdzimmer in den Gewehrständer gestellt hatte, sich nicht mehr dort befand, war es schon zu spät.

Zu diesem Zeitpunkt hatte Valerie bereits die geschwungene Auffahrt zum Herrenhaus von Darby Plantation erreicht. Sie hielt und musterte das Gebäude, in dem ihre erbitterten Todfeinde Catherine, Rhonda und Stephen Quartier bezogen und das abscheuliche Verbrechen an Edna und Tom geplant hatten. Sie blinzelte, denn das helle Licht des Morgens schmerzte ihre brennenden, überreizten Augen.

Auch ihr Herz brannte, doch es war ein kaltes Feuer, das längst nicht mehr von Schmerz und Trauer gespeist wurde, sondern von unbändigem Hass und Rachedurst.

Ja, ihr Herz war kalt, so kalt wie das Metall der doppelläufigen Schrotflinte, die sie unter dem weiten Umhang verborgen hielt.

Stephen hatte sie zum Aufgeben zwingen wollen. Das hatte er geschafft, wenn auch anders, als er es sich wohl vorgestellt hatte. Verkaufen würde sie Cotton Fields nicht. Niemals würde sie das tun. Aber verlieren würde sie die Plantage dennoch. Man würde sie ihr nicht lassen, nachdem sie Stephen für das, was er getan hatte, zur Rechenschaft gezogen und getötet hatte.

Alles würde sie verlieren.

Matthew.

Ihr Mund verhärtete sich. Auch ihn hatte sie verloren. Sein Brief hatte ihr die letzten Hoffnungen genommen, diese kargen, armseligen Zeilen, die er sich abgerungen hatte, waren eine größere Enttäuschung gewesen als seine verletzenden Worte auf dem Ball.

Valerie schüttelte den Kopf, als wollte sie sich von Gedanken an den Mann, den sie bis in ihren Tod lieben würde, befreien. Sie wickelte die Zügel um den Peitschenhalter und stieg mit dem Rücken zum Haus ab.

Die Schrotflinte unter dem Umhang an ihre linke Seite gepresst, ging sie die Stufen zum Portal hoch. Eine bleierne Schwere lag in ihren Gliedern. Sie betätigte mit der Rechten den Türklopfer.

Was wird danach wohl kommen?, schoss es ihr durch den Kopf. Wird Travis zu mir stehen? Ja, er wird Himmel und Hölle in Bewegung setzen, um mich vor dem Galgen zu retten. Und Matthew?

Die Tür wurde geöffnet und ein reserviert dreinblickender Hausdiener fragte nach ihren Wünschen.

»Miss Valerie Duvall. Richten Sie Mister Stephen Duvall aus, dass ich ihn sprechen möchte. Und sagen Sie ihm, dass ich aufgegeben habe, ihm trotzen zu wollen«, erklärte sie mit einer mechanischen, ihr völlig fremden Stimme. »Sagen Sie ihm das. Wortwörtlich bitte.«

Der Schwarze sah sie perplex an und machte dann eine einladende Geste. »Sehr wohl, Miss. Wenn Sie bitte hier warten würden.«

Sie trat ein, und als die Tür hinter ihr zufiel, klang es in ihren Ohren wie das Zuschlagen einer Kerkertür oder der kurze, alles beendende Knall eines tödlichen Schusses. Auf jeden Fall hatte es etwas Endgültiges an sich.